LES NUITS DE LA PEUR BLEUE

Après un doctorat en pharmacie puis un autre en droit, Éric Fouassier s'est spécialisé dans l'histoire de la médecine et de la pharmacie, qu'il enseigne à l'université. Passionné d'énigmes et de codes secrets, il est l'auteur de plusieurs romans historiques, dont la trilogie *La Saga d'Héloïse, l'apothicaire* et *Le Bureau des affaires occultes*, qui a été récompensé entre autres du prix Maison de la Presse 2021 et du prix Griffe noire du meilleur polar historique de l'année 2021.

Paru au Livre de Poche :

LE BUREAU DES AFFAIRES OCCULTES

1. Le Bureau des affaires occultes

2. Le Fantôme du Vicaire

LES FRANCS ROYAUMES

1. Par deux fois tu mourras

2. La Fureur de Frédégonde

LA SAGA D'HÉLOÏSE, APOTHICAIRE

1. Bayard et le crime d'Amboise

2. Le Piège de verre

3. Le Disparu de l'Hôtel-Dieu

ÉRIC FOUASSIER

Les Nuits de la peur bleue

Le Bureau
des affaires occultes, 3

ROMAN

ALBIN MICHEL

ISBN : 978-2-253-24960-3 – 1re publication LGF

À mon père, Michel, qui m'a transmis sa fibre créatrice.
À la mémoire de ma mère, Lucienne,
qui m'a laissé sa lumière et sa joie de vivre en héritage.

« On est stupéfait des monstres que le microscope trouve dans l'eau la plus claire et dans la conscience la plus limpide. »

Victor Hugo, *Les Fleurs*

Prologue

Le sang ruisselait.

Lentement. Inexorablement. Un flux épais qui semblait couler à rebours, fuir les ombres du soir pour rejoindre le soleil rougeoyant à l'horizon. L'astre à son déclin ouvrait une blessure écarlate dans le ciel et teintait les eaux de la Seine de lueurs fatales. Ce fleuve de sang remontant à sa source offrait un spectacle grandiose. Toutefois, les rares silhouettes qui se découpaient encore sur ses berges étaient bien trop occupées pour en profiter. Il y avait là des portefaix se hâtant pour achever leur besogne avant la nuit, quelques marchands à la sauvette en train de replier leurs éventaires et un charretier qui menait boire ses chevaux d'un pas traînant. Dans un bateau-lavoir ancré en face de l'île de la Cité, des femmes riaient aux éclats en rassemblant leur linge, histoire d'oublier sans doute le chemin qu'il leur faudrait parcourir pour rejoindre leur logis en ployant sous une charge accablante.

Indifférent au charme mélancolique qui se dégageait de ce tableau vespéral, le marquis de La Fayette peinait à masquer son impatience. À l'instant de poser le pied sur le quai, il ne prononça aucune de ces paroles mémorables qui vous ouvrent en grand les portes de la postérité, mais étouffa une toux glaireuse dans le coude de sa veste. Puis il se tourna avec impatience vers la passerelle quelque peu instable qu'il venait d'emprunter. Une Mme de Pompadour bouffie de graisse tentait de le rejoindre en se retenant des deux mains à la rambarde pour ne pas tanguer.

— Pressez-vous donc un peu, ma mie ! geignit l'homme frêle dont les traits rappelaient vaguement ceux du plus américain des Français, le « héros des deux mondes », l'ancien commandant de la Garde nationale adulé des Parisiens. Si nous tardons davantage, la soupe sera déjà servie à la pension et vous savez bien que je déteste l'avaler tiède.

La grosse femme accéléra l'allure au risque de perdre l'équilibre et rejoignit non sans mal son avorton de mari qu'elle aurait pu aisément ensevelir tout entier sous ses jupons. Le grincheux manifesta son impatience en jetant à ses pieds le panier d'osier et l'ombrelle dont il l'avait soulagée juste le temps de gagner la terre ferme. Puis il s'éloigna sans attendre qu'elle les ait ramassés, l'obligeant à se dandiner tel un dindon grotesque pour rester dans son sillage.

Un trio de femmes observait d'un œil moqueur ce couple si mal assorti depuis la galerie supérieure des bains flottants Mennetier, un établissement amarré juste en amont du port au Bled. L'endroit n'était pas aussi prisé que les célèbres thermes Vigier au pied du pavillon de Flore ou les bains de la Samaritaine installés au Pont-Neuf. Il était plutôt fréquenté par une clientèle d'avoués, de boutiquiers et d'artisans aisés qui imaginaient se grandir en copiant les usages et les manières de la nouvelle classe dirigeante.

La plus âgée des trois observatrices, une matrone à la peau brune et au caractère bien trempé, se prénommait Mélie. Elle avait la responsabilité de la remise en état des cabines une fois les derniers clients partis. C'était elle qui avait pris l'habitude de désigner ceux-ci en fonction de leur ressemblance plus ou moins affirmée avec des célébrités de l'époque ou des temps jadis. Après avoir accompagné d'un ultime quolibet prononcé à mi-voix le départ de La Fayette et de sa moitié, elle tourna vers ses jeunes compagnes un regard interrogateur.

— C'étaient bien les derniers ? Parce qu'il serait temps qu'on attaque le grand nettoyage, sinon on y sera toujours passé dix heures !

— Reste encore le Petit Caporal, répondit une rousse à la face tavelée de taches de son. Je suis allée frapper à sa porte tout à l'heure, mais ce fichu bourgeois s'est même pas donné la peine de me répondre !

Mélie fit la grimace. Ses yeux se durcirent comme de petites billes de verre.

— La peste soit de l'épateur[1] ! s'exclama-t-elle. C'est pas parce qu'il a vaguement la tête du défunt empereur qu'il doit se croire tout permis. Y a marqué partout que les cabines doivent être libérées au plus tard à huit heures de relevé. J'm'en vas lui apprendre à lire, à ce jean-foutre ! Allez ! V'nez, les filles. On va lui sonner les cloches, à ce drôle.

Joignant l'action à la parole, la maîtresse femme entraîna ses subordonnées jusqu'à l'escalier qui

1. Terme d'argot de l'époque désignant un homme qui fait de l'embarras.

permettait de gagner le pont inférieur. Comme la plupart des bains flottants de la capitale, les établissements Mennetier étaient constitués d'une sorte de barge ouverte dans toute sa longueur pour faciliter l'accès au fleuve et la circulation de l'eau à l'intérieur. Munie d'un étage, l'installation permettait, via une galerie centrale, d'accéder à une soixantaine de cabines individuelles aménagées sur tout le périmètre. Chacune disposait de sa propre baignoire en cuivre rouge et était éclairée par une fenêtre donnant sur le fleuve. Des moteurs à vapeur permettaient de chauffer l'eau à bonne température et offraient un confort tel que nombre de clients aimaient à y prendre leurs aises et, engourdis par la douce moiteur, les bésicles bien affermies sur le nez, transformaient leur compartiment de bain en salon de lecture. Mais de là à oublier l'heure et à passer outre les rappels au règlement, il y avait tout de même une limite que Mélie se faisait fort de rappeler au pseudo-Napoléon !

La cabine occupée par ce dernier se situait dans la partie basse du navire, tout à la poupe. Parvenue devant la porte, la brune vindicative ne s'embarrassa pas de précautions oratoires et se mit à tambouriner du poing contre le bois verni.

— Holà, à l'intérieur ! Faudrait voir à respecter les consignes ! Toutes les cabines devraient être libérées depuis déjà dix minutes. Vous êtes le dernier à traîner. Dépêchez-vous donc un peu !

Aucune réponse. Pas même un clapotis témoignant d'un mouvement à l'intérieur et d'une sortie imminente de la cuve en cuivre. Ce silence insupportable acheva de faire monter la moutarde au nez de Mélie. Elle ne détestait rien tant que ces bourgeois parvenus qui se poussent du col et se croient tout permis au seul motif qu'ils ont de quoi se payer du pain blanc et de la viande tous les jours.

— J'vous préviens : si vous n'répondez pas immédiatement, j'utilise mon passe et j'ouvre la porte. Faudra pas vous plaindre ensuite qu'on a pas respecté votre intimité !

Devant les regards interloqués des autres filles qui savaient fort bien qu'elle ne disposait pas d'une telle clé sur elle, Mélie haussa les épaules et plissa le nez, l'air de dire : « Faut bien trouver un moyen de le faire bouger, ce sans-gêne ! »

Mais la menace n'eut pas plus d'effet que les coups assenés contre la porte. Une lueur d'inquiétude s'alluma alors dans le regard de la plus frêle du trio, une jeune fille à peine sortie de l'adolescence.

— Toujours rien, dit-elle. Et s'il s'était trouvé mal ?

— Manquerait plus que ça ! gronda Mélie en fronçant les sourcils. C'est vrai qu'il avait pas l'air bien solide quand j'l'ai aperçu à l'entrée. C'est d'ailleurs sa p'tite taille et sa façon d'se masser constamment l'estomac sous son gilet qui m'ont fait penser à Napoléon. Qui d'vous deux s'est occupée de lui ensuite ?

L'employée au visage envahi par les taches de rousseur leva un doigt timide.

— C'est moi qui lui ai apporté son linge de toilette ainsi qu'un broc d'eau froide.

— Et tu n'as rien remarqué d'anormal ?

— À bien y réfléchir, il avait pas l'air tout à fait dans son assiette. J'lui ai trouvé le teint bistre et ses jambes flageolaient pareil que celles d'un vieillard. J'me suis même fait la réflexion qu'il devait encore jamais avoir mis le pied sur un bateau pour se déplacer si maladroitement sur un ponton fluvial.

Mélie ne put s'empêcher de blêmir en entendant ces paroles. Elle foudroya du regard sa compagne qui sembla brusquement se ratatiner sur elle-même comme si elle devançait les reproches et cherchait à se rouler en boule pour les esquiver.

— Tu lui as trouvé le teint bistre ? répéta la matrone en détachant chaque syllabe. Et aussi l'allure pas bien vaillante ? Bougre d'idiote ! Par les temps qui courent, l'idée ne t'est pas venue qu'il pouvait avoir attrapé la peur bleue[1] ?

— Sainte Mère de Dieu ! s'étrangla la pauvre fille.

Et elle se signa d'une main peu assurée.

Cela faisait un peu moins d'un mois qu'une terrible épidémie de choléra s'était abattue sur Paris. Les premiers décès suspects étaient survenus au tout début du mois de mars, mais il avait fallu attendre le 26, cinq jours plus tôt, pour que les autorités reconnaissent officiellement la nature du fléau. Depuis, la peur de la contagion gagnait quotidiennement du terrain au sein de la population. Le spectre des grandes mortalités du passé hantait les esprits. Mélie se rappelait presque mot pour mot l'article glaçant du *Constitutionnel* dans son édition du 29 mars : « Le choléra morbus est plus dangereux que la peste ; il empoisonne l'air et marche avec les vents ; partout il répand la désolation et la mort ; les malades

1. Expression populaire désignant le choléra et faisant référence à la cyanose livide qui précédait la mort. On parlait aussi de « trousse-galant » dans la mesure où cette maladie pouvait s'attaquer aux hommes jeunes.

éprouvent des convulsions, des coliques, l'âme perd ses forces… Alors les parents, les amis, tout s'éloigne, car deux heures après l'invasion du mal, le mourant n'est plus déjà qu'un objet d'horreur et de contagion. »

— Un malade à bord et qui se trouve mal, qui plus est ! reprit Mélie en fixant tour à tour dans les yeux chacune de ses filles. Ce serait un coup à faire fermer l'établissement et à nous priver toutes de notre emploi ! Vous imaginez un peu l'tableau ?

Ces mots suffirent à frapper de stupeur les deux malheureuses. Étonnamment, ce fut la plus jeune et la plus fluette qui s'arracha la première à son émoi et rompit leur silence consterné :

— Si c'est bien le choléra, qu'est-ce qu'on va pouvoir faire ?

— Faut d'abord en avoir l'cœur net, répondit Mélie en s'ébrouant pour libérer son énergie. Si c'est juste un malaise, pas l'choix, faudra quérir un docteur. Par contre, si l'type est déjà passé, c'est une autre chanson. M'est avis qu'on aurait tout intérêt à faire motus jusqu'à la nuit noire, puis à balancer l'corps à la baille. Qui y aurait pour v'nir s'en plaindre, hein ? J'vous l'demande ! (Comme aucune de ces compagnes n'osait protester, elle en conclut que la cause était entendue et frappa dans ses mains pour les faire activer.) Toi, la Roussette, va vite prévenir l'Eugène, qu'il se ramène dare-dare avec le passe qu'est dans l'bureau du patron. Et toi, la Petiote, cours chercher un de ces grands draps qui servent à chemiser les baignoires des dames. Au besoin, on flanquera le corps dedans, ni vu ni connu.

Ayant paré au plus pressé, Mélie demeura sur place et, tout en pestant intérieurement contre ce mauvais coup du sort, trompa son inquiétude en s'obstinant à tambouriner contre le battant.

Mis au courant par la Roussette du possible embarras qui leur tombait dessus, Eugène ne tarda pas à rappliquer. C'était un mulâtre originaire des Antilles, tout en muscles noueux et en dents blanches, qui servait à bord d'homme à tout faire. Doté d'une heureuse nature, il avait toujours la plaisanterie aux lèvres et la main baladeuse, mais ne se faisait jamais prier pour rendre service. Cependant, sa peur des maladies, quelles qu'elles soient, était telle qu'il n'en menait pas large lorsqu'il rejoignit Mélie sur le pont inférieur. La maîtresse femme lui fit aussitôt part de ses craintes et lui ordonna de se servir du passe pour ouvrir la porte. Mais le grand type écarta les bras en signe d'impuissance.

— Désolé, mam'zelle Mélie. Missié Mennetier a dû partir avec. La clé était pas accrochée à sa place habituelle.

La matrone poussa un soupir d'exaspération. Ces hommes, on ne pouvait décidément jamais compter sur eux dans les moments importants ! Cependant, plutôt que de perdre encore du temps à aller chercher elle-même ce fichu passe, elle engagea le gaillard à défoncer la porte sans plus tergiverser. Peu pressé de se retrouver face à un malade du choléra, celui-ci se fit quand même un peu tirer l'oreille, mais les railleries de Mélie mettant en doute sa virilité ne tardèrent pas à vaincre ses réticences. Prenant trois pas d'élan, il se précipita, l'épaule en avant, contre la porte verrouillée. Celle-ci céda du premier coup, avec un craquement sinistre.

Emporté par son élan, Eugène faillit perdre l'équilibre et se rattrapa de justesse au rebord de la baignoire qui trônait au centre de l'espace exigu. Son regard plongea sous la surface du liquide et discerna aussitôt le corps nu qui reposait au fond du réceptacle. Par l'étroite fenêtre, le soleil couchant projetait à l'intérieur de la cabine des lueurs d'incendie. L'Antillais crut d'abord que c'était cet éclairage singulier qui conférait à l'eau une teinte si particulière, comme irisée. Mais Mélie, entrée sur ses talons, le bras barrant sa bouche et son nez pour se protéger d'éventuels miasmes, bénéficiait de davantage de recul. Elle eut immédiatement une plus juste vision des choses. Oubliant tout risque de contagion, elle abaissa sa manche et poussa un long cri d'effroi.

Livide, les yeux enfoncés dans leurs orbites, le Petit Caporal gisait dans un baquet entièrement rempli de sang.

1

De vieilles connaissances

Depuis que le choléra sévissait dans Paris, le concierge de l'immeuble situé au 21 de la rue du Cherche-Midi exerçait une surveillance accrue des allées et venues. Cependant, la silhouette féminine qui se glissa dans le vestibule ce matin-là se déplaçait si prestement qu'il n'eut pas le temps de l'intercepter. Lorsqu'il émergea de sa loge, le tourbillon en jupons avait déjà gravi une demi-volée de marches.

— Dites donc, vous ! l'interpella-t-il avec autorité. On n'entre pas ici comme dans un moulin. Il faut montrer patte blanche.

Sans prendre la peine d'interrompre sa montée, la jeune femme se retourna, révélant le visage gracieux d'une piquante brunette.

— Père Mathurin, vous êtes un vieux ronchon ! Mais je vous souhaite malgré tout le bonjour.

— Ah ! C'est vous, mam'zelle Aglaé ! s'exclama le portier dont la face s'éclaira pour afficher l'indulgence d'un vieux papa gâteux. C'est qu'on n'est jamais trop prudent ces temps-ci, avec tous ces malades qu'on croise au coin des rues. Mais vous, y a pas besoin de faire appel à la faculté pour savoir qu'vous êtes en parfaite santé. Suffit d'vous r'garder filer comme un lièvre.

— Comme une hase, père Mathurin ! La femelle du lièvre s'appelle une hase !

— Bah, c'est bien possible ! Qu'est-ce que j'en saurais, moi, pauvre diable ? N'empêche ! L'a bien de la chance, M. Verne, d'avoir une jeunesse si belle et si savante qui caracole d'aussi bon matin pour le visiter !

— Père Mathurin, je ne vous écoute plus ! Vous êtes un affreux flatteur !

La jeune femme avait déjà franchi le premier palier et le concierge dut se contenter d'adresser son sourire extatique aux anges, tandis qu'un rire cristallin et le claquement vif d'une paire de bottines s'estompaient dans les hauteurs.

Aglaé Marceau était pourtant à peine essoufflée lorsqu'elle atteignit l'appartement de l'inspecteur Valentin Verne, au troisième étage. Le temps de remettre un peu d'ordre dans sa coiffure, elle tira le cordon de la sonnette avec cette belle énergie qui la caractérisait. Elle n'eut pas besoin de patienter. Une espèce de géant ouvrit aussitôt la porte. À croire qu'il se tenait posté juste derrière celle-ci, à guetter le premier visiteur de la journée. Il s'agissait d'un individu solidement bâti, au torse large et puissant, dont la taille devait tutoyer le double mètre. Son visage au teint cuivré était encadré de cheveux bouclés d'un noir de jais et arborait d'épaisses moustaches taillées en crocs qui lui conféraient un aspect farouche. Plus encore que son imposante stature, son regard impressionnait. De la fente étroite des paupières semblait sourdre en permanence un feu liquide, et la teinte des iris, d'un jaune pâle très inhabituel, n'était pas sans évoquer quelque félin aux féroces appétits.

Aglaé n'était pas du genre à se laisser démonter facilement et ce n'était pas la première fois qu'elle se retrouvait face au nouveau majordome de son ami Valentin. Pourtant, comme chaque fois, elle marqua un temps d'arrêt, saisie malgré elle par l'animalité qui se dégageait de cet homme taciturne.

— Bien le bonjour, Tafik ! lança-t-elle enfin d'une voix exagérément enjouée, comme pour ne pas laisser deviner à quel point la rude apparence de son interlocuteur la décontenançait. Notre cher inspecteur est-il visible ?

Le colosse s'inclina, une main posée à plat sous son sein gauche.

— M. Verne est dans la bibliothèque, mademoiselle Aglaé. Il semble préoccupé depuis la lecture de certain courrier qu'il a reçu hier soir. Mais vous savez bien que, pour vous, il est toujours disponible. Inutile de vous annoncer, je vous laisse le rejoindre.

Et l'homme s'effaça avec la discrétion d'un domestique de vieille maison. Ce qu'il n'était absolument pas. Valentin Verne l'avait rencontré quatre mois plus tôt, alors qu'il s'apprêtait à résoudre brillamment l'énigme du justicier volant. Après l'enquête sur les mystérieuses apparitions de Blanche d'Orval, un an auparavant, ce nouveau succès avait définitivement assis la légitimité du Bureau des affaires occultes aux yeux du préfet de police et du président du Conseil, Casimir Perier. Toutefois, l'affaire avait donné bien du fil à retordre à Valentin, qui avait dû plonger dans le Paris interlope des cercles politiques et des sociétés plus ou moins secrètes où se réunissaient les plus farouches opposants au nouveau régime. Par le plus grand des hasards, il avait établi ses quartiers dans une médiocre auberge justement tenue par Tafik. En sa qualité d'ancien mamelouk des armées impériales, ce dernier se trouvait alors en proie à la vindicte de complotistes républicains et d'une clique de légitimistes[1] forcenés. Les deux factions rivales avaient pris la détestable habitude de régler leurs comptes dans le bouge de l'ancien soldat de Napoléon. En dépit de son allure redoutable, le géant n'était pas parvenu à se débarrasser de ses tourmenteurs qui faisaient de son existence un véritable enfer. Lors d'une terrible nuit d'affrontements, seule l'intervention musclée de Valentin avait permis d'éviter que son établissement ne finisse réduit en cendres. Ces péripéties avaient rapproché les deux hommes et Tafik, qui vouait dorénavant une reconnaissance éternelle à son sauveur, avait fini par vendre l'auberge pour entrer à son service.

Après la gargantuesque Eugénie Poupard qui lui avait servi un temps de gouvernante, le moins que l'on puisse dire, c'est que l'inspecteur Verne avait le chic pour s'attacher des domestiques hors normes ! Aglaé songeait encore à cette singularité lorsqu'elle franchit le seuil de la bibliothèque.

Valentin reposait affalé, les yeux clos, dans un fauteuil recouvert de velours d'Utrecht. Sa poitrine se soulevait avec régularité. Sa tête inclinée reposait sur une de ses mains, tandis que l'autre pendait dans le

1. Il s'agit des partisans de la branche aînée des Bourbons et singulièrement de Charles X, contraint à l'exil après la révolution des Trois Glorieuses. On les appelait aussi les carlistes.

vide par-dessus l'accoudoir. Les doigts fins et nerveux serraient encore une lettre qui avait été manifestement roulée en boule avant qu'un remords tardif ne pousse son destinataire à la défroisser.

Aglaé avança sans bruit dans la pièce et contempla un moment en silence le beau visage de l'homme qu'elle aimait. Elle s'attendrit devant ses cheveux mi-longs qui frisaient sur la nuque, le front intelligent et bombé, presque enfantin, les ailes du nez bien dessinées, les lèvres sensuelles, légèrement entrouvertes, qui appelaient le baiser. Elle se souvenait d'être tombée sous le charme de ses traits angéliques dès leur première rencontre, deux ans plus tôt, mais en même temps d'avoir été frappée par l'aura ténébreuse qui nimbait toute sa personne. Elle avait tout de suite perçu en lui quelque chose de caché et de redoutable, un mystère qui attirait tout autant qu'il suscitait une sourde inquiétude.

Quelle étrange relation que la leur ! Les deux jeunes gens étaient profondément épris l'un de l'autre, mais s'interdisaient toute intimité physique. Il subsistait entre eux une barrière infranchissable, dressée par les tourments intérieurs de Valentin. Son passé d'enfant martyr l'empêchait de se comporter en homme normal, cadenassait son corps dans un carcan invisible[1]. Le temps était le seul allié sur lequel pouvait compter Aglaé pour vaincre ce qui s'apparentait à une terrible malédiction. Vouloir brusquer les choses ne servait à rien. La jeune femme en avait fait naguère la douloureuse expérience. Et pour ne pas revivre un moment aussi pénible, elle était résolue désormais à prendre son mal en patience et

1. Voir, du même auteur, *Le Bureau des affaires occultes*.

à se contenter des rapports aussi chastes et ambigus que passionnés dont était tissé leur quotidien.

Aglaé s'approcha de lui sur la pointe des pieds. L'inspecteur frémit et remua dans son demi-sommeil. Puis il finit par entrouvrir les paupières. Un doux sourire vint aussitôt relever la commissure de ses lèvres. À la lumière du dehors qui frappait maintenant en plein son visage, elle remarqua l'ombre mauve qui cernait ses yeux, la fatigue qui creusait ses joues. En dépit du sourire qu'il lui adressait, elle percevait chez lui de la lassitude et de la résignation. La jeune femme se tourna vers la majestueuse bibliothèque dont les étagères croulaient sous les ouvrages savants et constata que le rayonnage masquant l'entrée du laboratoire de Valentin était demeuré ouvert. Il y avait probablement travaillé une bonne partie de la nuit.

Tandis qu'elle l'examinait, il s'ébroua à la façon d'un jeune chien et se massa les tempes.

— Tu étais là ? s'étonna-t-il. J'ai dû m'assoupir un instant, je ne t'ai pas entendue entrer.

— Mon pauvre amour ! soupira-t-elle en se penchant pour déposer un prude baiser sur son front. Tu as une vraie mine de déterré ! (Elle se redressa et désigna du menton l'entrée du cabinet secret.) Tu as encore passé une nuit blanche à te livrer à d'obscures expériences de chimie, j'en mettrais ma main à couper.

Elle se mordit les lèvres, réalisant combien l'expression banale qu'elle venait d'employer s'avérait malheureuse. Le regard de Valentin s'était immédiatement porté sur sa main gauche qu'elle avait dégantée en pénétrant chez lui. La mâchoire du jeune homme s'était crispée, un tic nerveux faisait tressauter sa joue.

Dans le but dérisoire de ne pas réveiller leurs vieux démons, Aglaé tenta de dissimuler derrière son ombrelle le moignon de son annulaire. Trop tard ! Elle-même ne pouvait faire autrement que de revivre par l'esprit les heures angoissantes qu'elle avait passées dans ce même appartement[1]. Chaque fois qu'elle repensait à la scène de son amputation, c'était le même brouillard rouge qui s'abattait sur elle. Le Vicaire… Elle croyait entendre la voix de cet être immonde, qui avait abusé de Valentin dans son enfance et avait cru pouvoir encore le tourmenter en s'en prenant à elle, flotter autour de sa tête et la vouer aux pires horreurs. L'affreuse sensation de brûlure se réveillait au niveau de sa main gauche, comme si chair et os venaient d'être tranchés à nouveau.

Valentin perçut son trouble et se leva pour la réconforter. La jeune femme aurait aimé qu'il la serre dans ses bras, ne serait-ce que fraternellement, mais c'était un geste qu'il ne pouvait se permettre. Il se contenta de prendre ses mains dans les siennes.

— Je sais à quoi tu penses, dit-il tout bas. Mais il faut désormais nous persuader que tout cela appartient au passé. Le Vicaire est mort et il doit cesser d'empoisonner notre existence.

Elle leva sur lui un regard intrigué. Les mots qu'il venait de prononcer, cela faisait près d'un an qu'elle souhaitait les entendre. Sans vraiment oser y croire.

— C'est toi qui dis cela ? Ces derniers mois, tu as multiplié les démarches pour tenter de savoir qui était vraiment cet homme. Tu désirais plus que tout découvrir enfin qui avait guidé sa main criminelle. Et voilà

1. Voir, du même auteur, *Le Fantôme du Vicaire*.

que tu serais prêt brusquement à abandonner ta quête ! Pourquoi cela ?

Le visage de Valentin s'assombrit. Il désigna la missive froissée qu'il avait abandonnée sur le fauteuil.

— Lorsque, au moment de mourir, le Vicaire m'a avoué qu'il avait agi sur ordre, je me suis juré de découvrir la vérité. Quel être était assez lâche et abject pour ordonner à cette bête malfaisante d'enlever et de martyriser un gamin innocent ? Et pourquoi une telle cruauté ? J'ai cherché dans toutes les directions à partir des maigres indices dont je disposais. Mais dix-sept ans ont passé depuis lors. Une éternité ! Toutes les traces, si tant est qu'elles aient existé, ont disparu sous la poussière du temps. Mon dernier espoir résidait dans ce contact à l'archevêché que l'on m'avait chaudement recommandé. C'est lui qui m'a fait porter ce pli hier soir.

Aglaé tressaillit. Elle comprenait mieux pourquoi son ami avait les traits tirés et semblait à ce point accablé à son arrivée. Le ramenant aux heures les plus sombres de son existence, cette lettre l'avait empêché de trouver le sommeil. Ce ne fut pas sans une certaine appréhension qu'elle l'interrogea :

— Que dit-il dans son message ?

— Il a effectué d'importantes recherches dans les archives, non seulement de son diocèse mais aussi de différentes paroisses, et procédé à des recoupements à partir de ce que je savais des déplacements du Vicaire. Ses conclusions sont formelles. L'homme n'était pas un véritable ecclésiastique. Aucun membre du clergé ne correspond aux dates et aux lieux que je lui ai communiqués.

— Pourrait-il dissimuler la vérité pour couvrir l'un de ses coreligionnaires ?

L'inspecteur secoua la tête négativement.

— Impossible ! Vidocq lui-même m'a affirmé que ce prêtre était totalement fiable. Un pur qui n'hésiterait pas à se salir les mains pour nettoyer les écuries d'Augias. Et tu sais la confiance que j'accorde au jugement de notre ami. Il ne se trompe jamais quand il s'agit de jauger un homme.

— Il n'y a donc plus aucun espoir de découvrir la véritable identité du Vicaire ?

— Hélas, non ! Ce monstre était un solitaire dont le surnom était à la fois connu et redouté de toute la truanderie, mais dont nul dans le mitan[1] ne partageait les secrets. Notre seule piste restait le clergé. À présent qu'elle nous a menés dans une impasse…

Au fond, Aglaé était presque soulagée d'apprendre que les recherches de Valentin se soldaient par un échec. Sans doute fallait-il cela pour que le jeune homme tire un trait définitif sur son passé et entame une nouvelle vie, libéré une bonne fois pour toutes de ses entraves mentales. Elle voulait du moins y croire et, pour chasser les dernières sombres pensées de son compagnon, elle décida de lui annoncer sans tarder la bonne nouvelle qui l'avait conduite chez lui de si bon matin.

— Mais au fait, tu ne me demandes pas ce qui m'a poussée à faire le détour jusqu'ici ?

Valentin ne répondit pas tout de suite. Il lui fallait auparavant faire le vide dans son cerveau. Quand il

1. Terme d'argot dérivé de l'occitan, qui désignait la pègre et aurait été diffusé par les anciens du bagne de Toulon.

reprit enfin la parole, les ombres de son visage s'étaient pour partie estompées, tels des nuages dissipés par une brise de printemps.

— C'est ma foi vrai ! Mais je te propose de parler de cela devant une solide collation que va nous préparer Tafik.

Lorsque l'ancien mamelouk les eut servis dans le luxueux salon, Aglaé informa l'inspecteur de la note administrative qu'elle avait trouvée sur son bureau rue de Jérusalem[1] et dont, ne le voyant pas arriver, elle s'était empressée de venir lui faire part.

— Il s'agit précisément de ton nouveau protégé, annonça-t-elle en écartant ses jolies lèvres de sa tasse en porcelaine. Le préfet de police a fini par consentir à l'incorporation de Tafik au sein du Bureau des affaires occultes. Son passé d'ancien garde du corps de l'Empereur, en dépit des préventions politiques qu'il pouvait susciter, a probablement joué en sa faveur. On a dû penser en haut lieu qu'il était plus que temps de muscler tes maigres effectifs.

Valentin accueillit cette annonce avec un réel soulagement. Il est vrai que depuis un an les recrutements auxquels il avait procédé pour renforcer son service et compenser la perte de son premier adjoint, le regretté Lebrac, n'avaient rien d'orthodoxe. Le préfet avait déjà tordu le nez quand son jeune subordonné avait insisté pour qu'Aglaé soit officiellement intégrée dans sa brigade. Une femme dans la police ? C'était du jamais vu ! Cela frisait presque même l'indécence !

1. Voie aujourd'hui disparue, où se dressait, sur l'île de la Cité, la préfecture de police.

La question était remontée jusqu'au ministre Casimir Perier, lequel avait tranché en faveur de la demande en raison du rôle décisif joué par Aglaé dans la neutralisation du fameux Vicaire. Mais à une condition : que la jeune femme soit uniquement mentionnée comme simple collaboratrice et qu'elle n'apparaisse nulle part, dans aucun document officiel, comme une enquêtrice à part entière.

À un degré moindre, les mêmes difficultés avaient ressurgi lorsque Valentin s'était mis en tête de s'adjoindre les services d'un ancien repris de justice. L'Entourloupe, tel était le surnom de cet escroc repenti, expert en filouteries de toutes sortes, grand forceur de serrures devant l'Éternel, habile à se grimer et à se fondre dans le décor. Pour son plus grand malheur, le bonhomme était doté d'un physique de nabot et d'un cœur de jouvenceau. Il s'était amouraché d'une chanteuse de l'Opéra qui avait, un temps, profité de ses largesses avant de rompre avec lui sans ménagement en annonçant lui avoir déjà trouvé un remplaçant. Six mois plus tôt, fou de douleur, le malheureux avait tenté de mettre fin à ses jours en se pendant à un réverbère. Par chance, le destin avait fait que Valentin croisait dans les environs cette nuit-là. Il était survenu à point nommé pour décrocher le moribond. Sauvé d'extrême justesse, l'autre lui avait confié ses malheurs autour de plusieurs bouteilles de bon vin, le temps de retrouver goût à la vie et de vouer aux gémonies les garces infidèles. Conquis par une personnalité aussi contrastée, l'inspecteur avait tout de suite compris le parti qu'il pourrait tirer des multiples talents de l'Entourloupe et avait réussi à convaincre celui-ci non seulement de rentrer dans le droit chemin, mais encore d'entamer une carrière tardive de cuisinier[1].

— Tafik sera ravi d'apprendre que son service ne se limitera plus seulement à prendre soin de mon intérieur, dit Valentin. Le garçon a beau m'être dévoué, je sentais bien que l'inaction commençait à lui peser. Et puis, je préfère que son engagement soit acté avant l'arrivée du nouveau chef de la Sûreté.

— Encore un changement à la préfecture ?

— C'est vrai, je ne te l'avais pas encore annoncé. Le nouveau préfet de police, Henri Gisquet, est un adepte de la manière forte. Casimir Perier lui a donné carte blanche pour retrouver le contrôle de la rue et rétablir l'ordre public. Il se murmure dans les couloirs qu'il a limogé le commissaire Hebers parce qu'il le jugeait trop mou et qu'il a nommé à sa place un homme à poigne. Le nouveau venu prend ses fonctions aujourd'hui même.

— On sait de qui il s'agit ?

— C'est ça le plus étrange. Aucun nom n'a filtré. Du coup, je redoute le pire. Je dois déjà composer avec la sourde hostilité de cet imbécile de Grondin qui dirige les Mœurs. Je ne voudrais pas avoir affaire à un autre énergumène de la même eau.

Aglaé hocha pensivement la tête. Valentin était loin d'être un policier comme les autres. Sa formation de scientifique, ses allures de dandy, la fortune personnelle héritée de son père adoptif suscitaient bien des jalousies auprès de ses collègues. On lui reprochait aussi son caractère solitaire et ombrageux. Et pour ne rien

1. Appellation argotique désignant les employés de la préfecture de police.

arranger, ses fonctions de chef du Bureau des affaires occultes en irritaient plus d'un. Ceux-là s'interrogeaient plus ou moins ouvertement sur la création de ce service sans véritable existence officielle et qui se cantonnait à résoudre les crimes apparemment teintés de surnaturel.

Non, décidément, Valentin n'avait pas besoin d'un nouvel opposant au sein de la préfecture !

2

En souvenir d'Émilienne

Cela débutait par une sorte de fourmillement dans ses extrémités. Un simple picotement d'abord supportable mais qui s'intensifiait rapidement, se muait en une onde de chaleur qui montait et finissait par exploser dans ses reins et son bas-ventre. La brûlure devenait vite intolérable. Les vaisseaux de son crâne se mettaient à battre furieusement, ses yeux se voilaient. Il avait la désagréable impression d'évoluer dans une brume cotonneuse.

Curieusement, l'altération de sa vision se doublait d'une exaspération de ses autres sens. Son ouïe s'affinait au-delà de ce qu'il aurait cru possible, ses narines captaient dans l'air la plus infime odeur. Son visage et ses mains, toutes les parties dénudées de son corps participaient de cet étrange état d'excitation. Chaque pore de sa peau saisissait la moindre modification de son proche environnement. Il devait alors faire face à un afflux de sensations qui ne tardait pas à le submerger. Ses nerfs devenaient semblables à la corde tendue d'un arc. Leur vibration finissait presque par le rendre fou. C'était lorsqu'il atteignait cet état de complet effarement qu'il ne pouvait plus résister. Il lui fallait se mettre en chasse, trouver la proie qui lui permettrait d'assouvir ses féroces pulsions. Alors seulement, quand tout était accompli, il parvenait à retrouver une paix éphémère.

Jusqu'au prochain accès de fièvre…

Ce jour-là, comme tous les premiers lundis du mois, il avait réservé une table pour déjeuner en solitaire au *Café de Paris*, boulevard des Italiens. C'était devenu pour lui un véritable rituel. L'endroit particulièrement en vogue était fréquenté par le beau monde. On y côtoyait aussi bien de riches industriels et des financiers de haut vol que les rejetons dissipés de grandes familles de la noblesse, des artistes de renom et quelques courtisanes en quête d'un protecteur fortuné. C'était l'un de ces lieux de la capitale où il est de bon ton d'être vu et où, pour peu qu'on soit habile à se faire valoir, il était possible de nouer de fructueuses relations.

Il se trouvait déjà en chemin pour s'y rendre, emporté par un fiacre de louage, lorsque les signes annonciateurs d'une nouvelle crise s'étaient manifestés. En s'efforçant de masquer sa fébrilité, il avait ordonné en toute hâte au cocher de changer de direction. Ses repérages étaient effectués de longue date. Il savait exactement où se rendre pour trouver de quoi assouvir ses sombres désirs, calmer la bête qui ne sommeillait que d'un œil dans les tréfonds de son âme.

À présent, il se trouvait à pied d'œuvre. La chambre possédait un ameublement des plus sommaires et se situait au dernier étage d'un immeuble vétuste du quartier Sainte-Avoie. Comme dans les plus sordides bordels, les murs simplement crépis à la chaux présentaient de longues traînées de flammes ayant servi à faire du noir de fumée pour maquiller cils et paupières. La vitre sale de l'unique fenêtre au châssis vermoulu laissait passer un jour gris et comme endeuillé. Ce décor déprimant n'avait rien de commun avec les endroits à la mode qu'il se plaisait à fréquenter, mais il n'en avait cure. Il n'y prêtait même pas attention.

Elle seule comptait.

Depuis qu'elle avait accepté de le suivre, il n'avait d'yeux que pour son opulente chevelure couleur de blé mûr, sa taille fine et sa poitrine un peu lourde. Ces affriolants appas n'éveillaient pourtant en lui aucune attirance charnelle. Du moins, aucun désir trivial au sens où l'entendent les gens du commun. Non, sa fascination était d'une tout autre nature. Il l'avait choisie parce qu'elle lui rappelait cette autre fille. La même blondeur, la même chair généreuse, le même visage empâté un peu vulgaire. L'autre s'appelait Émilienne et occupait un emploi de femme de chambre chez ses parents. Disons d'ailleurs, pour être plus juste et mieux refléter le déclin de la fortune familiale, de fille à tout faire. C'était il y a longtemps déjà. Il n'était alors qu'un adolescent tourmenté, cloîtré entre les murs sinistres d'un manoir provincial. Quel âge avait-elle ? Il ne l'avait jamais vraiment su. Peut-être quatre ou cinq années de plus que lui. Juste l'écart nécessaire pour ne pas prêter attention aux regards langoureux du fils de la maison. Durant tout un été, il s'était échauffé les sangs à la contempler à la dérobée en train d'effectuer ses tâches quotidiennes. Portes entrebâillées, embrasures de fenêtres, massifs du parc. Tout lui était bon. Jour après jour, il l'avait épiée à son insu, sans vergogne, troublé par la moiteur qui marquait d'une tache sombre ses aisselles et la sueur qui perlait à son front. Se plaisant à imaginer d'autres territoires humides sous ses jupes, tremblant à la simple idée d'y aventurer les mains.

Comme chaque fois, les images de ce lointain passé lui revenaient en cortège et se bousculaient dans son cerveau enfiévré. Un carrousel de folie qu'il savait parfaitement comment interrompre. Mais il ne le voulait pas. Du moins, pas tout de suite. Cet instant était celui qu'il préférait. Le point culminant de chacune de ses crises. Lorsque les souvenirs affluaient, semblables à de petites bêtes cruelles et voraces. Il les laissait approcher, s'accrocher à lui, l'assaillir… pour mieux savourer par anticipation leur défaite inéluctable.

Oui, il n'avait pas envie de gâcher son plaisir par un excès de précipitation. Après tout, il avait tout son temps. Celle-ci, contrairement à Émilienne, ne lui échapperait pas. Elle était allongée nue sur un matelas étroit, les quatre membres écartelés et solidement attachés aux montants du lit. Tout en suivant ses allées et venues dans la pièce, elle lui adressait ce sourire canaille qui lui avait tout de suite plu lors de leur première rencontre.

Car elle souriait encore… du moins, pour le moment.

Avec lenteur, tout en la fixant droit dans les yeux, il défit sa cravate, entortilla lentement le tissu sur lui-même. Puis il se pencha sur elle.

— C'est un véritable péché que de dérober à la vue une bouche aussi adorable, susurra-t-il à son oreille. Mais je ne voudrais pas que vos cris charmants alarment le voisinage.

— Est-ce bien nécessaire ? Je peux me contenir, je vous assure.

Tout en glissant la soie blanche entre ses lèvres et en nouant les deux extrémités derrière sa nuque, il laissa entendre un petit rire déplaisant.

— Ne soyez pas trop présomptueuse, ma mie. Le plaisir et la souffrance ont ceci de commun qu'entre des mains expertes, ils ne connaissent guère de limites.

Il se recula alors comme pour prendre un peu de distance afin d'admirer son œuvre. La jeune femme le suivait toujours des yeux, sans laisser percevoir la moindre crainte. Il se dit en lui-même qu'il l'avait décidément bien choisie. Jusqu'ici, elle avait été absolument parfaite. Il inclina la tête comme pour lui rendre un muet mais sincère hommage, puis il glissa la main sous le revers de sa redingote. Lorsque ses doigts réapparurent, ils tenaient une petite trousse de cuir marron, assez semblable à celles qu'utilisent chirurgiens et officiers de santé. Il la déposa sur le chevet, à la tête du lit, et entreprit d'en défaire les lacets avec une lenteur exaspérante. Sa captive se tortillait à présent dans ses liens pour s'efforcer de suivre ses gestes. Lorsque les rabats furent entièrement dépliés, dévoilant l'éclat d'instruments métalliques, il perçut nettement le vacillement dans son regard.

Émilienne…

Elle aussi au début n'avait pas su à quoi s'en tenir. Cela s'était passé un dimanche matin, vers la fin du mois d'août. Ses parents s'étaient rendus au bourg pour assister à la messe tandis que lui avait prétexté une insolation pour rester au manoir. Cela lui était venu comme ça, dans les instants qui avaient précédé leur départ. À cause des fortes températures qui les accablaient tous depuis plusieurs semaines, des crissements incessants des insectes dans le parc, de ce sang trop épais qu'il sentait pulser dans ses veines. Il n'avait rien de précis en tête, juste ce besoin ardent de ne plus avoir de chaperon pour lui dicter sa conduite, une aspiration confuse à se sentir reconnu enfin comme un homme à part entière.

Non, il n'avait rien prémédité. C'était en rôdant du côté des communs qu'il l'avait entraperçue par la porte restée ouverte de la buanderie. Elle était occupée à repasser le linge de la maison. La chaleur du fer alliée à la touffeur qui s'insinuait par les fenêtres ouvertes lui mettait le feu aux joues. Elle avait dégrafé les rubans de son corsage pour mieux respirer et il fut littéralement happé par la blancheur de sa gorge qui contrastait avec la peau hâlée de son cou et de ses épaules. Ce fut là, dans le corridor de la sombre prison de son enfance, qu'il avait ressenti pour la première fois les signes avant-coureurs de l'étrange malaise qui ne devait plus, dès lors, le laisser en repos.

Il était entré sur la pointe des pieds, avait enlacé la servante par surprise et l'avait embrassée sur la nuque, juste à cet endroit incroyablement émouvant où frisottaient les cheveux échappés de son chignon. Elle s'était retournée d'un bloc et, à sa vue, son visage avait marqué une valse-hésitation. Ce même trouble qu'il venait de déceler au fond des pupilles de la blonde ligotée sur le lit. Il n'y avait pas eu de mots échangés entre eux. Le temps avait semblé suspendu durant quelques secondes. Puis le charme s'était brutalement rompu. Elle s'était dégagée d'une brusque bourrade, l'avait toisé avec une morgue moqueuse. Comme il reculait, penaud, affichant la mine déconfite d'un gamin que l'on vient de réprimander, elle avait ramassé sa corbeille de linge et s'était éclipsée sans demander son reste. Tandis qu'il restait là, tête basse et bras ballants, le rire cinglant d'Émilienne avait retenti longtemps dans les couloirs de la vieille demeure isolée.

C'était ce même rire qu'il croyait entendre encore aujourd'hui. Mais à présent, il avait appris comment en trancher net le fil. Depuis cette lointaine et malheureuse expérience, il n'avait jamais réussi à se sentir tout à fait un homme. Il avait tenté plusieurs fois de surmonter sa crainte maladive des femmes. Il n'était parvenu qu'à se couvrir de ridicule et de honte. Et il avait fini par y renoncer définitivement. Du moins, en dehors de ses périodes de crise. Car il existait plusieurs façons de faire rendre les armes à une femme. Et il était passé maître au moins dans l'une d'entre elles.

Avec un rictus sadique, il retira délicatement de la trousse en cuir un bistouri tranchant et en promena l'extrémité sur la poitrine dénudée de sa proie.

3

Retour à la Sûreté

Le service dirigé par l'inspecteur Verne occupait deux pièces mansardées et malcommodes au dernier étage de la préfecture de police. Elles avaient jadis servi de chambres pour la domesticité, à une époque où le vieux bâtiment de la rue de Jérusalem tenait encore lieu d'hôtel aux présidents du Parlement de Paris. Ce relatif isolement n'était pas pour déplaire à Valentin qui ne fréquentait guère ses homologues des autres divisions de la préfecture. Il savait, en outre, que les médiocres conditions d'installation du Bureau des affaires occultes et ses effectifs réduits n'empêchaient pas nombre de ses collègues de considérer d'un mauvais œil cette officine qui ne traitait pas plus de deux ou trois affaires par an. En dépit des enquêtes résolues avec succès, certains parlaient d'une lubie aberrante des préfets successifs, d'autres y voyaient une danseuse inutilement coûteuse les privant de fonds qui auraient pu être mieux employés dans des tâches de police plus orthodoxes.

Valentin songeait à cette situation inconfortable tout en épluchant comme chaque début de semaine les rapports sur l'état de la capitale, lorsqu'un commis aux écritures vint lui annoncer que le nouveau chef de la brigade de sûreté désirait s'entretenir avec l'officier de paix chargé des affaires occultes.

— Comment ça ? Ce matin, tout de suite ? s'étonna Verne.

Le fonctionnaire confirma que le nouvel arrivant avait insisté pour rencontrer l'inspecteur le plus tôt possible.

Intrigué, se demandant ce qui pouvait bien motiver un tel empressement, Valentin passa une tête dans le bureau voisin, où Aglaé présidait à l'installation de Tafik sous le regard quelque peu dubitatif de l'Entourloupe.

— Je descends un instant, l'avertit-il. Il semblerait que ma réputation ait dépassé nos quatre murs en soupente et que le successeur du commissaire Hebers ne puisse différer le bonheur de faire ma connaissance. Il vient de me faire mander à l'instant.

— Plus sérieusement, fit Aglaé en plissant le front, as-tu une idée de ce qu'il peut bien te vouloir ?

Valentin haussa les épaules.

— Pas la moindre ! Mais si tu veux mon avis, l'adage « Pour vivre heureux, vivons cachés » s'applique assez bien aux rapports que l'on peut entretenir entre services au sein de cette auguste institution. Cette convocation, même si elle est faite avec les formes, ne me dit rien qui vaille.

Quelques instants plus tard, le jeune inspecteur se présentait dans les locaux spacieux de la Sûreté, à l'étage noble de l'ancien hôtel, et frappait à la porte du bureau principal sur laquelle le nom de Hebers n'avait pas encore été remplacé. Une voix bourrue, qui lui sembla vaguement familière, l'invita à entrer.

La pièce était plongée dans une semi-pénombre, car

de lourds rideaux de velours occultaient en partie la haute fenêtre donnant sur les rives de la Seine. Une silhouette épaisse attendait dans une attitude étonnamment négligée, le corps renversé en arrière dans son fauteuil, les pieds croisés sur le sous-main en cuir d'un imposant bureau de laque noire. Comme Valentin avançait dans sa direction, l'homme se leva sans un mot et alla ouvrir les rideaux. Un flot de lumière envahit l'espace, révélant des cheveux blonds et bouclés ainsi que la nuque massive et les épaules carrées du nouveau chef de la Sûreté. Celui-ci se retourna en ouvrant largement les bras, dans une attitude théâtrale. Il affichait un grand sourire un peu goguenard, comme s'il savourait une bonne plaisanterie dont il aurait été l'auteur.

Valentin reconnut aussitôt cet air vaguement canaille, ces traits virils marqués d'une discrète cicatrice à la lèvre supérieure, cet anneau d'or à l'oreille droite.

— Vous ? Par exemple ! Si je m'attendais à vous voir ici !

Vidocq laissa entendre un rire gras et sonore.

— Avouez que pour une surprise, celle-ci est de taille !

— Et comment ! s'exclama Valentin, les poings sur les hanches. Vous m'aviez toujours affirmé que vous ne remettriez jamais les pieds rue de Jérusalem.

— Bah ! fit l'ancien bagnard en balayant la remarque d'un revers de main et en se rasseyant derrière son bureau. Il n'y a que les sots qui ne changent pas d'avis. Et vous me ferez la grâce de m'accorder que rien n'autorise à me ranger dans cette catégorie.

— Ainsi le préfet vous aurait de nouveau confié la tête de la brigade de sûreté ? C'est à peine imaginable !

— Il faut croire que ces grands esprits des ministères se sont avisés qu'en ces temps troublés je pouvais encore leur être d'une certaine utilité. Mais ne restez donc pas planté là devant moi comme un poireau en terre. Prenez un siège, que diable !

Valentin, qui n'était toujours pas remis de son étonnement, s'exécuta docilement.

— Et votre manufacture de Saint-Mandé ? Tous les efforts que vous aviez déployés pour commercialiser votre fameux papier infalsifiable et votre encre indélébile ?

Vidocq eut un geste fataliste.

— Fini, tout ça ! J'ai tout vendu à perte ! Comme je m'étais donné pour loi de n'employer que d'anciens forçats repentis, les riverains m'ont fait les pires ennuis. Ils prétendaient que mon activité industrielle leur causait d'insupportables nuisances. Les hypocrites ! C'est le passé criminel de mes ouvriers qui leur restait en travers de la gorge.

— Pour qui connaît la nature humaine, il n'y a là, hélas, rien de bien surprenant.

— Vous ne croyez pas si bien dire, grimaça Vidocq. Tandis que des jean-foutre de philosophes récoltent honneurs, décorations et profits en pondant d'admirables dissertations sur la condition des libérés, moi j'ai agi. Et j'ai été bien mal récompensé, croyez-moi ! Dès qu'un méfait était commis dans la commune, du simple vol de cerises au détroussage en règle d'un bourgeois, un chœur de commères des deux sexes clamait invariablement : « C'est la bande à Vidocq ! » Avec une telle réclame, pensez si les clients se pressaient à la porte !

— Vous m'en voyez navré, mon ami, fit Valentin

avec une pointe de sincère compassion dans la voix. Mais tout de même ! De là à vous imaginer endosser de nouveau le costume de premier policier de France !

Le sourire de son vis-à-vis se teinta d'une ironie quelque peu désabusée.

— Oh, je ne me fais pas d'illusions, dit-il. Ces beaux messieurs n'ont pas changé d'opinion à mon sujet. Pour eux, je suis et resterai l'ancienne forte tête du bagne de Toulon, un repris de justice gracié sur le tard. Mais le gouvernement de Casimir Perier souhaite à tout prix mettre fin à l'insécurité dans les rues de Paris et contrôler ses opposants politiques. Gisquet, le dabot[1] actuellement en place, ne me porte pas dans son cœur, mais c'est un pragmatique. Il sait que mes méthodes se sont révélées efficaces par le passé et il se dit qu'il ne perd rien à jouer la carte Vidocq.

— Je ne sais pas quelles sont les motivations profondes du préfet, ni même le type d'accueil qui vous sera fait dans la maison, mais je puis vous assurer que, pour ma part, je me réjouis de vous voir reprendre vos anciennes fonctions.

— Le titre est le même, mais les missions ont légèrement changé.

— Comment cela ?

— On me demande moins désormais de coffrer des bandits de droit commun que de recueillir des renseignements sur d'éventuels agitateurs et comploteurs. Mes ordres sont très précis à cet égard. Je dois en tout premier lieu empêcher que de nouvelles émeutes ne fragilisent le trône. Depuis le complot de la rue des

---

1. Mot d'argot désignant le préfet de police.

Prouvaires[1], l'entourage proche du roi s'émeut du climat larvé d'hostilité qui règne dans la capitale. Et puis, tout récemment, il y a eu aussi la funeste affaire Bertier…

Valentin se souvenait parfaitement de cet épisode plutôt confus. Le 17 février précédent, un dénommé Albert Bertier de Sauvigny, inconnu des services de police, avait lancé son cabriolet contre le roi, son épouse et sa sœur, alors que ces derniers sortaient à pied des Tuileries. L'enquête n'était pas parvenue à établir s'il s'agissait d'une véritable tentative de régicide ou bien d'un regrettable accident, les chevaux s'étant emballés malgré les efforts de leur propriétaire pour les retenir. Le doute allait sans doute profiter à ce dernier lors du procès qui devait se tenir en mai suivant. Toutefois, la crainte de voir les braises de juillet 1830 se raviver s'était diffusée parmi la classe dirigeante.

— Je pensais, fit remarquer l'inspecteur, que Louis-Philippe faisait pleinement confiance à Casimir Perier et à son gouvernement pour neutraliser d'éventuels fauteurs de troubles.

Vidocq parut méditer un instant ces paroles. Puis il se pencha en avant, par-dessus le bureau, comme s'il s'apprêtait à confier un secret à Valentin et se méfiait des oreilles indiscrètes.

— Si vous voulez mon avis, tout le monde a tendance à mésestimer le monarque, mais le royal bonhomme est plus malin qu'on ne le croit. C'est la bourgeoisie d'affaires

1. Complot légitimiste impliquant plus d'un millier de volontaires qui devaient investir les Tuileries à l'occasion d'un bal, dans le but d'assassiner la famille royale et le président du Conseil. Les meneurs furent arrêtés début février 1832.

qui l'a porté au pouvoir, une poignée d'hommes qui ont confisqué la révolution de Juillet au peuple de Paris pour mettre en place une combinaison parfaitement à leur avantage. Le roi des Français[1] l'a très bien compris. Il sait de qui il tient son pouvoir et il est résolu à mettre en place un régime qui favorise le commerce et l'industrie de ses vrais partisans. Voilà pourquoi il lui faut la paix à l'extérieur du royaume et l'ordre à l'intérieur. Pour parvenir à ses fins, il a besoin de discréditer les extrêmes.

— Je ne vous savais pas si fin observateur de la chose politique, remarqua Valentin.

— Tout poisson doit savoir dans quelle mare il évolue s'il ne veut pas finir dans une assiette ou dévoré par ses congénères. Comme je le disais, aussitôt parvenu au pouvoir, Louis-Philippe n'a eu qu'une idée en tête : affaiblir les courants susceptibles de nuire à sa politique. En nommant le banquier Laffitte comme chef de son premier gouvernement, au moment où les émeutes succédaient aux émeutes, il a réussi à démontrer l'incapacité des libéraux à maintenir l'ordre et est parvenu à effrayer suffisamment les bourgeois pour pouvoir imposer une reprise en main musclée sans risquer de se voir qualifié de tyran.

— Et, selon vous, la nomination de Casimir Perier l'an dernier poursuivrait un but similaire : affaiblir la Résistance[2] ?

---

1. Appellation officielle sous laquelle Louis-Philippe accéda au pouvoir, alors que ses prédécesseurs avaient tous été sacrés roi de France.

2. Terme qui désignait la faction la plus conservatrice des partisans de Louis-Philippe, tandis que les libéraux constituaient le parti du Mouvement.

— Pardi ! Louis-Philippe n'a aucune affinité pour un tel pisse-froid ! Mais il est prêt à avaler quelques couleuvres pour asseoir son pouvoir personnel et parvenir à régner selon ses propres vues. Tenez ! Il s'est même résigné à quitter son cher Palais-Royal en septembre dernier, quand Perier a insisté pour qu'il vienne s'installer aux Tuileries, à la fois pour le symbole et pour mieux assurer sa protection.

— Il a aussi consenti à ce que son fils aîné, le duc d'Orléans, aux opinions jugées trop libérales par Perier, soit écarté du Conseil des ministres.

— Vous voyez bien ! triompha Vidocq. Et pourtant il ne fait pas de doute que Louis-Philippe nourrit bien plus d'estime pour son héritier que pour le président du Conseil. Non, je vous le dis, il se joue de Perier pour faire coup double comme au billard. Il donne tout pouvoir au chef du parti conservateur pour assurer la paix intérieure mais le laissera seul assumer l'impopularité due au rétablissement de l'ordre.

— Je me demande si vous ne prêtez pas à notre roi une trop grande duplicité. Après tout, il a fallu presque le forcer pour qu'il accepte la couronne en juillet 1830.

Vidocq lui adressa un clin d'œil entendu.

— Mais à présent qu'elle est rivée sur sa tête, croyez-en ce bon vieux Vidocq, il est prêt à s'y accrocher des deux mains. (Puis son sourire s'élargit et plongea la main dans un tiroir de son bureau pour en sortir deux verres de cristal et un carafon rempli d'un liquide ambré.) Mais que toutes ces considérations politiques ne nous empêchent pas de fêter dignement ma nomination ! Mon prédécesseur, le commissaire Hebers, était un médiocre policier, mais il gardait là sous le coude une petite prune des plus honnêtes. Évidemment cela ne vaut pas votre fameux cognac, mais il se laisse boire volontiers.

Valentin n'avait guère pour habitude de consommer de l'alcool si tôt dans la journée, mais il n'eut pas le cœur de refuser à son ami le plaisir de trinquer avec lui. Lorsque les deux verres furent entièrement vidés, Vidocq se frotta joyeusement les mains avant de s'exclamer :

— Rien de tel qu'un petit verre de temps en temps pour sceller une franche camaraderie ! D'ailleurs, à ce propos, si je tenais tant à vous voir ce matin, c'est que j'ai un petit service à vous demander.

Le jeune inspecteur sourit intérieurement. C'était bien dans les manières de ce filou de Vidocq que de déguiser une demande sous la chaleur de retrouvailles amicales. Mais l'ancien bagnard était si attachant et lui avait rendu de si grands services par le passé qu'il ne s'en offusqua pas. Bien au contraire, il réagit d'un élan généreux.

— Si je puis vous être d'une quelconque utilité, je m'en ferai une joie. Vous savez pouvoir compter sur moi en toute occasion, mon ami. Parlez donc.

— Eh bien voilà ! commença le nouveau chef de la Sûreté en effaçant d'un coup toute trace de sourire de son visage. Comme je viens de vous l'apprendre, mes efforts doivent pour l'heure se concentrer sur les foyers de potentielle déstabilisation politique. Je n'ai pas de temps à perdre avec des affaires de police pénale. Or le dossier de l'une d'entre elles vient précisément de m'être transmis. Il s'agit du meurtre d'un homme dont on a retrouvé le corps, il y a deux jours, dans une baignoire des bains flottants Mennetier.

— Vous voudriez que je reprenne l'affaire ?

— Vous lisez en moi comme en un livre ouvert.

Valentin se frotta dubitativement le menton.

— L'inconvénient, c'est que le Bureau des affaires occultes n'est pas lui non plus destiné à s'occuper du tout-venant. Nous ne prenons en charge que les cas… disons, qui sortent un peu de l'ordinaire.

— Eh, mon bon, je sais cela, bien entendu ! Mais justement cette affaire est loin de revêtir des aspects communs. Pour commencer, la victime était un cholérique atteint au dernier degré. Celui ou celle qui l'a tué n'a fait qu'avancer sa mort de quelques jours. Avouez que ce n'est pas banal !

— Sans doute le meurtrier ignorait-il cette circonstance.

— Attendez ! Ce n'est pas le seul détail troublant. L'homme a été poignardé dans son bain, mais son agresseur ne s'est pas limité à cela. Il lui a aussi prélevé un rein.

— Un rein ? répéta Valentin, incrédule.

— Comme je vous le dis ! Étonnant, n'est-ce pas ? Mais ce n'est pas tout ! En l'espace de dix jours, c'est le troisième cadavre mutilé que l'on retrouve. Et, chaque fois, c'est la même chanson : le défunt est un malade atteint du choléra au dernier degré et on lui a dérobé un organe. Le poumon la première fois et le foie pour le deuxième de la série. Les premières investigations menées par mon prédécesseur ont écarté le mobile du vol. Aucun bien n'a été dérobé aux victimes. Le commissaire Hebers envisageait plutôt la piste d'un éventuel pervers. Je ne sais pas si on peut employer le terme « occulte », mais vous admettrez avec moi que l'affaire est des plus étranges.

Valentin acquiesça silencieusement. Il ne voulait pas trop le montrer, mais Vidocq était parvenu en quelques mots à susciter son intérêt. Pourquoi supprimer des moribonds ? Et dans quel but leur ôtait-on chaque fois un organe interne ? Déjà, sans même un effort de volonté de sa part, toute une mécanique se mettait en branle dans son cerveau pour échafauder de possibles hypothèses. Sa curiosité naturelle et sa volonté de combattre le mal sous toutes ses formes le poussaient à répondre favorablement à la sollicitation de son interlocuteur.

— Il faudrait tout de même que j'avise le préfet Gisquet, dit-il finalement. Lui seul peut avaliser la saisine officielle de mon service.

Avec cet aplomb qui le caractérisait, Vidocq s'extirpa de son fauteuil et vint assener une solide bourrade à l'épaule de son jeune collègue.

— Ne vous donnez pas cette peine, mon ami. Je lui en ai déjà parlé ce matin même. Et il m'a signifié son accord, à condition toutefois que vous y consentiez à votre tour. Comme vous pouvez le voir : c'est une affaire qui roule !

4

Professionnel et amateur

Dès l'entrée, l'odeur complexe avait pris Aglaé à la gorge. Envahissante, désagréable, suffocante. En dépit du mouchoir qu'elle avait placé devant son visage selon les consignes préventives de Valentin, les émanations du phénol se mêlaient aux puanteurs de l'urine de rat et aux remugles des chairs putrides pour agresser les narines de la jeune femme. Cependant, elle s'efforçait de ne rien laisser voir de son dégoût et suivait sans rechigner son compagnon le long des couloirs sombres, aux murs suintants d'humidité, où des essaims de mouches repues tournoyaient et bourdonnaient sans cesse autour de leurs têtes.

Tous deux s'étaient rendus quai du Marché-Neuf, à quatre pâtés de maisons de la préfecture de police, pour examiner dans les locaux de la morgue les dépouilles des trois hommes assassinés.

— Soyez pas étonnés, fit l'employé qui les avait guidés à travers le labyrinthe pestilentiel, on a isolé les corps et on les a exposés à des vapeurs de soufre puis lavés avec de l'eau chlorée. Rapport aux risques de contagion, vous comprenez. Si le commissaire Hebers et, après lui, M. Vidocq avaient pas lourdement insisté, pour sûr qu'on s'en s'rait débarrassés au plus vite ! Sauf vot' respect, si j'étais vous, j'm'attarderais point trop longtemps. Ce fichu choléra, paraît qu'y vous saute au visage, pire qu'un matou enragé !

Son expression laissait clairement entendre qu'il s'étonnait de la présence en ces lieux d'une femme aux côtés de l'inspecteur et sans doute la désapprouvait-il. Toutefois, il n'osa pas formuler de réserve explicite. Haussant les épaules, il choisit une clé parmi toutes celles pendant au lourd trousseau de sa ceinture et la glissa dans la serrure d'une porte qui ressemblait comme deux gouttes d'eau à celle d'une cellule de prison. Puis, peu enclin à prendre le moindre risque, il s'effaça de façon à signifier à ses visiteurs qu'il n'était pas dans ses intentions de les accompagner jusqu'au bout.

La salle voûtée dans laquelle pénétra le couple de policiers s'étirait tout en longueur. Elle était éclairée par deux soupiraux, et ses carreaux de faïence blanche qui montaient le long des murs jusqu'à mi-hauteur étaient loin de présenter une propreté irréprochable. De grandes taches brunâtres les maculaient et Aglaé ne put s'empêcher de frémir en imaginant de quels fluides ou de quelles substances elles tiraient leur origine. Plusieurs tables de marbre s'alignaient dans la pénombre. Seules les trois premières supportaient un corps dont les formes se dessinaient en relief sous un drap de toile rêche.

Depuis deux ans, Valentin était devenu un familier de la morgue et la proximité de cadavres ne le perturbait pas le moins du monde. Il agissait en professionnel et ne voyait plus en eux l'être qui avait été, mais un simple sujet d'étude, une source de précieuses informations que seul un examen précis et méthodique pouvait révéler.

Aussitôt entré, et sans même songer à vérifier que sa compagne n'était pas indisposée par l'atmosphère macabre de l'endroit, il se dirigea directement vers la première dépouille et, plaquant lui aussi un mouchoir sur son nez, saisit avec délicatesse le linceul et l'abaissa jusqu'aux épaules. Le visage émacié d'un jeune homme blond apparut. Valentin consulta les notes qu'il avait prises à partir des dossiers transmis par Vidocq.

— Celui-ci doit être André Mauvoisin, dix-neuf ans, étudiant en lettres. Il s'agit de la deuxième victime, découverte il y a six jours dans la chambre qu'il occupait au dernier étage d'un immeuble de la rue du Renard. Sa logeuse à qui il s'était plaint la veille de maux de ventre s'était étonnée de ne pas l'avoir aperçu de la journée. La nuit allait tomber quand elle s'est enfin décidée à aller le voir, bien déterminée à lui donner son congé immédiat au moindre soupçon d'affection contagieuse.

Aglaé s'approcha à son tour. Il n'était pas question pour elle de demeurer en arrière. Moins familiarisée que Valentin avec la mort, elle tenait pourtant à se montrer à la hauteur de toutes les tâches qui pouvaient incomber à un enquêteur de la préfecture chargé d'élucider une affaire criminelle. Toutefois, en observant le cadavre, elle ne put s'empêcher d'être frappée par l'aspect grisâtre et presque translucide de la peau. On aurait pu croire qu'il s'agissait d'un vulgaire mannequin de comédie.

— Lui connaissait-on des ennemis ? demanda-t-elle, plus pour s'arracher à la fascination exercée par cet étrange masque de cire que par réelle curiosité.

— Un rival tout au plus, lâcha Valentin en consultant de nouveau ses papiers. Mauvoisin et un autre étudiant se disputaient les faveurs de la même grisette. Mais les interrogatoires et les vérifications effectués par les hommes de la Sûreté ont permis de mettre les deux jeunes gens hors de cause.

— A-t-on pu déterminer les causes exactes de la mort ?

Valentin approuva d'une voix impersonnelle, comme s'il adoptait le strict point de vue du scientifique et avait résolu une fois pour toutes de laisser ses émotions à l'entrée du bâtiment pour ne point les laisser altérer son jugement :

— Le médecin chargé d'examiner le corps a pris soin de noter scrupuleusement la présence de symptômes témoignant d'une atteinte cholérique dans sa forme la plus grave : yeux vitreux, globes oculaires enfoncés dans les orbites, extrémités cyanosées, pli cutané durable au pincement de la peau. Tout cela témoigne d'une sévère déshydratation. Mauvoisin devait se trouver dans un état de délabrement extrême. (À cet instant, il marqua une courte pause et fit pivoter la tête du mort, de façon à mettre en évidence un orifice au niveau de la jugulaire droite.) Cependant, comme tu peux le constater toi-même, ce n'est pas la maladie qui a eu raison de ce malheureux. Quelqu'un l'a poignardé au niveau du cou. Un seul coup porté avec détermination et précision, à l'aide d'une lame très fine. Une sorte de stylet vraisemblablement.

— La chose exigeait-elle une force particulière ?

— Pas nécessairement. Même une femme aurait pu en être capable, à condition bien sûr de faire preuve d'un minimum d'adresse et de sang-froid. Et d'une certaine familiarité dans le maniement de l'arme. Mais là n'est pas le plus intéressant, semble-t-il. Seulement, je vais devoir découvrir le corps davantage et je comprendrais que tu préfères t'épargner pareille vision.

Aglaé, l'œil sombre, lui assena aussitôt une bourrade dans les côtes.

— Inutile de jouer les galants, protesta-t-elle vivement. Je ne suis pas en sucre, Dieu m'en garde !

Amusé par cette réaction épidermique et plutôt fier aussi de vérifier une nouvelle fois que sa compagne n'était décidément pas de ces âmes sensibles qu'un rien effarouche, le jeune inspecteur fit glisser le drap jusqu'aux hanches. Une horrible cicatrice en Y barrait le ventre. Les bords de la plaie étaient nets mais présentaient plusieurs ruptures de ligne, signe que l'assassin avait usé d'un instrument parfaitement tranchant mais qu'il avait dû s'y reprendre néanmoins à plusieurs fois pour inciser la paroi abdominale.

Valentin se pencha sur l'affreuse blessure et en écarta délicatement les bords de ses doigts gantés, tout en prenant bien soin de retenir sa respiration derrière son mouchoir pour se prémunir des miasmes éventuels.

— Du travail d'amateur, murmura-t-il comme pour lui-même. Même le moins habile des bouchers s'en serait tiré plus adroitement pour extraire le foie.

Sur la deuxième table de marbre les attendait un cadavre à l'aspect bien plus repoussant. En dépit des bains et des antiseptiques employés pour en retarder la survenue, le travail de putréfaction était déjà bien entamé. Les chairs présentaient toutes sortes d'enflures et de colorations suspectes allant du jaune safran au vert glaireux. Quant au drap douteux, une fois soulevé, il laissa se répandre dans l'atmosphère une odeur douceâtre et écœurante. Il s'agissait de la première victime selon l'ordre chronologique. Un crieur de canards[1] d'une soixantaine d'années, nommé Honoré Roussard, dont le corps avait été retrouvé dix jours plus tôt au fond d'une impasse. Mêmes stigmates liés au choléra, même blessure au cou et ravages similaires plus bas, où le meurtrier avait dû s'escrimer comme un beau diable pour arracher le poumon droit de la cage thoracique.

— Tout cela paraît l'œuvre d'un dément, fit remarquer Valentin en se dirigeant vers la dernière table. À quoi bon assassiner des mourants ? Et surtout pourquoi s'acharner ainsi sur les cadavres ? On dirait que tuer ne suffisait pas, que le meurtrier cherchait aussi à avilir ses victimes.

— Que sait-on du dernier ? questionna Aglaé.

L'inspecteur venait de découvrir le visage du troisième trépassé, un petit brun entre deux âges, dont la calvitie naissante était masquée par une longue mèche ramenée sur le sommet du crâne.

— À vrai dire, pas grand-chose. Un client des bains Mennetier, mais pas un habitué. Les employés affirment qu'ils ne l'avaient jamais vu auparavant. Le meurtre a dû avoir lieu peu avant la fermeture. Ce qui est étonnant, c'est que personne n'a rien entendu ni rien remarqué d'anormal jusqu'à ce qu'on retrouve le cadavre gisant dans l'eau ensanglantée de son bain.

---

1. Vendeur à la sauvette de feuilles imprimées qui reprenaient, sur un mode sensationnel, les faits divers annoncés par les journaux ayant pignon sur rue.

— Et rien dans ses affaires n'a permis de l'identifier ?

— Tous ses effets personnels ont été rapportés ici, dit Valentin en désignant un tas d'habits sur une chaise. On a retrouvé sur lui une bourse renfermant encore quelques pièces, mais aucun papier ni objet susceptible de nous orienter sur une piste. L'un de nos premiers soucis doit donc être de lever cet anonymat. Qui sait ? Cela nous permettra peut-être d'établir un lien entre nos trois clients.

Tout en parlant, il avait commencé à se livrer au même examen minutieux des plaies du dernier cadavre. Il acquit assez vite la conviction que les mutilations avaient été pratiquées par la même main. On retrouvait des lacérations identiques au niveau des tissus sous-cutanés, les mêmes traces d'hésitation aux endroits où la lame s'était attaquée aux tendons et aux fibres musculaires les plus résistantes.

De son côté, Aglaé s'était lassée des explorations anatomiques de son compagnon. Pour ne plus avoir à contempler les trois cadavres dont la vue l'indisposait, elle se donnait une contenance en passant en revue les vêtements de l'inconnu. Elle manipulait une longue chemise de drap blanc lorsqu'une exclamation victorieuse lui échappa :

— Tiens, tiens ! On dirait que j'ai mis la main sur quelque chose d'intéressant !

Valentin se retourna, la mine dubitative.

— Vidocq m'a pourtant assuré que ses hommes avaient déjà examiné ces vilaines hardes sans rien trouver qui vaille la peine.

— Rien d'étonnant à cela ! persifla la jeune femme. Ces messieurs ne doivent guère avoir l'occasion de prendre soin de leur linge. Ils abandonnent volontiers cette tâche domestique à la mère de leurs enfants. N'empêche qu'à cause de cela, ils sont passés à côté d'un détail d'importance.

Joignant le geste à la parole, Aglaé retroussa le col de la chemise. Une broderie constituée d'une demi-lune suivie de deux chiffres était cousue au fil rouge sous le rabat du tissu. Elle la désigna à son compagnon avec un large sourire.

— Lorsque nous aurons retrouvé la blanchisseuse ou la couturière qui a laissé sa marque sur cette chemise, triompha-t-elle, nous aurons fait un grand pas vers l'identification de notre mystérieux baigneur. Voilà bien la preuve que la police ne saurait se passer des services d'auxiliaires féminines !

5

Une brute avinée et une singulière voisine

L'après-midi touchait à sa fin lorsque Valentin et Aglaé quittèrent la vieille boucherie reconvertie en morgue pour recevoir les victimes de morts violentes. La pénombre avait déjà recouvert les environs, cet amas de masures et de garnis louches qui jouxtait le petit bras de la Seine.

L'inspecteur proposa à sa compagne de la raccompagner jusque chez elle. Depuis qu'elle avait officiellement intégré le Bureau des affaires occultes, l'ancienne actrice avait quitté la chambre qu'elle louait à deux pas du boulevard du Crime et s'était rapprochée de la préfecture. Elle avait emménagé six mois plus tôt dans un immeuble en bord de Seine, où elle occupait un appartement mansardé de dimensions modestes mais non dénué de charme.

Les jeunes gens traversèrent le pont Saint-Michel et remontèrent le quai en direction de l'annexe de l'Hôtel-Dieu située sur la rive gauche du fleuve[1]. C'était à ce

1. L'hôpital n'occupait pas son emplacement actuel, mais se répartissait entre le sud de l'île de la Cité, le pont au Double et la rive gauche de la Seine.

niveau que se trouvaient accueillies les victimes du choléra. Matin et soir, la circulation s'y faisait intense avec le va-et-vient des carrioles qui ramassaient chaque jour les malades trop faibles pour gagner l'hôpital par leurs propres moyens.

Comme les deux jeunes gens parvenaient à la hauteur de l'hôtel de l'Étoile du Nord, au numéro 13, un embarras impliqua plusieurs voitures du service sanitaire, un fiacre attelé de deux chevaux et la charrette à bras d'un chiffonnier et de sa moitié. Le conducteur du sapin[1], une sorte de grand escogriffe mal luné, gesticulait sur son siège en vociférant et agitait son fouet dans le vide comme s'il s'agissait d'une baguette magique qu'il suffisait de brandir pour se dégager.

Attirés par les cris, des gens apparaissaient sur le pas de leur porte et chacun y allait de son conseil pour débloquer la situation. Quelques quolibets venaient se rajouter à la cacophonie ambiante. Des gosses, leurs pieds mal chaussés ballants dans le vide, s'étaient installés en rang d'oignons sur le parapet pour jouir du spectacle. Ils battaient des mains et sifflaient entre leurs doigts comme des habitués du poulailler à la première d'un mélodrame.

Les deux policiers allaient passer leur chemin sans s'attarder lorsque l'attention d'Aglaé fut attirée par le couple de fripiers qui s'activaient pour extraire leur misérable carriole de la cohue. La femme, d'apparence frêle, s'arc-boutait entre les deux bras de son char et tirait de toutes ses forces en poussant d'horribles râles. Son teint était tanné par le soleil et la crasse, ses membres

1. Fiacre, dans l'argot de l'époque.

fins et sa poitrine creuse. Elle souffrait manifestement de malnutrition. C'était pourtant elle qui produisait le plus gros de l'effort, tandis que son compagnon, au moins deux fois plus large d'épaules, se contentait de prendre appui sur l'une des ridelles sans même faire semblant de pousser. Son nez rouge et boursouflé suffisait à trahir un penchant prononcé pour la boisson tandis que ses oreilles en chou-fleur révélaient un caractère querelleur que l'abus d'alcool devait exacerber.

Au moment où la carriole daignait enfin pivoter pour libérer le passage, l'un des ballots de vieilles frusques chuta du plateau sur les pavés boueux. À la vue de la marchandise souillée et des éclaboussures marronnasses qui venaient de maculer le bas de son pantalon, l'ivrogne poussa un cri d'orfraie. Son regard se fit dur comme la pierre.

— Tu peux donc pas faire gaffe, fichue garce ! gronda-t-il tout en se redressant. Tu vas vite ramasser tout ça. Pis, j'te préviens qu'si c'est dégueulasse, tu grailleras point avant qu'd'avoir tout lavé.

Joignant le geste à la parole, il tituba en direction de sa compagne. Celle-ci roulait des yeux effarés. Sans doute habituée à recevoir de sévères corrections, elle rentra la tête dans les épaules puis croisa les bras devant sa figure en un rempart dérisoire. Victime muette et consentante, aussi résignée qu'un chien battu incapable de se rebeller contre un mauvais maître.

L'homme éméché brandissait déjà son poing pour frapper lorsqu'une voix outrée dans son dos le fit se retourner d'un bloc.

— Vous n'avez pas honte de vous en prendre à cette malheureuse ? Un solide gaillard comme vous ! Au lieu de la laisser trimer comme une bête de somme, c'est vous qui devriez tirer votre fardeau.

Prenant Valentin de court, Aglaé avait traversé en hâte la chaussée pour s'interposer entre la brute avinée et sa chétive épouse. Sans souci pour sa propre sécurité, elle s'était faufilée entre les attelages, au risque d'affoler les chevaux en partie aveuglés par leurs œillères et de prendre un vilain coup de sabot au passage.

En constatant la mise élégante de la jeune femme qui osait le rabrouer, le chiffonnier marqua un léger flottement. Mais sa nature vindicative reprit vite le dessus.

— Depuis quand qu'j'aurais des comptes à rendre sur la façon que j'corrige ma femme ? Et surtout à une p'tite dévergondée qui court les rues sans son homme !

Aglaé ne se laissa pas démonter et riposta :

— Vous n'êtes qu'une sale brute imbibée d'alcool ! Je vous interdis de frapper cette femme, vous m'entendez ?

— Écoutez-la, vous autres ! ricana méchamment le chicaneur. Pour qui qu'elle s'prend, cette pimbêche ? Si tu déguerpis pas rapidement d'ma vue, c'est toi qui vas prendre une belle dérouillée !

Délaissant l'enchevêtrement des voitures qui commençait à se résorber, l'attention du public s'était reportée sur l'altercation opposant cette jeune inconnue à une figure du quartier réputée pour ses débordements dus à la boisson. Espérant jouir d'un spectacle inédit, certains badauds prenaient même un malin plaisir à exciter le sac à vin. De la voix et du geste, ils l'encourageaient à ne pas laisser une simple femelle lui dicter sa conduite.

Voyant qu'Aglaé continuait de s'interposer entre son épouse et lui tout en le défiant du regard, l'intéressé craignit de perdre la face devant cette foule moqueuse qui faisait cercle à présent autour d'eux. Sa bouche se tordit en un rictus hargneux. De nouveau, il leva un bras menaçant en soufflant au visage de l'ancienne actrice son haleine fortement alcoolisée.

— Tant pis pour toi, morue ! J't'aurai prévenue, tu vas recevoir la raclée de ta vie !

Mais il n'eut pas le loisir de passer des paroles aux actes. Une poigne de fer bloqua tout à coup son avant-bras. Il poussa un grognement bestial en découvrant l'allure presque juvénile de l'insensé qui venait de porter la main sur lui.

Valentin avait pu se rapprocher discrètement en jouant des coudes pour se frayer un passage à travers l'assistance, ce qui lui avait permis d'intervenir juste au moment propice. Il savait toutefois qu'il ne bénéficierait pas longtemps de l'effet de surprise. Ayant lu dans les yeux de l'ivrogne que celui-ci ne se laisserait pas raisonner, il décida froidement de ne pas lui accorder la moindre chance.

Sans lâcher sa prise, il effectua une habile pirouette sur lui-même, ce qui eut pour effet de tordre le membre de son adversaire dans son dos. La douleur fulgurante contraignit l'homme à poser un genou à terre. Afin de le mettre définitivement hors de combat, l'inspecteur cala sa cuisse au niveau des reins et exerça une forte traction vers le haut. Un craquement sinistre se fit entendre lorsque l'articulation du coude céda d'un coup. Le chiffonnier poussa un cri de goret et s'affala de tout son long dans une flaque de boue.

— Jacquou ! s'écria sa moitié en sortant de sa sidération pour se précipiter auprès du gisant. Mon pauvre

Jacquou ! Qu'est-ce qu'il t'a fait, ce méchant drôle ? (Elle s'était agenouillée et avait relevé la tête du blessé pour lui caresser le front et le bercer comme elle l'aurait fait avec un petit enfant.) Tu souffres beaucoup, dis ? Oh, je t'en prie ! Réponds-moi, mon Jacquou. Réponds !

Le blessé était cependant bien incapable de parler. La bouche grande ouverte, il se tordait de douleur. De la morve mêlée à des larmes lui coulait sur les joues et le menton. Étonnamment, ce fut Aglaé qui réagit avec une agressivité inattendue aux lamentations de celle qu'elle venait de secourir.

— Comment pouvez-vous plaindre ce misérable ! s'indigna-t-elle. Si je l'avais laissé faire, il vous aurait tout bonnement assommée !

Sans cesser de dorloter son époux, la femme leva sur Aglaé ses yeux caves. On pouvait y lire un profond désarroi, mais aussi de l'incompréhension et une sorte de timidité craintive.

— C'est mon homme, finit-elle par lâcher dans un souffle, comme si ces quatre mots justifiaient toute une existence de privations et de souffrances.

Puis elle détourna vivement la tête, ne supportant pas de lire une vive réprobation dans le regard de la jeune femme. Mais Aglaé ne semblait pas disposée à en rester là. La colère faisait palpiter les veines de ses tempes et blanchir les ailes de son nez. Les mains sur les hanches, elle apostropha sèchement la malheureuse :

— Ton bourreau, plutôt ! Un bon à rien que la vinasse transforme en tyran domestique. Mon Dieu ! Quand les femmes comprendront-elles qu'accepter les coups, c'est se faire les complices de leur propre tortionnaire ?

Valentin lui-même se trouvait déconcerté par la

véhémence de sa compagne. Jamais encore il n'avait vu Aglaé sortir aussi rapidement de ses gonds. Constatant qu'une rumeur vaguement hostile commençait à émaner du public, il l'attrapa par l'épaule et la tira doucement en arrière.

— À quoi bon, Aglaé ? Tu ne lui ouvriras pas les yeux en lui criant dessus. Allons, viens ! Inutile de nous donner en spectacle plus longtemps !

Avant de s'éloigner, il déposa deux pièces d'argent dans la main de la femme agenouillée et lui conseilla de se rendre à l'Hôtel-Dieu pour faire soigner son époux. Puis il fit face aux spectateurs dont les rangs s'étaient resserrés et exhiba sa médaille de la préfecture pour les inciter à leur laisser le passage. Encore très énervée, Aglaé se laissa toutefois entraîner docilement. Valentin attendit qu'ils se soient extirpés de la foule pour s'étonner :

— Mais quelle mouche t'a donc piquée ? Je ne t'avais encore jamais vue te mettre dans un état pareil. Que tu empêches cette brute de battre sa femme, je peux le comprendre. Là n'est pas la question. Mais ensuite, on aurait presque dit que c'était toi qui voulais lui flanquer une correction. Franchement, si tu t'étais vue de mes yeux, tu semblais littéralement hors de toi.

Aglaé se mordit les lèvres.

— Je suis désolée, marmonna-t-elle. Mais c'est plus fort que moi : je ne supporte pas ces femmes dociles qui acceptent le joug d'un époux alcoolique. Elles sont comme des esclaves acceptant de baiser la main qui tient le fouet.

— Ont-elles vraiment le choix ? La plupart n'ont pas de moyens propres de subsistance. Et légalement leurs maris ont toute autorité sur elles.

— On a toujours le choix, crois-moi ! En tout cas, voilà bien la preuve qu'il faudrait changer les lois. Le droit devrait toujours être du côté des plus faibles.

Le visage d'Aglaé s'était durci tandis qu'elle prononçait ces paroles. Valentin n'était pas autrement surpris par un tel discours. Il reconnaissait bien là les aspirations émancipatrices qui avaient poussé la jeune femme à se rapprocher des cercles féministes gravitant autour du mouvement saint-simonien[1]. Mais il pressentait que quelque chose d'autre se dissimulait sous la crispation soudaine des traits de son amie. La véhémence avec laquelle celle-ci s'en était prise à cette inconnue ne lui ressemblait pas. Pour qu'elle réagisse aussi vivement, il fallait qu'elle se sente intimement impliquée. Quelle en était la raison ? Valentin était bien incapable de répondre à cette question.

Contrarié, il réalisa brusquement qu'il savait fort peu de choses du passé d'Aglaé. Si la jeune femme lui avait volontiers confié ses joies et ses déconvenues depuis qu'elle s'était installée à Paris pour embrasser une carrière d'actrice, elle s'était toujours montrée en revanche évasive sur ses jeunes années et ne lui avait jamais parlé de sa famille. Tout juste avait-il cru comprendre qu'elle était originaire de Chartres, mais, sans doute pour ne pas susciter de la curiosité en retour et ne pas avoir à revenir lui-même sur ses propres souvenirs douloureux, il n'avait jamais cherché à en savoir davantage.

C'est parce que cette pensée à présent le troublait qu'il ne remarqua pas l'homme qui venait de leur

1. Courant de pensée alors en vogue prônant une société fraternelle et une certaine libéralisation des mœurs.

emboîter le pas. La cinquantaine bien sonnée, des sourcils gris broussailleux abritant un regard sournois, la peau du visage crevassée et marquée par d'anciennes traces de variole, il portait une casquette d'ouvrier et une large blouse rapiécée en divers endroits. Si Valentin y avait pris garde, peut-être aurait-il réalisé que le même individu faisait déjà le pied de grue rue de Jérusalem lorsqu'ils avaient quitté la préfecture quelques heures plus tôt, puis les avait patiemment attendus durant tout le temps qu'ils avaient passé à examiner les cadavres à la morgue. Mais, préoccupé par ses réflexions au sujet d'Aglaé, on aurait dit qu'il avait perdu son redoutable instinct de policier… Il ne prêta aucune attention à leur mystérieux suiveur.

Il ne fallut que quelques minutes aux deux jeunes gens pour atteindre l'immeuble d'Aglaé situé un peu plus loin sur le quai. Compte tenu de la pénible scène qu'ils venaient de vivre, Valentin éprouva quelque scrupule à prendre congé de sa compagne sous le porche. Et ce, d'autant plus que celle-ci ne paraissait pas encore avoir retrouvé son état normal. Elle donnait l'impression de s'être repliée sur elle-même. Comme si elle éprouvait le besoin de se rassembler pour surmonter un trop-plein d'émotions. Contrairement à son habitude, Valentin lui proposa donc de la raccompagner jusqu'à la porte de son appartement, ce qu'elle accepta du bout des lèvres.

Tandis qu'ils montaient l'escalier l'un derrière l'autre en observant un silence embarrassé, une joyeuse cavalcade venant des étages supérieurs leur fit lever la tête dans un parfait ensemble. Au même instant, dévalant les marches à toute allure, un mince jeune homme vêtu d'une redingote-guérite en gros drap gris surgit au tournant de la rampe et faillit se précipiter sur eux. *In extremis*, il parvint à freiner son élan et à se retenir à l'un des barreaux. En reconnaissant Aglaé, le nouveau venu ôta son chapeau pour la saluer et un flot de cheveux noirs se répandit sur ses épaules.

— Mademoiselle Marceau ! Quelle heureuse rencontre ! Je venais justement de toquer sans succès à votre porte. Je vous apportais cet exemplaire de *La Nouvelle Héloïse* dont je vous ai entretenue l'autre jour. Comme vous n'étiez pas là, je m'apprêtais à le déposer à la loge à votre intention.

La voix haut perchée alliée à la gracilité de la silhouette désarçonna quelque peu Valentin. Mais il fut encore plus décontenancé de voir Aglaé retrouver d'un coup, pour ce godelureau à l'allure efféminée, son sourire le plus avenant.

— Je vous remercie, George, dit-elle en tendant la main pour accepter le volume joliment relié de cuir vert. Je le lirai avec grand plaisir.

— Vous verrez, ce n'est pas seulement un roman de la passion amoureuse, mais aussi un plaidoyer pour une vie plus authentique, libérée de principes moraux surannés. Et puis la langue de Rousseau est tellement exquise. C'est comme une musique superbe qui ne se peut comparer qu'à celle du divin Mozart. On ressort de sa lecture tout ébloui.

Valentin sentit une pointe de jalousie lui titiller la poitrine. Qui était ce « Georges » qui se permettait de jouer les romantiques auprès d'Aglaé ? Et pourquoi ne lui avait-elle encore jamais parlé de ce freluquet dont les prétentions de soupirant auraient pu être irritantes si ses manières d'inverti ne les rendaient pas tout simplement grotesques ?

Aglaé devait être suffisamment fine mouche pour deviner les pensées de son compagnon, car elle choisit cet instant pour procéder aux présentations.

— Voici l'inspecteur Valentin Verne, de la préfecture de police, dit-elle en le désignant d'un geste charmant de la main. Valentin, permets-moi de te présenter George Sand, ma voisine de palier et, par l'effet de sa bonté, mon libraire attitré. Un libraire au goût des plus sûrs, d'ailleurs.

Le policier faillit s'étrangler en prenant conscience de sa méprise. Les yeux noirs en amande, le teint pâle, les traits finement dessinés, la petite taille n'excédant pas quatre pieds et quelques pouces[1]… Il aurait dû comprendre plus tôt qu'il avait affaire à une femme.

— Votre… voisine ? Par exemple ! Je dois confesser qu'au premier abord…

— Je reconnais volontiers que mes vêtements prêtent à confusion, le coupa la petite brune avec un joli sourire. Mais quand on se déplace à pied dans Paris, l'aspect pratique est à considérer. Et puis vêtue ainsi, n'ai-je pas l'air d'un petit étudiant de première année ? Je voltige d'un bout de la capitale à l'autre, et à toute heure. Nul ne songe à m'importuner ou à me renvoyer dans mon foyer.

— Madame est journaliste et écrivain, expliqua Aglaé. Elle a coécrit un premier roman intitulé *Rose et Blanche*, qui a connu un certain succès à la fin de

1. Environ un mètre cinquante-cinq.

l'année dernière. George Sand[1] est son nom de plume. Elle se nomme en réalité Aurore Dudevant.

— Ne dévoilez pas si vite tous mes petits secrets, la réprimanda l'intéressée en coulant un regard pétillant de malice en direction de Valentin. Face à un policier, qui plus est lorsqu'il possède la beauté d'un jeune dieu grec, je tiens à conserver une part de mystère… D'ailleurs, pardonnez-moi tous les deux, mais je dois vous quitter. Il me faut remettre sans tarder le texte d'un article au directeur du *Figaro*.

Et la jeune femme disparut dans la cage d'escalier aussi brusquement qu'elle était apparue. Demeurés seuls, Aglaé et Valentin échangèrent un regard amusé. Comme par magie, toute forme de gêne avait disparu entre eux.

— Un drôle de phénomène, n'est-ce pas ? commenta Aglaé. Avoue que pendant un court instant, l'envie de lui voler dans les plumes t'a démangé.

— Quelle idée aussi de se vêtir en homme ! J'ai cru que cet importun cherchait à te séduire avec les mots des autres. (Adoptant une voix haut perchée, il singea en forçant le trait celle qu'il avait prise, l'espace d'un instant, pour un potentiel rival :) *La langue de Rousseau est si exquise, on croirait écouter du Mozart*. Oui, c'est vrai, je le concède, j'avais une furieuse envie de lui faire avaler son chapeau, à ce petit monsieur.

1. À son arrivée à Paris, George Sand signe ses nouvelles et le premier roman qu'elle écrit avec son amant Jules Sandeau « J. Sand ». Puis elle fait évoluer son pseudonyme en « G. Sand ». En 1832, quand elle commence à utiliser le prénom entier, elle adopte la forme française « Georges ». La graphie définitive « George » n'est en fait attestée qu'à partir de juillet 1833.

— Mais c'est qu'il serait jaloux, ma parole !

— Tout de suite les grands mots ! tenta de protester Valentin. Jaloux, moi ? Allons donc ! Simplement, cela me chagrinerait de te voir gaspiller ton temps avec un fat qui s'imaginerait que ton cœur est à prendre. Mais puisque notre admirateur de Rousseau est une femme, me voilà tout à fait rassuré !

— Tu ne devrais peut-être pas, le taquina Aglaé. Je ne suis pas du tout certaine que George soit une personne fréquentable aux yeux de la bonne société. Figure-toi que non contente de se travestir, elle possède un petit mari quelque part dans le Berry, mais aussi deux enfants encore en bas âge. Elle partage pourtant son appartement parisien avec un journaliste de sept ans son cadet, au bras duquel elle s'affiche sans vergogne dans les cafés à la mode et au parterre de tous les théâtres.

— Et bien sûr, je parie que ton sens aigu de la morale n'y trouve absolument rien à redire. Pourquoi n'en suis-je même pas étonné ?

Une demi-heure plus tard, Valentin prit congé de son amie dont la bonne humeur avait été complètement rétablie par leur rencontre avec George Sand.

Il venait à peine de franchir le seuil de l'immeuble qu'une silhouette se glissa subrepticement dans son dos. Elle parvint à pénétrer à l'intérieur juste avant que la lourde porte n'ait achevé de se rabattre. Il s'agissait de l'inconnu au visage marqué par la variole qui avait suivi le couple depuis la rue de Jérusalem. L'homme avisa la concierge à l'entrée de sa loge. Portant une main à sa casquette pour la saluer, il prit une mine engageante et l'aborda au culot :

— Bien le bonjour chez vous, la mère ! J'ai là dans ma carriole un bonheur-du-jour à livrer à une certaine Marceau Aglaé. C'est bien ici ?

Habituée à jauger au premier regard les visiteurs, la gardienne rangea ce drôle d'oiseau mal fagoté dans la catégorie des sous-fifres qu'on peut rudoyer à sa guise.

— Quatrième étage, gauche, lâcha-t-elle en fixant d'un air offusqué les godasses crottées du supposé livreur. Vous f'rez bien d'vous brosser soigneusement les pieds sur le paillasson après avoir déchargé votre marchandise. J'vous préviens que j'vérifierai avant que d'vous laisser grimper là-haut.

L'homme acquiesça et tourna rapidement les talons. Un sourire satisfait éclairait à présent ses traits ingrats, tandis que d'inquiétantes pensées roulaient sous son crâne. *J'savais ben que j'finirais par t'retrouver. Tu perds rien pour attendre, mauvaiseté !*

6

Du vinaigre et des mouches

— Je n'oublierai jamais la seule fois où j'ai vu l'Empereur avoir la larme à l'œil. C'était à Fontainebleau, en avril 1814, le jour de sa première abdication. Le Petit Tondu[1] était descendu dans la cour du château pour faire ses adieux aux grenadiers de sa garde. Certains vétérans qui avaient affronté plus d'une fois la mort sans frémir pleuraient pourtant comme des enfançons. Vrai ! C'était un tableau d'une rare émotion.

Au dernier étage de la préfecture, dans l'espace réservé aux enquêteurs du Bureau des affaires occultes, Tafik, l'ancien mamelouk de Napoléon, avait entrepris de partager les souvenirs les plus mémorables de ses campagnes avec ses nouveaux collègues. Tandis qu'Aglaé l'écoutait avec plaisir évoquer ce passé glorieux, l'Entourloupe affectait de ne pas y prêter grande attention. L'ancien escroc ne se contentait pas de siffloter en fixant les mouches au plafond. Il faisait aussi mine d'entretenir sa dextérité en manipulant une pièce d'argent qui virevoltait entre les phalanges de sa main

1. Surnom donné à Napoléon par ses soldats.

droite. En réalité, il ne perdait pas une miette des propos de Tafik et ne supportait plus de l'entendre porter Napoléon aux nues.

— Pour ma part, finit-il par lâcher entre ses dents, je compatis davantage aux larmes versées par toutes ces mères dont les enfants ont péri sur les champs de bataille de l'Empire. Ces flots de sang n'ont été versés que pour satisfaire l'ambition démesurée d'un seul homme.

Le colosse à l'aspect farouche toisa d'un air narquois l'avorton qui osait critiquer son idole. Un moucheron qu'il aurait pu écraser d'un revers de main ! Il préféra s'en amuser :

— Tu penses peut-être que le régime actuel est préférable ? Il est vrai que Louis-Philippe est un monarque à ta mesure. Comparé à l'Empereur, c'est un nain qui se laisse dicter sa politique étrangère par les anciennes puissances coalisées.

À ces mots, l'Entourloupe vit rouge. Il se haussa sur la pointe des pieds, comme s'il cherchait à gommer sa petite taille, et défia l'impressionnant colosse du regard.

— C'est pour moi que tu parles de nain ? Et puis d'abord, sache que je me contrefous de Louis-Philippe tout autant que de ton Bonaparte. Je suis un républicain, moi ! Le pouvoir doit revenir au peuple et à lui seul !

Tafik lissa ses moustaches et afficha un air goguenard.

— Le peuple ? Connais pas ! Jamais rencontré ! On se bat pour un chef charismatique qui vous entraîne derrière lui, pas pour une chimère née de l'imagination de quelques philosophes.

— Parce qu'on ne s'est peut-être pas battu à Valmy et à Jemmapes ? Mais un étranger, qui plus est ancien mercenaire, ignore probablement ce que recouvrent ces deux noms. Ce sont des êtres frustes comme toi qui font le lit des tyrans.

L'allusion à ses origines heurta moins Tafik que ce qualificatif de « fruste ». Lui qui avait reçu une solide éducation à Tiflis[1] durant sa jeunesse ne supportait pas que des gens moins cultivés que lui s'autorisent à afficher des airs supérieurs à son égard. Calquant son attitude sur celle de l'Entourloupe, il se montra à son tour agressif.

— C'est Napoléon que tu qualifies de tyran, le nabot ? demanda-t-il en faisant jouer les muscles de ses bras et en heurtant plusieurs fois du poing la paume de sa main gauche.

— Parfaitement ! riposta l'Entourloupe sans se laisser démonter. Et les grands types dans ton genre ne m'impressionnent pas. Quand on les a allongés comme il se doit, n'importe qui peut leur marcher dessus.

— Dis donc, répète ça un peu pour voir !

— C'est pas toi qui m'empêcheras de clamer bien haut ce que je pense. À mort les tyrans et vive la République !

Aglaé s'était d'abord amusée de voir les deux mâles se prendre de bec, tels des coqs ridicules se dressant sur leurs ergots et défendant chacun sa basse-cour. Mais devant cette escalade verbale, elle décida qu'il était grand temps de calmer les esprits.

— Cela suffit à présent ! intervint-elle en s'interposant

1. Ancien nom arabe de Tbilissi. Les mamelouks étaient en effet recrutés parmi les esclaves affranchis non musulmans, notamment d'origine géorgienne ou circassienne.

avec autorité entre ses collègues. Dans ce service, nous ne servons que deux maîtres : la vérité et la justice. Et nous n'y parviendrons que si chacun laisse ses opinions politiques à la porte. (Sa voix se radoucit et elle leur offrit son sourire le plus charmeur.) Allons ! Oubliez ces vaines querelles et serrez-vous la main en bons camarades.

Les deux hommes continuèrent encore à se fixer en chiens de faïence durant quelques secondes, puis Tafik fut le premier à se détendre. Son regard ombrageux s'éclaircit et il s'avança de trois pas en tendant la main à l'Entourloupe. Après une ultime hésitation, le visage toujours un peu chafouin, ce dernier se décida à serrer la main offerte.

— À la bonne heure ! conclut Aglaé. Vous voilà redevenus raisonnables. On n'a pas idée de se chercher des poux dans la tête pour des bêtises pareilles. Dans une brigade aussi petite que la nôtre, nous devons faire front commun et pouvoir compter les uns sur les autres dans toutes les situations. Il n'y a pas de place pour les chamailleries.

En son for intérieur, la jeune femme se disait que Valentin avait été bien téméraire de réunir dans son équipe deux fortes têtes aux opinions politiques aussi dissemblables. Cette cohabitation forcée pouvait rapidement tourner au vinaigre si l'on n'y prenait garde.

Le chef du Bureau des affaires occultes choisit précisément ce moment-là pour faire son apparition. Valentin avait passé le début de la matinée dans son bureau à récapituler les maigres informations glanées la veille et à arrêter un plan d'action. À son entrée dans la pièce, une sorte de sixième sens lui permit de percevoir le reste de malaise qui régnait entre ses subordonnés. Il interrogea Aglaé du regard, mais celle-ci le rassura d'un discret haussement d'épaules. Aussitôt, il chassa la chose de son esprit et communiqua à son équipe, sans plus tarder, le résultat de ses réflexions.

— L'enquête que le préfet vient de nous confier semble obscure à bien des égards, commença-t-il, le front soucieux. Nous avons trois cadavres mutilés, mais pas de mobile clairement établi. En particulier, aucun de ces hommes n'a été volé. Par les temps troublés que nous vivons, avec de surcroît cette fichue épidémie qui met tout le monde à cran, la population risque de s'échauffer assez vite si elle apprend qu'un criminel court les rues en tuant sans nécessité. Nous devons faire vite pour mettre ce meurtrier hors d'état de nuire.

— Est-on sûr qu'il s'agit du même assassin ? questionna l'Entourloupe.

— L'examen des corps laisse planer peu de doute à ce sujet. J'ai demandé à ce qu'un médecin confirme cet élément rapidement. Son rapport devrait me parvenir demain au plus tard.

— Des points communs entre les victimes ?

— Nous n'avons identifié que les deux premières. Des personnes modestes et *a priori* sans histoire. Un étudiant en lettres et un vendeur de gazettes. Tous deux habitaient le quartier Saint-Merri. Nous ignorons encore l'identité du troisième, mais à en juger par l'état de ses mains il doit s'agir d'un ouvrier ou d'un artisan. Comme il a été retrouvé dans une cabine des bains Mennetier, tout près du port au Bled, il pourrait très bien résider à proximité des deux autres. Ah, encore une chose, et c'est sans doute le plus déroutant. Tous les trois étaient atteints du choléra au dernier degré. Autrement dit, il s'agissait de morts en sursis.

— Étrange, en effet, fit Tafik, la mine songeuse.

— Il est peu probable, admettez-le, qu'il s'agisse d'une simple coïncidence. De même, je ne crois pas que notre assassin frappe au hasard. Il a choisi soigneusement ses victimes. Peut-être même les connaissait-il.

Cette fois, ce fut Aglaé qui l'interrompit, visiblement étonnée de le voir afficher une telle assurance.

— Qu'est-ce qui te fait dire cela ?

— Je le déduis simplement des risques qu'il a pris pour commettre son troisième crime. Réfléchissez un peu. Les deux premières fois, tuer fut sans doute pour lui un jeu d'enfant. Il s'est attaqué à un vieil homme usé, au fond d'une impasse isolée, puis à un malade cloué au fond de son lit. Mais assassiner notre inconnu à bord des bains Mennetier, alors que l'établissement était bondé et qu'au moindre cri de détresse il pouvait se retrouver coincé comme au fond d'une nasse, ce n'était pas la même chanson. Il lui fallait non seulement un motif impérieux pour s'en prendre à cet homme-là et pas à un autre, mais aussi une détermination et un sang-froid hors du commun.

— Pas mal raisonné, patron, commenta l'Entourloupe. Et maintenant que fait-on ?

— Comme je l'ai dit, il n'y a pas de temps à perdre. Nous allons donc nous partager la besogne. Toi, l'Entourloupe, file au commissariat du septième arrondissement et vérifie les éventuelles disparitions signalées. Si la dernière victime avait de la famille, il est probable que celle-ci s'est déjà manifestée. Ensuite, traîne donc un peu tes pieds dans les estaminets de la rive droite, de l'Hôtel de Ville jusqu'à la place Royale, et ouvre grand tes escoulles[1]. Trois morts en dix jours, ça doit délier les langues. Qui sait si tu ne pourrais pas apprendre quelque chose d'intéressant au détour d'une conversation. Toi, Tafik, tu vas explorer le même périmètre en faisant le tour des couturières et des blanchisseuses. Il faut retrouver celle dont la marque est un croissant de lune. Cela devrait nous permettre de remonter jusqu'à l'identité du troisième cadavre. Plus nous en saurons sur cette dernière victime, plus nous devrions en apprendre sur le coupable.

— Ça, c'est un peu fort ! protesta Aglaé. C'est moi qui ai remarqué ce détail sur la chemise du mort. Pourquoi ne me confies-tu pas cette tâche ?

Valentin sourit avec indulgence. Connaissant le caractère ardent de la jeune femme, il s'était attendu à une telle réaction.

— Ne t'inquiète pas, je ne t'ai pas oubliée. J'aimerais que tu te rendes aux bains Mennetier pour interroger les femmes qui ont découvert le dernier corps. Elles se livreront peut-être plus facilement à une représentante de la gent féminine. Je suis convaincu en tout cas que tu sauras tirer d'elles davantage que les inspecteurs de la Sûreté.

— Et toi ? Que feras-tu de ton côté ?

Le jeune policier ne répondit pas immédiatement. Son regard flotta dans le vide et il donna l'impression un court instant de s'absenter mentalement de la pièce. Quand il émergea enfin de ses pensées, il prononça ces mots énigmatiques :

— Moi ? Je vais rejoindre le Cyclope dans son antre.

---

1. Les oreilles, en argot.

Une heure après, Valentin s'engageait dans une sorte de cloaque situé sur la rive droite de la Bièvre, dans le quartier Saint-Marceau, à hauteur d'une vaste teinturerie en partie délabrée. Ce lacis de venelles sombres et puantes lui avait toujours fait penser à la fameuse cour des Miracles qui abritait les truands de l'Ancien Régime. Non pas que l'endroit soit aussi mal famé que son illustre devancière, mais il donnait la même impression d'îlot au cœur de la cité. Un enclos de quelques arpents aux accès nombreux mais dont la plupart n'étaient connus que des initiés : arrière-cours, galeries, caves… On croisait là une populace peu reluisante, des mendiants, des ravaudeuses, des chiffonniers, des crieuses de tisane et des marchandes de pissat. Les bicoques sales et biscornues qui constituaient l'essentiel de l'habitat s'enfonçaient dans la boue des ruelles, comme si le sol les aspirait. Il flottait en permanence dans l'air des odeurs âcres de teinture et des vapeurs acides à cause des tanneries toutes proches. Depuis la mort du Vicaire, Valentin n'avait jamais remis les pieds dans cet endroit malsain. Pourtant, lorsqu'il menait encore la traque, il s'y rendait presque toutes les semaines. Avec l'île de la Cité et les vieux quartiers populaires de la rive droite, c'était en effet l'un des endroits où le monstre avait la plus grande probabilité de se terrer.

Tandis qu'il progressait vêtu comme un gentilhomme dans ce dédale misérable, le jeune policier ne put empêcher son esprit de dériver et, comme trop souvent, son ancien tortionnaire s'imposa dans ses pensées. Longtemps, il avait cru que la mort du Vicaire serait une délivrance, qu'elle le libérerait des ombres du passé.

Mais il commençait à réaliser qu'il s'était trompé. Les dernières paroles de son ennemi juré revenaient régulièrement le hanter : « Tu me dois d'être l'homme que tu es devenu. Je t'ai façonné à mon image. Cette solitude dans laquelle tu te complais, ce rejet des autres, cette dureté au fond de ton regard… c'est à moi que tu les dois. » Même si c'était difficile à admettre, le monstre avait dit la vérité. Il l'avait marqué comme au fer rouge et cette flétrissure maintenait Valentin à l'écart de ses semblables, comme elle l'empêchait de répondre à l'amour d'Aglaé. Pour supporter ce fardeau, il n'avait guère le choix. Il lui fallait sans relâche combattre le mal sous toutes ses formes, s'oublier soi-même dans une lutte sans fin dont il savait désormais qu'il ne sortirait jamais tout à fait indemne.

Il en était là de ses ruminations moroses lorsqu'il parvint enfin à destination… L'antre du Cyclope… À force de fréquenter les pires endroits de la capitale, l'inspecteur s'y était constitué un précieux réseau d'indicateurs. C'était précisément l'un d'entre eux qu'il s'apprêtait à rejoindre. Un ancien journaliste, vieux matou rusé, qui comme tout chat qui se respecte avait connu sept vies. Des tas de rumeurs couraient à son sujet. D'aucuns prétendaient qu'il avait été un proche de Desmoulins et de Danton et avait joué en coulisses un rôle important dans de nombreux événements marquants de la période révolutionnaire. D'autres forçaient encore davantage le trait. Ils évoquaient un fameux trésor dont l'intéressé aurait retrouvé la trace en s'alliant à une bande d'anciens pirates sévissant du côté de la place Maubert, mais ils parlaient aussi de lui comme d'une sorte de justicier ayant mis plusieurs criminels hors d'état de nuire. Bref, une véritable aura romanesque entourait le personnage. Valentin ne s'était jamais donné la peine de démêler le vrai du faux à son sujet. L'homme était un informateur fiable, particulièrement au fait des travers de la société parisienne, et cela lui suffisait amplement.

Au fond d'une impasse où le soleil ne devait percer que rarement, l'inspecteur poussa la porte d'un tapis-franc[1] dont la façade crasseuse aurait suffi à dissuader tout ivrogne ayant conservé une once de dignité. L'intérieur ne valait guère mieux. Une salle exiguë, basse de plafond, dont les murs et les solives étaient imprégnés de traînées de suie et d'une épaisse couche de graisse. La sciure sur le sol n'avait pas dû être changée depuis au moins une semaine. Elle dégageait une odeur écœurante d'urine, de vinasse et de moisi qui vous agressait les narines et vous tirait presque la larme de l'œil. La plupart des tables et des bancs en bois grossier étaient lardés de coups de couteau. Bancals, ils menaçaient de s'effondrer à tout moment. La clientèle était à l'image du décor. Guère reluisante. Des ouvriers sans travail, des soiffards à divers stades de l'ivresse, des hommes abîmés par l'existence qui recherchaient l'oubli au fond d'une bouteille et dans la fumée bleue des pipes. Affalées sur le comptoir, deux prostituées au visage trop fardé et aux appas flétris se remettaient de leur courte nuit en vidant une bouteille de mauvais vin.

Dès son entrée, Valentin repéra celui qu'il cherchait. L'individu dont le nom de baptême était Gabriel mais que tous les habitués ne désignaient plus que par son sobriquet – le Cyclope – était installé à sa place favorite,

---

1. Cabaret louche et lieu de prostitution.

une table isolée dans un recoin sombre, à l'arrière de la salle. Il tenait ouvert devant lui un exemplaire de la *Revue des Deux Mondes*, si bien qu'on n'apercevait de lui qu'un crâne dégarni, agrémenté de quelques rares cheveux gris et follets. Pareille lecture détonnait dans un bouge aussi infâme, mais celui qui se tenait là ne se contentait pas du prestige entourant ses vies antérieures, il passait aussi pour un fin lettré doublé d'un libre penseur.

L'inspecteur s'approcha après avoir fait un signe discret de la main au tenancier. Avant même qu'il n'ait ouvert la bouche, le lecteur abaissa lentement son journal et lui adressa un hochement de tête en guise de salut. À croire que les feuilles imprimées n'étaient là que pour faire illusion et qu'il se tenait constamment aux aguets, attentif aux moindres allées et venues. Son visage ridé au teint cendreux accusait le poids des années. Combien exactement ? Valentin l'ignorait, mais son vis-à-vis avait à coup sûr dépassé la soixantaine. Toutefois, derrière la paire de bésicles fichée sur son nez et retenue par un cordon de soie à son gilet, l'œil restait alerte et pétillait d'intelligence. Du moins, l'œil encore intact, car l'autre avait disparu au cours d'une rixe ou d'un duel et avait été remplacé par une prothèse en verre coloré. Valentin avait même entendu dire qu'il s'agissait d'une véritable émeraude taillée par une main d'artiste, mais, comme pour tout ce qui touchait à l'existence de cette énigme faite homme, il était difficile de démêler le vrai du faux.

— Je te souhaite bien le bonjour, le Cyclope.

— Tiens donc, inspecteur ! Voilà longtemps que je n'ai pas eu le plaisir de votre visite. Quel bon vent vous amène ? Quoique, en général, votre venue en ces lieux soit plutôt annonciatrice d'un avis de tempête.

Valentin s'assit en face de son interlocuteur et attendit que le patron vienne s'enquérir de ce qu'il désirait boire. Il lui désigna alors les deux flacons vides qui gisaient, renversés, sur la table et commanda la même chose. Aussitôt que l'autre eut tourné les talons, il en vint directement au fait :

— Trois macchabées en dix jours sur la rive droite, ça te dit quelque chose ?

Le borgne cligna de son œil unique.

— Pardi ! C'est qu'on meurt beaucoup ces temps-ci à Paris. La peur bleue fait des ravages. Si c'est ce tueur-là que vous recherchez, inutile de vous mettre en peine. Ces messieurs de la faculté ont déjà trouvé l'identité du coupable. Un étranger pour sûr, rapport à son nom qui sonne pas d'ici : choléra morbus. Seulement, ce loustic-là, je doute que vous puissiez facilement lui passer les pinces[1].

— Je constate que tu n'as rien perdu de ton esprit caustique, le Cyclope, mais tu m'obligerais en m'épargnant tes plaisanteries douteuses. Les malades dont je parle sont un peu particuliers. La médecine qu'on leur a administrée était, disons, plutôt radicale et les a privés chacun d'un organe essentiel. Poumon, foie et rein. Reconnais que ce n'est point banal.

— Ah ! Le baigneur de chez Mennetier ? C'est le seul dont j'ai entendu parler. Il faut dire qu'un type en habit de peau avec une jolie boutonnière dans le dos qui barbote dans son sang, y a de quoi faire jaser !

— Rien à propos des deux autres ?

— J'ignorais tout de leur existence jusqu'à ce que

1. Menottes, en argot policier.

vous parliez à l'instant de trois macchabées. Vous seriez donc sur la piste d'un tueur récidiviste ?

— Tout doux, l'ami ! Ne tire pas de conclusions trop hâtives. L'enquête n'en est qu'à ses débuts. Mais il se pourrait en effet que celui qui a joué du bistouri soit le même dans les trois cas. À la préfecture, on envisage la piste d'un pervers qui obéirait à des pulsions morbides. Qu'en penses-tu, toi ?

Le sexagénaire ne répondit pas immédiatement, car le cabaretier revenait avec un flacon cacheté et deux timbales en étain. La vue du liquide ambré alluma une flamme joyeuse au fond de la pupille verte. De quoi apporter de l'eau au moulin de ceux qui prétendaient que le bonhomme avait renoncé à sa vie aventureuse en raison non seulement de l'âge, mais aussi d'un amour déçu et d'un vieux chagrin que seul le rhum avait désormais le pouvoir d'apaiser.

— Vous êtes arrivé à point nommé, inspecteur ! fit le Cyclope après avoir englouti un premier verre et claqué la langue de satisfaction. Je me retrouvais en cale sèche et, n'étant point en veine d'argent ces temps-ci, je craignais d'y demeurer un peu trop longtemps.

L'homme allait se resservir lorsque Valentin lui bloqua le poignet.

— Donnant, donnant, le Cyclope ! Un pervers qui jouerait les chirurgiens, ça te paraît possible ? Rien entendu à ce sujet ?

— Oui, pour la première question. Non, pour la seconde. Depuis deux semaines, les gens ne parlent plus que de cette fichue épidémie. À croire qu'ils s'imaginent que de discourir va tenir le mal à distance ! Croyez-moi, inspecteur, nous allons tout droit vers des temps de grands désordres. Or ce sont toujours aux époques les plus troublées que les loups se risquent à pénétrer dans la ville.

— Et tu t'y prendrais comment si tu devais capturer le plus dangereux de la meute ?

— C'est que je ne suis pas de la Rousse[1], moi !

— À d'autres, le Cyclope ! Tu n'es peut-être pas de la maison, mais tu disposes de tes propres mouches. Ne dis pas le contraire. D'aucuns prétendent même que, le préfet de police mis à part, tu es peut-être l'homme le mieux renseigné sur les turpitudes des habitants de cette ville.

Le borgne prit la remarque comme un compliment. Son visage se plissa de satisfaction et il désigna le journal abandonné sur la table.

— Que voulez-vous, inspecteur, j'ai toujours aimé m'instruire et ce n'est pas à mon âge que je vais changer. Revenons plutôt à nos moutons ou, formulation nettement plus appropriée, à notre loup dangereux. S'il ne s'agit pas d'un solitaire, il y a peut-être un moyen de relever ses traces… Bien que la surveillance des mendiants ne relève pas de vos attributions, j'imagine que vous avez déjà entendu parler du petit et du grand jeu.

Valentin ne voyait pas très bien où l'autre voulait en venir. Le petit jeu et sa version plus étoffée étaient en fait des almanachs d'adresses à l'usage des mendiants. Pour trois francs, ces derniers obtenaient le nom de quelques centaines de gens charitables. Et en doublant la somme pour passer au grand jeu, ils bénéficiaient d'un bottin complet renfermant en plus une biographie

---

1. La police, dans l'argot de l'époque.

de la personne, l'heure à laquelle on pouvait se présenter chez elle, sa religion, ses opinions politiques, ses habitudes et ses manies[1]. Le mendiant nanti de ces précieuses informations, son travail était grandement facilité. Il lui suffisait de s'adapter en suivant les prescriptions du guide : « donne facilement une pièce de quarante sous et paye les loyers en cas d'expulsion », « ne donne jamais d'argent, demander des vêtements », « ne s'occupe que des enfants »…

— Quel rapport avec mon apprenti chirurgien ?

— Ce n'est pas à vous qui avez travaillé sous les ordres de Grondin que j'apprendrai qu'un guide similaire existe pour les maisons de tolérance parisiennes. Mais il circule aussi sous le manteau un almanach plus confidentiel dont personne aux Mœurs n'a jamais entendu parler. Rue Simon-le-Franc, au numéro 17, se trouve une imprimerie où il est possible de se procurer cet ouvrage réservé à un public… un tantinet plus averti. L'auteur, anonyme cela va de soi, vise davantage les disciples du divin Marquis[2] que les provinciaux en goguette. Si j'étais vous, je commencerais par là. Et tenez, pour vous montrer que le Cyclope sait montrer sa reconnaissance quand on le remet à flot, je vais vous offrir un précieux renseignement. Le propriétaire des lieux, un certain Palud, ne se contente pas d'imprimer ce petit recueil. À en croire les bourdonnements de mes mouches, il en serait aussi le principal rédacteur. Du diable si vous ne parvenez pas à lui sortir quelques vers du nez !

1. Anecdote parfaitement authentique.
2. Surnom du marquis de Sade.

Valentin hocha la tête. La chose méritait d'être tentée, même si rien ne garantissait le succès. Avant de se lever sans avoir touché une seule fois à son verre, il ouvrit sa bourse et abandonna trois pièces de cinq francs-or sur la table.

— Pour t'aider à prendre le large, mais gaffe aux embruns, le Cyclope ! Il faut savoir gagner un havre sûr et jeter l'ancre quand la houle se creuse.

— Vous êtes la providence incarnée, inspecteur ! Et vous parlez d'or !

Avant de quitter l'estaminet, l'inspecteur jeta un dernier regard en arrière. Le vieil homme s'était avachi sur son siège et, les yeux fermés, sirotait avec une expression de ravissement béat le contenu d'un nouveau gobelet. Cette vision troubla Valentin plus qu'il ne l'aurait cru possible, car il ne pouvait s'empêcher de ressentir une sorte de proximité, presque d'intimité, avec cet être à part. « Si c'était moi dans quelques dizaines d'années ? se demanda-t-il. Après tout, en quoi sommes-nous si différents ? » Et parce que cette pensée n'avait rien de bien réconfortant, il préféra la chasser aussitôt de son esprit et déguerpir comme on prend la fuite.

7

Frustration

Baron d'Empire…

La main fine et soigneusement manucurée se posa sur la peau blanche des cuisses et serpenta entre les estafilades d'où perlait un sang vermeil. Puis elle remonta en traçant de savantes arabesques sur le ventre et les seins pareillement tailladés. Au bout de son index, l'homme recueillit une goutte écarlate et la porta à ses lèvres. Le liquide était chaud, visqueux, et le goût légèrement métallique. Un véritable nectar. Les doigts retombèrent et le regard cruel se porta de nouveau sur les ruisselets qui dessinaient une fascinante cartographie sur le corps tourmenté.

Baron d'Empire !

Un titre bien pompeux pour désigner un rustre sorti du peuple et qui ne devait son ascension sociale qu'à un heureux concours de circonstances et à ses talents de sabreur. Sa lame à lui aussi en avait fait couler, des flots de sang ! Mais la chose n'était pas comparable. Son père, lui, n'avait été qu'un vulgaire boucher, trop peu imaginatif pour envisager sa propre mort. Ce qu'on appelait un brave, du temps où les armées du tyran corse faisaient trembler toute l'Europe. Encore que le héros de la famille ait trouvé le moyen de récolter une mauvaise balle alors qu'il n'était que colonel et avant les plus glorieux succès de son maître. Estropié à vingt-huit ans, avant Austerlitz, avant Iéna, avant Friedland, avant Wagram…

Baron d'Empire !

Une médiocre récompense pour une jambe perdue et une vie brisée. Un os à ronger. Une rente ridicule qui vous conduisait à vous enfermer, vous et les vôtres, dans un obscur manoir de province. L'illusion d'une grandeur qui vous permettait d'avoir votre banc réservé à l'église du bourg, de tenir le haut du pavé dans une sous-préfecture assoupie, à vous hausser du col devant les notabilités locales qui n'étaient que de gros paysans enrichis. Un titre dérisoire qui n'imposait même pas le respect à la domesticité, qui autorisait une Émilienne à repousser les avances de votre unique héritier. Ah ! Ce rire moqueur qui retentissait encore si fort, qui était comme un tourment jamais éteint.

Baron d'Empire…

Son tour vint de se parer de ce colifichet, de ce titre qui sonnait creux à ses propres oreilles. Il s'en était servi comme d'un sésame pour monter à la capitale et s'introduire dans certains milieux. Ça, ainsi que la vente du manoir et des maigres terres familiales. L'idée de s'enterrer vivant en ressassant le passé comme l'avaient fait son père et sa mère lui était tout simplement insupportable. Il avait choisi un autre destin, décidé de brûler tous ses vaisseaux, de dilapider son capital en assouvissant enfin ses fantasmes les plus secrets.

Son regard cessa d'errer dans le vide et revint à la fille

qui gisait, attachée, sur la paillasse de cette mansarde pouilleuse. En dépit du bâillon qu'il lui avait imposé comme la fois précédente, elle n'avait pu s'empêcher de gémir lorsqu'il avait incisé son téton gauche. Mais elle avait réussi à surmonter la douleur. Les ongles perçant le creux de ses paumes, le corps tendu entre les liens et formant un arc de cercle, elle était parvenue à se dominer, à étouffer au fond de sa gorge le cri qui ne demandait qu'à jaillir. Lui-même n'en revenait pas des ressources inattendues que procurait la perspective d'une belle récompense. C'était la seconde fois qu'il avait recours aux services de cette experte qu'on lui avait chaudement recommandée, mais déjà il sentait bien que ce genre de séance ne lui suffisait plus. Elle lui avait seulement permis d'éteindre l'un de ces terribles accès de fièvre qui s'emparaient de lui à l'improviste. Mais contrairement à leur rencontre précédente, il n'en avait tiré quasiment aucun plaisir. Trop de postures factices, trop de docilité. Il se disait qu'il devrait vite passer à autre chose, franchir un nouveau seuil, tout en sachant pertinemment que s'il se risquait en ce territoire ténébreux, tout retour en arrière serait impossible.

Monsieur le baron…

Ce fut ainsi qu'elle s'adressa à lui dès qu'il libéra ses lèvres.

— Monsieur le baron était en grande inspiration ce soir. Je vais devoir dévaliser mon pharmacien de ses flacons de teinture d'iode.

Il aurait voulu qu'elle se taise, qu'elle renonce à ce ton badin qui l'insupportait et lui mettait les nerfs en boule. Les instants à venir étaient toujours les plus pénibles. La redescente, le retour à la morne réalité. Il fallait défaire ses liens un à un, la regarder ensuite éponger les écoulements de sang avec indifférence, en n'y accordant pas plus d'importance qu'à de vulgaires traces de sperme. Ensuite, il verserait la somme convenue comme si tout ce qui avait précédé s'apparentait à une simple passe dans un bordel de second rang. Non, décidément, il ne pouvait plus se contenter de ce misérable simulacre. Il ne pouvait rien attendre d'exaltant d'une professionnelle. Il voulait sentir la peur croître chez sa proie, l'entendre supplier et gémir, pousser de véritables cris de souffrance.

Baron d'Empire ?

Le titre se réduisait désormais à une somme de six cent cinquante francs. Tout le reste, il l'avait claqué en l'espace de six mois. Perdu en notes d'hôtel, de fournisseurs, en repas fins commandés chez les meilleurs traiteurs, sur les tapis de jeu du Palais-Royal ou pour l'assouvissement des terribles pulsions qui le tourmentaient sans répit. Alors à quoi bon se soucier de l'avenir ? Cette porte invisible qu'il entrevoyait dans l'ombre, ne l'avait-il pas déjà franchie sans même en avoir conscience ? Que représentaient six cent cinquante francs pour lui ? Un répit de quelques semaines à peine ! Il lui fallait regarder les choses en face : il avait abattu son jeu depuis longtemps, en fait dès qu'il avait pris la décision de s'installer à Paris. C'était avant le début de cette terrible épidémie qui s'était étendue comme une tache d'huile dans tous les quartiers de la capitale. Il entrevoyait là un signe qui le fit sourire intérieurement. Les lampions de la fête s'étaient éteints et la mort était susceptible de frapper partout et n'importe qui. S'il voulait finir en beauté, il lui suffisait juste de se mettre à son service, de devenir son instrument.

— Tu es une bonne fille, fit-il à la prostituée tandis qu'il rangeait très soigneusement ses pinces et bistouris dans sa trousse de chirurgien. Mais je crois que je pourrai dorénavant me passer de tes services. Pour l'heure, voilà toujours de quoi enrichir ta réserve de teinture d'iode.

Et, bon prince, il abandonna dans la paume de la femme éberluée tout le contenu de sa bourse. Dans les ténèbres où il s'apprêtait à s'enfoncer, l'argent n'avait plus la moindre importance.

8

Empoisonnement

Une poule avec des dents. C'était ce que Mélie avait devant les yeux, et, en dépit de tous ses efforts, elle ne parvenait pas à s'ôter cette idée de la tête. Jamais elle n'aurait cru voir ça un jour. Une femme policier ! Et pas vilaine du tout avec ça. Pas le genre de dragon à moustache qui se met à singer les hommes faute de pouvoir en séduire un. Non, une jolie brunette avec des yeux de biche et un sourire charmant. Vrai ! Si le patron en personne ne leur avait pas présenté le phénomène en insistant pour que son personnel réponde à toutes les questions de « Mlle Marceau, de la préfecture de police », la maîtresse femme aurait cru à quelque bouffonnerie montée à ses dépens.

— Comment expliquez-vous que l'assassin ait pu pénétrer dans la cabine sans se faire remarquer ?

Mélie dut faire un effort de concentration pour saisir la question, tant son attention se focalisait sur le plaisant minois de celle qui l'interrogeait.

— Comme tous les samedis, l'établissement était complet. On n'peut pas surveiller tous les va-et-vient. Il lui a suffi d'attendre un moment où y avait personne à l'accueil pour s'glisser à bord discrètement.

— Ça, je veux bien, concéda Aglaé, mais l'homme a été tué dans son bain. Il est donc peu probable qu'il ait lui-même ouvert à son meurtrier. Or M. Mennetier m'a assuré que le règlement imposait aux clients de verrouiller la cabine qu'ils occupent. Il a donc fallu que notre assassin force la serrure. Comment a-t-il pu s'y prendre sans se faire remarquer du personnel, des autres clients ou de la victime elle-même ?

Mélie se sentit bête. Bien que l'affaire du bain sanglant ait accaparé toutes les conversations qu'elle avait eues avec ses filles, ces derniers jours, aucune d'entre elles n'avait soulevé cette difficulté. Du coup, elle considéra son interlocutrice avec une curiosité redoublée, teintée d'admiration.

— J'sais pas, moi. La cabine est située à l'extrémité de la barge. Y a moins d'passage à c't'endroit. La chance lui a peut-être souri, tout simplement.

— Miser sur sa bonne fortune quand on s'apprête à occire son prochain, c'est comme frapper soi-même à la porte de l'abbaye de Monte-à-Rebours[1]. Il doit s'agir d'autre chose. Voyons… Existe-t-il quelque part un double des clés de chaque cabine ?

— Un double, non. Mais M. Mennetier conserve normalement un passe dans la cabine qu'il s'est fait aménager en bureau. C'est curieux d'ailleurs parce que, ce soir-là, j'ai envoyé Eugène, l'homme à tout faire du bord, chercher cette clé, mais il n'a pas réussi à mettre la main dessus.

1. Expression par laquelle les truands de l'époque désignaient l'échafaud.

— Disparue ? Tiens, tiens, voilà une drôle de coïncidence. Où se trouvait-elle d'ordinaire ?

— Pendue à un crochet du mur.

— A-t-elle été retrouvée depuis ?

— Pas qu'je sache ! Le patron est persuadé que c'est Eugène qui l'a égarée dans son affolement et n'a pas voulu le reconnaître. Toujours est-il que, pour sanctionner sa supposée négligence, il lui a retenu le coût de la porte enfoncée et de la confection d'un nouveau passe sur son salaire de la semaine.

— Il faudra que je voie cet Eugène pour l'interroger lui aussi.

Mélie hocha la tête, tout en songeant que le tête-à-tête du colosse noir avec la frêle jeune femme ne manquerait pas de piquant.

— Ce s'ra pas difficile, dit-elle, mais il vous faudra descendre dans la cale, là où s'trouvent les moteurs à vapeur. Eugène y est cantonné toute la journée avec le mécanicien. Le patron n'veut pas prendre le risque que sa couleur de peau effarouche la clientèle. Dans un établissement comme le nôtre, les bourgeois ont leurs petites pudeurs, vous comprenez ?

Aglaé ne releva pas, mais elle nota tout de même que, sous réserve d'une vérification auprès du mécanicien, le dénommé Eugène disposait *a priori* d'un alibi inattaquable. Selon toute probabilité, c'était donc l'assassin qui avait dérobé le passe-partout pour commettre son crime sans attirer l'attention. Seulement, pour cela, il fallait être un habitué des lieux et savoir où se trouvait exactement le fameux sésame.

Changeant de sujet, l'ancienne actrice se tourna vers les autres membres féminins du personnel qui patientaient sagement en rang d'oignons, trois pas derrière leur plantureuse responsable.

— Laquelle d'entre vous s'est occupée de la victime à son arrivée à bord ?

Une rouquine au visage piqueté de minuscules taches de son fit un pas en avant et leva une main timide.

— Moi, madame.

— Comment vous appelez-vous ?

— Marguerite Duparc, madame.

— Les premiers inspecteurs qui sont intervenus juste après la découverte du cadavre ont noté dans leur rapport qu'il ne s'agissait pas d'un client habituel. Mais était-ce la première fois qu'il venait ici ?

L'employée se tortilla, mal à l'aise, et son visage rosit jusqu'à la racine des cheveux.

— Elle pourra difficilement vous l'dire, intervint Mélie en venant au secours de sa protégée. En temps habituel, nous recevons plus d'trois cents baigneurs par jour. Il est difficile de se souvenir des traits de chacun. Même si celui-là avait une tronche assez remarquable.

— Comment cela ?

— On aurait dit l'Empereur. Notez que j'l'ai jamais vu, l'Napoléon, mais le mort, il avait la même tête que celle qu'on voyait de profil sur les anciennes pièces de monnaie.

— Et vous n'avez pas réalisé que l'homme était malade ? demanda Aglaé en se tournant de nouveau vers l'employée aux cheveux roux.

Cette fois encore, ce fut Mélie qui répondit à sa place :

— Cette bécasse a bien vu qu'il avait pas l'air vraiment dans son assiette, mais elle a pas jugé bon d'venir m'en parler. Imaginez un peu l'effet que tout' cette boule[1] a eu sur la clientèle ! Comme si un crime suffisait pas comme repoussoir, faut qu'le mort soye possiblement contagieux. L'a fallu faire désinfecter toutes les cabines du premier pont. Le patron était dans tous ses états. D'ailleurs puisqu'on parle de c'te fichue maladie, si j'osais…

La maîtresse femme avait d'abord baissé d'un ton, tout en se rapprochant d'Aglaé avec des allures de conspiratrice. Mais au dernier moment, elle semblait hésiter à parler et se raclait péniblement la gorge.

— Oui, l'encouragea Aglaé, que vouliez-vous me dire ?

Mélie l'attrapa par le coude et la fit pivoter légèrement, comme si elle craignait que ses ouailles ne puissent lire sur ses lèvres.

— J'me disais, murmura-t-elle entre ses lèvres à peine écartées, vu qu'dans la police vous d'vez être sacrément bien renseignés, qu'vous pourriez p't-être me confirmer si c'est vrai, tous ces bruits qui commencent à circuler sur l'origine de c'nouveau fléau.

— À quelles rumeurs faites-vous allusion ?

Victime de sa soudaine nervosité, l'employée au fort tempérament ne put s'empêcher de taper du pied pour marquer son impatience.

— Faites pas celle qui comprend pas. Entre femmes, même si on est pas du même monde, on peut se montrer sincères et s'entraider un peu. Je parle de ces histoires selon lesquelles on aurait pas affaire à une épidémie mais à une tentative d'empoisonnement

1. Foire, en argot de l'époque.

du p'tit peuple de Paris. Y en a même qui prétendent qu'les fontaines seraient souillées durant la nuit par des agents à la solde du gouvernement. Notez, je fais que répéter ce qui s'raconte ici ou là. Je n'accuse personne.

Aglaé n'était pas autrement surprise. Elle savait déjà par Valentin que de tels racontars commençaient à circuler de façon souterraine. La flambée épidémique et l'accélération des décès faisaient naître bien des fantasmes et rallumaient les vieilles peurs liées aux fléaux du passé. Dans les beaux quartiers, c'étaient les représentants de la classe dirigeante, financiers et riches bourgeois, qui dénonçaient une maladie du peuple et les risques de contagion. Des voix encore minoritaires s'étaient même élevées à l'Assemblée pour réclamer des mesures de confinement et une limitation des déplacements entre les quartiers.

— Ne faites pas trop attention à toutes ces fables qui courent les rues, dit Aglaé en se voulant rassurante. Lorsque les gens sont confrontés à une menace qu'il leur est impossible de fuir ou de combattre, leur réflexe naturel est de chercher des boucs émissaires. Des responsables, quels qu'ils soient, sur lesquels ils peuvent passer leur colère. Cela les aide à surmonter leur angoisse.

Mélie ne répondit pas et se contenta de dodeliner lentement de la tête, une lueur méfiante au fond des yeux. Elle n'était visiblement pas convaincue, mais n'osait ni répliquer ni insister. *Elle doit se dire que je suis du côté du pouvoir, donc des empoisonneurs.* Ce constat meurtrit Aglaé plus qu'elle ne l'aurait cru possible. Et pour la première fois depuis qu'elle avait accepté de rejoindre les services de la préfecture de police, elle se demanda si elle avait eu raison de suivre cette voie ; si, au fond, elle ne s'était pas fourvoyée et coupée de ses propres origines. Aurait-elle pris la même décision si elle n'avait pas été éprise de Valentin ? Cela en valait-il vraiment la peine, puisque leur amour semblait voué à demeurer à jamais platonique ? Une relation complexe et ambiguë, faite de moments de complicité et de séduction, mais aussi tissée de regrets et de frustrations…

Ce fut l'esprit encombré par ces pensées que la jeune femme finit par quitter les bains Mennetier. Au moins avait-elle appris quelque chose d'utile pour leur enquête. L'assassin avait toutes les chances d'être un familier de l'établissement. Ce détail ajouté à la proximité des lieux où avaient été commis les trois meurtres apportait de l'eau au moulin de Valentin, qui était convaincu de devoir concentrer les efforts de sa brigade sur les rives de la Seine et les quartiers populaires Saint-Merri et Sainte-Avoie.

Tout en descendant le quai de la Grève, Aglaé sentit son humeur s'alléger peu à peu. En ces premiers jours d'avril, les températures devenaient plus clémentes et l'air avait quelque chose de tendre et de soyeux. Il faisait bon marcher la tête et les épaules baignées de soleil en respirant profondément pour capter les promesses du printemps, ce parfum de bourgeons, de feuilles et d'eau tranquille. La jolie brune porta son attention sur le fleuve, où passait justement un train de bois en provenance des forêts du Morvan. Les deux flotteurs qui menaient leur long radeau de rondins à l'aide de grandes perches ôtèrent leur chapeau pour la saluer au passage et elle leur rendit la pareille en exécutant un simulacre de révérence. Plus loin, une vingtaine de personnes au moins attendaient avec des seaux et de vieux bidons près d'une fontaine publique. Là encore, malgré l'attente, les visages étaient enjoués, les conversations allaient bon train et des éclats de rire ponctuaient les échanges. Toute cette insouciance à laquelle incitait la douceur de la nouvelle saison faisait plaisir à voir et rendait encore plus dérisoires les funestes ragots rapportés, quelques instants plus tôt, par la grosse femme des bains Mennetier.

Soudain, alors qu'Aglaé contemplait d'un cœur léger la petite troupe qui patientait devant la pompe à bras, ses traits se figèrent et son cœur fit un bond dans sa poitrine. Là, perdu au milieu de la foule, ce visage marqué par la variole, ces petits yeux sournois ! Non, c'était impossible, ce ne pouvait pas être lui !

Persuadée que son imagination venait de lui jouer un vilain tour, elle se frotta les paupières avant de scruter à nouveau la file d'attente dans toute sa longueur. Rien ! Pourtant, cette trogne à l'affût, elle ne pouvait pas l'avoir inventée. La tête sur le billot, elle aurait juré l'avoir aperçue parmi tous ces gens de peu qui prenaient leur mal en patience avant de pouvoir remplir leurs récipients de cette eau irremplaçable.

Bien décidée à en avoir le cœur net, la jeune femme commença à se rapprocher de l'attroupement. Elle n'en était plus distante que d'environ trois mètres lorsqu'elle perçut un brusque mouvement sur sa gauche. Une exclamation courroucée fusa du même endroit :

— Ben voyons ! Faut pas vous gêner ! Vous avez

vu un pcu celui-là qui bouscule son monde sans même s'excuser !

Aussitôt en alerte, elle s'élança, guidée par la voix qui continuait de récriminer. Une fois franchi le premier rideau de personnes, elle distingua comme un sillage dans la foule. Des gens qui se retournaient tous dans la même direction. Elle plongea dans cette trouée et ne tarda pas à apercevoir une silhouette qui détalait à toutes jambes et quittait le quai par une venelle entre deux façades décrépites. Sans hésiter, elle se lança à sa poursuite et s'engagea à son tour dans l'étroit passage. Mais les longs plis de sa robe entravaient sa course et, lorsqu'elle quitta la pénombre du goulet pour émerger de nouveau à la lumière, le fuyard avait disparu.

Elle se trouvait dans une petite cour pavée, bordée sur trois côtés de palissades basses que l'homme n'avait probablement eu aucun mal à franchir. Un ivrogne cuvait son vin, affalé contre un tonneau destiné à recueillir l'eau de pluie d'un toit en pente. L'espace d'un instant, Aglaé fut tentée de le secouer en espérant qu'il pourrait lui indiquer la direction que l'autre avait empruntée. Mais à quoi bon ? Il devait déjà être loin, vu la vitesse avec laquelle il avait décampé.

Dépitée, la jeune femme se résolut à faire demi-tour et revint lentement sur ses pas. Non, décidément, elle n'avait pas rêvé. C'était bien son ordure de père qui l'épiait en tentant de se dissimuler parmi toutes ces personnes en train de faire la queue devant la fontaine. Outre qu'elle était quasi certaine de l'avoir reconnu, sa fuite précipitée ne laissait pas planer le moindre doute. Comment l'avait-il retrouvée ? Elle n'en avait pas la moindre idée. Mais une chose était certaine : en montant à Paris pour devenir actrice, elle avait voulu fuir un passé honni, et celui-ci venait de se rappeler brutalement à elle. Et si elle ne voulait pas revivre pareil enfer, elle allait devoir désormais demeurer constamment sur ses gardes.

9

Des êtres insignifiants

— Connaissant ton esprit frondeur, j'aurais dû me douter que la fréquentation de cette journaliste en pantalon te donnerait des idées. Mais je ne m'attendais tout de même pas à une métamorphose aussi rapide !

Ce matin-là, en retrouvant Aglaé à l'entrée de la préfecture de police, Valentin avait eu la surprise de découvrir son amie travestie des pieds à la tête. Mettant à profit son expérience d'ancienne comédienne, la jeune femme avait déniché des habits masculins chez un fripier de la rue de Bièvre et les avait endossés avec le naturel qui lui permettait naguère de revêtir toutes sortes de costumes pour monter sur scène. Elle portait d'élégantes bottines brunes, une culotte de drap gris, une cravate nouée sur une chemise d'une extrême blancheur, ainsi qu'une redingote noire à boutons de nacre, suffisamment ample pour dissimuler ses formes. Elle avait également relevé ses belles boucles brunes en un épais chignon soigneusement dissimulé sous un chapeau boule. Quelqu'un qui l'aurait croisée dans la rue sans lui porter une attention particulière n'aurait jamais pensé avoir affaire à une femme. Elle ressemblait plutôt à un carabin en rupture de faculté ou à un jeune provincial tout juste débarqué d'une diligence des messageries royales.

— Je me suis dit que George avait raison, expliqua-t-elle. Rien de tel que des vêtements masculins pour se déplacer en ville sans la moindre contrainte. Cette tenue me semble en outre bien plus adaptée aux tâches qu'un policier peut avoir à mener au cours de sa journée.

La jeune femme pensait en réalité à sa poursuite infructueuse de la veille. Elle s'était bien gardée toutefois d'en parler à Valentin, lequel ignorait à peu près tout de son existence d'avant le boulevard du Crime. Mais dans la soirée, quand elle avait envisagé les mesures à prendre pour se prémunir d'une nouvelle apparition de son ivrogne de père, la nécessité d'adopter un habillement lui laissant toute liberté de mouvement s'était rapidement imposée. Tant pis pour les questions que risquait de lui poser Valentin ! À vrai dire, elle était soulagée de constater à présent que ce dernier n'était pas plus intrigué que cela et attribuait d'emblée ce changement à l'influence de George Sand.

— Je mentirais si je prétendais que cette nouveauté m'est agréable, fit Valentin en s'efforçant de ne pas trop laisser transparaître sa contrariété. Les vêtements féminins présentent aussi bien des avantages, y compris pour les activités du bureau.

En son for intérieur, il était dépité et espérait que cette nouvelle lubie resterait sans lendemain. Ils vivaient incontestablement des temps nouveaux. L'arrivée de Louis-Philippe au pouvoir, conjuguée à l'essor des sciences et des techniques et à la mécanisation du travail, annonçait le début d'une ère nouvelle. Le monde changeait autour d'eux. La place des femmes dans la société devait elle aussi évoluer. De ce point de vue, il comprenait l'attachement d'Aglaé à la lutte menée par certaines d'entre elles, comme Claire Démar ou Désirée Véret[1], pour obtenir une réforme du mariage et conquérir de nouveaux droits. Il éprouvait même, sans jamais le lui avoir dit, une certaine admiration pour l'engagement de son amie dans ce combat. Mais il ne pouvait s'empêcher de redouter les excès auxquels son cœur ardent risquait de pousser Aglaé. De ce point de vue, il avait été soulagé quelques mois plus tôt de voir la jeune femme et ses compagnes prendre leurs distances avec le mouvement saint-simonien. Cela allait leur éviter d'avoir à comparaître l'été suivant devant des juges comme les principaux meneurs de ce dernier, poursuivis pour attentat à la morale et association illégale.

— En parlant des activités du bureau, fit Aglaé en rebondissant sur les dernières paroles de Valentin pour éviter que la conversation ne s'appesantisse sur sa nouvelle tenue, Tafik est-il certain d'avoir identifié notre mort anonyme ?

L'inspecteur se recentra instantanément sur l'enquête en cours et allongea le pas en heurtant le pavé de sa canne en ébène.

— Ne t'inquiète pas. Je ne t'aurais pas demandé de venir avec moi si la piste n'était pas sérieuse. J'avais recommandé hier à Tafik de passer à la morgue récupérer la fameuse chemise avant d'entamer sa tournée. Une couturière du quartier Saint-Merri a formellement

1. Voir *Le Fantôme du Vicaire*.

reconnu sa marque cousue à l'emplacement qu'elle a l'habitude de privilégier.

— Comment est-elle parvenue aussi vite à nous donner le nom de son client ?

— La description physique de notre macchabée l'a mise sur la voie. Et puis, par chance, elle a une fille qui sait lire et écrire. C'est elle qui a cherché dans les registres un nom pouvant correspondre aux mensurations de la chemise. C'est comme ça que Tafik a obtenu l'identité et l'adresse du Petit Caporal.

— Jacques Mignot, ouvrier typographe, énonça Aglaé d'un ton songeur. Espérons que nous découvrirons chez lui un indice permettant de le rattacher aux deux autres. Car, pour le moment, il faut bien reconnaître que nous n'avons pas grand-chose à nous mettre sous la dent.

Le couple de policiers acheva de remonter la rue des Arcis pour tourner à droite dans la rue de la Verrerie. Il régnait une importante activité dans cette artère à la fois commerçante et populeuse. Les étals des boutiques débordaient sur la chaussée et attiraient de nombreuses ménagères qui passaient de l'un à l'autre en prenant garde d'éviter le caniveau à ciel ouvert. Dans la fumée des rôtissoires et l'odeur âcre du crottin de cheval, un cafetier en plein air improvisait une table à l'aide de tréteaux et ravivait les braises de son foyer pour réchauffer le contenu de ses bouilloires. Des gamins dépenaillés se poursuivaient en riant, virevoltant entre les passants et les charrettes à bras que de solides gaillards poussaient en direction du marché Saint-Jean. Les jurons se mêlaient aux appels hauts en couleur des vendeurs et des artisans : « Mottes à brûler ! », « À la barque ! À la barque ! Venez goûter mes huîtres ! », « Rémouleur, rémouleur ! Repasse couteaux ! Repasse ciseaux ! », « Fers-blancs, fers-blancs ! Prenez mes beaux fers-blancs ! ». Tout ce mouvement et cette cacophonie créaient une impression trompeuse d'allégresse.

Cependant, en dépit de cette animation et de cette insouciance apparente, l'œil avisé de Valentin ne tarda pas à remarquer que les comportements n'étaient pas aussi libres et détachés qu'à l'accoutumée. On décelait une gêne manifeste entre tous ces gens affairés. Devant les éventaires, les acheteurs évitaient de se tenir trop près les uns des autres. Certains détournaient légèrement la tête pour adresser la parole à autrui. D'autres plaçaient carrément leur bras devant leur visage ou portaient un mouchoir à leurs narines. La plupart s'accordaient en tout cas pour suivre d'un regard oblique le policier que son élégance vestimentaire désignait comme un nanti. Voir un inconnu déambuler parmi eux en arborant tous les signes extérieurs de la bonne fortune semblait éveiller leur méfiance et même leur animosité.

— La crainte de la contagion gagne du terrain, remarqua Aglaé en se remémorant les rumeurs d'empoisonnement dont Mélie s'était faite l'écho, la veille, lors de son interrogatoire. C'est plutôt préoccupant, car la peur est rarement bonne conseillère.

Valentin promena autour de lui un regard d'abord sévère, mais qui s'attendrit à la vue d'une pauvre fille en haillons donnant son sein flasque à un nourrisson enveloppé de langes crasseux. Quand on s'y attardait, il était aisé de constater que les marchandises sur les comptoirs n'étaient pas de première qualité et que plus d'un passant ne mangeait pas tous les jours à sa faim.

— Je comprends la méfiance de ces malheureux, dit finalement le jeune inspecteur. En période d'épidémie, ce sont toujours les quartiers les plus pauvres qui payent le prix le plus élevé en vies humaines.

— N'empêche que si tu as vu juste et que nous devons concentrer nos investigations dans les environs, tu seras peut-être bien inspiré de changer toi aussi d'habits. Les rues risquent de ne plus être très sûres ces prochains jours.

— Ne t'inquiète pas pour moi, fit-il en portant le pommeau de sa canne-épée au niveau de sa hanche où les basques de son habit dissimulaient un court pistolet de voyage à silex. Je ferai bon accueil à qui oserait s'en prendre à l'un d'entre nous.

Ils poursuivirent leur marche en silence jusqu'à atteindre le cul-de-sac d'Argenson. Au fond de ce goulet ombreux qui empestait le chou se dressait un immeuble de trois étages, tout de guingois, avec des fenêtres aux carreaux remplacés par de la toile suiffée. La porte d'entrée franchie, on se retrouvait dans un vestibule exigu au plafond enfumé, aux murs recrépis à la chaux, au sol battu imprégné de boue. Un guichet donnait sur la loge de la concierge. Valentin tapota du pommeau de sa canne sur le rebord en bois pour attirer l'attention.

— Nous cherchons un dénommé Mignot, dit-il. Jacques Mignot, si nos informations sont bonnes. Avez-vous un locataire de ce nom-là ?

Les coups assénés de façon péremptoire firent sursauter une vieille femme enveloppée dans un châle d'un jaune pisseux qui remuait un ragoût nauséabond sur un poêle à bois. Elle se retourna et dévisagea les deux arrivants d'un air suspicieux. Une énorme verrue lui mangeait tout le menton et elle avait un œil laiteux.

— Qu'est-ce que vous lui voulez au Mignot ? Z'avez vraiment à faire avec lui ? Ou bien c'est-y qu'y lui s'rait arrivé malheur ?

— Pourquoi cette dernière question ? réagit aussitôt Aglaé. Avez-vous quelque raison de penser qu'il pourrait avoir eu un problème ?

La voix aiguë de la jeune femme sembla interpeller la gardienne. Celle-ci plissa les paupières, passa la porte de sa loge et observa avec plus d'attention le visage de ces visiteurs.

— Dame ! fit-elle quand elle eut achevé son inspection. Quand la camarde vous a d'jà fauché sur pied deux locataires et qu'un autre, plus très vaillant, donne pas signe de vie pendant quatre jours, faut pas être ben finaude pour d'viner qu'le Mignot risque pas d'revenir de sitôt. C'est qu'ce mauvais mal va bientôt m'vider tout l'immeuble ! (Elle les examina de nouveau des pieds à la tête.) Dites, seriez pas d'l'Hôtel de Ville par hasard ?

— Nous n'appartenons pas aux services chargés de l'hygiène publique, si c'est ce qui vous tracasse, dit Valentin en sortant sa médaille d'officier de paix. En fait, nous sommes de la police et nous aimerions jeter un œil sur le logement du dénommé Mignot.

— Vous pouvez toujours monter là-haut. C'est au dernier étage. La porte n'est pas verrouillée. Faites pas attention à l'odeur. Y a une escouade de désinfecteurs qui s'occupent de l'appartement du premier, rapport aux deux décès qu'j'ai signalés. Le père et la fille, emportés en deux jours ! Mes meilleurs locataires ! Si c'est pas malheureux !

Abandonnant la vieille à ses jérémiades, Valentin s'engagea dans l'étroite cage d'escalier, suivi de près par Aglaé. Les marches étaient si raides qu'on peinait à les gravir à l'aide d'une corde à puits fixée par des crampons de fer. Sur le premier palier, la porte d'entrée bâillait, ce qui leur permit de jeter un rapide coup d'œil à l'intérieur. Deux hommes, le visage protégé par des foulards noués sur la nuque, s'affairaient dans la pièce principale. Ils avaient réuni sur le parquet toute la vaisselle, les draps et les vêtements des disparus. Tandis que le premier calfeutrait avec du papier journal la cheminée et les fenêtres, le second avait disposé, sur une plaque de tôle placée au milieu de l'espace, des briques et du sable de manière à façonner une sorte de cuvette peu profonde et il s'apprêtait à y verser le contenu d'un sachet de poudre.

— De la fleur de soufre, expliqua Valentin en se penchant à l'oreille de sa compagne. Ils vont y répandre ensuite de l'alcool méthylique et allumer le tout. Puis ils fermeront hermétiquement la porte de l'extérieur. Les vapeurs permettront d'assainir l'atmosphère et de chasser les miasmes.

Sans s'attarder davantage, les deux jeunes gens achevèrent leur ascension et atteignirent le dernier étage en soupente. À ce niveau, deux portes ouvraient sur le palier. Celle de gauche était restée entrouverte. Feu Jacques Mignot occupait une modeste chambre aux murs de plâtre rongés par le salpêtre. Ils en firent vite le tour sans rien trouver qui puisse justifier l'horrible assassinat de son dernier occupant. Quand ils redescendirent bredouilles, la gardienne les héla au passage :

— Dites voir, vous m'avez bien dit qu'vous étiez d'la police. Le gars Mignot y serait donc pas mort du trousse-galant ?

— Comment savez-vous qu'il était malade ?

— J'vous l'ai dit. La veille de sa disparition, il s'était plaint de maux d'ventre et c'était pas l'premier dans l'immeuble. Rapport aux deux autres qu'j'avons déjà indiqués. Mais à moi, on la fait pas ! La police, elle s'moque pas mal des malades. Alors de quoi qu'il est vraiment passé, l'Mignot ?

— Quelqu'un l'a suriné[1] samedi soir, répondit laconiquement Valentin. Vous lui connaissiez des ennemis ?

— Qu'est-ce que vous m'chantez là ? répondit la vieille en levant les yeux au ciel. Des ennemis ! C'était rien qu'un pauv' ouvrier qui turbinait dans l'imprimerie. Mais c'est-y des fois qu'y aurait une récompense si on pouvait aider à coincer l'coupable ?

— C'est à voir… Vous avez quelque chose à déclarer ?

La concierge renifla bruyamment avant de s'essuyer le nez dans son fichu de laine. Elle se dandinait sur ses jambes enflées et gratouillait sa verrue, semblant peser le pour et le contre. Puis, subitement, elle se décida :

— C'est-à-dire que l'autre sam'di, l'gars Mignot se sentait encore plus mal que la veille. L'a décidé de sortir prendre un bain, avec l'idée qu'la chaleur et les vapeurs lui f'raient du bien. J'étais sur l'pas d'la porte en train d'balayer quand il est passé en s'cramponnant l'ventre à deux mains. Eh ben, j'suis prête à jurer qu'un type lui a emboîté l'pas quand il s'est dirigé vers la Seine. Un drôle de zigue qui f'sait les cent pas dans la rue depuis un bon moment. Dès qu'le Mignot s'est éloigné, il lui a collé aux basques.

---

1. Poignardé, en argot.

— Cet inconnu, vous pourriez le décrire ?

— Pensez donc ! Dans cette foutue impasse, même avec le soleil au plus haut, on y voit pas plus clair que dans l'cul d'une poule ! Un type pas très grand, avec un long manteau et un chapeau à large bord… J'saurais pas dire plus.

Valentin glissa une pièce de vingt sous à la concierge qui, par réflexe, la porta à sa bouche pour l'éprouver en la mordant. Devant le regard noir que lui lança l'inspecteur, elle interrompit son geste, empocha prestement sa récompense et, tout en maugréant, regagna sa loge.

De retour à l'air libre, Aglaé, chagrinée, se tourna vers Valentin.

— Une vague silhouette ! C'est plutôt maigre comme récolte !

— Nous avons au moins confirmation que le meurtrier n'a pas frappé au hasard. Comme je le pensais, il s'agit bien de crimes prémédités. Il a choisi ses victimes et les a probablement toutes épiées avant de les agresser. Mais voilà qui nous conduit à nous poser une singulière question.

— Laquelle ?

— Qui peut avoir intérêt à assassiner des êtres aussi insignifiants qui seraient, de toute façon, morts de maladie ?

10

Trompeuses apparences

Aux alentours de midi, Valentin et Aglaé déjeunèrent chez un marchand de vin proche du tribunal de commerce. La clientèle, composée pour l'essentiel de forts des Halles, ne les lâcha pas du regard à partir du moment où la jeune femme ôta son chapeau et où son appartenance au beau sexe éclata aux yeux de tous. Certains de ces grands types costauds affichèrent des mines interloquées ou carrément émoustillées devant le contraste offert par un aussi joli minois et ce corps fluet dissimulé sous des habits de garçon. Œillades appuyées et messes basses ne cessèrent pas durant tout le repas. Cependant, le feu ardent qui brûlait au fond des pupilles de Valentin et son allure distinguée qui semblait le rattacher aux puissants de ce monde dissuadèrent même les plus hardis de venir les importuner.

Au sortir de l'estaminet, l'inspecteur, vaguement gêné, confia à son amie qu'il préférait qu'elle rentre sans lui rue de Jérusalem. Il devait à présent se rendre dans un endroit qu'une dame, même grimée en homme, ne pouvait décemment fréquenter. À sa grande surprise, Aglaé ne protesta pas et ne posa pas la moindre question. Elle était pourtant d'habitude la première à clamer haut et fort, contre toute évidence, qu'une femme était capable d'assumer la plupart des tâches ordinairement réservées à la gent masculine. Accepter aussi facilement de se voir écartée en raison de son sexe, cela lui ressemblait si peu que Valentin faillit presque manifester son étonnement. Il se reprit au tout dernier moment. Cette docilité inespérée l'arrangeait bien, finalement, et il aurait été nigaud de ne pas en profiter.

Demeuré seul, l'inspecteur prit la direction de la rue Simon-le-Franc. L'imprimerie Palud occupait l'entresol d'une bâtisse qui devait déjà paraître décatie au siècle de Louis XIV. Des murs de torchis rayés de voliges brunes, des fenêtres à croisillons avec des carreaux de verre en cul de bouteille. Le cliquetis métallique des presses en action emplissait l'atmosphère de l'atelier et vous assourdissait aussitôt le seuil franchi. Tout de suite après, c'était l'odeur d'encre fraîche et de papier humide qui vous prenait à la gorge. Valentin dénombra au moins quatre ouvriers qui s'affairaient dans la semi-pénombre. Il s'approcha du premier, qui venait de dresser une feuille vierge sur le volet mobile de sa machine et s'apprêtait à actionner le levier de la vis centrale pour abaisser le tout contre le marbre.

— Je voudrais parler au patron, dit-il d'une voix forte en plaçant sa main en cornet devant sa bouche et en s'inclinant vers l'oreille du typographe.

— M. Palud ? Qui le demande ?

Depuis sa visite au Cyclope, Valentin avait eu tout le loisir de réfléchir à la façon dont il convenait d'aborder cette possible source d'informations. Il s'était convaincu assez rapidement qu'une approche trop frontale ne donnerait rien de bon. Si le sieur Palud faisait commerce des turpitudes de ses semblables, exhiber sous son nez une médaille de la préfecture de police ne pourrait que l'effaroucher. Il risquait fort de se refermer comme une huître. Au contraire, lui laisser entrevoir la possibilité de contenter un riche amateur de sensations fortes pouvait l'appâter et l'amener à baisser sa garde.

— Mon nom ne lui dira rien, répondit l'inspecteur avec aplomb. Il ne me connaît pas… du moins, pas encore. Dites-lui simplement qu'il m'a été recommandé comme un fin connaisseur des raffinements de la capitale et que je compte sur lui pour me faire profiter de son savoir durant mon séjour parisien.

L'ouvrier ne parut pas autrement surpris et se contenta de hocher la tête d'un air entendu.

— C'est bon, marmonna-t-il. Vous n'avez qu'à attendre là. Je vais le prévenir de ce pas.

Il s'éloigna vers le fond de l'atelier et disparut derrière des affiches récemment imprimées et mises à sécher sur un fil. Pour passer le temps, Valentin se rapprocha des placards et en déchiffra le contenu. Il s'agissait d'une proclamation émanant de la préfecture de la Seine manifestement destinée à mettre en garde la population.

Instruction populaire sur les principaux moyens pour se garantir du choléra morbus

Le choléra est une maladie grave : cependant il est plus effrayant quand on l'attend que dangereux quand il existe. Pour s'en prévenir, il faut ne pas avoir peur : éloigner toutes les pulsions qui pourraient troubler la tranquillité de l'âme, et ne penser à la maladie que pour exécuter les précautions propres à s'en garantir.

Le choléra n'est pas contagieux, c'est-à-dire qu'il ne se communique pas aux personnes qui sont en rapport avec les malades. Il n'attaque que ceux qui ne soignent pas leur santé.

Pour s'en prémunir, il faut observer la plus grande propreté sur soi et dans son logement. Il faut éviter tout refroidissement, ne pas poser les pieds nus sur la terre ou la pierre en sortant du lit. Il ne faut pas dormir les croisées étant ouvertes. On doit rentrer chez soi de bonne heure, afin d'éviter le froid et l'humidité des nuits. La sobriété ne peut être trop recommandée. On doit s'abstenir de tous les excès de nourriture et de boisson ; car on a observé que les ivrognes et les gens livrés à la débauche étaient les plus exposés à être attaqués du choléra. L'abus des liqueurs fortes est très pernicieux. Il en est de même de l'usage de l'eau-de-vie prise seule et à jeun.

Quand le choléra règne, il faut, dès qu'on en ressent les premières atteintes, s'adresser à un médecin et, en l'attendant, il faut se mettre au lit et prendre une infusion bien chaude de menthe ou de camomille et de tilleul, et se réchauffer par tous les moyens possibles.

Valentin fit la grimace. Pour un esprit éclairé comme le sien, ce galimatias mêlant hygiène et morale ainsi que cet appel au calme du début n'avaient rien de rassurant. Ils prouvaient non seulement que les autorités commençaient à perdre leur sang-froid devant la flambée de l'épidémie, mais surtout qu'elles n'avaient aucune idée de la façon dont on pouvait combattre le mal. *Rentrer de bonne heure chez soi, prendre une infusion bien chaude ! Quelle mauvaise farce ! Cela frise tout bonnement le ridicule !*

— On me dit que vous me cherchez, monsieur ?

La voix onctueuse à l'excès le fit pivoter sur sa gauche. L'homme qui s'avançait vers lui, les mains jointes et le dos légèrement courbé en une attitude de fausse déférence, ne devait pas avoir encore soixante ans. Mais il semblait vieilli avant l'heure, usé comme après une vie entière de débauche. Toute la vitalité s'était réfugiée au fond de ses petits yeux méfiants.

— Monsieur Palud, je suppose.

— Lui-même, marmonna l'imprimeur. À qui ai-je l'honneur ?

— Je me nomme Damien de Combes, vicomte de La Vernerie. Ma famille, depuis des générations, est l'une des plus en vue de Bordeaux. Mais la vie de province, *pfffut* ! Tout y est si convenu, si désespérément ennuyeux !

Tout en l'écoutant, Palud scrutait son visiteur. Son regard s'attardait sur les nombreux détails révélant qu'il avait affaire à un homme de qualité. La chaîne de montre en or, la canne en ébène au pommeau délicatement sculpté, la coupe des habits à la dernière mode, le chapeau haut de forme, les gants d'une telle finesse qu'ils ne pouvaient provenir que de chez Valker ou de chez Mme Irlande.

— Mon employé m'informe que vous êtes à la recherche de plaisirs raffinés, susurra l'homme après cet examen aussi minutieux que rapide, révélateur d'une longue pratique.

— Disons que je suis sensible à la beauté et apte à la

découvrir là où l'homme du commun serait tenté de ne voir que perversion et fascination morbide.

— Je vois, je vois, marmonna Palud en frottant délicatement ses mains l'une contre l'autre. Les êtres d'exception apprécient les choses rares, mais celles-ci ont évidemment un coût.

Valentin balaya la remarque d'une main négligente.

— L'argent n'est pas du tout un problème.

Une lueur fugitive s'alluma dans les prunelles de son interlocuteur, aussitôt recouverte par la brume mouvante qui flottait autour, dans les iris d'une couleur indéfinissable, où des reflets gris et violets jouaient avec les ombres.

— C'est ce que j'avais cru comprendre, mais je me devais de vous le signaler. Si vous le voulez bien, nous allons passer à présent dans mon bureau. Nous y serons plus au calme pour parler art et volupté.

En prononçant ces dernières paroles, il avait englobé d'un geste dédaigneux les presses, les piles de papier et ses propres employés. L'un derrière l'autre, les deux hommes gagnèrent un petit local situé à l'arrière du bâtiment. Le contraste avec l'atelier qu'ils venaient de quitter était tout simplement stupéfiant. La pièce était lumineuse, meublée avec un raffinement certain, et tenait davantage du boudoir que d'un vulgaire bureau. Un tapis de prix en recouvrait le sol et des tableaux aux thèmes libertins décoraient les murs.

Palud saisit une carafe sur un guéridon et versa du xérès dans deux verres en cristal. Il en tendit aimablement un à son visiteur.

— Plutôt inattendu pour traiter de simples affaires d'imprimerie, remarqua Valentin.

L'homme gloussa et ses lèvres se retroussèrent en un rictus qui se voulait complice mais qui n'était que repoussant.

— Il ne faut point se fier aux apparences. Monsieur le vicomte aura compris que je suis, comme lui, une sorte d'esthète. Il y a tant de laideurs en ce monde qu'il faut savoir cultiver son propre jardin secret.

— Précisément, je compte sur vous pour y faire pousser de nouvelles fleurs aux parfums aussi capiteux que vénéneux. À ce sujet, je me suis laissé dire que les cadavres humains sont excellents pour fertiliser le sol. Il y a là matière à réflexion pour qui souhaite enrichir ses collections.

Palud cligna deux fois des paupières comme pour laisser entendre qu'ils se comprenaient à demi-mot.

— Bien, bien ! Nous nous orienterons donc vers ce genre de curiosités. Je suis en rapport avec plusieurs fournisseurs qui seraient susceptibles de vous procurer quelques pièces uniques. Je puis vous assurer que celles-ci ne pourront que satisfaire votre exigence de rareté. Chacune mériterait de figurer à la place de choix dans le cabinet d'un homme de goût.

— À quoi pensez-vous exactement ?

— J'ai mes entrées à l'Hôtel-Dieu et je peux vous obtenir des fœtus humains affectés des plus stupéfiantes malformations. Ou bien encore, si vous en exprimez le désir, je vous mettrai en rapport avec un libraire qui possède un exemplaire rarissime des sonnets érotiques de l'Arétin non seulement relié mais entièrement imprimé sur une peau de femme. Enfin, un peintre de mes connaissances saura exécuter votre portrait ou celui de celle qu'il vous plaira en utilisant, pour délayer ses couleurs, du sang humain, du sperme et du lait de femme. Vous voyez, vous n'avez que l'embarras du choix !

Bien qu'il n'en laisse rien transparaître, Valentin sentit une onde de dégoût enfler en lui. Les petits yeux vicieux de son interlocuteur demeuraient braqués sur lui, attendant un assentiment, l'expression d'une satisfaction, à le soupeser, à éveiller des choses en son for intérieur : de la colère, de la révolte et d'autres sentiments plus enfouis, plus terribles encore.

— Je crains que vous n'ayez mal saisi la nature exacte de ma demande, dit-il d'une voix légèrement altérée en faisant un effort sur lui-même pour continuer à donner le change. Si j'ai bien l'âme d'un collectionneur, je ne suis pas pour autant un contemplatif. Ce que je recherche, ce sont des sujets vivants sur lesquels je pourrai, moi-même, exercer mes talents d'artiste.

— Mais bien sûr ! Comment n'ai-je pas tout de suite deviné ? Un homme de votre qualité… Pardonnez ma méprise !

Avec empressement, l'homme se dirigea vers un secrétaire en palissandre et bois de poirier dont il ouvrit l'abattant. Il revint vers Valentin avec une brochure à la main. Son regard brillait comme jamais.

— Voici un opuscule qui recense des lieux de plaisir triés sur le volet. À ne pas mettre entre toutes les mains. Seuls des esprits forts et libérés des sottes entraves de la religion ou de la morale y peuvent avoir accès. Vous connaissez sans doute *La Divine Comédie* de Dante. « Par moi, on pénètre dans le domaine des douleurs… Vous qui entrez ici, perdez toute espérance. » Ces mots pourraient s'appliquer à cet ouvrage, dont je suis le modeste auteur.

— Cette fois, non seulement vous m'intéressez, mais vous m'intriguez.

Le visage de l'imprimeur Palud s'éclaira d'une joie malsaine.

— Il n'est pas un seul désir, pas un seul vice qui ne trouve matière à son accomplissement entre ces pages. Que vous souhaitiez souffrir ou faire souffrir, jouir de la douleur d'autrui ou vous soumettre au joug d'un maître ou d'une maîtresse, vous trouverez ici à quelle porte frapper. Le choix du lieu dépendra uniquement de vos préférences et de vos futurs compagnons de jeu. Hommes, femmes, enfants, animaux, il y en a pour tous les goûts !

— Cette fois, nous y sommes, déclara le pseudo-vicomte non sans froideur. Combien pour cette petite merveille ?

— Quarante francs. Le prix peut sembler sans doute un peu élevé, mais chacune des adresses figurant ici est inconnue des services de police. La discrétion y est de rigueur. Pas de noms, pas de questions embarrassantes. La satisfaction de la clientèle, si exigeante soit-elle, est la seule chose qui importe.

Valentin avait envie de se lever et de frapper cette vermine jusqu'à ce qu'elle baigne dans une mare de sang. Mais au lieu de cela, il se contenta de payer le prix demandé et prit congé fort aimablement après avoir empoché le fameux almanach. Pour le moment, son enquête primait. Mais, tandis qu'il quittait l'imprimerie à grands pas, il se promit de revenir plus tard pour faire place nette.

À son retour rue de Jérusalem, il croisa Vidocq dans l'escalier. Le nouveau chef de la Sûreté voulut savoir s'il avait déjà obtenu du nouveau. L'inspecteur répondit qu'il venait d'identifier la troisième victime et qu'il comptait, en premier lieu, suivre la piste d'un éventuel pervers évoquée par le commissaire Hebers.

— J'espère que vous trouverez quelque chose d'intéressant, commenta l'ancien forçat en clignant de l'œil. En tout cas, je vous suis foutrement reconnaissant d'avoir accepté de vous charger de ce triple meurtre. Avec l'affaire qui vient de me tomber dessus ce matin, je n'aurais pas pu faire face.

— De quoi s'agit-il ?

— Une disparition inexpliquée. Un quidam qui s'évanouit dans la nature sans laisser la moindre trace. Le hic, c'est que notre homme n'est justement pas n'importe qui. Maxime de Chantourné, ça vous parle ?

— L'académicien ?

— Non seulement il est membre de l'Académie des sciences, mais il dirige le Comité de salubrité mis en place par le gouvernement pour combattre l'épidémie. Je vous laisse imaginer le raffut du raboin[1] que l'affaire provoque en haut lieu. J'ai le président de l'Académie sur le dos, mais aussi le préfet de police et le premier secrétaire du ministre. Tous exigent que je retrouve au plus tôt leur satané grand savant. À côté, votre affaire de mutilés, c'est de la roupie de sansonnet !

Un autre que Valentin aurait sûrement mal pris cette dernière remarque, mais lui préféra en sourire. La mauvaise foi faisait partie intégrante du personnage et n'était pas son moindre défaut. Mais lorsqu'on avait la chance de compter le roué Vidocq au nombre de ses

1. Le diable, dans l'argot de l'époque.

amis, il fallait l'accepter tout entier sans rien espérer y retrancher. Véritable phénomène, l'homme était tout d'une pièce.

Le temps de finir de gravir l'escalier pour rejoindre ses locaux, Valentin était déjà passé à autre chose. Pourtant, bien plus tard, il se rappela qu'un déclic s'était fait dans un coin de son cerveau à l'instant où l'ancien bagnard lui avait parlé pour la première fois de cette mystérieuse disparition. Son formidable instinct de policier avait fait retentir en lui comme une petite sonnette. Mais sur le coup, pressé qu'il était d'exploiter la brochure de l'imprimeur Palud, il n'y avait pas vraiment prêté attention.

À tort… comme il devait s'en rendre compte quelques jours plus tard.

11

Retrouvailles

Après avoir quitté Valentin, Aglaé n'était pas passée par la préfecture mais avait regagné directement son appartement. Tout en marchant, l'esprit préoccupé, elle n'avait pu s'empêcher de jeter de fréquents coups d'œil par-dessus son épaule et sur les côtés afin de s'assurer que personne ne la suivait. Depuis le moment où, la veille, son paternel était brutalement réapparu dans sa vie, elle ne parvenait pas à le chasser de son esprit. C'était au fond une chance que Valentin n'ait pas insisté pour qu'elle l'accompagne toute la journée dans ses investigations, car, sensible comme il était, il aurait bien fini par réaliser qu'elle ne se trouvait pas dans son état normal.

Son père… Il travaillait comme boucher pour un patron qui tenait boutique sur la place du marché à Chartres. C'était un ivrogne notoire qui buvait le peu qu'il gagnait, quand il ne le dilapidait pas aux cartes, et avait la détestable habitude de perdre ce qu'il n'avait pas en poche. Il n'avait échappé à la prison pour dettes qu'à coups de combines minables qui le plaçaient en permanence sous la coupe de types plus malins que lui, sinon plus honnêtes. Cette situation dont il était pourtant le seul responsable avait le don de le mettre en rogne.

De taille moyenne mais râblé, musclé à force de trimballer des carcasses d'animaux sur son dos, il passait régulièrement sa mauvaise humeur sur sa moitié. Celle-ci était une petite femme docile, élevée dans la crainte de Dieu, qui croyait dur comme fer que les malheurs endurés sur terre vous ouvraient tout grand les portes du paradis. Une de ces âmes simples qui se laissent piétiner sans broncher et pour qui l'expression « doux comme un agneau » semble avoir été forgée tout exprès. Elle avait cessé son activité de ravaudeuse à la naissance d'Aglaé pour tenir son ménage et prendre soin de sa fille unique. Mais elle avait beau s'user les yeux et les mains à laver, à savonner, à récurer l'unique pièce meublée qu'ils occupaient sous les toits, la pauvre mansarde n'était jamais assez propre pour le père Marceau quand il rentrait chez lui avec un coup dans le nez. C'est-à-dire à peu près un soir sur deux. Ses colères homériques alimentaient sans fin les commérages du voisinage.

De sa petite enfance, Aglaé gardait le souvenir confus de cris journaliers, de meubles heurtés, de vaisselle brisée, de coups et de pleurs. Au début, elle n'était pas directement visée, car son père s'était désintéressé d'elle dès la naissance, reprochant à sa femme de ne lui avoir pondu qu'une « petite pisseuse ». Puis, l'âge venant, il avait fini par voir en elle une source de revenus supplémentaires. Elle venait à peine d'atteindre ses neuf ans quand il l'avait confiée à l'une de ses relations louches, qui l'envoyait deux fois par semaine aux portes de la cathédrale vendre des fleurs à la sortie de l'office.

Sa première dérouillée, elle l'avait récoltée six mois plus tard après avoir égaré en chemin les maigres sous gagnés ce jour-là. Elle avait vite compris que son père ne connaissait qu'une seule façon d'élever un enfant.

Paradoxalement, les années qui suivirent ne furent pas les plus éprouvantes pour elle. Battues toutes les deux, la mère et la fille s'étaient réfugiées dans une complicité presque animale. Chacune cherchant à protéger l'autre dans cette lutte perdue d'avance mais au cours de laquelle elles s'étaient endurcies, renforcées l'une l'autre, et qui leur avait permis de développer d'inépuisables facultés de résistance. C'était le temps où les caresses compensaient encore les gnons reçus, où Aglaé puisait dans le sourire consolateur de sa mère la force de supporter les brimades et les violences injustifiées. Elle pensait qu'il n'y avait rien d'autre à faire. Bien des années après, la jeune femme avait compris qu'elle avait fait fausse route, qu'il n'y avait rien de noble ou de courageux à supporter en silence la loi d'un tyran domestique. Mais à cette époque-là, elle était beaucoup trop jeune pour voir les choses ainsi. Sentir toute l'affection de sa mère autour d'elle, tel un doux cocon protecteur, lui suffisait.

Et puis, au début de l'adolescence, de façon d'abord insidieuse, tout avait basculé. Il y avait eu le regard du père qui commençait à s'attarder sur ses formes naissantes, les remarques blessantes qu'il adressait de plus en plus souvent à sa femme en la comparant à sa fille. Rien de plus, mais c'était déjà trop. Peu à peu, inexorablement, elle avait senti qu'une distance se creusait entre elle et celle qui lui avait donné naissance. Cette dernière ne l'approchait plus. Fini, les caresses et les sourires. Désormais, un mélange de méfiance et de jalousie rongeait l'âme de sa mère. Au début, Aglaé ne l'avait pas compris et elle avait passé des nuits à pleurer en silence en se demandant ce qu'elle avait bien pu faire pour que celle qu'elle chérissait par-dessus tout se détourne d'elle à ce point.

Un soir, alors qu'elle venait d'avoir dix-sept ans et que son père pour une peccadille était tombé à bras raccourcis sur son épouse, elle avait voulu s'interposer et il l'avait repoussée avec une douceur surprenante. Tandis qu'il l'écartait en prenant garde de ne pas la blesser, elle avait croisé le regard de sa mère qui gisait, dépenaillée et meurtrie, sur le sol. Ce qu'elle avait lu dans ces yeux la veille encore tendrement chéris l'avait glacée d'horreur. Une rivale ! C'était ainsi dorénavant que sa mère la considérait. Et en le comprenant, Aglaé s'était sentie envahie par un terrible sentiment d'abandon et d'injustice, par une souffrance telle qu'aucune raclée n'aurait pu en provoquer de semblable.

À partir de ce jour, elle avait déserté le plus souvent possible le domicile familial, trouvant ailleurs, dans la fréquentation des jeunes gens de son âge, l'étourdissement qui lui permettait d'oublier l'atmosphère pesante qui régnait chez elle. Elle s'était initiée au théâtre en participant à de petits spectacles montés dans le cadre de la paroisse et, tout en rongeant son frein, avait commencé à compter fiévreusement les mois et les semaines qui la séparaient encore de sa majorité. Ce fut ainsi qu'ayant enfin atteint ses vingt et un ans[1] et sans faire

1. Le Code civil napoléonien de 1804 avait fixé la majorité civile à vingt et un ans pour les femmes comme pour les hommes.

ses adieux à quiconque, elle était montée un beau jour, à l'aube, dans la première diligence à destination de Paris.

Trois ans s'étaient écoulés depuis et Aglaé avait fini par se persuader que ce passé était à jamais révolu. Sa beauté et son charme piquant lui avaient permis de se faire remarquer sur le boulevard du Temple et d'intégrer une troupe fameuse. Sa rencontre avec Valentin était arrivée, elle, à point nommé pour l'arracher à ce monde factice, ce miroir aux alouettes où une actrice n'a pas d'autre choix que de s'attacher tôt ou tard un riche protecteur si elle veut conserver sa place au soleil. Sans qu'ils le sachent, c'était d'ailleurs peut-être leur passé douloureux qui les avait rapprochés. Leurs enfances malheureuses avaient servi de trait d'union entre eux, même si Valentin ignorait à peu près tout du vécu de sa compagne. Mais voilà que, tout à coup, son père à elle réapparaissait, et c'était comme si un coup de vent balayait tout ce qu'elle avait accompli. Elle se sentait désarmée, désemparée, aussi démunie que l'adolescente qui passait ses nuits à sangloter, le visage enfoui dans son oreiller, le cœur battant la chamade et l'âme à la dérive.

Songeant à tout cela et étonnée elle-même de se redécouvrir si vulnérable après tout ce qu'elle avait affronté auprès de Valentin, la jeune femme pénétra dans l'immeuble du quai Saint-Michel. À cette heure de la journée, la plupart des locataires étaient sortis pour travailler ou vaquer à leurs autres occupations et le calme régnait à l'intérieur du bâtiment. Toujours plongée dans ses pensées, Aglaé gravit l'escalier, prit un peu de temps pour chercher sa clé au fond de son sac puis déverrouilla la porte d'entrée. Dans l'appartement, les rideaux étaient tirés et la pénombre épaisse permettait à peine de distinguer les contours des meubles. Ayant gagné le salon, la jeune femme se dirigea droit vers la fenêtre pour donner un peu de lumière. Elle se trouvait approximativement au centre de la pièce lorsqu'une voix faussement enjouée retentit dans son dos :

— Te v'là bien logée à cette heure. Ça, je dois dire qu'ça m'en bouche un coin ! La petite Aglaé s'est foutrement bien débrouillée. Dommage que pour en arriver là, elle ait laissé quimper[1] ses vieux parents.

La jeune femme sursauta avant de se figer sur place.

— Eh bien ! reprit la voix douloureusement familière. On se retourne pas pour dire bonjour à son p'tit papa adoré ?

À contrecœur, Aglaé s'exécuta. Elle ne discerna tout d'abord qu'une vague silhouette avachie dans un fauteuil tiré dans l'angle mort de la porte. Puis elle perçut un mouvement léger avant que la flamme d'un briquet ne vienne éclairer par en dessous le visage ingrat de son père. L'homme alluma le fourneau d'une pipe de bruyère et la mèche d'une lampe à huile.

Il souriait, donnant l'impression de savourer pleinement leurs retrouvailles.

— Qu'est-ce que tu fiches là ? Comment m'as-tu retrouvée ?

La voix d'Aglaé sonna plaintivement même à ses propres oreilles.

— Tu croyais tout d'même pas qu'y suffisait d'prendre le large pour d'venir transparente ! Tu t'souviens du fils Planchon ? Oui, bien sûr qu'la petite Aglaé se l'rappelle ! C'était l'un de ces freluquets vicelards

1. Tomber, en argot.

qu'elle laissait farfouiller sous ses jupons. L'année dernière, lors d'un passage à Paris, voilà t'y pas que ce grand couillon a cru reconnaître sa petite camarade de jeu sur la scène d'un d'ces théâtres où les hommes viennent reluquer les filles faciles.

Aglaé se mordit les lèvres et s'abstint de réagir à la provocation. Tel qu'elle connaissait son paternel, cela lui aurait fait trop plaisir.

— Comment es-tu entré ? demanda-t-elle d'une voix glaciale. Quelqu'un t'a ouvert ?

— Tu me déçois, mon cœur. Je sais que t'as jamais eu une très bonne opinion de moi, mais y a tout de même deux ou trois petites choses que j'ai apprises durant cette chienne de vie, comme forcer une serrure…

— Ou tabasser sa femme et son enfant.

Le père Marceau tira une bouffée de sa pipe et s'appliqua à faire un rond en soufflant la fumée. Puis son sourire s'élargit.

— Il faut bien apprendre à marcher droit, que veux-tu. C'est le rôle d'un bon père de famille de corriger les fautes de ses proches et de redresser les torts. Qui irait le lui reprocher ? Tu vas tout de même pas me dire que c'est pour ces quelques gifles que tu t'es enfuie !

Les yeux d'Aglaé lancèrent des éclairs.

— Ce n'étaient pas de simples gifles, marmonna-t-elle d'une voix sourde. Quant à marcher droit… Venant d'un pochtron comme toi, l'expression prêterait à sourire si le simple fait de te revoir ne me donnait pas plutôt envie de vomir. Pourquoi es-tu venu ? Que veux-tu exactement ?

L'homme pivota dans son fauteuil et étendit les jambes devant lui de façon à barrer l'accès au seuil.

Quand il reprit la parole, son ton n'avait plus rien de badin et son regard était devenu dur comme la pierre.

— J'ai une mauvaise nouvelle pour la petite Aglaé. Sa feignasse de mère est passée l'autre hiver. Et y s'trouve que j'ai aussi fini par perdre mon boulot de boucher, rapport à toutes les médisances que des mauvaises langues faisaient courir sur mon compte. Alors j'me suis dit comme ça qu'une fille un tant soit peu attentionnée pouvait pas laisser son pauvre père sans moyens dans l'existence.

Aglaé accusa le coup. Apprendre aussi brutalement que sa mère était morte la laissait sans voix. Elle qui croyait ne plus rien éprouver pour cette femme qui n'avait pas su la défendre puis qui l'avait rejetée sentit malgré elle les larmes lui monter aux yeux. Par bouffées, des bribes de souvenirs affluaient : un sourire, la douceur d'une main, une voix qui chantonnait tout bas une comptine… Et c'était chaud, et bon, et tendre, et infiniment douloureux.

— Que veux-tu exactement ? répéta-t-elle après avoir encaissé le choc.

Son père se leva. Il n'était guère plus grand qu'elle mais avait conservé ses épaules musculeuses et son torse puissant. Un rictus cruel déformait à présent son visage, faisant ressortir la laideur des cicatrices laissées par la variole. Lentement, il se mit à marteler du poing droit la paume de sa main gauche.

— Va surtout pas t'imaginer qu'il suffit d'enfiler un pantalon pour jouer les durs, gronda-t-il méchamment. Maintenant, je sais où tu crèches et j'ai même vu que tu fréquentais dans la haute, rapport au gandin qui t'a raccompagnée hier. Alors, c'est bien simple, je passerai dorénavant ici tous les 14 du mois et t'auras intérêt à avoir préparé une somme de cinquante francs pour ton vieux papa. Sinon…

— Sinon quoi ? demanda la jeune femme d'une voix étranglée.

— Sinon la petite Aglaé recevra la correction de sa vie et finira comme sa salope de mère. Eh oui ! T'as beau nicher à Paris, te voilà rentrée au bercail, ma jolie !

12

La « souffre-douleur »

Engoncés dans de longs carricks à double collet, les deux hommes faisaient le pied de grue depuis plus d'une demi-heure sous un lampadaire à huile que des mains indélicates avaient brisé. C'était loin d'être le seul de cette ruelle du quartier Saint-Merri dans cet état, et l'obscurité la transformait en un long tunnel peu rassurant. À cette heure avancée de la nuit, tout le quartier prenait des allures de coupe-gorge. De rares silhouettes furtives glissaient de temps à autre le long des façades enténébrées. Leurs manières insinuantes, leurs pas feutrés avaient quelque chose d'équivoque et d'inquiétant. D'autres ombres se devinaient parfois sous un porche, mais reculaient à couvert sitôt que l'on s'approchait un peu trop. Tout cela incitait à presser le pas, à gagner au plus tôt des artères fréquentées où les nouvelles lanternes à gaz prodiguaient leur clarté rassurante.

Cette atmosphère vaguement menaçante, les deux hommes immobiles dans le noir semblaient n'en avoir cure. Et bizarrement, depuis qu'ils avaient pénétré dans ce bas-fond inhospitalier, nul ne s'était risqué à leur chercher querelle. C'était peut-être dû à l'allure massive du plus grand d'entre eux, un véritable colosse. Ou bien alors, c'était leur sérénité apparente qui dissuadait toute envie d'en découdre. À les voir deviser tranquillement en un lieu et à une heure si peu propices à la flânerie, on les devinait obstinés et durs. Et l'on s'avisait que leurs vastes pardessus pouvaient dissimuler bien des mauvaises surprises…

— Vous êtes certain qu'elle va revenir ici ? demanda le grand costaud en désignant du menton un immeuble de quatre étages dépourvu de lumière aux fenêtres.

— J'ai pris mes renseignements, répondit son compagnon. Elle ne passe jamais la nuit avec ses clients et se fait toujours raccompagner avant minuit. L'un de ses voisins, qui doit être aussi son amant de cœur, est chargé de donner l'alarme s'il ne la voit pas réapparaître à l'heure dite.

— Une espèce de Cendrillon, somme toute.

— À ce détail près qu'elle ne revient pas d'un bal et que l'homme dans les bras duquel elle a passé les dernières heures n'a probablement rien du prince charmant.

Ayant prononcé ces paroles sur un ton désabusé, le plus petit des noctambules, lui-même pourtant un solide garçon, tira de sous son habit une montre en or qu'il dut porter à ses yeux pour en distinguer les aiguilles.

— Quelle heure est-il ? s'enquit l'autre d'une voix où perçait pour la première fois un soupçon de lassitude.

— Minuit moins le quart. Encore un peu de patience, Tafik. Elle ne devrait plus tarder.

— Et si nous faisons encore chou blanc, comme avec les autres ?

— Nous reviendrons demain. Il reste encore une

demi-douzaine d'adresses à exploiter dans l'almanach que m'a remis l'imprimeur Palud.

Dans son bureau de la rue de Jérusalem, Valentin Verne avait passé sa matinée à éplucher soigneusement le fameux opuscule. Son auteur n'avait pas menti. Ces pages destinées aux libertins les plus blasés constituaient un catalogue édifiant d'à peu près toutes les perversions sexuelles qu'il était possible d'imaginer. Elles recensaient également les lieux et les personnes les plus aptes, dans Paris, à les faire passer du simple fantasme à la réalité la plus sordide. Dans un premier temps, l'inspecteur avait tenu compte de l'origine des victimes pour concentrer ses recherches dans les quartiers Saint-Merri et Sainte-Avoie. Il serait toujours temps d'élargir le cercle si les premiers interrogatoires ne donnaient rien. Depuis le début de l'après-midi, en compagnie de Tafik, ils avaient déjà visité un canapé[1] de la rue Pierre-au-Lard où les pièces tenaient davantage du cachot que du boudoir douillet, avec tout un assortiment de chaînes et d'instruments de torture à faire frémir le dernier des Sanson[2], ainsi que la chambre d'une calège[3] offrant ses services spéciaux à des clients prêts à payer fort cher le plaisir de se faire fesser. Ce dernier détail avait particulièrement désarçonné l'ancien mamelouk qui n'arrivait pas à comprendre comment un homme digne de ce nom pouvait jouir d'être traité comme un enfant récalcitrant.

---

1. Bordel ou lieu de rendez-vous exclusivement destiné aux homosexuels.

2. Célèbre famille de bourreaux normands qui ont exercé à Paris de 1688 à 1847.

3. Prostituée de haut vol.

— N'empêche ! soupira-t-il. Je préférerais qu'on aboutisse rapidement. S'il faut jouer des poings ou tirer au pistolet, je suis votre homme, patron. Mais devoir fréquenter ces lieux de dépravation… Tenez ! Ça me donne envie de vomir !

Valentin lui adressa un sourire compatissant.

— Eh bien, retiens-toi encore un peu, souffla-t-il. À moins que mes oreilles ne me trompent, je crois que notre dernière cliente de la journée arrive dans sa citrouille magique.

L'écho encore assourdi d'une voiture en mouvement commençait en effet à leur parvenir. Le cliquetis des harnais, le tintement des sabots ferrés et le fracas des roues sur les pavés disjoints se répercutaient le long des façades. Là-bas, à l'autre extrémité du goulet obscur, deux fanaux jaunâtres se balançaient et grossissaient à vue d'œil. Leurs mouvements un rien chaotiques engendraient d'étranges fantasmagories lumineuses sur les murs.

Valentin plaqua la main sur le torse puissant du grand Géorgien pour l'inciter à se rencogner, comme lui, dans les ténèbres.

— Inutile d'effrayer le cocher, chuchota-t-il. On laisse le fiacre repartir et on alpague la fille avant qu'elle ne passe sa porte.

L'instant d'après, la masse sombre de la voiture ralentissait à moins de dix pas de l'endroit où les deux policiers se tenaient embusqués. Il ne s'agissait pas d'un vulgaire sapin, comme s'y attendait l'inspecteur, mais d'une élégante berline attelée de deux chevaux de race. Le conducteur tira sur les rênes en faisant entendre un son guttural. Les chevaux piaffèrent avant de s'immobiliser. Le couinement du frein que l'on serre résonna, telle une plainte lugubre, dans cette ruelle sordide où il aurait été presque plus naturel de voir apparaître la charrette fantôme du serviteur de la Mort.

La portière s'ouvrit et un gloussement s'en échappa. Puis une femme enveloppée dans une capeline claire descendit et envoya un baiser avec la main à destination de quelqu'un demeuré à l'intérieur. Son visage apparut, l'instant d'après, dans le halo des lanternes. Une abondante chevelure blonde. Des traits plutôt plaisants mais déjà marqués par la résignation et une forme de langueur maladive, prélude à cet inexorable naufrage qui guette la plupart des filles de joie.

Déjà, des coups secs retentissaient dans l'habitacle. Probablement assénés par le pommeau impatient d'une canne contre le plafond. Le cocher manœuvra de nouveau la manivelle du frein et fit claquer son fouet. La voiture marqua un léger ressaut et commença à s'éloigner en ferraillant. Demeurée seule en arrière, la fille lâcha une insulte à mi-voix et cracha avec dédain dans le sillage de l'attelage.

Elle pivota ensuite lentement sur elle-même et se dirigea d'un pas traînant vers le porche le plus proche. Tout dans son attitude trahissait une lourde fatigue. Ce fut peut-être la raison pour laquelle elle ne prêta pas attention à la silhouette élancée qui se glissa derrière elle et la retint soudain par le bras.

— Louise Maupeu ? C'est bien vous, n'est-ce pas ? Pouvez-vous m'accorder quelques minutes ? J'ai deux ou trois questions à vous poser.

Valentin avait pensé que la fille, prise au dépourvu, n'opposerait pas de résistance et consentirait à les suivre docilement. Quelle ne fut pas sa surprise de sentir des ongles lacérer sauvagement son avant-bras, tandis qu'une voix suraiguë lui vrillait les oreilles :

— À moi, le Tondu ! Gaffe à l'esbroufeur[1] !

Presque aussitôt, la porte vers laquelle se dirigeait la prostituée s'ouvrit à la volée et un chauve trapu fit son apparition, une lanterne sourde dans une main et un couteau à large lame dans l'autre. Lorsqu'il aperçut Valentin collé contre sa gagneuse, sa bouche se tordit de colère et il commença à se rapprocher en pointant son arme en avant.

Il n'avait pas fait trois pas que le canon d'un pistolet de gendarmerie, modèle 1822, vint se coller sous son menton. Une espèce de géant au faciès farouche, qui semblait avoir été engendré par la nuit elle-même, en tenait l'autre extrémité.

— Si tu tiens à conserver ta mâchoire et ton crâne intacts, camarade, je te conseille de lâcher ce couteau et de rentrer gentiment chez toi. Ton amie viendra t'y rejoindre dès qu'elle aura répondu aux questions de mon chef.

Le chauve ne se le fit pas dire deux fois. Jetant un regard impuissant sur le couple au milieu de la chaussée, il s'exécuta à regret et rentra à reculons dans l'immeuble. Tafik vint aussitôt se placer face à la porte pour faire barrage et parer ainsi à toute éventualité.

— Qu'est-ce que vous m'voulez ? cracha la femme, dépitée, qui cessa de se débattre et tenta en vain de masquer la peur qui la gagnait. Et qui êtes-vous d'abord ?

---

1. Un faiseur d'embarras, dans l'argot de l'époque.

Valentin souleva légèrement son chapeau tout en lui adressant son sourire le plus charmeur.

— Vous n'avez absolument rien à craindre, mademoiselle, la rassura-t-il. Je suis l'inspecteur Verne, mais je n'appartiens pas à la brigade des mœurs. Comme je vous l'ai dit, je souhaiterais juste que vous répondiez à mes questions. Ensuite, vous serez libre de vos mouvements et pourrez aller où bon vous semble.

La blonde le dévisagea avec un mélange de crainte, de suspicion et de curiosité.

— Qu'est-ce qui me prouve que vous dites vrai ? Des cognes sapés comme un milord et avec des yeux à vous chambouler le palpitant, j'en ai encore jamais vu !

— Il faut bien qu'il y ait un début à tout, fit Valentin en exhibant sa médaille d'inspecteur.

— Bon, admettons que je vous croie, répliqua la fille en faisant la moue. Ça m'dit toujours pas c'que vous m'voulez.

— Nous serions mieux autour d'un verre pour discuter. J'ai repéré un cabaret à deux rues d'ici. Nous pourrions y faire un saut. Qu'en dites-vous ?

La méfiance persistait au fond des yeux fardés, mais la calège dut peser le pour et le contre. Son protecteur ne pouvait rien pour elle. Alors, à tout prendre, mieux valait se rendre dans un endroit public que de rester dans la rue à la merci de ces deux inconnus.

— C'est d'accord. Mais j'vous préviens, à la moindre anicroche, je gueule à rameuter tout le quartier.

Quelques minutes plus tard, ils étaient tous les deux attablés au fond d'une salle enfumée où une poignée de clients insomniaques faisaient rouler les dés ou cuvaient leur mauvaise gnôle, la tête dans leurs bras en berceau. La fille Maupeu devait être une habituée des lieux, car le patron l'avait saluée de son prénom à l'entrée du couple et nul n'avait paru vraiment étonné de la voir en galante compagnie. Cependant, pour plus de sûreté, Tafik était demeuré à portée de voix, devant l'estaminet, les poings crispés sur la crosse des deux pistolets passés dans sa large ceinture.

— Je cherche un homme ou une femme, attaqua d'emblée Valentin. Quelqu'un qui pourrait prendre plaisir à charcuter son prochain avec un bistouri.

— Et pour quelles raisons vous vous adressez à moi ?

Le policier glissa la main dans la poche de son habit et déposa sur la table l'almanach Palud. Il tapota l'ignoble publication du bout de l'index.

— En face de votre nom, il est indiqué comme spécialité « souffre-douleur ». Dès lors, j'imagine sans peine ce qui vous incite à cacher ce que toute professionnelle expérimentée devrait au contraire étaler à la vue de tous.

Joignant le geste à la parole, Valentin se pencha et, avant que la fille ne l'en empêche, il écarta l'un des pans du fichu qui masquait sa poitrine. Débordant du corsage, la chair laiteuse et opulente portait des traces de morsures et une myriade de petites marques rouges tout à fait semblables à celles qu'aurait pu laisser la pointe d'une aiguille.

— Vous gênez pas, surtout ! protesta la prostituée en rabattant d'un geste sec le tissu sur ses seins martyrisés. En voilà des manières ! Je croyais qu'on devait seulement discuter gentiment.

De nouveau, Valentin joua de sa séduction comme d'un atout. Ses yeux, qui pouvaient changer de couleur au gré de ses humeurs, se firent de velours et son sourire se teinta d'un brin de candeur désarmante.

— Ne vous fâchez pas, voyons. Je n'aurais pas pris la liberté de vous accoster à une heure aussi tardive si l'affaire n'était pas d'importance. La personne que je traque s'en est déjà prise à trois habitants du quartier. Autant dire de petites gens dont la disparition ne préoccupe pas grand monde à la préfecture. Or, si personne ne met fin rapidement à ses agissements, j'ai toutes les raisons de redouter que l'assassin ne frappe à nouveau. Et je crains fort d'être à peu près le seul à m'en soucier dans cette ville.

Prêcher le faux pour apprendre le vrai… La ruse était vieille comme le métier de policier, mais elle fonctionnait toujours.

— C'est bien vrai, ça ? Si ces meurtres concernent des gens d'ici, pourquoi personne n'en a entendu parler ?

— Mes supérieurs n'ont pas ébruité la chose pour ne pas affoler la population. C'est leur principale préoccupation, surtout depuis que le choléra a fait son apparition à Paris. Mais il n'en demeure pas moins que la maladie n'est pas la seule menace qui plane sur les malheureux du quartier.

Cette fois encore, la fille s'attarda à examiner les traits angéliques de son interlocuteur, comme si elle cherchait à deviner ce que pouvait dissimuler ce visage attirant et presque trop parfait.

— C'est bien vrai, cette histoire ? Vous me raconteriez pas des craques, quand même !

— Vous avez ma parole d'inspecteur. Alors ? Est-ce que vous auriez dans vos pratiques quelqu'un de suffisamment pervers pour aller jusqu'au crime ?

— C'est drôle que vous me demandiez ça précisément cette nuit.

— Pourquoi donc ?

— Il se trouve que j'ai eu affaire récemment à un nouveau client friand de jeux, disons… extrêmes. Dieu sait que j'en ai croisé, des tordus, depuis que j'exerce mes petits talents pour assouvir les fantasmes de ces messieurs de la haute ! Mais celui-là, c'est un véritable malade qui se balade en permanence avec une trousse de chirurgien sur lui. Heureusement qu'il paye bien ! Mais même avec ça, j'étais soulagée qu'il m'annonce, après deux séances, son intention de ne plus recourir à mes services.

— Pourquoi cela ?

— Disons que j'avais un mauvais pressentiment. Quelque chose que j'ai cru lire dans ses yeux la seconde fois. La sensation qu'il était tout près de basculer, qu'infliger des souffrances à l'autre ne suffisait plus à le contenter.

Valentin tressaillit. C'était exactement le genre de gibier qu'il espérait débusquer en décidant de suivre la piste d'un éventuel pervers. Qui sait ? Si la chance continuait à être de son côté, il allait peut-être élucider cette affaire de crimes mystérieux beaucoup plus vite que prévu.

— Quand l'avez-vous vu pour la dernière fois ?

— Voyons voir… C'était avant-hier. Oui, c'est cela, mardi, en fin d'après-midi.

— Et ce mystérieux client, on peut savoir de qui il s'agit ?

La blonde entortilla une boucle de ses cheveux autour de son index et adressa au policier un regard teinté d'ironie.

— Voyons, inspecteur ! minauda-t-elle. Vous vous doutez bien que la discrétion est de rigueur dans ce genre de rapports. L'homme se dit baron, mais il ne m'a pas donné son nom.

— Savez-vous où je pourrais avoir une chance de le dénicher ?

— Hélas, non ! fit-elle avec une nuance de fatalité dans la voix. Comme la plupart de mes clients, il est venu me chercher les deux fois à domicile et, comme je vous l'ai déjà dit, il n'a aucunement l'intention de me revoir.

Valentin ne put masquer sa déception. Ses traits s'assombrirent, l'iris de ses yeux vira du vert au gris. Il repoussa sa chaise en arrière et appuya ses paumes sur le plateau de la table pour se lever et prendre congé. Mais la prostituée interrompit son mouvement en posant la main sur son poignet. Elle avait la peau douce et chaude.

— Mon Dieu ! s'exclama-t-elle en se moquant gentiment de lui. Quelle impétuosité ! Aussi impatient que beau ! Maintenant que vous m'avez empêchée d'aller me coucher, vous pourriez avoir la courtoisie de m'écouter jusqu'au bout… Dès notre première séance, ce type m'a fait une drôle d'impression. Je n'avais pas confiance. Aussi, j'ai profité d'un moment de distraction, pendant qu'il rangeait ses chers instruments, pour fouiller ses poches. Histoire que le Tondu puisse lui mettre le grappin dessus s'il lui arrivait à l'avenir de dépasser les limites…

— Et alors ? s'impatienta Valentin qui s'était laissé retomber sur son siège.

La prostituée lui adressa une œillade complice, avant

de retirer sa main en le caressant du bout des doigts, comme par mégarde.

— Je suis tombée sur plusieurs cartes de visite gravées au nom du baron Rodolphe de Courtilles.

13

In extremis

Le roi des animaux fixait d'un œil impavide les hommes regroupés à ses pieds, qui troublaient de leurs cris et de leurs jurons le silence de la nuit parisienne. Crinière déployée, il semblait opposer à leur tumulte et à leur agitation son silence altier et sa royale indifférence. Sa gueule grande ouverte n'était pas hérissée de crocs menaçants, mais laissait simplement échapper un filet d'eau claire qui faisait entendre un bruit cristallin en touchant le bassin éclairé par la lune.

Ils étaient six à gesticuler devant la fontaine au Lion, rue de la Pelleterie. Cinq hommes qui en avaient empoigné un sixième et le traînaient de force vers la margelle. Le malheureux avait beau protester et larmoyer, rien n'y faisait. Tout ce qu'il y gagnait, c'était de recevoir quelques gnons en plus.

— Tu vas pas la fermer un peu, dis ! gronda le meneur, un tonnelier aux larges favoris bruns et au front buté. Puisqu'elle t'attire tant qu'ça, notre flotte, on va t'la faire avaler jusqu'à plus soif !

Et pour appuyer ses mots, il décocha un violent coup de poing dans les côtes du captif. Le souffle coupé, celui-ci poussa une plainte étouffée avant de tenter, une nouvelle fois, de plaider sa cause en hoquetant :

— Je… je vous assure que… que vous vous trompez. J'ai rien fait… non, rien fait de mal. Pitié ! Je vous en prie… laissez-moi partir !

— Ça t'va bien d'pleurnicher maintenant, répliqua toujours aussi sèchement son principal tourmenteur. Fallait y penser avant d'accepter d'faire la sale besogne pour les autres ! Allez, les gars, y a pas à tortiller ! C'est rien qu'un foutu nuisible ! Faut l'noyer pareil qu'une saloperie de rat !

Ses acolytes, quatre ouvriers que les travaux de force avaient solidement charpentés, ne se le firent pas dire deux fois. Ils n'eurent aucun mal à maîtriser l'être chétif, objet de leur vindicte, qui tentait vainement de se débattre en gesticulant. Chacun d'entre eux le saisit par un membre et, poussant des rugissements bestiaux, ils le portèrent à l'horizontale, tête en avant, jusqu'au rebord de la fontaine. Là, le tonnelier plaqua l'un des battoirs qui lui tenaient lieu de mains sur sa gorge, l'autre sur son front. Et il enfonça brutalement sa tête sous l'eau.

Lorsque l'onde glacée recouvrit son visage, la panique s'empara du petit homme. Il se tordit dans tous les sens de façon encore plus véhémente, mais les autres le maintenaient fermement. Ses efforts désespérés avaient pour seule conséquence d'épuiser la réserve d'air de ses poumons. Déjà, il sentait la pression augmenter dangereusement dans son crâne. Ses yeux exorbités lui renvoyaient l'image trouble de son meurtrier. Le faciès de celui-ci rendu terrible par la rage aveugle qui l'habitait se superposait à la gueule du lion sculptée dans la pierre de la fontaine. Les deux formes finirent par se confondre pour former une affreuse chimère grimaçante. Dernière vision d'horreur que l'homme emporterait avec lui dans l'autre monde. Puis tout s'effaça derrière un brouillard rouge. À court d'oxygène, le pauvre hère ouvrit grand la bouche et l'eau se rua en lui, tandis qu'il sombrait dans l'inconscience.

Lorsqu'il revint à lui quelques instants plus tard, il se trouvait – Dieu seul sait par quel miracle ! – assis sur le pavé, le dos calé contre la margelle.

Tout tremblotant et blême dans ses vêtements détrempés, il assista alors en spectateur ahuri à la scène la plus stupéfiante de toute son existence. Face à lui, deux créatures surgies d'on ne sait quel néant affrontaient ses assaillants dans une lutte qui lui parut d'abord, en raison de la différence de nombre, nettement déséquilibrée. Mais à son grand soulagement, il lui fallut moins d'une minute pour réviser du tout au tout ce jugement initial.

Le premier de ses sauveurs était un géant. Une taille avoisinant la toise et une carrure de lutteur. Avec ça, une vitesse de réaction et de déplacement proprement stupéfiante pour un homme de cette stature. Faisant face à trois opposants en même temps, il ne lui avait fallu qu'une poignée de secondes pour envoyer valser le premier à terre d'un simple revers de main. Les autres tentèrent de l'assaillir de deux côtés à la fois pour l'accabler sous les horions, mais il encaissa sans broncher le direct au menton asséné par son adversaire de droite et bloqua de ses deux poings le bras de celui qui lui faisait front. Resserrant alors sa prise, il força ce dernier à pivoter sur lui-même et lui décocha un terrible coup de genou dans le bas des reins. L'homme couina et s'écroula sur le sol tel un pantin désarticulé.

L'hercule se retourna d'un bloc et se retrouva face à son dernier assaillant encore indemne, auquel se joignit le premier déjà remis de sa chute. À cet instant, son visage accrocha la lumière de l'astre nocturne. La pâle clarté lunaire révéla des traits féroces sous des moustaches taillées en crocs, des yeux ombrageux, une expression à la fois concentrée et étrangement sereine. Ces détails, plus encore que l'impressionnante allure du gaillard, firent hésiter les deux comparses, qui échangèrent un bref regard où se lisaient à la fois la peur et l'indécision.

Le bonhomme malingre qui gisait, adossé à la fontaine, reporta alors son attention sur son second ange gardien. Celui-ci était d'un genre bien différent. Mince, délié, il faisait montre d'une remarquable souplesse et d'un sens de l'anticipation tout à fait étonnant. Ne pouvant se reposer sur la force brute comme son compagnon, il devançait les mouvements adverses et donnait l'impression de danser plus que de se battre. Avançant, reculant, pirouettant, sautillant, tout en distribuant dès qu'il en avait l'opportunité des coups redoutables de sa canne en ébène. Cette virtuosité martiale lui avait déjà permis d'estourbir l'un de ses agresseurs et il était en train d'en découdre désormais avec l'individu aux larges favoris.

Celui-là, le tonnelier, était sans doute le plus acharné de tous. Il avait tiré de sa ceinture un genre de serpette et, tout en pivotant sur lui-même pour suivre son rival virevoltant, il exécutait avec son arme de terribles moulinets. Mâchoire crispée, soufflant comme un bœuf, il portait l'essentiel de ses assauts vers le haut. Son intention était manifestement de défigurer le feu follet insaisissable qui le narguait en tournoyant autour de lui. Mais à ce petit jeu-là, c'était lui qui se fatiguait le plus vite. Son bras ralentissait et l'agacement qui le gagnait lui faisait perdre de sa lucidité. Au bout d'un moment, n'y tenant plus, il lança une attaque forcée et se découvrit un peu trop.

L'homme à la canne en profita aussitôt. Comme pour s'engouffrer dans l'ouverture, il simula un contre au flanc. Le tonnelier effaça le buste pour éviter le bout ferré, mais l'autre avait déjà changé de cible. D'un geste rapide, il fouetta la jambe d'appui de son antagoniste et, profitant du déséquilibre ainsi engendré, put asséner un coup sec sur la main qui tenait la serpette. Un cri perçant déchira l'air nocturne, tandis que l'arme faisait entendre un tintement métallique en ricochant sur les pavés.

Soutenant son poignet meurtri, le meneur harangua ses compagnons avec dépit :

— À moi, les gars ! Ce vache-là m'a brisé les os de la main !

Comme personne ne réagissait, il risqua un regard angoissé par-dessus son épaule. Sur l'étroite esplanade où se dressait la fontaine au Lion, il n'y avait plus que le petit homme aux vêtements ruisselants et le géant qui souriait malicieusement en braquant sur lui une paire de pistolets. De ses comparses, plus la moindre trace ! Tous s'étaient évaporés dans la nuit sans demander leur reste, l'abandonnant sans remords à la merci des deux inconnus.

— Toi qui parlais de rats tout à l'heure, dit l'homme à la canne avec une ironie mordante, tu constateras que leur réputation n'est pas usurpée. Ils quittent le navire au premier coup de tabac. Après tout, tant mieux ! Rien ne vaut une franche conversation en tête à tête pour lier connaissance. Je me présente : inspecteur Valentin Verne, de la préfecture de police. Puis-je te suggérer de me communiquer promptement ton identité et de m'indiquer ce que tu fais dans la vie, à part tenter de noyer les gens ?

— La… la police…, balbutia le tonnelier, hagard. C'est donc ben vrai c'qu'on raconte. Que les empoisonneurs sont à la solde du pouvoir ! Que c'est le roi et ses ministres qui veulent en finir une fois pour toutes avec le peuple de Paris !

— Tu divagues, coquin ! Et d'abord, c'est quoi, cette histoire d'empoisonneurs ?

L'homme lâcha sa main blessée et pointa son index gauche sur celui qu'il avait essayé de noyer.

— C'est lui ! C'est cette canaille ! Mes camarades et moi, ça fait trois nuits qu'on fait des rondes pour mettre le grappin sur une de ces crevures d'assassins. On l'a surpris en train d'verser sa saloperie dans la fontaine. Mais à quoi bon ? Vous savez déjà tout ça, puisque vous recevez vos ordres des mêmes chefs !

Valentin commençait à y perdre son latin. Bien qu'aveuglé par la rage et tenant des propos peu cohérents, le tonnelier semblait bizarrement sincère. Après tout, Tafik et lui n'avaient pas vu comment l'agression avait débuté. Ils revenaient à pied du quartier Sainte-Avoie où ils avaient interrogé la prostituée, lorsque les échos de l'altercation les avaient attirés vers la fontaine au Lion. Survenant juste au moment où les cinq hommes immergeaient leur victime, ils n'avaient même pas eu le temps de sortir leurs armes et s'étaient précipités pour intervenir et sauver *in extremis* l'inconnu d'une mort certaine.

— Passe les poucettes à ce méchant drôle, ordonna l'inspecteur à l'ancien mamelouk. Et tiens-le bien à l'œil. Je vais interroger l'autre.

Il se rapprocha du gringalet que ses habits trempés désignaient clairement comme un membre de la petite bourgeoisie. L'inconnu, qui s'était péniblement remis sur pied, devait friser la quarantaine. Des tempes précocement dégarnies, de gros yeux de myope, une bouche minuscule en cul-de-poule. Une physionomie somme toute quelconque. Sous le coup de l'émotion, ses paupières papillotaient à toute vitesse et, de ses mains tremblantes, il tentait vainement d'attraper des bésicles qui pendaient sur sa poitrine, attachées à un cordon.

— Ah, monsieur l'inspecteur ! s'exclama-t-il d'une voix chevrotante. Vous êtes mon sauveur ! Si vous n'étiez pas survenu juste à temps, c'en aurait été fini de moi. Ces forcenés m'auraient tout bonnement noyé !

À vrai dire, cet être frêle et apeuré semblait tout à fait inoffensif. Cependant, comme tout bon policier, Valentin avait appris à ne pas se fier aux apparences.

— Vous avez entendu les accusations portées par cet individu. Qu'avez-vous à répondre ?

— C'est une horrible méprise, je vous assure. Je me nomme Antoine Delcourt et exerce la profession d'horloger. J'ai pignon sur rue et suis honorablement connu de mon voisinage. Tous les jeudis, je fais la tournée de mes principaux clients pour mettre à l'heure leurs pendules, ou bien encore pour nettoyer et remonter leurs horloges. Je revenais de chez l'un d'entre eux quand je me suis égaré dans ces ruelles.

— À une heure aussi avancée de la nuit ? s'étonna Valentin. Voilà qui est pour le moins singulier !

L'homme, qui était enfin parvenu à chausser ses lorgnons, rougit de confusion.

— C'est-à-dire que mon dernier client m'avait fixé rendez-vous à son retour de l'Opéra. En sortant de son hôtel, pas moyen de mettre la main sur un fiacre. Or j'ai les articulations fragiles et la marche ne me réussit guère. Quand je suis passé devant un estaminet, je n'ai pu résister à la tentation de me requinquer. Et je crains d'avoir quelque peu abusé de la boisson. Oh ! Dans le seul but de me donner le courage de poursuivre mon chemin, mais vous comprenez… Je n'ai guère l'habitude de boire.

Bien que serré de près par Tafik, le tonnelier entravé tendit le cou à se briser les vertèbres et intervint en vociférant :

— Il ment ! La fiole de poison est dans son gilet ! Puisque je vous dis qu'on l'a vu faire !

Devant la mimique interrogative de Valentin, le dénommé Delcourt haussa benoîtement les épaules et tira de lui-même un flacon de sa poche, qu'il tendit au policier.

— Je vous dis que c'est une affreuse méprise. En sortant du cabaret, je ne me sentais vraiment pas bien. Quand j'ai vu la fontaine, je m'y suis arrêté un instant pour me rafraîchir et comme j'avais ce flacon vide sur moi, je l'ai rempli d'eau. C'est alors que ces fous furieux me sont tombés dessus.

Valentin ôta le bouchon de verre et porta le goulot à

ses narines. Aucune odeur. Il en fit tomber une goutte sur la pulpe de son index et approcha précautionneusement l'extrémité de sa langue. Totalement insipide. Le liquide incolore avait bien tous les aspects de l'eau.

— Si vous le permettez, fit-il en empochant tout de même le récipient, je vais conserver ceci par-devers moi. Une simple analyse nous permettra d'être rapidement fixés. En attendant, monsieur Delcourt, vous allez me conduire jusqu'à ce fameux cabaret pour que je vérifie la véracité de votre récit. De là, je vous raccompagnerai jusqu'à votre magasin, histoire de relever dans vos livres l'adresse de votre client de ce soir.

— Mais certainement ! s'exclama le petit horloger. Vous me voyez en tout cas confus de vous occasionner pareil dérangement en pleine nuit. Ah ! Je puis vous assurer que cela me servira de leçon ! Ce n'est pas demain la veille que je me remettrai à boire plus que de raison !

— Et moi, alors ? gémit le tonnelier qui n'en menait pas large depuis que Valentin avait examiné de près le contenu de la fiole et l'avait même goûté sans subir le moindre dommage.

— Toi ? fit l'inspecteur en le fusillant du regard. Tu vas suivre gentiment mon adjoint jusqu'au dépôt de la préfecture. Une nuit sur la paille t'amènera peut-être à réfléchir aux conséquences fâcheuses qu'il peut y avoir à vouloir jouer les justiciers. Et sois satisfait encore que je ne te défère pas devant un juge pour tentative de meurtre. En matière de crime, la bêtise n'est jamais considérée comme une circonstance atténuante !

14

Rodolphe de Courtilles

Le lendemain, passé dix heures du soir, le café *Frascati* brillait de tous ses feux, attirant dans ses salons à la décoration néo-antique la jeunesse dorée de Paris, ainsi que nombre de ces bourgeois nouvellement enrichis qui prenaient plaisir à y parader en faisant étalage de leur argent. L'établissement, situé dans le deuxième arrondissement, à l'angle du boulevard Montmartre et de la rue de Richelieu, était déjà célèbre sous le Directoire, du temps des merveilleuses et des incroyables. Toutes les nuits, sitôt vidés les théâtres et l'Opéra, il accueillait le monde huppé de la capitale. C'était l'un des endroits en vue où il était de bon ton de paraître, où la chance aux cartes, un mot d'esprit bien placé, une danse avec la cavalière adéquate pouvaient vous valoir pendant quelques jours l'attention et même, parfois, les faveurs de toute la bonne société.

Descendant l'escalier qui menait à l'élégant vestibule, Tafik rejoignit Valentin et l'Entourloupe demeurés près du seuil. Vêtus en habit de soirée, les deux policiers donnaient l'impression de converser fort aimablement en attendant, pour entrer, l'arrivée d'un ami. En réalité, ils scrutaient attentivement chaque personne qui arpentait les allées illuminées *a giorno* jusqu'au passage des Panoramas.

— Alors ? s'enquit Valentin à mi-voix lorsque le colosse les eut rejoints.

— Plus la peine de rester postés à l'entrée. Notre homme est déjà à l'intérieur. Pour le moment, il déambule dans les salons en passant d'une table de jeu à l'autre. On dirait qu'il effectue ses repérages.

L'inspecteur afficha une mine satisfaite. Les renseignements glanés au cours de la journée s'avéraient donc fiables. Comme nombre de provinciaux débarqués à la capitale et dotés de quelques moyens, Rodolphe de Courtilles était fasciné par tout ce qui brille et le *Frascati* exerçait sur ce genre de personnage la même attraction qu'un lumignon sur un vol de phalènes.

— À toi de jouer, l'Entourloupe, dit-il en encourageant l'ancien escroc d'une tape entre les épaules. Mais surtout, du doigté ! Débrouille-toi pour le plumer sans attirer son attention ni celle du personnel. Quand il sera mûr à point, tu lui débiteras le petit couplet dont nous sommes convenus.

— Vous en faites pas, patron, les brèmes[1], ça m'connaît. Si j'arrive à le faire asseoir à la même table que moi, il est mort et j'vous promets qu'il y verra qu'du feu.

Se réjouissant à l'avance du bon tour qu'il allait jouer à leur cible, l'Entourloupe prit la direction des salons d'une démarche sautillante que sa petite taille rendait

1. Terme argotique désignant les cartes à jouer.

quelque peu grotesque. L'ancien soldat de l'Empereur le suivit du regard avec un dédain amusé.

— Vous croyez vraiment qu'il sera à la hauteur, patron ?

— Ne t'inquiète pas, Tafik. L'Entourloupe possède de l'or dans les mains. Que ce soit pour forcer une serrure, goupiner[1] une bourse ou maquiller la brème, il n'a pas son égal dans tout Paris.

— Et nous alors ? Qu'est-ce qu'on fait ?

— Moi, je vais rester ici pour observer et je n'interviendrai avant la fin de la partie que si les choses tournaient mal, répondit Valentin après avoir étouffé un bâillement dans sa main. Quant à toi, tu peux rentrer à la maison. Après la nuit mouvementée d'hier, tu as bien besoin de repos. D'autant que si mon plan fonctionne comme prévu, il te faudra être parfaitement d'attaque demain soir.

Le grand Géorgien parut sur le point de discuter, mais finalement il se ravisa et salua son chef d'une rapide courbette.

Valentin, pensif, le regarda franchir les portes du café. *Ces deux-là s'entendent comme chien et chat. Il faudra bien pourtant qu'ils apprennent à travailler ensemble. Aujourd'hui, le Bureau ne peut se passer de leurs talents respectifs. Au besoin, je leur parlerai.* Fort de cette résolution, il monta à son tour le grand escalier, franchit le vestibule et pénétra dans la salle principale tout habillée de glaces murales.

Décoré de festons de fleurs artificielles et de splendides lustres de cristal, l'endroit tenait à la fois du foyer

1. Voler, en argot de l'époque.

de théâtre et du café à la mode. Aux tables, le champagne coulait à flots et les femmes se pavanaient dans de splendides toilettes, exhibant leurs plus beaux bijoux et agitant leurs éventails précieux avec affectation. Leurs chevaliers servants n'étaient pas en reste, qui arboraient décorations, chaînes de montre en or, épingles de cravate et tous les signes manifestes de la réussite.

Le jeune policier se dirigea vers le comptoir en espérant pouvoir s'y faire servir un remontant efficace. La fatigue accumulée depuis la veille au soir commençait à se faire péniblement ressentir. Après l'intervention musclée qui leur avait permis, à Tafik et à lui, d'éviter le plus imbécile des assassinats, il avait perdu encore plus d'une heure à vérifier le récit de l'horloger Delcourt. L'homme leur avait dit la vérité. Tout concordait : les témoignages du cabaretier et du dernier client visité, les écritures de son registre, l'analyse de la fiole dont le contenu s'était bien révélé être de l'eau. En outre, Valentin avait appris de la bouche même du commissaire d'arrondissement que ces rumeurs d'empoisonnement, totalement infondées, gagnaient de l'ampleur à mesure que le choléra faisait de nouvelles victimes. Avec cette flambée épidémique, c'était tout Paris qui serait bientôt gagné par une fièvre presque aussi pernicieuse et fatale que la maladie elle-même.

Rien que tout à l'heure, sur le trajet en fiacre entre la rue de Jérusalem et le *Frascati*, Valentin avait compté trois corbillards arrêtés dans la cour de demeures récemment édifiées. Si la faucheuse se mettait à moissonner aussi dans les beaux quartiers, les tensions risquaient très vite de s'exacerber entre riche bourgeoisie et petit peuple de Paris. En pareil cas, la tentation du bouc émissaire n'était jamais loin et, si des émeutes se déclenchaient, bien malin celui qui pourrait prédire jusqu'où les choses seraient susceptibles de déraper. La couronne royale oscillait encore dangereusement sur la tête de Louis-Philippe. Une partie au moins des habitants l'avaient compris. Depuis deux jours, les hôtels particuliers de la noblesse se vidaient, dans le faubourg Saint-Germain. Tous les nantis qui possédaient des terres en province et n'avaient nul besoin de rester dans la capitale pour veiller à la bonne marche de leurs affaires fuyaient le risque de contagion et l'insécurité grandissante.

Songer aux conséquences de l'épidémie conduisit Valentin à reporter ses pensées sur Aglaé. La jeune femme ne s'était pas présentée à la préfecture, se contentant de lui faire porter un billet dans la matinée pour l'avertir qu'elle se sentait légèrement indisposée et préférait demeurer chez elle au repos. Sur le coup, occupé à activer tous ses mouchards pour obtenir des informations relatives à un supposé baron dénommé Rodolphe de Courtilles, l'inspecteur ne s'en était pas inquiété outre mesure. Cependant, à présent que l'attente forcée lui laissait tout le loisir de ruminer, il ne pouvait s'empêcher de songer au pire. Et si le mal ressenti par son amie était plus qu'une simple indisposition ? Après tout, depuis trois jours, elle ne semblait pas tout à fait dans son état normal. Il la trouvait à la fois fuyante et irritable. Cela lui ressemblait si peu ! Il se promit de passer la voir le lendemain matin à la première heure afin d'en avoir le cœur net.

Pour chasser ses vagues inquiétudes, il avala coup sur coup deux verres de cognac, tout en promenant son regard à la ronde. L'établissement offrait la parfaite illustration du basculement qui s'était opéré au sommet de la société depuis la révolution de Juillet et l'avènement de Louis-Philippe. Les plus éminents représentants de la finance, du commerce et de l'industrie avaient investi les lieux au détriment des grands noms de la noblesse qui avaient pourtant contribué à forger la réputation du *Frascati*. Il en allait de même à tous les postes de pouvoir, du haut de l'État aux charges les plus subalternes. En l'espace de quelques mois, une épuration massive avait été conduite au sein de l'administration, et nombreux étaient les partisans du nouveau régime à s'être livrés à une véritable « course aux places », selon l'expression employée par les journaux d'opposition.

Valentin patienta encore une demi-heure pour laisser le temps à l'Entourloupe de procéder à ses travaux d'approche. Puis il décida qu'il était temps pour lui de passer à une phase de surveillance plus active, histoire de pouvoir intervenir si les événements ne se déroulaient pas comme prévu.

Du pas nonchalant qu'aurait adopté un riche oisif en quête d'une heureuse rencontre, il se glissa entre les tables et gagna l'extrémité opposée de la salle où trônait une belle réplique de la Vénus de Médicis. Auprès de cette statue s'ouvrait une arcade permettant d'accéder à une enfilade de six magnifiques salons dorés. Là, chaque nuit, dans une ambiance feutrée et raffinée, des fortunes s'échangeaient et des existences basculaient comme dans les plus fameuses maisons de jeu de la capitale.

Ce fut dans la troisième pièce que Valentin retrouva l'Entourloupe, attablé en face d'un homme brun, portant beau, la trentaine avancée, le visage affichant une forme de morgue particulièrement irritante. Cet air supérieur qu'il semblait vouloir se donner pour impressionner ses interlocuteurs était cependant contrarié par un tic disgracieux qui relevait la commissure de ses lèvres en une grimace simiesque. Cet excès de nervosité se voyait aussi au niveau de ses doigts, qui pianotaient en permanence le bord de la table et dont il faisait craquer les articulations à intervalles réguliers.

Rodolphe de Courtilles avait débarqué à Paris six mois plus tôt. Il était l'unique rejeton d'un colonel, baron d'Empire, qui s'était retiré dans sa propriété proche de Sens après avoir été sérieusement blessé lors de la bataille d'Elchingen en octobre 1805. Ayant hérité de la petite fortune familiale l'hiver précédent, l'homme menait grand train depuis son arrivée dans la capitale, fréquentait les meilleures tables et courait les cercles de jeu où il jouait gros dans une sorte de fuite en avant suicidaire. En effet, sa situation ne cessait de se dégrader – l'inspecteur s'en était assuré dans l'après-midi auprès de sa banque – et son pécule fondait comme neige au soleil. S'il continuait à ce rythme frénétique, il aurait tout dilapidé avant la fin du printemps.

Après avoir collecté tous ces renseignements, Valentin s'était dit que la personnalité sans doute pathologique du baronnet pouvait parfaitement coïncider avec celle d'un meurtrier tourmenté. À présent qu'il pouvait observer l'homme tout à loisir, il en était encore davantage convaincu. Pour ne pas risquer d'attirer son attention, il demeura en retrait près d'une autre table, faisant semblant de s'intéresser au manège des joueurs qui s'y trouvaient installés, mais ne perdant en réalité pas une miette du déroulement de la partie d'écarté[1] opposant Courtilles à l'Entourloupe.

Ce dernier commença par perdre avec une régularité de métronome. Puis, au bout d'une heure, alors que les mises avaient grimpé au fur et à mesure des donnes, la tendance s'était imperceptiblement inversée. Peu à peu, les piles de pièces d'or disposées devant le baron s'étaient mises à décroître pour venir alimenter le pactole de son adversaire. L'ancien escroc faisait preuve d'une telle dextérité que, même en sachant pertinemment qu'il trichait, Valentin était incapable de déceler la manière exacte dont il procédait.

Arriva le moment où Courtilles n'eut plus la moindre cigale[2] à miser.

— Je suis absolument navré, commenta l'Entourloupe qui avait abandonné sa gouaille naturelle pour une parfaite civilité et, en bon acteur, donnait à ses paroles toutes les apparences de la sincérité. La fortune est une maîtresse rétive et volage. Elle vous aura cruellement fait défaut ce soir. Cependant, je m'en voudrais de ne pas vous laisser une dernière chance de vous refaire. Que diriez-vous de jouer quitte ou double sur une seule manche ?

Son vis-à-vis réprima une moue de dépit.

— Hélas, je crains de n'avoir pas sur moi la somme qui me permettrait de profiter de votre généreuse proposition.

---

1. Jeu de levées à trente-deux cartes apparu peu avant 1800 et fort en vogue à l'époque.

2. Pièce d'or, en argot.

— Qu'à cela ne tienne ! s'exclama l'Entourloupe en claquant des doigts pour attirer à lui l'un des employés qui veillaient discrètement au bon déroulement des parties. Nous sommes ici entre hommes du monde et votre signature au bas d'un billet me suffira amplement.

Courtilles remercia d'une simple inclination de tête sans parvenir à se départir d'une certaine raideur. Les deux hommes se firent alors apporter du papier et une écritoire et, dès que la formalité fut expédiée, ils attaquèrent leur ultime partie. Attirées par l'importance de l'enjeu, plusieurs personnes s'étaient attroupées autour de leur table, ce qui permit à Valentin de se rapprocher davantage sans risque de se faire remarquer.

Après les premières donnes, le score restait de parité. Chaque joueur avait marqué trois points sur les cinq nécessaires pour remporter la manche. La tension était devenue quasiment palpable, y compris parmi le cercle des spectateurs qui commentaient les coups à mi-voix en fins connaisseurs.

Pour ce qui s'annonçait comme la probable dernière donne, Courtilles assurait la distribution. Lorsque l'Entourloupe demanda quatre cartes, il refusa avec une satisfaction manifeste et força ainsi son adversaire à entamer le jeu, révélant par là même qu'il s'était servi une forte main. Puis quand ce fut à son tour de répliquer, il clama triomphalement : « Roi », s'assurant d'emblée, par cette simple possession de la carte maîtresse, un quatrième point. Valentin sentit un frisson désagréable lui parcourir l'échine. Et ce d'autant plus que l'Entourloupe avait accueilli l'annonce du baron en faisant visiblement grise mine. Or si cette manche décisive lui échappait, c'était tout le plan échafaudé par le jeune policier pour prendre le présumé tueur en flagrant délit qui s'écroulait. Ce fut donc avec une boule au creux de l'estomac que celui-ci assista, en spectateur impuissant, à la suite des événements.

Au bout des quatre premières levées, les deux joueurs n'étaient toujours pas parvenus à se départager. C'était donc la dernière carte que chacun avait encore en main qui allait décider du devenir d'un pot de deux mille francs !

Si l'enjeu était de taille pour l'Entourloupe et Valentin, il en allait de même pour Rodolphe de Courtilles. Ce dernier savait en effet pertinemment que ses fonds en banque ne lui permettaient pas de couvrir la reconnaissance de dette qu'il venait de signer sur un coup de folie. Tendu comme la corde d'un arc, il ne parvenait plus du tout à se contrôler et son visage donnait l'impression de se déformer à chaque contraction involontaire des muscles de sa joue. Tout autour des deux adversaires, les conversations s'étaient tues. Et même les joueurs des tables les plus proches avaient interrompu leurs propres parties et s'étaient levés pour assister à ce qui resterait probablement comme le plus joli gain de la soirée.

Conscient de tous ces regards pointés sur lui, le baron abattit sa carte en la faisant claquer sur la table. Il éprouva aussitôt un vif soulagement, comme s'il venait de se libérer d'un terrible poids pesant sur sa poitrine. De l'atout, et pas n'importe lequel… Le valet de pique ! Le roi ayant été joué dès la première levée, il ne restait dans tout le jeu qu'une seule carte de valeur supérieure : la reine. Des murmures d'admiration saluèrent ce coup de maître et déjà on s'apprêtait à féliciter le vainqueur.

L'Entourloupe considéra les cartes sur la table avec,

au fond des yeux, cette flamme glacée qui dut être celle de l'Empereur sur le champ de bataille de Waterloo lorsqu'il contempla la morne plaine où gisaient, sous les cadavres empilés de ses vieux grognards, ses rêves de grandeur enfuis. Il dodelina de la tête et poussa un long soupir qui fit se hérisser les cheveux de Valentin.

— Quel malheur ! murmura-t-il en soulevant sa propre carte jusqu'à ses yeux avant de l'abaisser lentement pour dévoiler la fatidique dame de pique. J'ai hélas bien peur que la chance ne vous demeure infidèle jusqu'au bout de la nuit.

Un tonnerre d'applaudissements et de vivats salua cet improbable retournement de situation. Mais Rodolphe de Courtilles n'en eut même pas conscience. Incrédule, il gardait les yeux fixés sur ce misérable bout de carton qui venait de précipiter sa ruine. Sur ce profil de femme altier qui lui rappelait douloureusement le visage d'Émilienne, surgi à l'improviste du passé pour se jouer à nouveau de lui.

Ce fut le contact d'une main sur son épaule qui le tira de sa sidération. Le responsable de son infortune avait quitté sa chaise pour le rejoindre et semblait tenir à le réconforter. Cela, c'était plus que le baron ne pouvait en supporter. Que ce nabot favorisé par le hasard au-delà de l'imaginable fasse mine de le prendre en pitié représentait à ses yeux le comble de l'humiliation. Il s'apprêtait à le chasser sans la moindre aménité lorsque l'autre eut un geste qui le laissa pantois.

L'Entourloupe venait en effet de déchirer tranquillement le billet signé avec tant d'inconséquence.

— Je vous dois la plus belle émotion qu'il m'ait été donné de connaître à une table de jeu, fit-il avec une noble désinvolture. Et cela, ajouté aux cinq cents francs que je vous ai déjà gagnés, suffit amplement à mon bonheur. Ce dernier serait au contraire gâché à la pensée que notre duel vous laisserait un trop cruel souvenir. Oublions donc toute paperasse. Nous ne sommes pas de vulgaires tabellions[1], que diable ! Et si vous en êtes d'accord, serrons-nous la main et scellons notre rencontre autour d'une coupe de champagne.

Courtilles était trop abasourdi pour refuser une proposition aussi généreuse.

Les deux hommes gagnèrent la pièce principale, où Valentin Verne, conformément à ce qui avait été convenu à l'avance, les avait précédés. Ils étaient installés à une table depuis une dizaine de minutes lorsque l'inspecteur passa devant eux et se fit interpeller par son adjoint :

— Mais voilà ce cher vicomte ! Quel heureux hasard ! Pourquoi ne vous joindriez-vous pas à nous ? La chance m'a doublement souri ce soir. Non seulement elle m'a servi de bonnes mains, mais elle m'a permis de me faire un nouvel ami.

L'ancien escroc procéda ensuite aux présentations avec une jovialité à laquelle il était difficile de résister. Et pourtant, Valentin ne put s'empêcher de constater que son apparition semblait contrarier le baron. Cette apparente réserve ne dura pas. Habilement, l'Entourloupe et son chef avaient orienté la conversation sur les distractions les plus susceptibles de satisfaire des hommes raffinés et quelque peu blasés des plaisirs communs.

1. Notaires.

— À cet égard, proclama le grand triomphateur de la soirée, je prétends que rien ne peut égaler en intensité la fièvre que procure le jeu sous toutes ses formes pour peu que la mise soit d'importance. Tenez ! Ce soir, en l'espace d'à peine plus d'une heure, je suis passé par toutes les émotions et en suis ressorti plus épuisé qu'après une nuit passée dans les bras de la plus ardente des amantes.

— C'est que vous avez de la relation avec les femmes une conception affreusement surannée, mon ami, dit Valentin en baissant la voix, comme s'il importait de ne pas laisser tomber dans n'importe quelles oreilles ce qui allait suivre. Je crois vous avoir pourtant déjà confié qu'on pouvait tirer de leurs corps des voluptés autrement plus satisfaisantes et leur arracher des plaintes dont vous aurez l'assurance qu'elles ne sont pas simulées.

La joue de Rodolphe de Courtilles tressauta.

— Vraiment ? s'enquit-il d'une voix laissant percer une minuscule fêlure. Savez-vous que vous m'intriguez diablement ? Je serais curieux de savoir à quel genre de plaisirs vous faites allusion.

L'Entourloupe et Valentin échangèrent un bref regard complice. Pas de doute, le poisson était ferré, et bien ferré !

15

Jeu avec le feu

La foule bigarrée du samedi soir se pressait à l'emplacement des anciennes fortifications, dans la contre-allée bordant les façades baroques des théâtres. Bourgeois en quête de distractions canailles, artisans qui s'offraient une sortie en famille, étudiants promenant leur grisette, soldats en vadrouille… Ils étaient tous là pour la même chose. Prendre leur part du spectacle qui se jouait en continu sur le boulevard, des premiers roulements de la parade jusqu'à la sortie des salles aux environs de minuit. Appels joyeux des bonimenteurs, couleurs criardes des tenues arborées par les artistes de rue, odeurs mêlées des saucisses grillées, des croquets à l'anis et du sucre d'orge. Partout des éclats de voix, des rires, de la musique, des exclamations enthousiastes.

Assise dans une berline stationnée en face du théâtre de la Gaîté, Aglaé percevait les échos assourdis de la fête et ne pouvait s'empêcher de songer qu'au lieu d'être sur le point de risquer sa vie, elle aurait pu continuer de tenir sa place de choix dans ce monde frivole et gai. Si elle n'avait pas croisé la route de l'inspecteur Verne, elle aurait poursuivi sa carrière de comédienne.

Et qui sait, elle serait peut-être devenue la muse préférée des auteurs de mélodrames, la favorite du public. *Aglaé Marceau, la reine du boulevard du Crime !* Cette pensée amena sur son visage un sourire mélancolique. En vérité, bien que rien ne soit simple avec Valentin, elle ne regrettait pas d'avoir lié son destin au sien. Elle aurait juste voulu que les choses entre eux puissent être différentes, plus légères et spontanées, leur relation plus profonde encore, mais elle ne savait pas comment faire pour que ce désir si naturel devienne un jour réalité.

Du revers de sa main gantée, la jeune femme écarta le rideau de la portière. Le reflet de son propre visage se superposa sur la vitre au défilé des badauds. Instinctivement, elle effleura de l'extrémité des doigts l'ombre bleutée qui soulignait son œil gauche. Ce simple contact suffit à réveiller la douleur et le souvenir cuisant qu'elle gardait de la visite de son père. Cette violence incontrôlable et ce sentiment de toute-puissance qu'elle avait appris à haïr dans son enfance étaient restés les mêmes en dépit de l'éloignement et des années écoulées. Le constat était d'autant plus amer qu'elle avait cru ne plus jamais devoir s'y confronter.

Malgré le fard dont elle avait recouvert la marque de coup sur sa pommette, Valentin n'avait pas manqué de la remarquer lorsqu'il s'était présenté chez elle ce matin-là pour prendre des nouvelles de sa santé. Elle avait réussi à éluder ses questions en prétextant s'être cognée par mégarde à une porte de placard, mais elle avait lu dans son regard qu'il n'était pas convaincu. Heureusement pour elle, son ami était pressé par le temps. Contraint de refréner sa curiosité, il l'avait mise au courant des derniers événements et lui avait exposé en détail le rôle qu'elle allait devoir jouer pour l'aider à coincer Rodolphe de Courtilles. Bien entendu, il ne lui avait rien caché des risques encourus, mais c'était, selon lui, la seule façon de mettre rapidement cet individu dangereux hors d'état de nuire. Une fois celui-ci arrêté, si l'homme était bien le criminel pervers qu'ils recherchaient, il serait relativement aisé de lui faire avouer ses meurtres précédents.

Consciente que le succès de l'opération allait dépendre pour l'essentiel de ses talents d'actrice, Aglaé rejeta son châle en arrière de façon à dégager ses épaules nues. Puis elle fit pigeonner ses seins en les remontant des deux mains dans son corsage de taffetas et de gaze de soie, rajouta une touche de fard sur ses joues et humecta ses lèvres du bout de la langue pour les rendre encore plus attirantes. Satisfaite de l'image délicieusement provocante que lui renvoya la vitre, elle laissa retomber le rideau et prit son mal en patience.

Peu après l'ouverture des salles de spectacle, alors que ne s'attardaient plus sur le boulevard que les ouvriers et les habitants des faubourgs venus profiter gratis des attractions en plein air, la jeune femme entendit des pas se rapprocher du fiacre. Deux hommes *a priori*, et qui adoptaient la même démarche empressée. Elle se redressa et fit gonfler ses boucles brunes. La pénombre qui régnait dans l'habitacle ferait, par contraste, paraître sa peau plus blanche et ne manquerait pas d'attirer l'attention sur ses avantages ainsi joliment mis en valeur. À elle de se montrer par ailleurs à la fois soumise et irrésistible.

La portière droite s'ouvrit en grand, dévoilant la svelte silhouette et le visage affreusement pâle de

Valentin. L'angoisse qu'il éprouvait à livrer ainsi celle qu'il chérissait à un être dépravé et soupçonné d'être l'auteur de meurtres monstrueux se lisait sur toute sa physionomie. Aglaé aurait voulu pouvoir le rassurer d'un regard, lui faire comprendre qu'il pouvait compter sur ses formidables facultés d'adaptation, mais déjà il s'était effacé, cédant la place à celui qui l'accompagnait.

— Mon cher baron, fit la voix de Valentin tandis qu'une nouvelle ombre chinoise s'encadrait dans la portière ouverte, voici celle dont je vous ai parlé. Rien à voir avec ces professionnelles qui vous font payer trop cher leurs charmes faisandés. Sophie est une perle rare. Famille bourgeoise, excellente éducation, mais désireuse de se soumettre aux désirs d'un maître exigeant.

Rodolphe de Courtilles se pencha à l'intérieur du fiacre pour mieux voir. Ses yeux qui semblaient deux éclats de marbre poli firent froid dans le dos à Aglaé. Pendant qu'il l'examinait, elle avait la désagréable sensation d'être réduite à l'état d'un vulgaire insecte scruté par un entomologiste.

— Charmante, commenta le baron, laconique, avant de tourner la tête en arrière et d'ajouter à l'intention de son compagnon : Et vous dites qu'elle est tout à fait docile ?

— Mieux que cela, mon cher ! Sophie ne puise sa jouissance que dans la douleur la plus intense et vous ne sauriez vous l'attacher autrement qu'en la châtiant avec la plus extrême rigueur.

Courtilles accueillit la réponse avec un sourire cruel et sa joue se contracta encore plus fort qu'à l'accoutumée. Ce n'était plus le regard froid d'un esthète qu'il posait sur la jeune femme, mais celui d'un loup sanguinaire prenant tout son temps pour contempler à loisir la proie qu'il sait être à sa merci.

— Allons ! le pressa Valentin dans son dos. Puisque la fille est à votre convenance, ne perdons plus de temps. Montez, et mon cocher va nous conduire dans cet endroit discret dont je vous ai entretenu. Là-bas, point de voisins trop curieux et nul besoin de bâillon. Reconnaissez que le spectacle perd de son charme lorsqu'il se réduit à une pantomime.

Le baron ne se le fit pas dire deux fois et vint s'installer sur la banquette en face d'Aglaé, laquelle se sentit un peu moins vulnérable quand Valentin pénétra à son tour dans la cabine pour venir s'asseoir à ses côtés. La portière à peine refermée, on entendit un claquement de fouet à l'extérieur et l'attelage s'ébranla lentement.

Le déplacement prit moins d'une heure, le temps de contourner la butte Chaumont, après avoir franchi le mur des fermiers généraux à la barrière de Belleville. Durant tout le trajet, Rodolphe de Courtilles soumit Aglaé à un feu roulant de questions pour tenter d'en apprendre davantage sur elle. Avec un aplomb étonnant, celle-ci alterna mensonges et demi-vérités pour le convaincre qu'elle était bien la créature libre et perverse décrite par Valentin. Mais il importait aussi de maintenir le baron suffisamment à distance pour leur permettre de gagner le lieu repéré à l'avance où devait se jouer le dernier acte de leur petite comédie. Soufflant le chaud et le froid, elle chercha donc à lui apparaître tout à tour dévergondée ou inaccessible, offerte par avance ou au contraire réclamant d'être séduite avant de s'abandonner davantage.

Intrigué par ce libertinage auquel ne l'avaient pas habitué les prostituées qu'il fréquentait d'ordinaire, Rodolphe de Courtilles oscillait entre l'excitation et l'agacement. Sans la présence silencieuse du soi-disant vicomte, il aurait probablement déjà molesté la fille pour la soumettre à ses quatre volontés. Mais face à ce gentilhomme raffiné qui se plaisait à jouer pour lui les mentors, il ne voulait surtout pas passer pour un rustaud et prenait sur lui pour tenter de maîtriser ses nerfs. Toutefois, au bout d'un moment, n'y tenant plus, il s'enhardit jusqu'à se pencher en avant pour caresser de ses doigts glacés la gorge délicieusement gonflée d'Aglaé.

Le sang de Valentin se figea aussitôt dans ses veines. Il comprit trop tard qu'il avait présumé de ses forces. Même s'il était à l'origine du traquenard tendu à Courtilles, il ne supportait pas de voir ce monstre dévoyé poser ses mains abjectes sur celle dont il était épris. Il s'apprêtait à intervenir, au risque de tout gâcher, lorsqu'il sentit qu'Aglaé, profitant de la pénombre, lui pinçait discrètement la cuisse. Fine mouche, elle avait perçu son irritation et tentait de le dissuader de compromettre leur plan.

— Voyons, monsieur le baron, protesta-t-elle en repoussant doucement le bras de celui-ci, vous ne prétendez tout de même pas me posséder à la va-vite dans cette voiture. Le vicomte m'a tellement vanté votre puissance imaginative que vous m'en verriez définitivement marrie. Car s'il me plaît d'être l'esclave d'un maître, je ne saurais tolérer d'être traitée en servante que l'on trousse avec l'impatience brouillonne d'un animal en rut.

Un petit muscle tressaillit au coin droit de la bouche du baron. Il se rejeta brusquement en arrière comme s'il venait de se brûler les extrémités au contact de la peau si douce. Le rouge de la honte envahit ses joues et il jeta un regard furtif du côté de Valentin pour s'assurer que son initiative n'avait pas froissé celui-ci. Entre-temps, le policier avait retrouvé son calme et il parvint à ne rien laisser voir de la vive émotion qui venait de l'étreindre.

— Nous n'allons pas tarder à arriver, annonça-t-il d'une voix maîtrisée. Et je puis vous assurer, mon cher, que vous n'aurez pas refréné en vain vos ardeurs.

Courtilles approuva d'un léger signe de tête et, surmontant sa frustration, tenta à son tour de faire bonne figure avant de s'enfermer dans un mutisme dépité. *Sale petite pimbêche ! Est-ce cela, se montrer soumise ? Croire qu'on peut mener les hommes à sa guise !* Mais celle-là ne perdait décidément rien pour attendre. Si le vicomte tenait sa promesse, l'imprudent allait lui fournir l'opportunité de se venger une bonne fois pour toutes. Cette brune aux allures délurées expierait pour toutes les autres femelles qui s'en remettaient à leur sensualité pour asservir les hommes au lieu de satisfaire leurs désirs. Ah ! Elle se plaisait à jouer les affranchies ? Elle appréciait les situations immorales et les jeux pervers ? Qu'à cela ne tienne ! Si elle se croyait assez résistante pour s'imaginer que la douleur pouvait la mener au plaisir, Courtilles se faisait fort de lui démontrer que souffrir pouvait aussi ne conduire qu'à davantage de souffrance encore. Quant à ce blanc-bec de vicomte avec ses grands airs et sa jolie gueule d'amour, il n'aurait bientôt plus que ses yeux pour pleurer quand il découvrirait qu'on lui avait brisé son jouet. Mais il serait trop tard. Quoi qu'il puisse arriver par la suite, Courtilles aurait raflé la mise et gagné cette ultime partie.

Peu avant huit heures, la berline vint se ranger devant une auberge isolée, à la sortie du village de Pantin, sur la route de Meaux. L'endroit ne payait guère de mine. Un toit moussu, une enseigne que le vent faisait tristement grincer sur ses gonds. Les lettres peintes sur le bois étaient devenues illisibles par la faute des intempéries et de l'incurie du propriétaire. À bien y regarder, c'était toute la maison de deux étages qui semblait vieillotte et mal entretenue. Elle tenait davantage du coupe-gorge que de l'honnête hostellerie.

Valentin ouvrit la portière et s'effaça pour laisser descendre Aglaé. Au moment où le baron s'apprêtait à son tour à quitter l'habitacle, il le retint par le bras.

— Tout est convenu à l'avance, souffla-t-il en affichant une expression de fausse connivence. Vous n'aurez pas une parole à prononcer. Présentez-vous simplement à l'hôtesse et elle vous remettra la clé. La chambre se trouve au premier étage, deuxième porte à gauche. Vous avez deux heures devant vous. Après quoi, mon cocher reviendra chercher Sophie. Je compte sur vous pour la dresser comme il se doit, mais ne l'abîmez tout de même pas trop. Elle m'est infiniment précieuse.

Le baron ne répondit pas, se contentant d'un bref sourire malsain. *C'est ça, mon coco ! Compte là-dessus ! Aussi vrai que je m'appelle Courtilles, tu ne reverras jamais ta garce vivante !*

La gorge nouée, priant pour que tout se déroule comme prévu, Valentin regarda le couple pénétrer l'un derrière l'autre dans l'auberge louche. Une terrible angoisse lui fouaillait les entrailles et il dut saisir de toutes ses forces la poignée de cuir rivée à la paroi capitonnée pour ne pas se précipiter sur leurs talons. Car la brève lueur qu'il venait d'entrevoir au fond des yeux du baron n'était pas seulement de la lubricité, mais un éclair de pure folie, le reflet de l'âme hallucinée d'un dément capable des pires atrocités.

16

Au bord de l'abîme

Aglaé aurait aimé se sentir aussi forte qu'elle avait voulu le laisser paraître à Valentin. Mais dès qu'elle se retrouva seule avec Rodolphe de Courtilles, elle sentit le poids de la fatalité s'abattre sur ses épaules. Elle se faisait tout à fait l'effet d'un de ces premiers martyrs chrétiens qu'on avait forcés à pénétrer dans une arène pour faire face à des lions affamés. Elle tenta de chasser sa peur en se répétant en son for intérieur que Valentin avait pris toutes les précautions possibles pour garantir sa sécurité. De toute façon, avec le baron collé à son dos, il n'était plus question de faire marche arrière.

Comme annoncé, la propriétaire des lieux, une vieille femme taciturne, attendait le couple. Elle ne leur posa aucune question et se contenta de leur confier une clé et une lampe à huile. L'un derrière l'autre, ils gravirent un escalier dont les marches branlantes gémissaient sous leurs pas.

Curieusement, comparé à l'aspect extérieur de l'auberge et à la vétusté des parties communes, la chambre dans laquelle ils pénétrèrent au second étage était arrangée avec goût et confirmait que l'établissement avait sans doute connu des jours meilleurs. Les murs étaient tapissés de toile de coton imprimée à la planche de bois. Des rideaux de damas à grosses fleurs masquaient l'unique fenêtre et le lit était tendu de lampas à bandes pourpres et or. Comble du luxe pour un établissement aussi modeste, une grande glace ornait le mur qui faisait face au lit.

— Ce cher vicomte nous a gâtés, fit Courtilles après avoir laissé entendre un sifflement admiratif. Je dois dire que je ne m'attendais pas à pareil décor. J'ignore s'il vous l'a déjà confié, mais il m'a assuré que l'endroit avait naguère abrité les amours adultères de Barras et d'autres grandes figures du Directoire.

Aglaé ne se donna pas la peine de répondre. Elle était effectivement bien placée pour savoir que l'auberge avait eu ses grandes heures par le passé et qu'elle conservait, de cette période lointaine, quelques aménagements des plus singuliers, comme ces superbes glaces sans tain installées dans certaines chambres et qui faisaient à l'époque les délices d'une clientèle de voyeurs triée sur le volet. Ces derniers payaient alors fort cher le plaisir d'assister aux galipettes de personnages du meilleur monde. Valentin avait eu vent de la chose alors qu'il travaillait encore à la brigade des mœurs et, quand il s'était agi de piéger le baron, il avait immédiatement compris tout le parti qu'il pouvait tirer de cet endroit discret. Comme la possibilité de placer Tafik en guetteur derrière le miroir, dans la pièce adjacente, pour qu'il puisse veiller sur la jeune femme et intervenir aussitôt que nécessaire.

Pour se donner du courage, Aglaé se tourna légèrement dans cette direction et battit des paupières à destination de son ange gardien invisible. Le code avait été défini à l'avance. Un battement, c'est que tout allait bien. Deux, c'est que la situation était en train de lui échapper et qu'il fallait se préparer à intervenir à tout instant.

— Vous ne dites rien, dit le baron avec une étincelle étrange au fond des prunelles, tout en verrouillant la porte dans son dos. Si le vicomte ne m'avait pas fait part de vos penchants singuliers et de votre sensualité disons… exubérante, je pourrais presque m'illusionner et croire que je vous impressionne.

Aglaé se retourna. Courtilles était en train de traverser la pièce d'un pas résolu pour gagner la croisée. Il en écarta légèrement les rideaux pour jeter un rapide coup d'œil au-dehors. Ce qu'il vit dut le satisfaire, car il se tourna de nouveau vers elle avec un sourire inquiétant qui semblait flotter entre eux dans l'espace.

— Est-ce que je vous impressionne, ma chère ? insista-t-il avec un soupçon d'ironie acide dans la voix.

— Pas le moins du monde, je vous l'assure !

Elle espéra avoir répondu avec assez d'aplomb pour qu'il ne perçoive pas son trouble. La réalité était que cet homme lui glaçait les sangs. Il y avait quelque chose en lui qui provoquait le malaise. Avec ses tics nerveux, sa voix détimbrée et ce regard inquiétant, il dégageait, même à distance, une aura particulièrement intimidante, voire oppressante.

— La voiture du vicomte n'est plus là, annonça-t-il en refermant soigneusement les lourds rideaux. Lui arrive-t-il souvent de vous abandonner ainsi entre les mains d'inconnus ? Ne trouvez-vous pas que c'est terriblement imprudent de sa part ?

Aglaé haussa les épaules en affectant une sérénité qu'elle était loin d'éprouver. Elle se déplaça lentement pour poser son quinquet sur un guéridon et abandonner son châle sur le dossier d'un fauteuil. Ce faisant, elle s'était débrouillée pour mettre l'imposant lit entre elle et l'autre occupant de la pièce et c'était tout ce qui lui importait dans l'immédiat.

— Mais vous n'êtes pas vraiment un inconnu ! rétorqua-t-elle en se forçant à le regarder bien en face. Je sais que vous êtes le baron Rodolphe de Courtilles. Un gentilhomme distingué, tout comme le vicomte.

Son interlocuteur laissa entendre un rire acerbe avant de réagir sur un ton presque offusqué :

— Moi ? Semblable au vicomte ! Je crains que vous ne fassiez douloureusement erreur, ma chère.

— Vous êtes cependant du même monde et partagez les mêmes goûts. Si tel n'était pas le cas, nous ne serions sans doute pas ici.

— Je vous le répète, vous vous trompez lourdement.

Tout en parlant, Courtilles s'était débarrassé de sa cape et de son chapeau et il avait sorti une trousse en cuir de la poche de son habit. Était-ce quelque chose dans son attitude, dans son regard ou dans son intonation ? Aglaé n'aurait su le dire avec certitude, mais elle perçut chez lui une modification de l'humeur. Lorsqu'il l'avait examinée avant de monter dans la voiture, elle avait eu la conviction d'avoir affaire à un prédateur. Mais elle venait de réaliser que cet homme était totalement imprévisible. Il avait les nerfs malades, elle en était désormais convaincue. La folie le guettait et un rien pouvait le faire basculer dans l'abîme.

Elle essaya de l'apaiser d'un sourire.

— Il me semble pourtant…

— Rien du tout ! la coupa-t-il sèchement, les traits brusquement figés, ses yeux lançant des éclairs. Il ne vous semble rien du tout ! Votre vicomte n'est qu'un libertin de pacotille, une baudruche sans consistance. Quant à vous… vous, Émilienne, je n'arrive pas à comprendre que vous puissiez me préférer pareil fantoche ! Comment pouvez-vous lui accorder les faveurs que vous m'avez toujours refusées ?

Cette réaction aussi brutale qu'inattendue désarçonna la jeune femme. Elle tenta maladroitement de garder le contrôle des événements.

— Je… je ne comprends pas… et d'abord, je ne m'appelle pas Émilienne, mais Sophie.

Le rire du baron, cette fois, fut celui d'un véritable dément, et sa joue commença à se contracter sur un rythme spasmodique.

— Pauvre petite Émilienne ! grinça-t-il, moqueur. Tu croyais vraiment qu'il suffisait de changer de prénom et de teindre tes cheveux en noir pour me donner le change ? Tu as donc une si piètre opinion de moi ? Mais la comédie est finie ! Il est grand temps que tu apprennes à me connaître vraiment !

Aglaé tourna la tête en direction du grand miroir pendu au mur et ferma à deux reprises les paupières. La seconde fois, quand elle les rouvrit, ce fut pour constater qu'un scalpel à la lame étincelante venait de faire son apparition dans la main du forcené. Mâchoire contractée, celui-ci contournait déjà le lit et s'approchait dangereusement. Paniquée, la jeune femme saisit la lampe, seul objet à portée de sa main, et la projeta violemment en direction du visage de son agresseur.

Courtilles l'évita sans mal en se baissant, et le quinquet alla se briser contre le mur opposé. Sans accorder la moindre attention à l'huile enflammée qui se répandait sur le sol et menaçait la base des rideaux, le baron continua d'avancer en tendant son bras armé à l'horizontale.

— Ça fait si longtemps que j'attends ce moment ! exulta-t-il. Pouvoir enfin pénétrer ce corps que tu m'as refusé autrefois. Y planter profondément ma lame. T'entendre râler et me supplier.

Aglaé frémit des pieds à la tête. L'homme s'était rapproché. Il venait de dépasser l'angle du lit. Encore quelques pas et il pourrait bientôt la frapper. Résolue à ne pas se laisser coincer, elle plongea sur le matelas, roula sur elle-même et, se rétablissant dans le même mouvement, voulut se précipiter vers la fenêtre. Hélas ! Les rideaux enflammés en interdisaient désormais l'accès. Faute de pouvoir s'enfuir, elle saisit alors une chaise en espérant pouvoir s'en servir comme d'un bouclier.

Courtilles la regardait s'agiter en affichant un air narquois. Persuadé qu'elle ne pourrait pas lui échapper, il semblait s'amuser de ses vains efforts. En prenant tout son temps, il fit de nouveau le tour du lit, mais cette fois on le devinait prêt à bondir au besoin pour lui couper la route.

— Il est trop tard, Émilienne, susurra-t-il. Autrefois, tu aurais pu tout avoir, mon nom, mon titre, mon argent. J'aurais été jusqu'à défier mon père pour faire de toi ma légitime épouse, mais tu m'as repoussé. Tu t'es moquée de moi. Aujourd'hui, il est grand temps d'expier tout le mal que tu m'as fait.

Les éclats de l'incendie naissant faisaient danser des reflets terribles sur son visage et lui ôtaient toute humanité. On aurait dit une apparition cauchemardesque, un démon surgi tout droit de l'enfer. Aglaé jeta un nouveau regard affolé en direction de la glace sans tain. Ce n'était absolument pas normal ! Quelque chose clochait ! Face au péril mortel qui la menaçait, Tafik aurait déjà dû se manifester.

— Reprenez vos esprits, Courtilles ! lança-t-elle dans une tentative désespérée de le raisonner. Vous ne gagnerez rien à vous en prendre à moi. Je travaille pour la préfecture de police. Nous vous avons tendu un piège. La seule chose raisonnable à faire, c'est de vous rendre immédiatement.

Le baron parut accuser le coup. Il chancela et s'immobilisa un instant, comme s'il avait besoin de rassembler ses esprits pour saisir la portée exacte des mots qu'elle venait de prononcer. Cependant, son hésitation fut de courte durée. Il finit par secouer les épaules avec un petit sourire en coin qui voulait signifier : « Bien tenté ! Mais ça ne prend pas avec moi ! »

Et il continua à se rapprocher d'elle.

Brandissant sa chaise les pieds en avant, Aglaé recula pas à pas jusqu'à sentir la cloison dans son dos. Cette fois, il n'y avait plus d'échappatoire. Elle ne pouvait compter que sur elle-même. Si elle voulait sortir vivante de cette chambre, elle allait devoir affronter ce fou armé d'un scalpel tranchant comme un rasoir.

Courtilles tenta une première attaque sur sa droite, mais sans réelle conviction. Il ne cherchait de toute évidence qu'à tester ses capacités de réaction. Elle dévia son bras sans grande difficulté. Sa seconde tentative fut plus sérieuse. Il l'accompagna d'une feinte au visage avant de porter un coup au flanc. Cette fois, Aglaé para au tout dernier instant. La lame du scalpel déchira le tissu recouvrant l'assise de la chaise.

— Pas mal ! apprécia Courtilles en effectuant deux pas de retrait pour se remettre à bonne distance. Mais tu ne pourras pas tenir longtemps ainsi.

Elle savait qu'il disait vrai. Manier la chaise à bout de bras se révélait vite épuisant. Ses muscles ne tarderaient pas à tétaniser. Et puis chaque esquive menaçait de la déséquilibrer et d'offrir une ouverture à la lame de son assaillant.

— À l'aide ! hurla-t-elle en prenant appui du dos contre le mur pour gagner en stabilité en vue du prochain assaut. Tafik ! À moi, au secours !

Courtilles ricana.

— Tu t'égosilles pour rien ! Ton cher vicomte nous a choisi un lieu bien isolé pour que nous puissions nous amuser tranquillement, toi et moi. J'imagine qu'il a grassement rémunéré notre hôtesse pour qu'elle fasse la sourde oreille.

— Mais vous n'avez donc rien compris ! Il n'y a pas de vicomte, essaya encore une fois Aglaé. L'homme qui nous a accompagnés céans est un inspecteur de police. Puisque je vous dis que nous vous avons tendu un traquenard !

Cependant, aucun des mots qu'elle prononçait ne paraissait l'atteindre. Il la contemplait en souriant, comme si, au lieu de la menacer, il s'apprêtait à lui tendre la main pour l'inviter à danser.

— Et où est-il, ce fameux inspecteur ? Disparu ? Envolé ? Quelle étrange conception des devoirs de sa charge ! Ma pauvre Émilienne ! Tu t'avères aussi incapable de mentir que d'aimer. Mais brisons là ! Il est temps de nous dire adieu avant que cette chambre ne se transforme en fournaise.

Quand il fit un pas en avant, en promenant la lame acérée sous ses yeux, elle lut sa propre mort sur son visage. En une fraction de seconde, elle décida que son unique chance était de le surprendre, de le devancer en passant elle-même à l'offensive. Le prenant de vitesse, elle leva la chaise au-dessus de sa tête et l'abattit de toutes ses forces sur le poing qui serrait le bistouri. Courtilles poussa un cri de douleur et de rage, tandis que l'instrument rebondissait sur le sol pour atterrir dans le brasier, à l'autre bout de la pièce.

Aglaé voulut profiter aussitôt de son avantage et se lança à fond, visant la poitrine du baron. Mais ce dernier avait déjà surmonté son dépit. Il esquiva, attrapa au passage l'un des pieds de la chaise et la lui arracha des mains.

Ce fut à cet instant précis où elle se voyait perdue que, dans un fracas épouvantable, la porte vola en éclats. Tafik se précipita dans la pièce en hurlant. Courtilles n'eut sans doute même pas le temps de réaliser ce qu'il se passait exactement. En deux enjambées, le géant fut sur lui et l'assomma d'un seul coup de poing porté en pleine tempe.

Dans son sillage apparut alors Valentin, qui se précipita pour recueillir dans ses bras une Aglaé aussi pâle que la cire.

— Mon pauvre amour…, soupira-t-il d'une voix brisée par l'angoisse. J'ai eu si peur que nous arrivions trop tard ! Cette damnée aubergiste s'est trompée de chambre et Tafik guettait pour rien à l'étage au-dessous. Si tu n'avais pas crié, Dieu seul sait ce qu'il aurait pu advenir !

17

La peste et le choléra

Si par sa faute il était arrivé malheur à celle qu'il aimait, Valentin ne se le serait jamais pardonné. D'ailleurs, même si Tafik et lui étaient arrivés à temps pour neutraliser le baron, il se reprochait d'avoir pris des risques excessifs pour provoquer ce dangereux névrosé. Sa volonté de récolter assez de charges contre lui pour pouvoir l'arrêter immédiatement l'avait poussé bien trop loin.

Aglaé, quant à elle, était trop fine mouche pour ne pas percevoir les remords de son compagnon. Malgré la situation funeste de laquelle elle avait réchappé de justesse, elle s'était efforcée de le déculpabiliser. Après tout, il l'avait prévenue que l'opération était périlleuse et elle avait accepté de plein gré de lui prêter son concours. D'ailleurs, elle s'en était sortie indemne et ils avaient obtenu ce qu'ils recherchaient : placé sous les verrous, Courtilles se trouvait hors d'état de nuire et il y avait de fortes chances qu'il passe rapidement aux aveux. Du moment que l'affaire des mutilés se trouvait sur le point d'être officiellement résolue, il n'y avait rien à regretter.

Malheureusement, leur espoir d'avoir bouclé cette

délicate enquête fut vite déçu. Soumis à un interrogatoire en règle aussitôt après son internement au dépôt de la préfecture, le baron n'avait fait aucune difficulté pour admettre qu'il avait projeté de tuer la partenaire d'un soir que le sort lui avait désignée. En revanche, lorsqu'on l'avait interrogé sur les trois crimes abominables ayant ensanglanté le quartier Saint-Merri, il s'était indigné qu'on puisse lui imputer des meurtres aussi vulgaires et dont les victimes étaient toutes des hommes. Puisant dans ses souvenirs, il avait alors fourni un alibi pour deux de ces assassinats. L'Entourloupe et Tafik avaient passé l'après-midi du dimanche à vérifier ses dires. À leur retour, ils avaient confirmé que Courtilles n'avait pas pu matériellement assassiner le crieur de canards, Honoré Roussard, ni Jacques Mignot, l'ouvrier typographe. La nuit où le premier avait été agressé, le baron n'avait pas quitté les tables d'un cercle de jeu rue d'Enfer, et le soir où le second avait été retrouvé poignardé dans son bain, il rencontrait un joaillier du Palais-Royal pour négocier la vente des derniers bijoux hérités de sa mère.

Valentin avait été profondément désappointé par cette nouvelle. Si la piste Courtilles débouchait sur une impasse, ils allaient devoir tout reprendre depuis le début. Consulter à nouveau l'almanach de l'imprimeur Palud, se rendre aux adresses situées dans les quartiers Sainte-Avoie et Saint-Merri et restées encore inexploitées, interroger toutes les personnes sur place et tenter d'identifier un autre profil pouvant correspondre au tueur. Et cela sans la moindre garantie de succès, ils venaient d'en faire la cruelle expérience !

Il se trouvait donc en proie au doute lorsqu'il découvrit, le lundi matin à son arrivée rue de Jérusalem, qu'il était convoqué au ministère par le président du Conseil, Casimir Perier en personne. Le chef du gouvernement devait être pressé de le rencontrer car il lui avait envoyé sa propre voiture, qui attendait dans la cour de la préfecture.

Quelle ne fut pas la surprise de Valentin lorsque, en pénétrant dans l'habitacle, il découvrit qu'il n'était pas le seul concerné par cette invitation ! Vidocq, qui avait pris ses aises sur la banquette orientée dans le sens de la marche, le salua d'une pichenette sur le bord de son chapeau.

— Tiens, tiens ! fit l'ancien bagnard en plissant ses yeux malicieux. Vous êtes aussi de la partie ? Je me demande bien ce que peut nous vouloir ce pisse-froid de Perier…

— J'allais précisément vous poser la question.

— Ma foi, mon jeune ami, je n'en ai pas la moindre idée ! S'il s'agissait d'une simple question de service, c'est le préfet Gisquet qui aurait dû nous faire mander dans son bureau. Alors que là… Croyez-en mon expérience, cela n'annonce rien de bon. Quand ces beaux messieurs du gouvernement daignent prendre langue avec les grouillots que nous sommes, c'est rarement pour leur tresser des couronnes de laurier.

Casimir Perier étant à la fois président du Conseil et responsable des Affaires intérieures, son cabinet se trouvait situé rue de Grenelle, dans l'hôtel de Rothelin-Charolais qui abritait les services de ce ministère. Dès leur arrivée, Vidocq et Valentin furent conduits par un huissier au premier étage dans un ancien salon reconverti en antichambre. Plusieurs solliciteurs y faisaient déjà le pied de grue, s'épiant du coin de l'œil, affichant des airs importants, serrant sur leur poitrine leur serviette de maroquin, et harcelant les secrétaires pour savoir quand ils pourraient enfin être reçus.

À leur tour, on demanda aux deux policiers de bien vouloir patienter. Vidocq pivota sur lui-même pour constater à son grand dam que tous les sièges étaient déjà pris. Alors, sans s'embarrasser d'étiquette ou de bonnes manières, il fonça droit sur une banquette occupée par un notable aux cheveux grisonnants qui trompait son attente en parcourant le *Journal des débats* et se laissa tomber à ses côtés d'une seule masse. L'autre sursauta, puis toisa l'importun d'un regard courroucé tout en repliant à la va-vite son quotidien pour qu'il ne soit pas froissé.

— Vous pourriez faire un peu attention ! s'offusqua-t-il sur un ton geignard. Pour un peu, vous vous retrouviez assis sur mes genoux !

— En vérité ! rétorqua Vidocq en gonflant le torse pour dominer le bonhomme de toute son imposante carcasse. C'est que vous prenez bien de la place pour un si petit gabarit !

Le rouge de l'indignation monta aux joues de son interlocuteur, qui se leva vivement pour ne pas rester dans une position par trop inférieure.

— A-t-on déjà vu pareil sauvage ? s'exclama-t-il en tentant de prendre leurs voisins à témoin. Décidément, on n'est plus en sûreté nulle part !

— La Sûreté, c'est moi ! gronda Vidocq en lançant un regard féroce à la ronde, histoire de dissuader quiconque d'intervenir. (Quand il constata que tous les autres occupants de la pièce baissaient la tête ou s'empressaient de regarder ailleurs, il ajouta avec un sourire carnassier à destination de Valentin :) Approchez, mon bon, et venez donc vous asseoir. Ce parangon d'obligeance a la bonté de vous offrir sa place.

L'homme aux cheveux gris faillit s'en étrangler, mais la placide assurance de l'ancien forçat ajoutée à l'absence de réaction des autres quémandeurs le dissuada de protester davantage. En marmonnant, il s'éloigna à l'autre bout de la pièce.

— Vous exagérez, François ! souffla Valentin en rejoignant son ami sur la banquette. Et puis, ce n'est guère prudent ! Vous ignorez à qui vous pouvez avoir affaire. Cela pourrait vous jouer des tours, un de ces quatre matins.

Vidocq glissa un regard dédaigneux vers l'homme au journal qui continuait de récriminer dans son coin.

— Pierre-Marie Latouche, dit Fine-Marlou dans le milieu, énonça-t-il d'une voix monocorde. A tiré trois ans à Sainte-Pélagie en 1812 pour dettes et faux en écritures. S'est refait depuis en accaparant des marchés de fournitures pour l'administration, grâce à des pots-de-vin judicieusement distribués. Se fait désormais appeler La Houssaye, du nom d'un domaine acheté du côté de Melun… Même sous des habits de bourgeois respectable, je n'oublie jamais la tête d'un ancien client.

Impressionné par l'étonnante mémoire visuelle de son collègue et sa parfaite connaissance du pedigree de la moindre canaille, Valentin éprouva beaucoup moins de scrupule à profiter du confort de l'élégant canapé. Il n'eut guère longtemps à patienter, car une porte ne tarda pas à s'ouvrir et un secrétaire à l'allure compassée annonça :

— Messieurs Vidocq et Verne !

Un brouhaha irrité suivit cet appel qui permettait aux derniers arrivants de passer sous le nez de solliciteurs dont certains patientaient déjà depuis plus de deux heures dans l'espoir d'obtenir une audience auprès du ministre. Un homme aux larges favoris et dont le revers de la redingote s'ornait du ruban de la Légion d'honneur se risqua même à demander au factotum si celui-ci l'avait bien annoncé. « Mais certainement, monsieur le comte », fut la réponse lapidaire qu'il obtint, accompagnée d'un regard déplaisant. On sentait que le cerbère de Perier jouissait intérieurement de passer ses journées à éconduire ou à faire lanterner des personnalités du meilleur monde.

Emboîtant le pas à ce larbin si imbu de son rôle, les deux policiers traversèrent un premier bureau qui devait être celui de leur guide, puis pénétrèrent dans un salon donnant sur les jardins de l'hôtel particulier. Un homme de haute taille, le geste énergique et la physionomie autoritaire, arpentait l'espace en relisant à voix haute un document. Il s'interrompit en apercevant ses visiteurs et tendit au secrétaire la feuille où courait une écriture serrée et nerveuse.

— Tenez, Grangier ! Ce sont les dernières mesures de prévention à mettre en œuvre. À acheminer dans tous les hôpitaux et dispensaires, ainsi que dans tous les commissariats d'arrondissement pour exécution immédiate.

La voix était impérieuse, presque cassante. Le geste qui l'accompagnait, particulièrement énergique. Il ne faisait aucun doute que Casimir Perier était doué pour le commandement et aimait l'exercer. En croisant son regard volontaire, Valentin comprit mieux comment le président du Conseil avait réussi à s'imposer devant une Chambre où il disposait pourtant d'une faible majorité conservatrice, et à restaurer l'autorité de l'État. En quelques mois, il avait su marquer de sa forte empreinte le gouvernement du pays, contraint Louis-Philippe à venir s'installer aux Tuileries, institué la tenue de conseils de cabinet hors la présence du roi et maté *manu militari*, au mois de décembre précédent, la révolte des canuts lyonnais. Du coup, la question se posait avec encore plus d'acuité : quelle raison impérieuse pouvait pousser un homme d'une telle dimension à convoquer dans son bureau deux modestes fonctionnaires de la préfecture de police ?

— Asseyez-vous, messieurs, fit le ministre en désignant aux deux hommes des chaises étroites dont l'austérité tranchait avec le reste de l'ameublement mais ne devait certainement rien au hasard. (Lui-même prit place derrière son bureau dans un luxueux fauteuil et désigna d'un geste ample de la main le monceau de paperasse qui encombrait son espace de travail.) Cette épidémie est une véritable calamité. Ne dirait-on pas que nous sommes revenus un siècle en arrière, au temps de la dernière grande peste ? Rien que pour la seule journée d'hier, on dénombre pas moins de huit cent quarante-huit victimes !

Vidocq se tortilla sur sa chaise, son large postérieur supportant difficilement une assise aussi peu accueillante. Quant à Valentin, ne sachant trop ce que l'on attendait d'eux exactement, il préféra conserver un silence circonspect.

Casimir Perier enchaîna :

— Je viens d'ordonner de nouvelles mesures prophylactiques pour tenter d'enrayer ce fléau. Des quarantaines sont décrétées dans les villes du littoral. Des commissions de salubrité établies dans toutes les grandes villes. Dorénavant, tous les courriers seront purifiés au vinaigre blanc avant leur distribution. J'ai également ordonné que le grenier de réserve de Paris soit temporairement transformé en hôpital pour faire face à l'afflux de malades. De nouvelles interdictions seront placardées dès demain. Seront notamment frappés de lourdes peines d'amende le dépôt sauvage d'ordures, le déversement d'excréments et d'eaux usées sur la voie publique, le fait de laisser errer dans les rues animaux domestiques et de basse-cour… À ce propos, on m'a rapporté que les premières mesures ordonnées font grincer bien des dents dans les quartiers populaires. Est-ce exact ?

Vidocq et Verne échangèrent un bref regard incrédule. Était-ce juste cela que le premier des ministres du royaume attendait d'eux ? Qu'ils lui dressent un bilan moral de la population ?

— La maladie a touché en premier les populations les plus pauvres, observa Vidocq. Il est normal qu'elles se montrent le plus vindicatives. En outre, le fait que les Parisiens les plus aisés choisissent de déserter la capitale alimente leur ressentiment. Certains pensent que le choléra n'est pas une maladie comme les autres. Pardonnez-moi, monsieur, mais ils sont convaincus que la classe dirigeante a trouvé là un moyen de se débarrasser du peuple.

Le président du Conseil fronça les sourcils.

— Je suis au courant de ces folles rumeurs d'empoisonnement, dit-il sèchement. Il faudra trouver le moyen de faire cesser ces dangereuses affabulations. Mais malheureusement il y a plus inquiétant encore.

Casimir Perier saisit une feuille imprimée sur son bureau et la retourna face aux deux hommes.

— Tenez ! reprit-il. Voici un exemple de ce qui est actuellement distribué dans les rues de Paris. Regardez et lisez !

Il s'agissait d'une eau-forte coloriée portant pour titre *Le Choléra morbus*. L'image représentait un décor urbain avec immeubles et monument orné du drapeau tricolore. Quatre personnages figuraient au premier plan : deux malades en train d'agoniser par terre en se tenant le ventre, et un couple enlacé. L'homme debout avait le teint verdâtre. Décharné et vêtu de haillons, il avait tout du vagabond errant et symbolisait à l'évidence l'épidémie qui se jouait des frontières. La femme qu'il tenait dans ses bras pour l'embrasser, avec son tablier blanc, sa robe rouge et son bonnet phrygien, incarnait, quant à elle, la révolution de Juillet. Le texte qui accompagnait l'image était à la fois ironique et accusateur : « Ah ! chère révolution de Juillet ! Sans toi je serais resté dans le nord de la Russie, c'est toi qui en révolutionnant la Pologne m'as fait venir dans ce malheureux pays, de là je me suis répandu en Allemagne, en Angleterre, et enfin, grâce à toi, chère révolution de Juillet, me voilà à Paris. Unissons-nous pour le bonheur du Peuple ! »

— Comme vous pouvez le constater, reprit Casimir Perier en posant tour à tour son regard brûlant sur chacun des deux policiers, il n'y a pas que le peuple et les libéraux dont l'épidémie réveille les ardeurs belliqueuses. Ce torchon porte sans conteste la marque des légitimistes. Ils voient dans ce grand malheur qui nous frappe une occasion inespérée de discréditer le régime.

— Qu'attendez-vous exactement de nous, monsieur ? osa demander l'ancien forçat. Que nous découvrions qui est à l'origine de ce méchant dessin ?

Le ministre observa un court silence durant lequel il sembla jauger ses deux subalternes. On devinait chez lui un esprit aiguisé, jamais en repos, qui élaborait en permanence plusieurs combinaisons à la fois et lui permettait d'évoluer dans le marécage politique de son temps comme un poisson dans l'eau.

— Vous vous doutez bien, finit-il par dire, que je n'ai pas fait venir ici mon chef de la Sûreté et mon responsable du Bureau des affaires occultes simplement pour les entretenir de simples questions sanitaires ou leur demander de découvrir les commanditaires d'un imprimeur dont – soit dit en passant – j'ai déjà fait saisir les presses ce matin même. Non, ce préambule visait à vous faire comprendre combien la situation est délicate, et que les risques de déstabilisation du royaume sont bien réels et ne peuvent être négligés… Au fait, Vidocq, où en êtes-vous exactement de vos investigations au sujet de la disparition de Maxime de Chantourné ?

Le nouveau chef de la Sûreté parut quelque peu désarçonné par cette façon abrupte de passer du coq à l'âne. Perplexe, il se gratta le front, repoussant vers l'arrière les boucles rebelles de son épaisse tignasse. Cinq jours s'étaient écoulés depuis qu'on lui avait demandé de découvrir ce qui avait bien pu arriver à l'auguste académicien, mais il était seulement parvenu à reconstituer l'emploi du temps de ce dernier pour la journée où il s'était volatilisé.

— Pour le moment, je dois reconnaître que nous piétinons. Selon tous les témoignages de ses proches, M. de Chantourné était en parfaite santé et n'avait aucun souci d'importance. En tant que président du Comité de salubrité, l'évolution épidémique le préoccupait, bien entendu. Mais rien que de très normal. Tout ce que nous avons appris, c'est qu'il avait l'habitude de se promener à pied tous les matins dans les rues proches de son domicile. Or, mardi dernier, il n'est pas rentré de sa petite flânerie. Aucun accident n'a pourtant été signalé dans les environs immédiats et nous avons vérifié à la morgue, son corps ne s'y trouve pas. Dès lors, deux hypothèses seulement semblent envisageables. La disparition volontaire, mais c'est hautement improbable. Le ménage s'entendait bien et ne faisait face à aucune difficulté particulière. Reste la possibilité d'un enlèvement…

Casimir Perier tapota du bout des doigts son sous-main en cuir. Une ombre fugitive passa dans son regard, avant qu'il ne se tourne vers Valentin.

— Et vous, inspecteur Verne ? Avez-vous avancé davantage en ce qui concerne cette singulière affaire de cadavres mutilés ?

— Jusqu'à hier, je pensais tenir une piste solide, Votre Excellence. Hélas, notre principal suspect possède plusieurs alibis inattaquables et je crains fort de devoir reprendre mon enquête depuis le début.

Le chef du gouvernement fit la moue, puis hocha pensivement la tête avant d'interrompre le mouvement impatient de ses doigts. Il souleva alors le sous-main et en retira une mince liasse de feuillets.

— Tout cela n'est guère brillant, messieurs, constata-t-il avec hauteur. Mais peut-être parviendrez-vous à de meilleurs résultats en unissant vos efforts car, voyez-vous, j'ai tout lieu de penser que ces deux affaires n'en font en réalité qu'une.

Devant la mine interloquée de ses deux visiteurs, Casimir Perier agita les papiers qu'il tenait. Son visage s'était fermé et ses yeux froids brillaient comme de l'onyx.

— J'ai ici un procès-verbal établi au petit matin aujourd'hui par le commissaire du septième arrondissement et un certificat de décès signé par un éminent médecin, le docteur Faivre. Figurez-vous qu'on a retrouvé le corps du malheureux Maxime de Chantourné la nuit dernière. Et pas n'importe où ! Dans le logement vacant de cet ouvrier typographe dont j'ai oublié le nom mais qui compte au nombre des victimes sur lesquelles vous enquêtez, inspecteur Verne.

Valentin sursauta en ouvrant de grands yeux incrédules.

— L'immeuble du cul-de-sac d'Argenson ?

— C'est bien cette adresse-là, confirma le ministre. Ce remarquable savant encore en excellente santé il y a six jours présentait tous les symptômes d'une sévère atteinte cholérique : extrémités cyanosées, teint bistre, orbites creusées…

Décontenancé, Vidocq oublia tout respect de l'étiquette et abattit son gros poing poilu sur le bureau délicatement marqueté.

— Foutredieu ! Vous n'allez tout de même pas nous dire, monsieur le ministre, que lui aussi a été charcuté au bistouri ?

Casimir Perier ne releva même pas ce que l'attitude de l'ancien bagnard pouvait avoir de déplacé. Son front se plissa, ses sourcils se rejoignirent pour former une barre d'inquiétude au-dessus de ses petits yeux vifs.

— J'ai bien peur que les choses ne se présentent de façon encore plus troublante, articula-t-il avec gravité. Le certificat de décès est formel : M. de Chantourné est décédé d'une atteinte aiguë de choléra… mais aussi d'une forme foudroyante de peste pulmonaire !

18

L'Académie en péril

La veuve de Maxime de Chantourné appartenait à cette catégorie de femmes qui considèrent que savoir maîtriser son chagrin pour mieux en jouer à l'occasion constitue un marqueur de la classe supérieure à laquelle elles appartiennent. Plutôt que de risquer de déchoir dans l'esprit de ses visiteurs, elle préférait leur offrir l'image d'une froide calculatrice. Elle reçut l'inspecteur Verne en grande tenue de deuil dans le salon-bibliothèque d'un hôtel particulier du quartier de la Madeleine. Une belle femme très digne qui portait sa quarantaine avec la superbe de qui n'a jamais eu à fournir d'effort pour se hisser au-dessus du panier. « Grosse fortune, mariage arrangé mais qui semble avoir débouché sur une union solide. Son époux avait douze ans de plus qu'elle. » Tel avait été le modeste viatique que Vidocq avait confié à son jeune collègue lorsqu'ils s'étaient réparti les tâches au sortir du bureau de Casimir Perier. À Valentin, la sphère familiale et les proches du défunt savant. À Vidocq, les investigations au domicile de feu Jacques Mignot, l'ouvrier typographe, histoire de considérer les lieux avec un regard neuf.

— Appréciez-vous le thé, monsieur l'inspecteur ? demanda la veuve à Valentin une fois que celui-ci se trouva confortablement installé dans un fauteuil dont le dossier tapissé figurait la fable des animaux malades de la peste. Mon pauvre époux était fort amateur de ce breuvage et faisait venir le sien à grands frais de Chine par l'intermédiaire d'un armateur anglais de Portsmouth.

À l'évocation de son défunt mari, elle laissa passer un temps, paupières baissées, étouffant derrière sa main gantée de résille noire un soupir subtilement affligé. Valentin en profita pour examiner à loisir le décor qui l'entourait. Les moulures dorées, les meubles et les tapis de prix, les jolis rideaux de percale, les trumeaux des glaces révélaient à la fois un goût très sûr et une belle aisance. Se pouvait-il que la fortune de Chantourné ait motivé, d'une façon ou d'une autre, la disparition soudaine qui avait précédé son trépas ?

— Comme je vous le disais, ce thé est tout à fait délicieux, reprit la maîtresse de maison en interrompant ses réflexions. J'espère simplement que vous voudrez bien me pardonner à l'avance si sa préparation ne respecte pas toutes les règles qu'impose la tradition de son pays d'origine. Depuis le déclenchement de cette effroyable épidémie, nous avons été contraints de nous priver d'une partie de notre personnel. La plupart ont accompagné nos quatre enfants dans un domaine que mon défunt époux avait acquis près de Compiègne. Ils sont encore très jeunes et nous avions la hantise qu'ils puissent être contaminés. De ce fait, nous devons nous contenter d'une domesticité réduite au strict minimum et cet hôtel est une telle charge à entretenir !

Valentin fit comme s'il compatissait aux contrariétés domestiques de son hôtesse. Celle-ci, avec un sourire reconnaissant, agita une petite sonnette d'argent. Une très jeune bonne apparut dans l'instant et exécuta un semblant de révérence maladroite. Mme de Chantourné lui dicta ses instructions d'un ton inutilement autoritaire. Puis, faisant face de nouveau à son hôte, comme si elle songeait tout à coup qu'elle avait commis une impardonnable faute de goût, elle porta la main à sa bouche et soupira avec un tremblement étudié de la voix :

— Les pauvres petits ! Bien entendu, ils ne sont pas encore au courant. Quel choc cela va être pour eux !

Valentin mit quelques secondes à réaliser qu'elle parlait de ses chérubins éloignés pour raisons sanitaires. Cette façon artificielle d'exagérer certains sentiments en fonction de ce que l'on pensait être l'attitude attendue par ses interlocuteurs lui déplaisait souverainement. Il décida de couper court et d'en venir, sans plus de fausses civilités, au motif de sa visite.

— J'ai cru comprendre que votre époux avant sa disparition jouissait d'une excellente santé. Pensez-vous qu'il ait pu tomber malade à la suite de ses activités au sein du Comité de salubrité ?

Nouvelle mimique horripilante de Mme de Chantourné, histoire de bien laisser voir combien il lui était difficile d'évoquer l'époux disparu.

— Quel terrible coup du sort ! C'est bien cela le plus injuste dans ce grand malheur qui nous frappe. Mon époux avait beau être médecin, voilà bien longtemps qu'il ne consultait plus. Depuis qu'il était entré à l'Académie des sciences, il consacrait tout son temps et son énergie à ses recherches dans le domaine de l'hygiène.

Il n'avait accepté de présider le comité parisien de lutte contre le choléra que parce qu'il considérait cela comme un devoir sacré.

— Comment expliquez-vous alors qu'il ait pu contracter si rapidement et simultanément deux maladies aussi redoutables ?

— Mais justement, je ne me l'explique pas ! répliqua la femme endeuillée en levant les yeux au plafond. D'abord, mon mari disparaît totalement durant cinq jours sans le moindre motif. Lui qui me tenait toujours au courant de son emploi du temps et de tous ses déplacements ! Ensuite, c'est sa dépouille que l'on me ramène en m'apprenant qu'il a succombé à la fois au choléra et à une forme de peste particulièrement virulente. Ne croyez-vous pas que ce serait plutôt à vous de me fournir des explications ?

Valentin ne releva pas le sous-entendu vaguement accusateur. Cet entretien lui était de plus en plus pénible et il lui tardait de pouvoir prendre congé.

— Est-ce que le nom de Jacques Mignot vous dit quelque chose, madame ?

— Absolument pas ! Et pourtant je me targue de ne jamais oublier ni un nom ni un visage. De qui s'agit-il ?

— C'est l'homme qui louait le logement dans lequel on a retrouvé le corps de votre époux la nuit dernière. Lui-même avait quitté brutalement ce monde quelques jours plus tôt.

— Croyez-vous que sa mort ait quelque chose à voir avec celle de mon mari ?

— L'hypothèse n'est pas à exclure. Le dénommé Mignot était lui aussi atteint par une forme sévère de choléra. Il habitait un immeuble meublé du cul-de-sac d'Argenson. Avez-vous entendu votre époux faire récemment allusion à ce lieu ? Ou bien lui connaissiez-vous des raisons de se rendre dans le quartier Saint-Merri ?

Cette fois, en dépit de la maîtrise qu'elle conservait sur elle-même, son interlocutrice ne put s'empêcher de réagir en frémissant de la tête aux pieds.

— Vous plaisantez, j'espère ! se récria-t-elle. L'endroit est une sorte de cloaque totalement insalubre. La crasse et la promiscuité inimaginables dans lesquelles ses habitants se complaisent en font un dangereux foyer de contagion. Malgré son grand cœur et sa trop large propension à la philanthropie, jamais mon très cher époux n'y aurait mis les pieds de son plein gré.

Une heure plus tard, de retour à la préfecture de police, Valentin alla frapper à la porte de Vidocq. Celui-ci était déjà rentré de son incursion sur la rive droite. Il apprit à son homologue du Bureau des affaires occultes que le médecin ayant examiné le corps de Maxime de Chantourné lui avait précisé deux points d'importance. Premièrement, l'homme n'était pas décédé sur place. Le praticien était formel : le cadavre avait été déplacé *post mortem*. Deuxièmement, l'infortuné savant avait été ligoté peu de temps avant de succomber, car des marques caractéristiques subsistaient au niveau de ses poignets et de ses chevilles.

Fort de ces informations, l'ancien forçat avait également interrogé la concierge de l'immeuble du cul-de-sac d'Argenson. La vieille avait d'abord affirmé qu'elle n'avait aucune idée de la façon dont le corps avait pu arriver dans l'appartement laissé vacant par Jacques

Mignot. Puis, Vidocq l'ayant un tantinet secouée, elle avait fini par admettre avoir entendu des bruits suspects dans l'escalier peu après minuit. Par sa fenêtre, dans l'entrebâillement des volets, elle avait aperçu un coupé qui stationnait devant la porte. Deux ombres étaient sorties de l'immeuble, puis étaient montées en voiture avant de disparaître. Elle ne les avait pas bien distinguées, mais il s'agissait selon toute vraisemblance de deux hommes vêtus en bourgeois, portant chapeaux et manteaux. Ce qui l'avait convaincue qu'il y avait du louche là-dessous, c'était leur démarche furtive et le faible bruit de l'attelage sur les pavés, comme si on avait enveloppé les roues et les sabots des chevaux de chiffons épais. Elle était alors montée dans les étages et avait été attirée par la porte du logement de Mignot demeurée entrouverte. À la vue du cadavre cyanosé, elle prétendait avoir failli s'évanouir en croyant au retour de son défunt locataire. Puis, quand elle avait constaté qu'il s'agissait d'un inconnu dont la mise disait clairement l'appartenance à la bonne bourgeoisie, elle s'était résolue à gagner le commissariat d'arrondissement pour donner l'alerte.

— Voilà qui confirme que Chantourné a bien été victime d'un enlèvement, commenta Valentin une fois que Vidocq eut achevé son compte rendu. Mais dans la mesure où sa mort semble indubitablement liée à celle de nos trois mutilés, pourquoi, cette fois, n'a-t-on pas trouvé trace de blessure mortelle ni de dissection ? J'avoue voir de moins en moins clair dans tout ce brouillamini.

Son collègue de la Sûreté esquissa une moue contrariée en triturant l'anneau d'or de son oreille.

— Attendez ! Ce n'est pas tout ! lâcha-t-il. Notre affaire est encore plus complexe que vous ne le croyez. Depuis hier, deux autres membres de l'Académie des sciences et du Comité de salubrité manquent à l'appel. Je viens de l'apprendre juste avant que vous n'arriviez. Exactement la même histoire que Chantourné. Volatilisés depuis hier sans laisser la moindre trace !

19

Passage à tabac

L'odeur l'avait pris à la gorge dès qu'il avait franchi le seuil de son immeuble. Désagréable, piquante. Elle rappela immédiatement à Valentin certaines expériences menées dans sa jeunesse dans l'officine du professeur Pelletier. À l'époque déjà il ne la supportait pas. L'odeur du chlore. Agressive, suffocante. Elle stagnait dans toutes les rues où le produit chimique avait été largement répandu durant la nuit à des fins de désinfection. Il régnait d'ailleurs une étrange atmosphère ce matin-là dans la ville. Les rues étaient quasiment désertes, les échoppes closes. Les rares passants, souvent vêtus d'habits de deuil, pressaient le pas, un mouchoir plaqué sur la bouche. Des cercueils s'alignaient aux portes des immeubles, remplacés parfois par de simples linceuls blancs, que des charrettes brinquebalantes et fantomatiques chargeaient dans la brume de l'aube.

L'adresse transmise par un de ses mouchards conduisit l'inspecteur sur l'île de la Cité, entre le Palais de Justice et Notre-Dame, dans ces rues étroites et puantes qui constituaient le pire quartier de tout Paris. Les façades des maisons moyenâgeuses se penchaient pour cacher le jour, et des rats aussi gros que des chatons filaient à son approche pour disparaître sous les porches ou dans des soupiraux exhalant des remugles de fosse d'aisances. La clarté blafarde des réverbères était tout juste suffisante pour lui éviter de ruiner ses souliers en pataugeant dans le ruisseau d'eau noirâtre qui stagnait au milieu des pavés fangeux.

Valentin gagna l'atelier fermé d'un serrurier, à deux pas de la rue de la Juiverie. Si son informateur ne l'avait pas trompé, c'était là que se terrait l'homme qu'il cherchait. Dans une médiocre chambre garnie située au-dessus de la boutique. L'inspecteur renversa la tête en arrière et afficha un sourire satisfait. Une fenêtre aux carreaux sales et remplacés en maint endroit par des cartonnages laissait deviner une lumière chiche. La bête malfaisante était dans sa tanière.

À force de questionner Aglaé, la jeune femme avait fini par lui avouer, la veille, l'origine de sa blessure à la pommette. Elle lui avait aussi fait promettre de ne pas intervenir et de la laisser gérer seule le problème soulevé par la réapparition de son père. Devant son insistance, Valentin s'était exécuté, tout en étant parfaitement conscient que c'était un serment qu'il ne pouvait pas tenir. Une colère froide s'était emparée de lui à l'instant même où il s'était représenté la scène. Une brute avinée frappant sauvagement la femme qu'il aimait. Cette vision l'avait renvoyé à son effroi dans l'auberge de Pantin, lorsqu'il avait réalisé que Tafik surveillait la mauvaise chambre et qu'Aglaé se retrouvait seule pour faire face à un meurtrier pervers. Il ne pouvait tolérer que l'histoire se répète. Car, au fond, il s'agissait bien de cela. Grand-Jésus[1], le Vicaire, Rodolphe de Courtilles, le père Marceau… Les visages et les noms changeaient, mais c'était toujours le même combat qui se poursuivait et qui n'aurait sans doute pas de fin. La lutte contre le mal, cette traque qui l'amenait à débusquer les prédateurs de ce monde brutal et impitoyable, ces monstres qui n'avaient de cesse de s'en prendre aux agneaux innocents.

Valentin rajusta ses gants de fin chevreau et s'assura que le mécanisme à virole de sa canne-épée fonctionnait parfaitement. Puis, le pas résolu et le visage aussi sombre qu'un ciel avant l'orage, il s'enfonça dans le couloir obscur où un escalier branlant menait à l'étage.

— Vous êtes qui, vous ? Et c'est quoi qu'vous voulez ?

Le père Marceau avait mis un certain temps à répondre au tambourinement de Valentin contre sa porte. Les cheveux en broussaille, les yeux injectés de sang, il n'était pas encore tout à fait réveillé et son haleine puait le mauvais vin et les dents gâtées.

— C'est bien au sieur Marceau que j'ai l'avantage de parler ? demanda Valentin en glissant d'autorité sa jambe dans l'entrebâillement de la porte, au cas où il prendrait l'idée à l'autre de la lui fermer à la figure.

Dubitatif, le père d'Aglaé grattait sa joue où les poils de barbe voisinaient avec les vilaines cicatrices d'une ancienne variole. Tout à coup, un éclair de lucidité parvint à percer le brouillard de son cerveau. Il reconnut ce blondinet au visage d'Adonis, sapé comme un milord.

---

1. Voir *Le Bureau des affaires occultes*.

— Pute borgne ! jura-t-il, soudain hargneux. Mais j'te reconnais, toi ! T'es le foutu mich'ton d'la môme Aglaé ! Qu'est-ce que tu viens foutre ici ?

Sans se donner la peine de répondre, Valentin repoussa brusquement l'homme à l'intérieur de la pièce d'une bourrade appuyée. Puis il claqua la porte derrière lui et s'assura, d'un coup d'œil circulaire, qu'aucune mauvaise surprise n'était à redouter. Mais il n'y avait pas d'autre occupant dans la chambre, où régnait un désordre indescriptible. Lit défait, couverture à la propreté douteuse roulée en boule, habits abandonnés sur le sol et les meubles, reliefs de repas et bouteilles vides disséminés au hasard. Et de la crasse partout.

Remis de sa surprise et suffisamment remonté pour s'arracher aux vapeurs de l'alcool, le père Marceau fit rouler ses muscles d'ancien boucher. Sa bouche se déforma en une grimace menaçante.

— C'est cette idiote d'Aglaé qu'est allée chouiner dans tes dentelles, morveux ? gronda-t-il. Ben, j'la croyais plus finaude ! Qu'est-ce qu'elle s'imagine ? Qu'un gandin comme toi va m'impressionner ? J'vais juste t'arranger le portrait à ma façon, qu'après ça même la putain qui t'a chié dans c'monde pourra p'us t'reconnaître !

Les yeux de Valentin s'étrécirent et virèrent du vert au gris.

— J'avais cru comprendre que vous ne frappiez que les femmes. À mort parfois. Comme pour la mère d'Aglaé. Car j'imagine sans peine que c'est sous vos coups qu'elle a fini par succomber.

— C'est tout c'que t'as trouvé, gamin ? M'accuser de meurtre pour me faire peur ? Dommage pour toi, tes menaces me font ni chaud ni froid ! J'vais même te dire une chose : ça m'pousserait presque à t'réserver l'même sort qu'à ma salope de femme !

Passant aussitôt des paroles aux actes, l'ivrogne poussa un grognement d'animal sauvage et se rua sur Valentin. Cependant, celui-ci était à l'affût d'une telle réaction. Il n'éprouva aucune difficulté à l'anticiper et à esquiver la charge furieuse. Au passage, il lui asséna un coup sec de sa canne au niveau des reins. Le grondement bestial se mua en cri de douleur. Le gaillard vacilla vers l'avant, mais il retrouva assez vite son équilibre et se retourna d'un bloc. Sa trogne de brute avinée était déformée par la haine. Il leva les poings et se mit en garde.

— Petite raclure ! rugit-il. Je vais t'arracher les tripes avec les dents !

Réduisant la distance, il balança son poing en direction du visage de Valentin. Cette fois, le policier se contenta d'effacer le buste et riposta d'un crochet précis au niveau du foie. L'autre se plia en deux, le souffle coupé. Sans lui laisser le temps de se reprendre, le jeune homme le redressa d'un uppercut à la pointe du menton. Le père Marceau tituba en arrière et vint heurter une table, ce qui lui évita de s'écrouler à terre. Un couteau était planté à la verticale sur le plateau. Il s'en empara et fit de nouveau face à son adversaire. Une joie mauvaise faisait briller ses yeux sournois.

— Voyons un peu si tu f'ras toujours le fiérot avec trois pouces d'acier dans la couenne ! claironna-t-il en pointant sa lame à l'horizontale. J'm'en vais t'saigner comme un goret !

Et pour contraindre son rival à reculer de façon à

le coincer contre le mur et à limiter ainsi ses mouvements, il sabra plusieurs fois l'air de son bras armé. Curieusement, Valentin ne sembla pas le moins du monde impressionné et ne céda pas un pouce de terrain. Cette attitude aussi désinvolte que téméraire eut le don de faire sortir l'ancien boucher de ses gonds. Sans plus attendre, il se fendit en avant, histoire d'en finir une bonne fois pour toutes.

Son couteau ne rencontra que le vide.

Avec une vivacité surprenante, Valentin avait pirouetté sur lui-même pour dérober son corps à l'attaque meurtrière. D'un nouveau coup de canne, il désarma le père d'Aglaé avant de le frapper violemment à la tempe. Cette fois, l'homme s'affala comme une masse. Sans lui permettre de reprendre ses esprits, le jeune policier s'appliqua alors à le marteler de la canne et du pied en visant méthodiquement les points les plus sensibles de son anatomie. Il agissait avec une précision chirurgicale, son beau visage n'exprimant aucune émotion. Au bout de quelques minutes de ce traitement, le corps du père Marceau se trouvait réduit à un morceau de viande sanguinolente, assez semblable à ces carcasses d'animaux qu'il portait autrefois avec aisance sur son dos. Des bulles irisées de sang et de morve éclataient à chacune de ses douloureuses respirations.

Quand il jugea que la correction était suffisante, Valentin s'agenouilla à côté de sa victime et planta son regard ardent dans les yeux noyés de larmes de la loque humaine.

— Écoute-moi bien, canaille. De ce jour, tu n'as plus de fille. Si jamais Aglaé devait croiser de nouveau ta route, que ce soit de ton fait ou par un hasard malheureux, je le saurai et je te retrouverai, où que tu sois. Mais cette fois-là, c'est moi qui te saignerai comme le sale porc que tu es. J'espère que je me suis bien fait comprendre !

20

Où l'on discute de la subtile nuance entre contagion et infection

Soulagé d'avoir mis un terme aux menaces qui planaient sur la tête d'Aglaé, Valentin déjeuna sur le pouce chez un marchand de vin de la place Saint-Michel et gagna aussitôt après le collège des Quatre-Nations où, comme tous les mercredis, l'Académie des sciences tenait séance. Après la journée et demie qu'il venait de perdre pour localiser et corriger cette canaille de père Marceau, il était grand temps pour lui de reprendre le fil de son enquête. La découverte de la dépouille de Chantourné au cul-de-sac d'Argenson, sa contamination par le choléra comme les trois hommes mutilés et la disparition de deux nouveaux membres du Comité de salubrité, tout dans cette affaire ténébreuse ramenait à l'épidémie en cours. Valentin ne parvenait pas encore à discerner comment ces divers éléments s'articulaient entre eux, mais il lui semblait nécessaire d'approfondir son maigre savoir sur la maladie afin d'y voir plus clair. Fort heureusement, il connaissait l'homme idéal susceptible de le renseigner au mieux.

Le pharmacien Joseph Pelletier, professeur à l'École

de pharmacie de la rue de l'Arbalète, comptait parmi les savants les plus respectés de son temps. Découvreur de la quinine et de nombreuses autres substances thérapeutiques d'origine végétale, il avait toujours œuvré au bénéfice de l'humanité. Il avait aussi et surtout été le meilleur ami du père adoptif de Valentin. C'était dans son officine de la rue Jacob que le jeune homme s'était initié, durant toute son adolescence, à la chimie et à l'art pharmaceutique. Le savant lui avait aussi ouvert les portes de sa maison et offert ainsi un cadre familial rassurant à une époque où l'orphelin tourmenté avait cruellement besoin de stabilité. Pendant toute cette période, Pelletier avait entretenu un lien quasi paternel avec Valentin et voulu voir en lui son possible successeur. Sa déception avait été grande lorsque son disciple avait renoncé à faire carrière dans le domaine scientifique pour intégrer la police, mais il ne lui avait néanmoins jamais retiré son affection.

Valentin le retrouva dans la splendide bibliothèque Mazarine situé dans l'aile Le Vau de l'ancien collège, qui abritait depuis 1805 l'Institut de France. Joseph Pelletier avait pris l'habitude d'y passer de longues heures en études depuis qu'il se trouvait de plus en plus associé aux publications de l'Académie des sciences. Les années semblaient ne pas avoir de prise sur ce travailleur infatigable qui conservait à quarante ans passés sa sveltesse, son œil clair, ainsi qu'un esprit vif et curieux. Comme à son habitude, il accueillit son ancien élève en lui manifestant un chaleureux attachement mais aussi en laissant percer une pointe de mélancolie.

— Valentin ! s'exclama-t-il en serrant le jeune policier contre sa poitrine. Comme je suis heureux de te voir ! Tes attributions à la préfecture t'accaparent tellement que les occasions se font de plus en plus rares. Tu sais pourtant combien les membres de ma famille et moi-même te portons dans nos cœurs.

— Croyez que j'en suis le premier chagriné, monsieur. Mais vous êtes bien placé pour savoir que l'on se doit parfois tout entier à son labeur.

— Certes, certes, mais nous serions ravis de t'avoir à dîner à la maison un de ces prochains soirs. Je viens d'être nommé directeur assistant à l'École de pharmacie et cela me ferait plaisir de fêter cette promotion avec toi.

Le jeune inspecteur fut touché de constater que le grand homme, en dépit des déceptions qu'il lui avait causées, lui conservait toute son estime et sa sollicitude. À vrai dire, il le soupçonnait d'avoir longtemps nourri le secret espoir de lui offrir la main de sa fille et de le voir prendre la direction de la manufacture qu'il avait créée à Neuilly pour exploiter à grande échelle le succès de son fameux sulfate de quinine.

— Félicitations pour cette nomination ô combien méritée, monsieur, se réjouit-il sincèrement. Si l'enquête dont je suis actuellement chargé m'en laisse le loisir, c'est bien volontiers que je me rendrai à votre invitation. D'ailleurs, c'est justement à propos de cette affaire que je souhaitais m'entretenir aujourd'hui avec vous.

Le beau front intelligent de Joseph Pelletier se plissa et une ombre altéra, l'espace d'un instant, la limpidité de son regard.

— Je me disais aussi…, murmura-t-il d'une voix teintée de déconvenue. Tu sais, parfois je ne peux m'empêcher de me demander comment ton pauvre père aurait réagi s'il avait su que tu deviendrais un jour policier. La pensée que tu puisses être contraint de fréquenter la lie de l'humanité l'aurait sans doute horrifié.

Valentin ne releva pas. Si Pelletier avait su que son ami Hyacinthe Verne, l'être le plus doux et le plus aimant au monde, avait passé les dernières années de sa vie à traquer un odieux criminel, c'est lui sans doute qui serait tombé des nues.

L'inspecteur parcourut des yeux la magnifique salle en forme de galerie inspirée du palais de l'Escurial ou du palais Barberini à Rome. Tout dans ce décor incitait au calme et à la méditation studieuse. Les colonnes cannelées en chêne, surmontées de chapiteaux corinthiens et ioniques, évoquaient la sagesse des anciens Grecs. Les bustes composites d'éminents savants et d'illustres philosophes invitaient à célébrer le génie humain et à faire siennes les valeurs de tolérance et de travail. C'était là un espace hors du temps, luxueux et feutré, une sorte de refuge à l'écart du monde réel. Si Joseph Pelletier y évoluait tout naturellement, Valentin, lui, avait l'impression d'y être un intrus apportant le tumulte de la rue. Sa place n'était plus ici depuis des années.

— Que voulez-vous, monsieur, dit-il finalement avec un brin de fatalisme, il faut bien que quelqu'un se charge de ces basses besognes. Et tant qu'à faire, mieux vaut que ce soit un homme intègre et qui puisse apporter à la traque policière toute la rigueur d'un esprit scientifique.

L'éminent professeur prit sur lui pour surmonter ses regrets et tapota gentiment l'avant-bras de celui qui resterait à jamais le plus talentueux élève passé entre ses mains.

— Sans doute, sans doute… Allons ! Ne gaspillons pas notre temps à épiloguer sur ce qui ne peut être changé. Depuis Héraclite, nous savons bien qu'il est illusoire de vouloir revenir en arrière. Qu'attends-tu exactement de moi ?

Valentin résuma l'affaire en quelques mots. Son ancien mentor était au courant, bien sûr, de la disparition de Maxime de Chantourné et de celle, plus récente, de deux autres membres du Comité de salubrité. Mais il ignorait tout des trois meurtres précédents et des circonstances dans lesquelles le corps de l'infortuné médecin venait d'être retrouvé. La crispation de ses traits montrait que ces nouvelles le frappaient durement et qu'il prenait sur lui pour ne pas se laisser envahir par l'émotion.

— Ces faits ont tous pour dénominateur commun d'être en rapport avec l'épidémie de choléra, expliqua Valentin. Aussi j'aimerais en apprendre davantage à ce sujet. D'où vient cette maladie, par exemple ?

— Il existait déjà en Europe des formes connues de choléra avant le présent épisode. Ce qu'on appelait le choléra *nostras*, mais il n'est pas du tout certain qu'il s'agisse de la même maladie[1]. L'épidémie actuelle serait née en Inde il y a environ dix ans et aurait été propagée jusqu'au Caucase et à l'Anatolie par des commerçants anglais. La plupart des observateurs s'accordent pour

1. Il s'agissait en fait de formes beaucoup moins graves, des gastro-entérites saisonnières avec diarrhées profuses probablement dues à des salmonelles.

considérer que la guerre russo-persane de 1826 a joué un rôle majeur pour permettre au choléra de gagner l'Europe.

— Connaît-on les causes exactes de cette maladie ?

— Tu abordes là un point particulièrement délicat. Depuis que la France est atteinte, un vif débat agite scientifiques, médecins et représentants de l'administration. Tout tourne autour de la question suivante : le choléra est-il une maladie contagieuse ou une infection ? Malheureusement, à l'heure actuelle, personne ne peut trancher avec certitude. C'est d'autant plus difficile que le problème n'est pas seulement sanitaire. Il revêt clairement une dimension politique.

— Comment cela ?

— Les tenants de la contagion s'inspirent des travaux d'Alexandre Moreau de Jonnès, qui s'est intéressé aux manifestations du fléau en Inde et au Moyen-Orient et a publié un rapport sur le sujet dès l'année dernière. Pour ce médecin, la maladie se transmettrait à travers la respiration, par l'intermédiaire d'effluves contaminants. Lui et ses semblables prônent des solutions qui se sont imposées au fil des siècles et ont permis de faire disparaître les grandes épidémies meurtrières du passé, comme la peste de 1720. En gros, fermeture des frontières, contrôles dans les ports et isolement des personnes malades.

— Ça ne paraît pas totalement illogique.

— Si la maladie est bien contagieuse, cela pourrait s'avérer efficace en effet. Le problème, c'est que nous n'en savons rien. Pour le moment, la thèse de Moreau de Jonnès semble dominer à l'Académie de médecine comme à l'Académie des sciences. Mais cela ne va peut-être pas durer. La théorie de l'infection gagne du terrain et malheureusement pas toujours pour de bonnes raisons. Ou en tout cas, pas pour des raisons médicales.

Voyant le pharmacien tordre le nez, Valentin sentit sa curiosité piquée au vif.

— Que voulez-vous dire ? demanda-t-il.

— Les affaires, mon petit ! La finance et le commerce, les deux divinités devant lesquelles tous s'inclinent aujourd'hui ! La nécessité de maintenir les relations commerciales internationales ne serait pas pour rien dans l'émergence de la thèse infectieuse et le rejet de la contagiosité. Certains médecins ont donc commencé à évoquer des miasmes proliférant dans l'air et contaminant des sujets prédisposés, le tout sans aucune preuve. À les entendre, ces fameux miasmes seraient favorisés par le manque d'hygiène et le surpeuplement. Encore une fois, leurs affirmations ne sont pas étayées, mais elles trouvent un écho favorable auprès des libéraux dans la mesure où elles permettent de dénoncer l'exploitation du peuple et d'éviter toute ségrégation entre classes aisées et pauvres.

— C'est insensé ! s'exclama Valentin. On ne fait pas de la médecine ou de la science en se préoccupant de politique !

— Heureux de te l'entendre dire ! Hélas, tous n'ont pas ta sagesse au sein des Académies. Maxime de Chantourné – Dieu ait pitié de son âme ! – faisait partie de ceux qui défendent la notion de contagion, mais je le soupçonnais de souhaiter avant tout contraindre les pauvres au confinement.

À cet instant, la superbe horloge décorée de marqueterie en bois de rose qui trônait au bout de la salle sonna la demie de trois heures. Valentin songea qu'il était temps de rejoindre la préfecture, où Vidocq devait le tenir au courant du résultat de ses investigations au sujet des deux nouveaux disparus. Toutefois, avant de prendre congé du professeur Pelletier, il souhaitait obtenir encore quelques précisions.

— Pensez-vous que les positions adoptées par Maxime de Chantourné au sein du Comité de salubrité aient pu lui attirer la vindicte de certains de ses collègues ?

La question parut presque choquer le distingué savant.

— Voyons ! Tu n'y penses pas, Valentin ! Les membres du Comité émanent tous des Académies. Ce sont des médecins, des hygiénistes, des hommes de savoir. Ils n'ont rien de commun avec cette faune sans foi ni loi que tes fonctions te contraignent à côtoyer. Certes, Chantourné menait les travaux du Comité avec une certaine poigne, mais les débats ne prenaient jamais un tour personnel et restaient du domaine de la controverse scientifique.

Valentin se fit la réflexion que l'altruisme et la bonté de son vieil ami confinaient à la naïveté. Il fallait véritablement vivre dans une bulle, à l'écart du monde réel, pour s'imaginer que le crime n'avait pas sa place parmi toutes les classes de la société et que des mobiles aussi banals que la jalousie ou la rancœur ne pouvaient pas germer dans un esprit par ailleurs soucieux de progrès et de savantes études. Mais le jeune inspecteur préféra s'abstenir de tout commentaire.

— Une dernière question, si vous le permettez, fit-il en récupérant sa canne et son chapeau qu'il avait déposés sur un pupitre en entrant. Combien de temps un homme atteint du choléra met-il pour mourir ?

— Dieu merci, la plupart des personnes atteintes en réchappent. Toutefois, la forme majeure entraîne la mort en deux ou trois jours. Les premiers symptômes apparaissent brutalement chez une personne en bonne santé apparente : douleurs abdominales, diarrhée liquide et vomissements incoercibles. Une déshydratation aiguë s'installe rapidement et provoque une défaillance circulatoire. Les extrémités prennent une teinte bleuâtre. Le visage est émacié et change lui aussi de couleur. C'est la fameuse peur bleue qui précède de peu le décès.

— Le médecin qui a examiné la dépouille de Chantourné a conclu également à une peste pulmonaire. Je dois admettre que cette forme de la maladie m'est moins familière que la peste bubonique, ce fléau que l'on qualifia de mort noire au Moyen Âge, lorsqu'il décima plus d'un tiers de la population européenne. Le délai entre les premiers symptômes et l'issue fatale est-il aussi rapide que pour le choléra ?

— Il n'est pas étonnant que tes connaissances soient limitées sur le sujet. Cette forme de la maladie est relativement rare mais c'est aussi la plus virulente. Et de très loin ! Elle peut entraîner la mort par détresse respiratoire dans les vingt-quatre heures qui suivent la contamination et au plus tard dans les trois jours.

Valentin remercia vivement le professeur de l'avoir fait bénéficier de ses lumières et prit rapidement congé. Quelque chose le troublait dans ce qu'il venait d'apprendre. Maxime de Chantourné avait disparu dans la matinée du mardi 3 avril. Son cadavre avait été retrouvé dans la nuit du 8 au 9 avril et le médecin appelé sur place avait conclu que la mort remontait à quelques heures. Autrement dit, compte tenu des durées d'incubation que venait de lui communiquer Joseph Pelletier, il y avait tout lieu de penser que le malheureux était parfaitement sain au moment de son enlèvement. Il avait contracté les deux maladies foudroyantes qui l'avaient terrassé après celui-ci. La question qui se posait dès lors était de savoir si cette transmission était due au lieu où il avait été retenu durant presque six jours, ou bien s'il avait été contaminé volontairement. Mais dans ce second cas, qui pouvait avoir commis pareille monstruosité et surtout comment avait-on pu s'y prendre ?

Valentin agitait toutes ces réflexions dans son crâne tandis qu'il rejoignait la cour d'honneur de l'ancien collège des Quatre-Nations. Comme à son habitude quand il venait en ces lieux, il ne put s'empêcher d'accorder un regard au fronton de la façade monumentale qui donnait accès à la coupole de l'Institut. De part et d'autre de l'horloge, deux statues de femmes assises symbolisaient la Justice et la Force. Il se plaisait à y voir les deux figures tutélaires qui guidaient désormais ses pas en ce monde.

— Inspecteur Verne ! Par exemple ! Si je m'attendais à vous croiser ici !

La voix lui fit baisser les yeux. Il lui fallut quelques secondes pour resituer le petit homme aux tempes dégarnies, aux yeux grossis par des bésicles, qui venait à sa rencontre en affichant un large sourire.

— Je pourrais vous faire la même remarque, monsieur Delcourt, dit-il quand il reconnut enfin celui qui venait de l'interpeller. Seriez-vous chargé des pendules de l'Institut ?

Le frêle horloger que Tafik et lui avaient sauvé de la noyade six jours plus tôt en mettant en déroute ses tourmenteurs prit un air modeste.

— Bien que ma clientèle compte nombre de personnes distinguées, je n'ai pas cet insigne honneur. C'est cependant ma passion pour l'horlogerie qui m'a conduit à m'intéresser aux cadrans solaires et à rédiger un petit mémoire à ce sujet, que j'ai eu le bonheur de présenter récemment à une séance de l'Académie des inscriptions et belles-lettres dont je suis un modeste correspondant. D'ailleurs, nous en avons ici même deux magnifiques exemplaires.

Il désigna du doigt les deux cadrans solaires de belles dimensions qui encadraient l'entrée du palais. L'un, dans l'angle nord-ouest, près de l'entrée de la coupole, indiquait les heures du matin, tandis que l'autre, à l'angle nord-est, donnait les heures de l'après-midi. Valentin déchiffra la devise latine qui ornait le second. *Sol maturat fructus Minervae*. « Le soleil mûrit les fruits de Minerve », traduisit-il dans sa tête. Autrement dit, la lumière fait resplendir la connaissance. Une belle devise qui devait plaire à des hommes tels que Joseph Pelletier. Valentin, quant à lui, savait bien qu'il traquait des vérités plus obscures et que c'est en sondant les tréfonds de l'âme humaine qu'il avait le plus de chances de les découvrir.

Interrompant le fil de ses pensées, Antoine Delcourt proposa d'offrir un verre à celui qu'il appelait non sans une certaine emphase son « sauveur ». L'inspecteur déclina poliment, mais l'autre crut bon d'insister.

Valentin avait l'esprit bien trop préoccupé pour faire assaut de civilités. Il brisa net la conversation, sans trop se soucier de ménager la susceptibilité de l'horloger à la reconnaissance envahissante, puis s'éloigna à grandes enjambées en direction du Pont-Neuf.

21

Valentin fait le point

— Résumons-nous. Pour l'heure, nous nous retrouvons d'un côté avec trois meurtres singuliers sur les bras. Les victimes étaient toutes de petites gens, mais aussi des morts en sursis puisque atteintes d'une forme aiguë de choléra. Leur meurtrier les a charcutées *post mortem* et a prélevé un organe différent sur chacune d'entre elles. De l'autre côté, nous avons un médecin réputé, directeur du Comité de salubrité, qui disparaît, victime vraisemblablement d'un rapt. Son corps est retrouvé moins d'une semaine plus tard à l'ancien domicile de l'une des premières victimes, à laquelle pourtant aucun lien ne semblait l'unir. Deux hommes habillés en bourgeois et se déplaçant discrètement dans un coupé l'auraient déposé là au beau milieu de la nuit. Si le cadavre n'a pas été mutilé, lui aussi était atteint d'un choléra extrêmement avancé. Mais ce n'est pas tout, il était également frappé d'une forme très virulente de peste. Enfin, grâce à vous, François, nous savons désormais que les deux collègues de Chantourné qui se sont volatilisés ont eux aussi été enlevés.

Dans son bureau mansardé, au dernier étage de

la préfecture, Valentin tenait une sorte de conseil de guerre en compagnie d'Aglaé et de Vidocq. En l'espace de deux jours, ce dernier avait recueilli de précieuses informations au sujet des deux académiciens dont on était sans nouvelles depuis lundi. Les éléments qu'il avait rassemblés permettaient de conclure que les deux disparus avaient subi le même sort que Maxime de Chantourné. Le premier, Claude Villeneuve, était un chimiste d'une soixantaine d'années. Célibataire, il partageait un logement avec sa sœur, une bigote rancie, dans un immeuble de la rue de Vaugirard. Des témoins l'avaient vu monter dans une voiture, durant la matinée du lundi, à la hauteur du Petit-Luxembourg. Il était accompagné d'au moins un autre homme, qui le serrait de près. Depuis, Villeneuve n'avait plus donné signe de vie. Le second se nommait Nicolas Lécuyer-Manson. Il exerçait comme médecin dans une clinique proche de la place Vendôme. Au dire de son épouse, un patient s'était présenté le même jour, en début de soirée, à leur domicile. Affolé, l'homme prétendait habiter deux rues plus loin et avoir besoin d'aide pour sa femme sur le point d'accoucher en avance sur le terme prévu. Bien que celui-ci ne soit pas l'un de ses patients habituels, Lécuyer-Manson avait écourté son dîner, attrapé sa trousse d'urgence et filé là où l'appelait son devoir. Sa moitié avait veillé toute la nuit en attendant son retour, mais le praticien n'était pas rentré et ne s'était pas manifesté depuis. Vidocq avait tenté d'obtenir une description de cet inquiétant visiteur du soir. Mais Mme Lécuyer-Manson, tout occupée à préparer les affaires de son mari pour cette sortie imprévue, ne lui avait accordé qu'une médiocre attention. Elle avait décrit un individu d'une trentaine d'années, de taille moyenne, dont le trait le plus marquant était une barbe noire très fournie.

— Il s'agissait probablement d'un postiche, commenta Aglaé. C'est tout à fait le genre d'accessoire de théâtre qu'utiliserait quelqu'un désireux de dissimuler son visage.

Depuis qu'elle avait failli perdre la vie face à Rodolphe de Courtilles, c'était la première fois que la jeune femme réapparaissait rue de Jérusalem. Si cela n'avait tenu qu'à elle, elle serait revenue plus tôt, mais Valentin avait insisté pour qu'elle prenne le temps de se remettre de ses émotions. Ce repos forcé semblait lui avoir fait du bien. Elle paraissait moins tendue et la blessure que son père lui avait infligée à la pommette avait complètement disparu.

L'ancien bagnard l'approuva d'un hochement de tête.

— Un déguisement… Oui, à la réflexion, c'est tout à fait possible. Autant dire qu'il n'y a rien à tirer du portrait dressé par l'épouse du disparu. Tout ce dont nous sommes à peu près certains, c'est que les auteurs des enlèvements n'agissent pas pour de l'argent. Que ce soit dans le cas de Maxime de Chantourné ou dans celui de ses collègues, aucune demande de rançon n'est parvenue aux proches.

— Cette affaire dépasse le cadre d'un crime ordinaire, intervint Valentin, le visage sombre. Au sein du Comité de salubrité, ces trois hommes constituaient une commission plus spécialement chargée de proposer toute mesure susceptible d'enrayer l'épidémie. C'est de ce côté-là qu'il faut chercher.

— Vous pensez que quelqu'un serait assez fou pour

vouloir favoriser la propagation de la maladie ? questionna Vidocq, quelque peu incrédule.

— Je l'ignore, mais en interrogeant le professeur Pelletier j'ai au moins acquis la certitude que la lutte contre le choléra ne soulève pas seulement des questions sanitaires. Elle renvoie aussi à des enjeux politiques. On pourrait chercher à fragiliser le régime en révélant l'incapacité des autorités à enrayer ce fléau.

Aglaé fronça les sourcils.

— J'ai du mal à croire, objecta-t-elle, que des hommes sensés puissent prendre le risque que tout Paris soit contaminé dans le seul but de décrédibiliser le pouvoir de Louis-Philippe ou l'autorité de son président du Conseil.

— Sans compter, ajouta Vidocq, que s'en prendre aux membres du Comité n'aurait que bien peu d'effet. Ces derniers seront vite remplacés par d'autres savants tout aussi compétents. Le jeu n'en vaut pas la chandelle !

Valentin était conscient qu'ils disaient vrai tous les deux. Mais depuis qu'ils savaient que la mort de Chantourné était liée aux trois premiers meurtres, il avait bien dû se résoudre à abandonner la piste d'un éventuel pervers. L'ennui, c'est qu'il ne voyait pas le lien qui pouvait unir le médecin aux victimes précédentes. Et le probable enlèvement des deux autres membres du Comité de salubrité ne faisait qu'ajouter de la confusion à cette affaire dont les contours lui échappaient, comme recouverts d'un épais voile de brume.

— Je ne prétends pas que cette hypothèse soit la bonne, finit-il par laisser tomber, mais on ne peut nier que le seul élément susceptible de relier tous les éléments de cette énigme est cette terrible épidémie.

Oublions pour le moment le mobile auquel obéissent les criminels. L'urgence, me semble-t-il, est de tenter de retrouver Villeneuve et Lécuyer-Manson avant qu'ils ne subissent le même sort funeste que Maxime de Chantourné.

— Comment comptez-vous vous y prendre ? interrogea Vidocq.

— Dès le début de cette affaire, il m'est apparu que son épicentre était le quartier Saint-Merri. Les trois premières victimes y habitaient. À présent, nous savons que Chantourné a été contaminé après son enlèvement. Or, si la maladie frappe désormais dans tous les milieux, elle prédomine dans les quartiers misérables. L'humidité, le manque d'air, l'absence de tout-à-l'égout, la stagnation des eaux usées, le bourbier des rues et la promiscuité de l'habitat y sont autant de facteurs favorisants.

— Si je vous suis bien, Chantourné aurait donc été détenu dans l'un des taudis de Saint-Merri. Et Villeneuve et Lécuyer-Manson seraient séquestrés au même endroit.

— C'est en tout cas une possibilité à envisager. D'ailleurs, j'ai ordonné à l'Entourloupe et à Tafik de continuer à sillonner le quartier. Qui sait, ils pourront peut-être recueillir des informations intéressantes.

— Peut-être bien, admit Aglaé. Mais le temps joue contre nous. Et si jamais nous échouons à retrouver ces deux hommes vivants, les esprits risquent de s'échauffer en haut lieu. D'après ce que vous m'avez dit tous les deux, Casimir Perier suit l'affaire en personne et exige des résultats rapides.

Vidocq haussa ses larges épaules.

— Pour l'heure, fit-il sur un ton de confidence, le chef du gouvernement a bien d'autres préoccupations. J'ai appris que le soir même où il nous a reçus, Valentin et moi, il a été contraint de s'aliter. Le ministre aurait contracté le choléra la veille en visitant des malades de l'Hôtel-Dieu en compagnie du duc d'Orléans[1].

Valentin ne réagit pas immédiatement à cette importante nouvelle. En cette fin d'après-midi, les rayons rasants du soleil pénétraient difficilement dans son bureau à travers le vasistas à la vitre moussue. La pièce se trouvait plongée dans une atmosphère d'aquarium, conférant au visage de chacun de ses occupants une lividité verdâtre. C'était à se demander si la ville tout entière n'était pas en train de tomber malade.

— Quel que soit l'état de santé de Perier, dit-il d'un ton préoccupé, Aglaé a raison. Les tensions sont partout exacerbées et nous avons tout intérêt à faire preuve d'efficacité rapidement.

— Que proposez-vous ? reprit Vidocq. On ne peut tout de même pas faire fouiller tous les immeubles du quartier par des sergents de ville ! Non seulement nous n'avons aucune certitude d'y retrouver nos disparus, mais ce serait en plus le meilleur moyen de déclencher une émeute.

— À défaut d'avoir un signalement fiable du ou des ravisseurs, répondit Valentin, nous possédons celui des deux disparus. Je me disais que nous pourrions peut-être faire passer une annonce dans la presse en proposant une récompense à quiconque pourrait nous aider à découvrir l'endroit où ils sont séquestrés.

---

1. Il s'agit du prince héritier, le fils aîné de Louis-Philippe.

Le chef de la Sûreté tordit le nez. Il ne semblait pas convaincu.

— Je ne crois pas que ce soit une très bonne idée de mêler les journalistes à cette affaire. Si nous les sollicitons, ils voudront en savoir plus et poseront tout un tas de questions embarrassantes. Et puis nous les aurons sans arrêt dans les pattes.

— C'est pourquoi je ne comptais pas faire appel à n'importe qui, enchaîna Valentin en se tournant vers Aglaé. Dis-moi, cette drôle de voisine de palier qui se travestit en homme, tu m'as bien dit qu'elle collaborait régulièrement à un journal ? Comment se fait-elle appeler déjà ?

— George Sand. Et, oui, elle écrit des chroniques pour *Le Figaro*.

— Si tu lui demandais la chose comme un service personnel, crois-tu qu'elle pourrait convaincre son directeur de publier notre annonce tout en observant une certaine réserve ?

— Possible. On ne risque rien, en tout cas, à le lui demander.

À cet instant, des coups secs furent frappés à la porte. Et le battant s'ouvrit en grand avant même que Valentin ait eu le temps d'y répondre. L'Entourloupe, le visage rouge d'excitation, déboula dans la pièce, de cette démarche chaloupée que lui imposait sa petite taille.

— Patron ! Je crois que je tiens quelque chose d'intéressant !

Les trois occupants du bureau l'entourèrent aussitôt.

— J'laissais traîner mes escoulles dans une piolle[1]

1. Taverne, cabaret peu recommandable.

d'la rue des Vieilles-Étuves. Et v'là t'y pas qu'j'entends deux clampins qui discutaient à propos d'un entrepôt des environs et des étranges activités qui s'y dérouleraient à la nuit tombée.

— Quel genre d'activités ? le pressa Valentin.

L'Entourloupe cligna de l'œil avec malice.

— J'ai pas voulu m'mêler à la conversation, histoire de pas éveiller leur méfiance. Mais j'ai écouté du mieux que j'pouvais. Il était question d'allées et venues suspectes. De bruits d'pelles et d'pioches au beau milieu d'la nuit. D'un manège de charrettes, de caisses déchargées, de sacs de chaux.

— Et tu dis que ce fameux entrepôt serait situé dans le quartier Saint-Merri ?

— Pour sûr ! J'ai même l'adresse exacte. Et tenez-vous bien, patron ! C'est à deux pas de cette impasse où l'on a retrouvé le premier cadavre mutilé, celui d'Honoré Roussard, le crieur de canards !

22

Un joli petit couple

Aglaé se félicitait d'avoir suivi le bon conseil de George Sand. Cette dernière avait en effet accepté volontiers de la présenter à Henri de Latouche, le directeur du *Figaro*, mais elle avait insisté pour que son amie renonce à revêtir comme elle des vêtements masculins. « Deux femmes travesties dans son bureau, ce serait trop pour le cher homme. Nous frôlerions la crise d'apoplexie. En outre, je gage que vos charmes seront les meilleurs arguments pour le convaincre d'ouvrir les pages de son journal à votre annonce », avait-elle dit en effleurant du bout des doigts la poitrine de sa jolie voisine.

Résolue à s'acquitter au mieux de la mission confiée par Valentin et ne redoutant pas une réapparition de son père avant le surlendemain, 14 du mois, Aglaé avait donc abandonné pantalon et redingote pour revêtir une robe de crêpe beige au généreux décolleté garni de camélias en tissu et aux manchettes plates en point d'Angleterre, ainsi qu'un ample fichu de mousseline blanche qui mettait délicieusement en valeur ses épaules rondes. Durant tout le temps qu'avait duré leur entretien, Latouche l'avait littéralement dévorée des yeux. Il est vrai que la jeune femme avait déployé toute sa science de la séduction pour écarter ses réticences et éventuelles objections. En l'espace d'une demi-heure, elle avait fait étalage de tout ce qu'elle avait appris sur la scène du théâtre de Mme Saqui, multipliant les mines et les sourires, pour lui arracher finalement de haute lutte son plein et entier consentement. L'annonce paraîtrait en deuxième page, dans le prochain numéro de l'hebdomadaire satirique qui devait justement sortir des presses le lendemain. En outre, Latouche avait accepté de refréner sa curiosité contre la promesse de bénéficier d'informations exclusives une fois l'enquête bouclée. Il avait beaucoup insisté sur ce dernier point en ajoutant qu'il comptait sur la jeune femme et sur son chef, l'inspecteur Verne, pour ne pas faire mentir la devise affichée en première page de son journal : *La vérité, quand même !...*

— Aglaé, vous êtes une négociatrice redoutable ! s'exclama George Sand tandis qu'elles quittaient toutes deux, bras dessus bras dessous, la rédaction du journal. Lorsque je signerai le contrat pour mes prochains articles, je vous enverrai discuter les clauses à ma place. Latouche est connu pour avoir des oursins dans les poches, mais je suis certaine que vous obtiendrez facilement le double de ce qu'il m'octroie d'habitude.

Laissant derrière elles le passage Bergère où se situaient les locaux de l'hebdomadaire, les deux amies longèrent le boulevard Montmartre et s'engagèrent dans la rue de Richelieu pour gagner les jardins du Palais-Royal. Le soleil qui brillait haut dans le ciel parvenait presque à faire oublier la chape de plomb qui s'était abattue sur la capitale ces derniers jours. Même si les rues ne présentaient pas leur animation coutumière, cette belle journée de printemps redonnait un peu de baume au cœur des habitants et, cédant à cette douce atmosphère, les jeunes femmes s'accordèrent pour célébrer leur succès dans un établissement des arcades.

Elles s'installèrent au café des Mille Colonnes, galerie Montpensier. Les fenêtres de la salle située à l'étage étaient ouvertes et permettaient de profiter de la tiédeur de l'air et du parfum des fleurs qui embaumait les jardins.

— Il ne reste plus qu'à espérer que l'annonce porte ses fruits, dit George Sand en faisant tinter sa coupe contre celle d'Aglaé. Je compte d'ailleurs sur vous pour tout me raconter en détail une fois l'affaire élucidée. Pas question que Latouche confie à un autre journaliste le récit de vos prouesses !

— Prouesses est un bien grand mot, dit Aglaé avec modestie. Pour le moment, nous subissons les événements plus qu'autre chose et le mystère reste malheureusement entier. C'est d'ailleurs la raison pour laquelle Valentin – je veux dire l'inspecteur Verne – s'est résolu à faire publier un appel à témoins.

L'écrivaine et journaliste fixa sur sa compagne un regard intense. On y lisait de l'admiration et peut-être aussi la naissance d'un sentiment plus profond.

— Quand je parlais de vos prouesses, c'est à vous uniquement que je pensais, ma chère. Une femme policier ! La chose est peu banale, vous en conviendrez ! Je frémis rien qu'en imaginant les péripéties qui doivent émailler vos enquêtes et les bas-fonds qu'il vous faut fréquenter.

— Je crois que vous vous faites du métier de policier une représentation un peu trop romantique. Après tout, nous ne sommes pas si différentes, releva Aglaé. Vous exercez vous aussi une profession dont les hommes ont fait jusqu'ici leur chasse gardée. D'après ce que j'ai pu observer ce matin, il n'y a pas d'autres femmes au sein de la rédaction du *Figaro*. Et sans doute en va-t-il de même dans la plupart des journaux de la capitale.

George Sand lui adressa un clin d'œil complice.

— Que voulez-vous ? Nous sommes de véritables héroïnes de roman et il nous manque juste de rencontrer l'auteur de talent qui, de sa plume, pourrait nous rendre aussi célèbres que l'Esméralda de Hugo ou la Virginie de Bernardin de Saint-Pierre.

Le garçon de salle qui, compte tenu de la faible fréquentation, n'avait guère d'autres clients à bichonner se rapprocha à cet instant. En s'inclinant poliment, il désigna les verres vides et demanda d'une voix gouailleuse :

— Et alors, les amoureux, je vous remets la même chose ? C'est que conter fleurette à sa mie, ça finit par donner soif !

Tandis qu'Aglaé piquait un fard, George Sand se retint de pouffer et poussa les coupes en direction du serveur.

— Faites donc, mon brave ! Je crois que ma douce amie vient d'avaler de travers. Boire quelque chose de frais lui fera le plus grand bien !

À peine le garçon eut-il tourné les talons qu'Aglaé, rouge de confusion, porta la main à sa bouche.

— Vous avez entendu ? s'exclama-t-elle. Ce grand dadais nous a prises pour un véritable couple. C'est horriblement gênant ! Je ne savais plus où me mettre !

Mais, de son côté, l'écrivaine ne semblait pas plus choquée que cela. On aurait dit, au contraire, que le quiproquo l'amusait. Elle se pencha vers l'ancienne actrice et caressa ses boucles brunes comme aurait pu le faire un amant.

— Comme vous voilà tout émotionnée ! Je vous assure qu'il n'y a vraiment pas de quoi. Cela prouve simplement que mon déguisement remplit parfaitement son rôle. À vrai dire, je me sens même flattée que l'on puisse me prêter une conquête aussi ravissante que vous.

— Ne plaisantez pas, Aurore ! protesta Aglaé en employant à dessein le véritable prénom de sa compagne tout en opérant un vif retrait du buste. Vous n'auriez pas dû entrer dans son jeu. À partir de maintenant, je ne vais plus savoir comment me comporter. J'aurais bien trop peur que le moindre de mes gestes puisse être mal interprété.

George Sand tenta de la rasséréner :

— Je vous assure, Aglaé, que vous vous mettez inutilement martel en tête. Il n'y a presque personne dans la salle et le garçon cessera de nous prêter attention aussitôt qu'il nous aura apporté notre commande. Reconnaissez que la situation est plutôt cocasse. Prenez-la comme une sorte de jeu. Vous m'avez bien confié que vous étiez naguère comédienne. Un rôle de composition ne devrait pas vous effrayer…

Aglaé préféra s'abstenir de tout nouveau commentaire, mais cet épisode inattendu l'avait perturbée plus qu'elle ne l'aurait cru. Elle attendit qu'on leur apporte deux nouvelles coupes de champagne, avala son verre d'un trait et prétexta, quelques instants plus tard, la nécessité de rendre compte de son entrevue avec

Latouche à son chef pour prendre congé de l'écrivaine. George Sand parut déçue de cette séparation précipitée, mais elle n'essaya pas de la retenir.

Rue Saint-Honoré, Aglaé héla un fiacre et donna l'adresse de la préfecture au cocher. Puis elle s'abandonna contre le dossier de la banquette, laissant le roulis de la voiture bercer ses pensées pour le moins confuses. La méprise du serveur l'avait troublée, mais à présent d'autres réflexions parasites lui mettaient la tête à l'envers. Il n'y avait rien d'étonnant à ce qu'un inconnu la voyant en compagnie d'un partenaire masculin lui prête une liaison amoureuse. Elle était parvenue dans sa vingt-quatrième année. À cet âge, la plupart des femmes avaient déjà un mari ou un amant. Mais pas elle ! Sa relation avec Valentin demeurait désespérément platonique. Elle avait cru qu'elle serait capable d'endurer la frustration, de respecter cette chasteté imposée. Et surtout, après la mort du Vicaire, elle avait espéré que le temps panserait les blessures de Valentin, qu'à force de patience et d'amour, elle pourrait l'aider à chasser ses vieux démons et qu'il oserait enfin s'abandonner à ses caresses. Mais les mois passaient et la situation n'évoluait pas. Elle supportait de plus en plus difficilement cette absence d'intimité physique entre eux et commençait à se dire qu'elle avait sans doute présumé de ses facultés de résistance.

Tout en se laissant envahir par une morne mélancolie, la jeune femme se mit à frotter machinalement le moignon de son annulaire amputé. Pour demeurer au plus près de celui qu'elle aimait, elle avait consenti à partager sa lutte obsessionnelle contre le mal. Mais cela l'exposait elle aussi à bien des dangers. Sa confrontation avec Rodolphe de Courtilles, dans cette sinistre auberge de Pantin, était venue lui rappeler combien sa nouvelle existence pouvait se révéler périlleuse. Et puis il y avait aussi son propre passé qui rebattait les cartes. Il serait comme une épée de Damoclès au-dessus de sa tête, tant qu'elle n'aurait pas trouvé un moyen de se débarrasser de la brute infâme qui lui tenait lieu de père. Cette vulnérabilité faisait naître en elle une sensation d'urgence. Elle exacerbait son désir de vivre pleinement son amour avant qu'il ne soit trop tard.

Quand le fiacre la déposa au pied de la tour ronde qui marquait le débouché de la rue de Jérusalem sur le quai de la Seine, Aglaé était encore toute remuée par l'introspection à laquelle elle venait de se livrer. En pénétrant dans les locaux de la préfecture, ce fut tout juste si elle remarqua les deux plantons en uniforme qui la saluèrent au passage. Et elle prêta encore moins attention à la réflexion désobligeante marmonnée par le plus vieux, qui avait pris sa distraction pour de la coquetterie mal placée.

Lentement, elle gravit les nombreux degrés qui la séparaient du dernier étage en soupente. La joie qu'elle s'était faite d'annoncer à Valentin le succès de sa mission s'était envolée. Il lui semblait que chaque marche exigeait d'elle un effort démesuré.

Ce fut donc dans un état d'insatisfaction et de profond désarroi qu'elle atteignit l'ultime palier. Elle allait s'engager dans l'étroit corridor qui desservait les bureaux du service lorsque son sang se glaça soudain dans ses veines. Une vision d'horreur incompréhensible venait de la frapper.

La silhouette énorme de Tafik se détachait, de dos, dans la clarté grise qui filtrait par les lucarnes poussiéreuses. À l'autre bout du couloir, à moins de quinze pas de distance, Valentin lui faisait face. À la fois raide et parfaitement immobile. La scène aurait pu être anodine si l'ancien mamelouk ne braquait pas sur son chef un impressionnant pistolet de cavalerie.

Aglaé poussa un cri déchirant et voulut se précipiter pour pousser le colosse et faire dévier son tir. Mais elle n'en eut pas le temps. La platine à silex se rabattit et une flamme jaillit du bassinet, précédant de très peu l'assourdissante détonation.

Dirigée avec une précision d'expert, la balle vint frapper Valentin en plein cœur.

23

Une invention de Valentin

Sur le coup, l'inspecteur vacilla avant de se plier en deux. Puis, sous les yeux d'une Aglaé effarée, il se redressa et arbora un large sourire à destination de son adjoint.

— Magnifique ! s'exclama-t-il. Mis à part le choc de l'impact, je n'ai ressenti aucune douleur. Tu vois que tu avais tort de t'inquiéter, Tafik !

Figée par l'horreur à l'instant du tir, Aglaé bouscula le grand Géorgien et se précipita contre la poitrine de Valentin. Elle était blanche comme un linge.

— Dieu merci ! Tu n'as rien ! soupira-t-elle en l'enlaçant étroitement. J'ai cru… j'ai cru… je ne sais pas ce que j'ai cru, mais j'ai failli mourir de peur. Qu'est-ce que c'est que cette folie ?

Toujours souriant, le jeune policier écarta les bras, comme embarrassé d'abord par une telle effusion, puis il attrapa le menton de son amie entre deux doigts et lui releva la tête.

— Tu étais là depuis longtemps ? interrogea-t-il d'un ton léger. Je ne t'avais pas entendue monter l'escalier. (Puis, comme s'il prenait seulement la mesure des apparences trompeuses qui venaient de bouleverser Aglaé, son visage se rembrunit et sa voix laissa transparaître sa confusion.) Oh, ma douce ! Je suis désolé de t'avoir causé pareille frayeur. Mais c'est fini. Je suis indemne, tu le vois bien. Ce n'était rien du tout. Juste un petit essai.

Sans le lâcher, la jeune femme fit un pas en arrière. Elle semblait vouloir vérifier par elle-même qu'il n'avait vraiment subi aucune blessure. Ce fut alors seulement qu'elle vit l'étrange gilet métallique que Valentin portait sous sa redingote et dont la dureté avait fini par l'intriguer.

Ce dernier, qui avait suivi son regard, se dégagea doucement de son étreinte, enleva sa veste et commença à dénouer les lanières qui retenaient l'étrange harnachement contre son torse.

— Comme tu peux le constater, je ne risquais absolument rien, la rassura-t-il de nouveau. Ceci est une protection contre les balles dont je viens d'achever la confection ce matin. Cela faisait plusieurs semaines que j'y travaillais mais je me suis dit qu'elle pourrait s'avérer utile si, au cours d'une nuit prochaine, nous devions investir ce fameux entrepôt du quartier Saint-Merri. L'acier est un alliage tout à fait spécial de mon invention. À la fois souple et très résistant. Il est capable d'arrêter n'importe quelle balle de pistolet dès lors que l'arme n'est pas actionnée à bout portant.

L'objet en question tenait à la fois de la carapace de tortue et de la pièce d'armure. Il s'agissait d'un assemblage de tissu renforcé, d'empiècements de cuir bouilli et de lamelles d'acier. Ces dernières, disposées en oblique, étaient articulées entre elles et se chevauchaient telles les écailles d'un reptile[1].

— Au regard des nombreuses parties de métal, l'ensemble reste d'une remarquable légèreté, précisa Valentin non sans fierté. Il permet de conserver une bonne liberté de mouvement et passera quasiment inaperçu sous un gilet ou une chemise. Il ne restait plus qu'à tester son efficacité en conditions réelles. C'est maintenant chose faite !

— Et tu ne pouvais pas trouver quelqu'un d'autre pour jouer les cibles vivantes ? bougonna Aglaé en faisant mine d'être encore fâchée. Imagine un peu dans quel état tu aurais pu te retrouver s'il y avait eu le moindre défaut caché !

— Ce sont les risques du métier ! Tout inventeur doit être prêt à payer de sa personne. Et puis je ne me voyais pas exiger d'un autre ce que je n'aurais pas été capable de faire moi-même. Allons, viens un peu par ici. Un verre de xérès te fera le plus grand bien après une telle émotion.

Valentin entraîna la jeune femme dans son bureau. Il abandonna son harnais de métal au portemanteau et décocha une chiquenaude au chapeau haut de forme qui s'y trouvait déjà accroché. Le couvre-chef laissa entendre un curieux tintement.

— Tant que j'y étais, expliqua-t-il, j'ai également doublé la coiffe d'une plaque de même métal. Efficace aussi bien comme bouclier pour parer les coups que comme assommoir pour en donner.

---

1. Un exemplaire assez similaire à ce premier gilet pare-balles, datant lui aussi du XIXe siècle, se trouve exposé dans les collections permanentes du musée de la Préfecture de police de Paris.

Tout en parlant, il attrapa sur une étagère un élégant coffret à liqueurs, l'ouvrit et remplit deux verres de cristal finement gravés. Aglaé faillit refuser le sien. Après les deux coupes de champagne déjà avalées en compagnie de George Sand, l'alcool risquait fort de lui tourner la tête. Mais après tout, n'était-ce pas précisément ce dont elle avait besoin ? Interrompre le flot de ses pensées et se laisser juste porter par les événements. Elle lampa son verre cul sec.

Valentin parut soulagé de la voir reprendre des couleurs.

— Comment te sens-tu ? s'enquit-il. Tu devrais peut-être t'asseoir un instant.

La jeune femme acquiesça et accepta la chaise qu'il lui offrait.

— Ne t'inquiète pas, le rassura-t-elle. Ça va déjà beaucoup mieux. Tu parlais d'investir l'entrepôt…

Valentin prit place derrière son bureau.

— C'est une éventualité à envisager. Mais nous n'en sommes pas encore là. Vidocq s'est renseigné. L'endroit est censé appartenir à une société spécialisée dans le négoce de grains. Mais on n'en trouve nulle trace dans le registre du commerce. En revanche, le voisinage confirme les activités nocturnes suspectes dont nous a parlé l'Entourloupe.

— Eh bien, qu'attendons-nous pour y aller ? Il faut agir vite avant que…

Valentin l'interrompit en levant les mains comme pour former un barrage à son impétuosité.

— Même si le temps presse, nous ne pouvons intervenir dans la précipitation. Il faudrait d'abord en apprendre davantage, tenter de recueillir des indices qui tendraient à établir que c'est bien là que se trouvent séquestrés nos deux savants. Et puis, avant toute action, il faut que nous sachions à quel comité d'accueil nous attendre. Toute imprudence pourrait mettre la vie des prisonniers en danger.

— Tu as un plan ?

— L'Entourloupe est resté sur place pour surveiller l'endroit. Nous allons le rejoindre pour établir plusieurs postes de guet ainsi qu'un roulement. Mais il va falloir procéder avec précaution. Le quartier est plus que jamais sous tension. Les dernières mesures ordonnées par le gouvernement pour limiter l'extension du choléra ont provoqué la colère des chiffonniers et des marchands ambulants, qui ne peuvent plus travailler normalement.

— Tu crois que leur mécontentement pourrait les pousser à des manifestations de violence ?

Valentin hocha la tête avec gravité.

— Vidocq semble le redouter. Quoi qu'il en soit, il va falloir se montrer très prudent. Pas question de se rendre là-bas en habit de bourgeois et encore moins dans une toilette aussi affriolante. (Il désignait du doigt la robe joliment décolletée d'Aglaé.) À propos, es-tu parvenue à convaincre le patron du *Figaro* de nous prêter son concours ?

Aglaé lui annonça la pleine réussite de la démarche entreprise en compagnie de George Sand. Elle le mit aussi au courant de la contrepartie demandée par l'écrivaine dont l'aide pour amadouer Latouche avait été au moins aussi déterminante que ses propres charmes.

— Puisque tu lui as déjà donné ta parole, je ne peux que consentir à mon tour, observa Valentin. C'est dit, nous lui réserverons la primeur de nos informations. Mais qu'il soit bien entendu entre elle et toi que pas une ligne ne doit être publiée avant que l'enquête ne soit entièrement résolue.

24

Repérages

Deux heures plus tard, les quatre membres du Bureau des affaires occultes se retrouvaient au carrefour de la rue du Chaume et de la rue des Blancs-Manteaux. Le fameux entrepôt se trouvait à deux pas, juste en face du mont-de-piété. Pour arriver là, ils avaient traversé d'ouest en est une bonne partie du quartier Saint-Merri et constaté de leurs propres yeux l'émoi d'un grand nombre d'habitants. Ce n'était plus le calme pesant des jours précédents. De petits groupes d'hommes se formaient aux intersections et aux portes des immeubles. Les gens discutaient entre eux, l'air abattus ou au contraire vindicatifs. Certains lisaient à voix haute les affiches qu'ils avaient arrachées sur les murs et les commentaient pour leurs compagnons. Des exclamations hargneuses se faisaient entendre en écho, qui appelaient à la démission du gouvernement ou dénonçaient un hypothétique projet de confinement des quartiers populaires. Bref, il y avait de l'émeute dans l'air.

Au regard de toute cette agitation, les policiers se félicitèrent d'avoir choisi des tenues leur permettant de ne point se faire remarquer. Vêtus de blouses et de casquettes, Tafik et l'Entourloupe avaient adopté l'allure de simples ouvriers. Aglaé, elle, était passée à son domicile pour récupérer des habits qu'elle n'avait plus portés depuis son arrivée à Paris. Avec son ample fichu, son joli bonnet rond et son tablier de taffetas sur une robe carmélite, elle ressemblait à n'importe quelle petite provinciale montée à la capitale pour s'employer comme femme de chambre ou garde d'enfant. Quant à Valentin, c'était une véritable métamorphose. Le sémillant policier toujours tiré à quatre épingles avait cédé la place à un charbonnier à l'ample tablier de cuir et au visage noirci. Sous un tel déguisement, même Aglaé peinait à le reconnaître.

L'effervescence persista dans les rues durant tout l'après-midi avant de retomber comme un soufflé à l'approche du soir. Valentin avait disposé ses troupes de part et d'autre du hangar suspect pour être certain que rien ne puisse échapper à leur vigilance : Tafik se trouvait posté au plus proche croisement, l'Entourloupe rue de Paradis pour couvrir les arrières du bâtiment, quant à Aglaé et lui, ils s'étaient installés au premier étage du mont-de-piété, dans le bureau que le directeur de l'établissement leur avait cédé, autant impressionné par l'expression déterminée du jeune inspecteur que par sa médaille d'officier de paix.

Par la fenêtre, le couple de policiers disposait d'une vue idéale sur le portail de l'entrepôt et était certain de ne pas manquer un éventuel visiteur. Cependant, personne ne se manifesta de tout l'après-midi. S'il n'avait pas reçu confirmation des mystérieuses manœuvres nocturnes qui s'y déroulaient, Valentin aurait pu croire le lieu tout à fait abandonné. Le portail était en effet solidement cadenassé – comme Tafik avait pu le vérifier dès leur arrivée – et une épaisse couche de crasse et de poussière recouvrait l'unique fenêtre de la façade, ce qui empêchait de distinguer quoi que ce soit à l'intérieur. Impossible donc d'en apprendre davantage si personne ne venait !

Résolu à ne pas abandonner aussi facilement, l'inspecteur obtint de demeurer sur place à la fermeture de l'organisme de prêt sur gages. Puis il envoya Aglaé chercher l'Entourloupe et institua un guet par roulement de deux heures afin de couvrir toute l'étendue de la nuit à venir.

Prenant d'autorité le premier tour de garde, il abaissa le volet de la lanterne qui éclairait le bureau afin de ne pas risquer de trahir leur présence. La pièce se trouva aussitôt plongée dans une obscurité particulièrement opaque. Commença alors une longue et pénible attente.

À une heure du matin, Valentin passa le relais à Aglaé en lui enveloppant les épaules de son propre manteau. La température extérieure avait bien diminué et, faute de poêle allumé, il régnait dans la pièce un froid humide particulièrement désagréable. La jeune femme avait les membres raides et endoloris. Les paupières lourdes, elle se rencogna dans l'encadrement de la fenêtre et se mordit l'intérieur des joues pour repousser le sommeil. Dehors, la rue dévorée par les ombres évoquait une galerie de mine que les rares lampadaires à huile animaient de feux follets jaunâtres. Par chance, l'un d'entre eux projetait sa clarté mouvante en plein sur la façade de brique de l'entrepôt.

Les minutes passant, Aglaé se laissa aller à une

songerie maussade. Le surlendemain, son père allait revenir exiger ses cinquante francs et elle n'avait toujours pas la moindre idée de la façon dont elle allait s'y prendre non seulement pour l'éconduire, mais surtout pour le convaincre de la laisser en paix définitivement. Son amour-propre l'avait incitée à refuser l'aide de Valentin, mais elle se demandait tout compte fait si elle avait eu raison. Plus tôt dans la journée, après avoir quitté George Sand, elle avait déploré que leur amour ne puisse s'épanouir normalement. Mais Valentin n'était peut-être pas le seul responsable. Elle aussi avait ses propres fêlures et ses réticences. Si elle voulait que celui qu'elle aime ose dépasser ses barrières mentales et accepte de lui faire entièrement confiance, sans doute devait-elle commencer elle-même par lui laisser entrevoir ses failles et ses faiblesses. C'était certainement dans cette voie qu'elle devait s'engager avant que le découragement et la lassitude ne finissent par condamner leur couple.

Elle en était là de ses réflexions lorsqu'un bruit encore lointain vint troubler le silence de la nuit. Elle tendit l'oreille. Pas de doute, c'était une sorte de grincement lancinant accompagné de cliquetis et d'un sourd martèlement. Quelques minutes plus tard, elle eut la certitude qu'il s'agissait d'un attelage qui se rapprochait en remontant lentement la rue des Blancs-Manteaux. Quelle heure pouvait-il être ? Aux alentours de deux heures, estima-t-elle. Un horaire tout à fait incongru pour se déplacer en voiture dans les voies étroites du quartier. Elle eut aussitôt le pressentiment que la destination des mystérieux arrivants était l'entrepôt. Devait-elle réveiller dès maintenant ses compagnons ou attendre encore ?

Ses nerfs étaient tellement tendus qu'elle percevait la respiration des deux hommes. Elle distinguait même celle de l'Entourloupe, un peu sifflante, de celle de Valentin, marquée par un souffle irrégulier et des bribes de mots incompréhensibles qui lui échappaient, trahissant un sommeil agité. Finalement, elle décida de patienter encore un peu. L'équipage jusque-là invisible finit par émerger de l'obscurité. Il s'agissait d'une vulgaire charrette tirée par un cheval étique qui fit halte juste devant le portail du hangar en brique. Sur le banc, deux hommes, casquette sur le crâne et blouse d'ouvrier sur les épaules, jetèrent un regard circulaire sur les ténèbres environnantes comme pour s'assurer que leur arrivée n'avait pas dérangé la quiétude du lieu. Puis ils mirent pied à terre et se dirigèrent d'un pas traînant vers l'arrière de la carriole. Aglaé reporta son attention de ce côté-là. La flaque lumineuse du réverbère, couleur de pissat, permettait d'y voir assez bien. L'extrémité d'une caisse qui pouvait tout à fait être un cercueil dépassait du plateau. Un adolescent, la tignasse en bataille, s'était juché dessus et balançait ses guiboles maigres dans le vide. D'un geste agacé, l'un des deux hommes lui fit signe de dégager. Puis avec son compagnon il déchargea la caisse longue et étroite, tandis que le plus jeune se chargeait d'un gros sac de toile dont le poids l'obligea à se casser en deux.

À ce moment-là, un grattement à la porte fit se retourner la jeune femme. Déjà, le battant pivotait sans bruit sur ses gonds. La silhouette massive de Tafik apparut dans l'entrebâillement.

— Qu'est-ce que tu fais là ? murmura Aglaé.

Le colosse la rejoignit sur la pointe des pieds. Il paraissait essoufflé comme s'il venait de courir.

— Vous avez vu ? Plutôt bizarre, cette livraison en plein milieu de la nuit.

— Pourquoi as-tu quitté ton poste ? dit Valentin que tout ce mouvement venait de réveiller et qui approchait à son tour.

L'Entourloupe, lui, était resté allongé à sa place, le dos calé contre le mur. Il ne put s'empêcher de lâcher une remarque ironique :

— Avec de pareilles sentinelles, c'est étonnant que le tyran corse n'ait pas fini assassiné dans son sommeil !

— La paix, l'Entourloupe ! le rabroua sèchement Valentin avant de se tourner à nouveau vers l'ancien mamelouk. Eh bien, Tafik ? J'espère que tu as une bonne raison à me donner. Je n'apprécie guère qu'on fasse fi de mes instructions.

Le géant moustachu désigna du pouce les trois silhouettes dans la rue qui s'apprêtaient à pénétrer dans l'entrepôt après en avoir déverrouillé le portail.

— Je craignais que vous ne vous risquiez trop tôt à découvert pour tenter de découvrir ce que trafiquent ces trois-là, chuchota-t-il. Parce qu'ils ne sont pas seuls. Une autre voiture les suit à peu de distance. Elle devrait d'ailleurs être bientôt là.

Comme pour confirmer ses dires, l'écho assourdi d'un nouvel attelage anima la rue obscure. Mais cette fois, tout falot éteint, ce fut une voiture couverte qui vint se ranger à côté de la charrette.

Un coupé dont descendirent deux hommes vêtus en bourgeois…

25

Une inquiétante nécropole

Même endroit, la nuit suivante, juste après minuit.

De nombreuses silhouettes furtives se glissèrent hors de l'immeuble du mont-de-piété et encerclèrent discrètement tout le pâté de maisons. L'une d'entre elles, de petite taille, se faufila jusqu'à la porte de l'entrepôt et s'attaqua au cadenas qui en défendait l'entrée. En dépit de l'obscurité, il ne lui fallut pas plus d'une minute pour en venir à bout. Elle fit signe alors à plusieurs ombres qui patientaient en retrait que la voie était libre.

En compagnie de Vidocq, Valentin avait passé une partie de la matinée à arrêter le meilleur plan d'action, compte tenu des informations glanées lors de leur surveillance nocturne. Il était acquis que le local suspect était inoccupé durant la journée. Les quatre hommes et l'adolescent vus sur place y étaient restés de deux heures à quatre heures du matin, mais avaient quitté ensemble les lieux bien avant l'aube et le réveil des habitants du quartier. Durant une bonne partie de leur présence dans le magasin, celui-ci avait retenti des fameux bruits de pelles et de pioches déjà évoqués par l'Entourloupe. Cette circonstance avait failli inciter Valentin à passer immédiatement à l'action. Surtout que s'y ajoutaient la forme évocatrice de la caisse déchargée par les deux inconnus en blouse d'ouvrier et l'allure des deux bourgeois en coupé, qui correspondaient à la description des hommes ayant déposé le cadavre de Maxime de Chantourné cul-de-sac d'Argenson. Cependant, au dernier instant, la raison l'avait emporté. Ils n'étaient que quatre, dont Aglaé qui s'était trouvée déjà assez exposée récemment, et cela lui avait paru trop juste pour tenter un coup de force. Si vraiment les deux savants disparus étaient retenus dans le hangar et qu'au moins l'un d'entre eux était encore vivant, le risque semblait trop élevé qu'une intervention improvisée ne se solde par une exécution sommaire. Valentin avait donc préféré s'en remettre à l'expertise du policier chevronné qu'était Vidocq.

Ce dernier avait d'abord envisagé de fracturer la porte de l'entrepôt dans la journée pour fouiller l'endroit de fond en comble en profitant de l'absence de toute âme qui vive, mais il y avait finalement renoncé. Procéder ainsi à la vue de tous, c'était tenter le diable. L'alerte pouvait être donnée et, sachant le secret de leur repaire éventé, ceux qu'ils traquaient pouvaient très bien ne jamais y remettre les pieds. Or les deux policiers ne voulaient pas seulement retrouver Villeneuve et Lécuyer-Manson, ils tenaient aussi à mettre la main au collet de leurs présumés ravisseurs. Et comme ils ne savaient pas si les cinq personnes déjà repérées constituaient l'intégralité de la bande, il fallait absolument les capturer vivantes, en un seul coup de filet, pour pouvoir ensuite toutes les soumettre à un interrogatoire serré.

En définitive, Vidocq avait donc proposé à Valentin

d'attendre les premières heures de la nuit suivante pour investir discrètement et en nombre l'entrepôt. Il ne resterait plus alors qu'à attendre sur place l'arrivée de ces inquiétants noctambules pour leur tomber dessus. L'effet de surprise jouerait à plein. C'était cette stratégie simple mais somme toute gage d'efficacité que les inspecteurs de la Sûreté et les membres du Bureau des affaires occultes étaient en train de mettre à exécution.

Une fois que l'Entourloupe, avec sa dextérité coutumière, eut vaincu le cadenas du portail, ils ne furent pas moins d'une douzaine à pénétrer dans le bâtiment plongé dans les ténèbres. Les policiers avaient pris soin de s'équiper de lampes à huile munies de volets qui permettaient selon les besoins d'en atténuer ou d'en occulter la clarté. Il importait en effet de pouvoir inspecter les lieux en détail sans qu'un éclat de lumière puisse être perçu de l'extérieur.

Le premier espace auquel ils accédèrent une fois le seuil franchi était une vaste remise au sol de terre battue qui bénéficiait d'une importante hauteur de plafond. Plusieurs carrioles auraient pu y tenir de front dans l'attente d'être chargées. Mais en l'occurrence la réserve était vide, à l'exception de matériel de terrassement et d'une dizaine de sacs entassés contre la paroi du fond et qui paraissaient en tout point semblables à celui que l'adolescent avait manipulé la nuit précédente. Toutefois, ce ne furent pas ces sacs qui retinrent dans un premier temps l'attention des enquêteurs. Mais plutôt les sinistres tumulus de terre fraîchement retournée qui se profilaient dans la pénombre. Il y en avait trois rangées alignées sur toute la largeur du hangar.

— Quelle horreur ! souffla Aglaé en frissonnant. On

dirait une sorte de nécropole. Il ne manque que les croix et les pierres tombales.

— Tu ne crois pas si bien dire, réagit à son tour Valentin en abaissant sa lampe pour éclairer une fosse à ses pieds. Voici sans doute le résultat de leur dernière séance de labeur. Une nouvelle tombe en attente de son occupant.

À l'autre bout de la remise, plusieurs inspecteurs de la Sûreté avaient entrepris d'examiner le contenu des sacs. De la chaux, de la fiente d'oiseaux, du sable, du fumier. À quoi tout cela pouvait-il bien servir ? Vidocq, qui suivait de près le travail de ses hommes, fit soudain signe à Valentin et à Aglaé de se rapprocher.

— Venez voir un peu par là, les amis ! Il y a une trappe dissimulée sous les sacs !

Le policier bien bâti se pencha en avant et, avec un sourd grognement, releva un lourd panneau qui laissa entrevoir l'amorce d'un escalier. Vidocq s'agenouilla et tendit son bras muni de la lampe à travers l'ouverture. La flamme charbonneuse dansa, projetant des ombres quelque peu inquiétantes sur les parois terreuses.

— Putain d'enfant de Marie ! gronda l'ancien forçat entre ses dents serrées. Cette fois, je crois qu'on touche au but, mais c'est pas joli joli, ce qu'il y a là-dessous. Une foutue diablerie, pour sûr !

Alors que Valentin approchait en compagnie d'Aglaé, il se redressa vivement et écarta les bras comme pour leur barrer le passage.

— Qu'y a-t-il ? s'étonna l'inspecteur.

— Croyez-moi, ce n'est pas un spectacle pour les âmes sensibles. Il vaudrait sans doute mieux qu'Aglaé ne descende pas avec nous.

Comme chaque fois qu'on tentait de la dissuader de faire quelque chose en raison de son appartenance au sexe dit faible, la jeune femme se rebella.

— Monsieur Vidocq, je vous sais gré de prendre soin de mon âme, mais je puis vous assurer que celle-ci n'est point aussi fragile que vous semblez le croire. La plupart des femmes sont beaucoup plus résistantes que leurs compagnons ne se l'imaginent. N'oubliez jamais que votre propre mère vous a engendré dans le sang et la douleur.

Les yeux malicieux du roué policier se plissèrent et il hocha plusieurs fois la tête, appréciant en connaisseur le sens de la repartie de la jolie brunette. Il y avait de l'admiration dans son regard, chose plutôt rare chez un homme de cette trempe ayant vécu dix existences et revenu d'à peu près tout.

— Mazette ! s'extasia-t-il. Si un jour vous donnez naissance à un charmant bambin, je mange mon chapeau si vous ne faites pas de moi son parrain. Fille ou garçon, qu'importe ! Le mioche aura un sacré tempérament !

Sur ces mots, il exécuta une sorte de révérence bouffonne et, sans plus émettre la moindre réserve, entreprit de descendre l'escalier. Aglaé, tout de même un peu alarmée à l'idée de ce qui l'attendait sous terre, s'engagea à sa suite, la vue occultée par sa carrure massive. Valentin les suivit de près.

Au bas des marches, ils furent accueillis par une odeur putride de charnier. Il s'agissait d'une cave maçonnée relativement exiguë sur les parois de laquelle une demi-douzaine de quinquets, pour l'heure éteints, avaient été accrochés. Au centre trônaient deux longues tables en bois, de celles qui servent aux dissections dans les amphithéâtres d'anatomie. Le cadavre d'un vieillard en grande partie putréfié gisait sur la première, les côtes sciées et l'intérieur du torse largement offert aux regards. Les chairs et les organes visibles étaient tachetés de vert, de brun et de jaune. Le tissu adipeux qui les environnait avait la couleur et la consistance du suif. Les parties molles de tout le corps étaient boursouflées et une puanteur difficilement soutenable s'en dégageait. Sur la seconde table, miroitant lugubrement dans la clarté des lampes tenues par les policiers, plusieurs bocaux se trouvaient alignés avec soin. À l'intérieur, des organes, des viscères et toutes sortes d'amas carnés flottaient dans un liquide d'aspect visqueux et de couleur jaunâtre.

— Cette fois, nous les tenons ! triompha Vidocq. Ce sont bien nos écorcheurs, plus aucun doute ! Avec cette collection macabre, plus tous les cadavres qu'ils ont vraisemblablement enfouis au-dessus, dans le magasin, nous avons tout ce qu'il faut pour les envoyer faire la causette à Charlot[1].

Aglaé demeura muette. Elle avait placé sa manche en travers de sa figure pour se protéger des remugles de putréfaction et aurait voulu pouvoir détacher son regard des récipients de verre. Mais ses yeux refusaient de lui obéir, comme fascinés par la vision d'horreur. Valentin, quant à lui, était demeuré en retrait, adossé à un pilier de pierre. Comme chaque fois qu'il se trouvait dans une atmosphère souterraine et confinée, il devait faire un effort sur lui-même pour dominer une soudaine défaillance. Le calvaire que lui avait fait subir le Vicaire,

1. Surnom donné au bourreau par les truands.

des années plus tôt, lui remontait à la gorge. Il avait la désagréable impression de suffoquer.

— Nous touchons au but, en effet, articula-t-il une fois son vertige surmonté. Malheureusement, avant que nous ne pénétrions dans cet entrepôt du diable, j'avais encore l'espoir que nous retrouverions Villeneuve et Lécuyer-Manson vivants. À présent, je crains fort qu'ils ne soient enterrés là-haut avec tous les pauvres diables que ces fous meurtriers ont charcutés. Reste maintenant à tendre notre souricière pour que pas un de ces dégénérés ne nous échappe. (Il sortit sa montre de gousset.) S'ils arrivent à la même heure que la nuit dernière, ils ne devraient plus trop tarder. Faisons le tour des hommes pour leur assigner à chacun une place et surtout insistons pour que tous éteignent leur lampe, ici comme dans la rue.

Compte tenu des consignes déjà données au départ, l'escouade de policiers se déploya rapidement. Vidocq, Valentin et Tafik, accompagnés de deux autres inspecteurs choisis parmi les plus costauds, se placèrent de part et d'autre des vantaux du portail. Ils devaient sauter sur tout nouvel arrivant et le neutraliser le plus rapidement et le plus silencieusement possible. Quatre autres membres de la Sûreté restèrent cachés dans la cave avec Aglaé et l'Entourloupe. Eux étaient chargés de prêter main-forte à leurs collègues si cela s'avérait nécessaire, mais surtout de surveiller les premiers suspects qui seraient appréhendés en les empêchant de donner l'alarme. Six hommes, enfin, demeurèrent à l'extérieur du hangar, embusqués dans les bureaux du mont-de-piété ou les entrées d'autres immeubles, de façon à pouvoir empêcher toute retraite.

Comme la nuit d'avant, aux environs de deux heures du matin, ce fut le trio à la charrette qui gagna en premier l'entrepôt. Les deux hommes de main portaient de nouveau une longue caisse pesante quand ils pénétrèrent à l'intérieur, si bien qu'ils furent dans l'impossibilité d'opposer aux policiers la moindre résistance. Quant à l'adolescent, il fut si terrorisé de voir cinq démons surgir du néant pour les assaillir qu'il demeura pétrifié sur place, allant même jusqu'à lâcher le contenu de sa vessie dans son pantalon. En deux temps, trois mouvements, les prisonniers furent entravés, bâillonnés et transférés au fond de la cave.

Une scène similaire se répéta un quart d'heure plus tard à l'arrivée cette fois des deux bourgeois. Ces derniers furent abasourdis, le seuil franchi, de faire face à des policiers en armes qui les serrèrent aussitôt de près. Ce fut sans doute ce qui les empêcha d'élever sur l'instant la moindre protestation, mais, quand Vidocq déclina ses nom et fonction et les déclara en état d'arrestation pour séquestration et meurtres, le plus âgé des deux parut tomber des nues.

C'était un homme d'apparence distinguée, dans le milieu de la quarantaine, avec des traits volontaires, un nez droit un peu long et un crâne précocement dégarni qu'entourait une couronne de cheveux très noirs ayant tendance à frisotter.

— Monsieur le chef de la Sûreté, dit-il d'une voix étonnamment posée et teintée d'un léger accent hispanique, je crains que nous ne soyons victimes d'un affreux malentendu.

Vidocq haussa les épaules tout en désignant du menton les trois rangées de tumulus.

— Oseriez-vous prétendre que ce ne sont pas des tombes là-bas ?

— Non, bien sûr ! Encore que… Mon confrère et moi ne nions pas avoir enterré ici des corps, mais il ne s'agit pas du tout de ce que vous semblez croire.

Valentin avait jugé bon de laisser Vidocq, en tant que plus haut gradé, mener les opérations, mais l'incroyable sérénité affichée par l'homme qu'ils venaient d'arrêter dans des circonstances pourtant accablantes l'incita à se rapprocher. La clarté mouvante des lampes braquées par les policiers ne lui facilitait pas la tâche. Cependant, il s'efforça quand même de mieux détailler ce visage qui lui semblait tout à coup vaguement familier. Au terme de ce rapide examen, une affreuse confusion s'empara de lui. Il eut la quasi-certitude que celui qu'il avait d'abord pris pour un inconnu disait vrai et que, pour la deuxième fois dans cette ténébreuse affaire, il venait de se fourvoyer.

— Il me semble vous reconnaître, monsieur, intervint-il sans pouvoir masquer sa gêne subite. Ne seriez-vous pas par hasard…

— Mathieu Orfila, le coupa le chauve, doyen de la faculté de médecine et membre du Conseil général des hospices.

Valentin sentit son malaise augmenter d'un cran. Il avait face à lui une véritable sommité, le plus grand spécialiste de la médecine légale, un médecin dont il avait suivi quatre ans plus tôt quelques cours de toxicologie et dont le traité avait révolutionné la pratique de l'autopsie.

— Et voici l'un de mes plus éminents confrères, enchaîna l'auguste professeur de médecine, le docteur Henri Faivre, qui m'assiste céans dans mes travaux.

À l'énoncé de ce nouveau nom, Vidocq se frappa le front du poing et se tourna vers le second personnage. Celui-ci était un trentenaire aux épais favoris blonds, dont le visage rêveur évoquait davantage celui d'un poète que d'un disciple d'Esculape.

— Faivre, mais oui, bien sûr ! Moi aussi, je vous reconnais ! C'est vous qui avez examiné la dépouille de Maxime de Chantourné. Nous nous sommes déjà parlé il y a quatre jours.

D'un geste discret, l'ancien bagnard fit signe à ses hommes d'abaisser leurs armes, tandis que Valentin s'inclinait légèrement devant Orfila.

— Je ne doute pas à présent que nous soyons, vous comme nous, victimes d'une malheureuse méprise. Mais vous admettrez que… tout ceci… (Il accompagna ces deux mots d'un geste circulaire englobant les tombes, les sacs, la trappe ouverte et la longue caisse demeurée sur le sol) a de quoi susciter bien des interrogations.

— Certes, je le reconnais volontiers, répondit Orfila. C'est d'ailleurs pour cela que le docteur Faivre et moi avons tout fait pour travailler dans la plus grande discrétion. Cependant, puisque vous êtes là, je suppose que nous avons malgré tout éveillé la curiosité du voisinage.

— Manier pelles et pioches au beau milieu de la nuit passe rarement inaperçu. Pourriez-vous d'ailleurs nous expliquer la finalité de ces travaux, pour reprendre votre propre terme ?

Malgré le contexte si singulier, le célèbre médecin retrouva instantanément le ton docte qu'il employait devant ses étudiants.

— Avec grand plaisir. Comme vous le savez, les

morts ne peuvent être extraits de leur demeure que dans les rares cas où les magistrats ordonnent leur exhumation pour mieux connaître les causes du décès. Notamment lorsqu'il est apparu depuis l'enterrement que celles-ci pouvaient ne pas être accidentelles ou naturelles.

— Le respect dû aux morts est une chose sacrée, commenta sobrement Valentin.

Orfila opina du chef.

— Certes, certes, nul ne prétend le contraire. Toutefois, il nous est apparu à mon confrère et à moi-même que la médecine légale aurait beaucoup à gagner si de telles exhumations pouvaient être réalisées dans un but d'étude. Cela combattrait l'idée bien ancrée chez certains que cette pratique est mortellement dangereuse en raison des écoulements et émanations putréfactifs. Surtout, apprendre les modalités de la lente déliquescence des cadavres humains permettrait à l'avenir d'éclairer le diagnostic et de fournir de précieuses indications sur les circonstances des décès suspects.

Le docteur Faivre renchérit :

— C'est ainsi que nous avons formé le projet d'apprécier l'aspect et l'étendue des lésions cadavériques en faisant varier la durée de l'enfouissement et la nature des milieux servant de réceptacle : terre, eau, sable, fumier… Il s'avérait primordial, si nous voulions faire œuvre utile, de reconstituer la diversité des terrains qui se peuvent rencontrer dans la réalité.

Vidocq intervint à son tour :

— Mais les organes, en bas, dans la cave, ils proviennent de véritables cadavres. Il a bien fallu que vous les trouviez quelque part…

— C'était là, bien entendu, la question la plus délicate,

reprit Orfila. Comme je l'ai déjà mentionné : impossible de mener ces recherches sur des corps déjà ensevelis. Cette difficulté nous a fait longtemps reculer et nous en étions même à craindre de devoir renoncer. C'est alors que le docteur Faivre a eu une idée toute simple mais décisive. Il nous suffisait de prélever nos cadavres parmi ceux qui, n'étant réclamés par personne, étaient régulièrement livrés aux élèves des facultés pour leurs travaux anatomiques. J'ai pris aussitôt l'attache des autorités et il n'a pas été difficile de leur faire comprendre que des corps qui n'étaient pas destinés à recevoir sépulture chrétienne pouvaient sans inconvénient être déposés par nous dans la terre pour en être extraits à plusieurs reprises à des fins exclusivement expérimentales.

Valentin ne voyait plus d'autres questions à poser. Il lui faudrait vérifier les déclarations des deux médecins, mais ce serait chose relativement aisée, et il était déjà convaincu que le doyen de la faculté de médecine, un grand savant que Joseph Pelletier lui-même tenait en la plus haute estime, lui avait dit la vérité.

Plus que jamais, il avait la détestable sensation de patauger lamentablement face à une intrigue dont il ne parvenait pas à démêler l'écheveau.

26

Où l'on reparle du Vicaire

Cette enquête tournait décidément au désastre. Valentin tentait tant bien que mal de se remettre chez lui de sa déconvenue de la nuit, quand un billet de Vidocq lui était parvenu dans l'après-midi du samedi. Son ami le priait de le rejoindre sans délai aux bains flottants Mennetier. Le ton était pressant et Valentin comprit immédiatement qu'ils allaient devoir faire face à de nouvelles complications.

Celles-ci l'attendaient sur le quai des Ormes, dans la pénombre ménagée par la première pile du pont Marie, et prenaient la forme d'un nouveau cadavre à la peau bleuie. Un homme d'une soixantaine d'années aux habits maculés de boue.

— Qui est-ce ? demanda Valentin à Vidocq, qui contemplait le trépassé allongé à ses pieds d'un œil affligé.

— Claude Villeneuve. Le chimiste. Un de nos deux disparus. Le corps a été découvert par un portefaix qui travaille au port au Bled. Il venait de débaucher et passait par là pour regagner son domicile, derrière le bassin de l'Arsenal. Probable que la dépouille a été déposée là au cours de la nuit.

— Déposée ? Est-on sûr qu'il ne s'est pas traîné ici tout seul ?

Vidocq désigna des traces de roues auprès du cadavre.

— Ce n'est pas une charrette qui a laissé de telles empreintes. Et les voitures de maison ou de louage n'ont pas pour habitude d'emprunter cette partie des quais d'où elles sortiraient crottées.

L'inspecteur releva la tête et laissa son regard s'attarder sur une barge imposante amarrée à une cinquantaine de toises en aval… Les établissements Mennetier.

— Je devine ce que vous pensez, reprit Vidocq. Je me suis fait la même réflexion quand on m'a prévenu de cette funeste découverte. Cela ne peut pas être un hasard. Trois meurtres spectaculaires de malades atteints par le choléra, trois disparitions de scientifiques. Et quand ces derniers réapparaissent, non seulement ils portent eux aussi les stigmates de la maladie, mais encore leurs dépouilles sont retrouvées dans un lieu en rapport direct avec l'un des premiers assassinats ou à proximité immédiate.

— Mais enfin, c'est de la pure démence ! laissa tomber Valentin dans un mélange de rage impuissante et de dépit. Cela semble obéir à un plan soigneusement élaboré et en même temps sortir tout droit d'un cerveau dérangé. On dirait juste que le ou les meurtriers font tout pour nous faire tourner en bourriques !

Le visage du chef de la Sûreté exprimait un désarroi similaire. Il n'était pourtant pas homme à se laisser facilement déconcerter.

— Et encore ! soupira-t-il. Je ne vous ai pas tout dit.

J'étais en train d'effectuer les premières constatations sur place lorsqu'on est venu m'avertir d'un autre rebondissement. Sachant que vous étiez déjà en route, je me suis dit que je pouvais aussi bien vous attendre et que nous nous rendrions ensemble sur les lieux.

Un frisson glacé parcourut l'échine de Valentin. Il se demandait ce que son ami allait pouvoir lui annoncer et redoutait le pire… Il ne fut pas déçu.

— C'est un sergent de ville envoyé par le commissaire du septième arrondissement qui m'a apporté la nouvelle il y a une heure à peine. Notre troisième disparu vient lui aussi de refaire surface.

— Laissez-moi deviner, fit Valentin d'un ton quelque peu désabusé. Je parie qu'on l'a découvert rue du Renard où habitait André Mauvoisin, l'étudiant en lettres, ou bien dans cette impasse du quartier Saint-Merri où gisait Honoré Roussard, le vendeur de canards. Et pour faire bonne mesure, je présume qu'il présente tous les signes d'un décès provoqué par le choléra.

— On ne peut rien vous cacher, mon bon ! Le corps gisait bien dans la fameuse impasse et il porte les stigmates de la maladie. Une petite rectification tout de même… (Vidocq cligna de l'œil, retrouvant sa malice coutumière.) Cette fois, nos mystérieux assassins ont peut-être commis leur première erreur. Nicolas Lécuyer-Manson présente bien tous les symptômes d'une atteinte cholérique aiguë, mais il est seulement plongé dans un coma profond.

Valentin sursauta, les yeux écarquillés, n'osant croire encore ce qu'il venait d'entendre.

— Vous voulez dire qu'il est encore vivant ! Mais que faisons-nous là alors ? Courons à son chevet !

Vidocq tempéra son accès de fièvre en lui tapotant doucement l'épaule.

— Tout doux ! Voilà bien tout l'emportement de la jeunesse ! J'ai là une voiture qui va nous conduire jusqu'à lui. Mais je vous l'ai dit : l'homme est totalement inconscient. Pour l'heure, nous ne pourrons rien en tirer. Ce qu'il lui faut avant tout, c'est un bon médecin.

— J'espère que le nécessaire a été fait pour qu'il reçoive au plus tôt les meilleurs soins possibles.

— Ne vous inquiétez pas, mon bon ! Le moribond a été ramené chez lui et il ne pourrait être entre des mains plus compétentes. Celles d'un praticien dont nous avons d'ailleurs fait la connaissance pas plus tard que cette nuit.

— Le professeur Orfila ? demanda Valentin, un brin étonné.

— Presque ! Il s'agit de son adjoint, le docteur Faivre. Figurez-vous que celui-ci exerce dans la même clinique que Lécuyer-Manson, à deux pas de la place Vendôme, et qu'il serait l'un des meilleurs spécialistes parisiens des traitements contre le choléra. Aussitôt qu'il a été prévenu de l'état de son confrère, il s'est précipité pour lui apporter les secours de son art.

Quelques minutes plus tard, les deux policiers prenaient place dans un cabriolet qui fila aussitôt en direction des beaux quartiers situés à l'ouest de la capitale. Valentin affichait un visage fermé. Depuis qu'il était entré dans la police, c'était la première fois qu'il se sentait aussi peu à la hauteur de la tâche. Tout dans cette affaire le déconcertait et il avait la navrante impression d'errer dans un labyrinthe dont il était absolument incapable de trouver la sortie. Les échecs successifs qu'il avait essuyés ces derniers jours lui avaient miné le moral et il peinait à envisager la suite des événements.

Ce fut sans doute parce qu'il le sentait profondément atteint que Vidocq crut bon d'entretenir son ami d'un sujet dont il savait qu'il serait de nature à lui rendre toute sa combativité.

— Permettez que je profite de ce que nous soyons seuls, sans risque d'être entendus par des oreilles indiscrètes, pour aborder une affaire tout autre, de nature, disons… plus personnelle.

— Quel ton solennel, François ! Vous voudriez aiguiser ma curiosité que vous ne pourriez mieux vous y prendre. De quoi s'agit-il exactement ?

L'ancien bagnard parut hésiter une fraction de seconde, comme s'il se demandait tout à coup s'il ne s'était pas avancé de façon un peu téméraire ou prématurée. Il fourragea de sa large main sa tignasse bouclée, geste qui dénotait chez lui un embarras inhabituel.

— Vous connaissez mon goût prononcé pour les archives et les fiches de toute nature. Eh bien, ce petit penchant m'a conduit tout récemment à faire une découverte prometteuse. Elle vous concerne directement.

Valentin devinait en partie à quoi faisait allusion son compagnon. Tout le monde à Paris savait que lors de son premier passage à la préfecture de police, Vidocq avait collecté d'innombrables renseignements, des secrets d'alcôves ou de cabinets ministériels, et qu'il avait emporté trois pleines malles de documents confidentiels lorsqu'il avait quitté ses fonctions. C'était ce qu'il avait coutume d'appeler ses « petites notes ». L'année précédente, cette mine d'informations s'était d'ailleurs avérée fort précieuse lorsqu'il s'était agi de confectionner une solide muselière au commissaire Grondin, le chef des Mœurs, qui cherchait à mettre des bâtons dans les roues de Valentin. L'inspecteur ne doutait pas que, revenu aux affaires, le nouveau chef de la Sûreté s'était remis à farfouiller dans les archives de son service. Qu'y avait-il découvert ? C'était là toute la question.

— Ne me faites pas languir, dit-il en joignant les mains dans un simulacre de prière. J'ai eu mon lot de mauvaises nouvelles ces derniers temps et, si vous pouvez rompre d'une façon ou d'une autre cette spirale infernale, je vous en sais gré par avance.

Valentin n'avait aucune idée de ce dont Vidocq voulait lui parler et il se croyait prêt à tout entendre, mais les paroles que son ami prononça alors le désarçonnèrent complètement. Son cœur accéléra dans sa poitrine, son souffle se fit soudain plus court et sa tête se mit à tourner, l'emportant dans un tourbillon vertigineux.

— J'ai mis la main sur un document des plus intrigants. Si mon intuition ne me trompe pas, il pourrait nous livrer la véritable identité de ce misérable dont nous ne connaissions jusqu'ici que le surnom : le Vicaire.

27

Entre la vie et la mort

Une porcelaine de Sèvres. Fine, blanche et délicate.

Ce fut l'image qui s'imposa à l'esprit de Valentin lorsque Vidocq et lui firent la connaissance de Cécilie Lécuyer-Manson, l'épouse de l'infortuné Nicolas. La jeune femme ne devait pas avoir plus d'une trentaine d'années et sa beauté était celle d'une petite chose précieuse et fragile. Elle les reçut dans l'appartement du couple, rue Gaillon.

— Vous auriez pu vous épargner le déplacement, messieurs, leur déclara-t-elle tout de go sans chercher à masquer combien leur présence l'indisposait. Mon époux oscille entre la vie et la mort et il n'a pas repris connaissance depuis qu'on me l'a ramené ce matin. Son ami et associé, le docteur Faivre, se trouve actuellement à son chevet.

— Madame, je comprends votre désarroi, répliqua Vidocq, nous n'avons nullement l'intention de nous attarder céans ni de vous empêcher de veiller votre mari. Mais l'état dans lequel se trouve celui-ci n'a rien de naturel. Nous avons au contraire tout lieu de penser que ses ravisseurs sont responsables de sa contamination.

Aussi souhaitons-nous le voir et examiner les vêtements qu'il portait lors de son enlèvement.

— Je vous ai dit qu'il était inconscient et je vois mal ce que vous espérez tirer d'une observation de ses habits. Si ce n'est, peut-être, déranger le docteur Faivre et l'empêcher de lui prodiguer ses soins diligents.

Valentin crut bon d'intervenir. Sa voix avait la douceur que l'on prend d'ordinaire pour apaiser un enfant, et un sourire empreint de compassion venait tempérer la tension nerveuse qui l'habitait depuis la nuit précédente.

— Dans les circonstances actuelles, nous ne pouvons rien négliger. Qui sait, son corps ou ses vêtements peuvent porter d'infimes traces susceptibles de nous renseigner sur l'endroit où il a été détenu ces derniers jours. Ce sont parfois des indices d'apparence aussi insignifiante qui permettent d'orienter une enquête dans la bonne direction.

La jeune épouse du membre du Comité de salubrité laissa échapper un soupir contrarié, mais elle prit sur elle pour renvoyer à Valentin son sourire. On sentait néanmoins qu'un caractère bien trempé animait ce corps fluet et que ce petit front buté dissimulait des ressources mentales peu communes.

— C'est bon, messieurs, lâcha-t-elle comme à regret. Je vais vous conduire jusqu'à la chambre de mon mari. Après tout, je suppose que vous connaissez votre affaire et ne me risquerai pas à vous contredire sur la meilleure façon de mener une enquête de police. Je vous demande simplement de faire preuve de célérité afin d'occasionner le moins de gêne possible.

— Nous vous le promettons, la rassura Valentin.

Elle hocha la tête comme pour signifier qu'elle prenait

bonne note de cet engagement, puis elle invita ses deux visiteurs à lui emboîter le pas. Ils quittèrent le salon-bibliothèque où elle les avait d'abord reçus et longèrent un couloir dont les épais tapis étouffaient leurs pas. Parvenue devant la porte de son époux, Cécilie Lécuyer-Manson se figea, la main sur la poignée, et se tourna vers Vidocq.

— Je persiste néanmoins à penser que vous auriez beaucoup mieux à faire. Par exemple, vous en prendre directement à ceux qui sont responsables de l'état de Nicolas.

— Il nous faudrait auparavant les identifier, objecta le chef de la Sûreté. Pour le moment, nous manquons d'éléments pour nous lancer sur leur piste. C'est la raison pour laquelle d'ailleurs nous entendons ne rien négliger.

— Vous cherchez une piste ? Mais elle crève les yeux !

— Comment cela ? sursauta Valentin. Si vous savez quelque chose qui peut nous permettre de mettre la main sur les ravisseurs de votre époux, vous devez absolument nous le dire !

La jeune femme haussa les épaules.

— Les coupables sont tout désignés, voyons ! Toute cette canaille crasseuse qui hante nos rues ! Ce sont ces misérables qui disséminent le mal et menacent nos vies à tous. Pourquoi croyez-vous que l'on veuille s'en prendre à des savants philanthropes dont le point commun est de combattre le choléra ?

— Insinuez-vous que ceux qui s'en sont pris à votre mari et à ses collègues ont cherché à entraver les travaux du Comité de salubrité ?

— Quoi d'autre ? Pas plus tard qu'hier soir, une horde de ces enragés est venue défiler sous mes fenêtres. Ici, vous vous rendez compte ! À deux pas de la place Vendôme et de l'Opéra-Comique ! Ils réclamaient la suspension des mesures prises pour limiter la propagation du fléau. Vous auriez vu ces accoutrements, entendu ces vociférations ! De véritables sauvages ! Ces gens-là sont prêts à tout pour provoquer le chaos et renverser le gouvernement.

Valentin fut surpris. Il ne s'attendait pas à une telle virulence à l'égard du peuple, surtout venant d'une femme à l'apparence si gracieuse. En même temps, tout au fond de lui, une petite voix lui soufflait que derrière cette hostilité presque caricaturale se cachait une minuscule partie de la vérité. Il crut bon néanmoins de faire remarquer :

— J'ignore si certains pauvres nourrissent le dessein de contaminer les beaux quartiers, mais j'observe que, depuis le début de l'épidémie, ce sont les milieux les plus défavorisés qui payent le plus lourd tribut à la maladie. Drôle de stratégie que celle qui consiste à décimer ses propres troupes dans l'espoir de vaincre ensuite l'ennemi !

Cécilie braqua sur le jeune policier l'éclat glacé de ses jolis yeux pervenche. Elle devait se demander pour quelles obscures raisons ce fonctionnaire dont la mise témoignait du bon goût et d'une certaine aisance matérielle croyait devoir tempérer ses propos et marquer de la compassion pour les souffrances du petit peuple. Cependant, elle se contenta de lui rappeler sa promesse.

— Je compte sur vous pour faire diligence, monsieur, dit-elle d'un ton pincé. Et à défaut d'avoir su protéger ceux qui se dévouent à la santé et au bien-être de leurs semblables, peut-être daignerez-vous prendre enfin les mesures qui s'imposent pour punir ceux qui les ont ignominieusement frappés dans leur chair.

Le docteur Henri Faivre fit un bien meilleur accueil aux deux visiteurs. Évidemment, il ne s'attendait pas à revoir aussi tôt les deux policiers et il déplorait surtout que ce soit dans des circonstances aussi dramatiques.

Valentin en profita pour s'enquérir de l'état de Nicolas Lécuyer-Manson. Le médecin afficha une mine préoccupée. Son patient était atteint d'une forme aiguë de choléra. Les signes d'une déshydratation sévère ne laissaient aucun doute à ce sujet et, compte tenu du collapsus cardio-vasculaire déjà installé et du pouls très faible, on pouvait craindre à tout moment une évolution fatale par défaillance circulatoire.

— C'est déjà une sorte de petit miracle que le pauvre soit encore vivant, conclut le praticien. Fort heureusement, il bénéficie d'une solide constitution de base et menait une vie très saine.

— Pensez-vous pouvoir le sauver ? interrogea Valentin.

— Difficile de se prononcer pour le moment. Les vingt-quatre prochaines heures devraient s'avérer décisives. Si Nicolas parvient à passer ce cap et à reprendre connaissance, j'ai bon espoir de pouvoir mettre en place un traitement qui puisse le raccrocher à la vie.

— Quel est-il ?

— Pour l'heure, il n'existe aucun consensus au sein de la faculté. Nous ne connaissons pas la cause première du choléra et ne pouvons donc pas l'attaquer directement. Je sais que François Broussais, professeur à l'Hôtel-Dieu, a été appelé au chevet de Casimir Perier et qu'il préconise l'approche anti-inflammatoire en pratiquant la déplétion par les saignées. Malgré toute l'admiration que j'ai pour cet illustre confrère, j'ai plutôt tendance à penser que cette méthode ne fait qu'aggraver l'affection de malades qui ont déjà tendance à se vider. On m'a rapporté que Pierre Bretonneau, médecin à l'hôpital de Tours, a élaboré une formule censée guérir la maladie à base de gros sel d'Epsom[1], de charbon en poudre et de laudanum de Sydenham. Mais nous manquons de recul pour en apprécier l'efficacité.

— Vous évoquiez malgré tout un possible traitement efficace…

— Puisque la maladie ne nous est connue que par des symptômes, ce sont eux qu'il convient de combattre. Pour lutter contre les coliques, application de sangsues sur le bas-ventre, puis cataplasme de farine de lin sur les piqûres, lavement d'eau de son avec quinze gouttes de laudanum de Rousseau. Contre les vomissements : quelques grains d'oxyde blanc de bismuth dans les cas les plus graves, sinon de légères potions opiacées. Pour la réhydratation : tisane de riz et limonade sucrée à la glace. Au bout de deux ou trois jours, si les symptômes régressent, on pourra alterner bouillon coupé et tisane de guimauve.

Le docteur Faivre s'exprimait avec un calme et une prudence qui inspiraient à la fois le respect et la confiance. Il ne fit aucune difficulté pour laisser les deux policiers examiner les vêtements souillés de son

1. Il s'agit de sulfate de magnésium.

associé, qu'on n'avait pas encore emportés pour les laver. Valentin n'y décela malheureusement aucun indice révélateur. Les nombreuses taches étaient dues aux souillures résultant des diarrhées et vomissements qui caractérisaient la maladie dans sa phase la plus critique.

Avant de quitter la chambre, Valentin ne put s'empêcher de poser au médecin la question qui le turlupinait depuis qu'il avait appris la contamination de Villeneuve et de Lécuyer-Manson après celle de Maxime de Chantourné :

— Selon vous, est-il possible qu'on ait volontairement transmis le choléra aux trois membres du Comité de salubrité ?

Le médecin au doux visage de poète ouvrit de grands yeux incrédules.

— Ainsi que je viens de vous le dire, nous ignorons encore tout de la façon dont le choléra se propage. Je vois mal dès lors comment l'on aurait pu volontairement contaminer ces malheureux. Contrairement aux rumeurs qui circulent dans certains quartiers, l'idée d'un empoisonnement m'apparaît totalement farfelue. Nous ne parlons pas d'un toxique comparable à l'arsenic ou à la strychnine. Tout au plus, si l'on tient à y voir un acte intentionnel et criminel, pourrait-on imaginer que ces hommes ont été placés au contact de malades ou de défunts. Et encore… La nature contagieuse du choléra reste toujours discutée à l'heure actuelle.

Lorsqu'ils rejoignirent la préfecture de police, Vidocq et Valentin furent accueillis par un inspecteur de la Sûreté qui attendait leur retour avec impatience. Le policier avait accompagné le fourgon qui avait transporté la dépouille de Claude Villeneuve du quai des Ormes à la morgue de l'île du Palais. Un médecin de l'Hôtel-Dieu était venu en urgence examiner le cadavre, et ses conclusions étaient pour le moins troublantes. Comme Maxime de Chantourné, le chimiste était décédé non seulement des suites du choléra mais aussi, selon toute vraisemblance, d'une peste pulmonaire foudroyante.

Cette nouvelle accentua la perplexité de Valentin. Ces deux cas de peste aussi rapprochés, alors que la dernière épidémie en France remontait à plus d'un siècle, ne faisaient qu'épaissir le mystère. Plus que jamais, il avait l'affreuse sensation de tâtonner en aveugle dans une nuit profonde. Comment faire pour retrouver la lumière ?

28

L'émeute

— C'est tellement inattendu ! Et tu affirmes que Vidocq n'a pas voulu t'en dire plus au sujet de ce mystérieux document sur lequel il a mis la main ?

— Il tenait d'abord à procéder à certaines vérifications. Mais il m'a affirmé que son flair le trompait rarement pour ce genre de choses. Il est persuadé d'avoir tiré le fil qui nous conduira jusqu'à l'identité du Vicaire et de son commanditaire.

Aglaé et Valentin s'étaient retrouvés le dimanche matin dans l'appartement de la jeune femme. La veille, elle avait passé toute la journée dans la hantise de voir son géniteur apparaître pour lui réclamer ses cinquante francs. Mais le père Marceau n'avait pas montré le bout de son nez. Elle n'osait croire qu'il ait renoncé à son odieux projet de la rançonner. Tel un chien enragé, il était plutôt du genre à ne pas desserrer les crocs, à ne plus lâcher la main qu'il avait mordue. Il était plus probable qu'un impondérable avait surgi, l'empêchant de venir réclamer son dû au jour dit.

Redoutant de voir arriver sa sale trogne à tout moment, elle avait proposé à Valentin de sortir faire une promenade sur les quais de Seine. Le policier avait accepté et profité de cette parenthèse pour lui faire part de la récente découverte de Vidocq. La jeune femme avait accueilli la nouvelle avec stupeur. En même temps, en son for intérieur, elle ne pouvait s'empêcher de faire le rapprochement avec la brutale irruption du passé dans sa propre existence. S'ils parvenaient tous les deux à vaincre ensemble leurs vieux démons, peut-être leur couple en sortirait-il renforcé. En comprenant qu'elle n'était finalement pas si différente de lui, Valentin cesserait de la placer sur un piédestal. Libéré de ses peurs, il parviendrait à surmonter les traumatismes de son enfance martyre et accepterait enfin de s'abandonner entre ses bras. C'était un joli rêve, mais Aglaé avait envie d'y croire. Surtout, elle était convaincue que si rien ne changeait dans leur relation, celle-ci finirait par s'étioler. Et cette pensée était tout simplement trop douloureuse pour qu'elle ne tente pas de la repousser de toutes ses forces.

Tout en devisant en apparence tranquillement, mais chacun la tête remplie d'arrière-pensées, les jeunes gens avaient laissé les quais derrière eux et s'étaient enfoncés dans le lacis de venelles qui bordait l'église Saint-Gervais au nord. Ce fut Valentin qui prit le premier conscience de l'animation anormale qui régnait dans le quartier. Depuis que l'épidémie de choléra s'était mise à flamber, toutes les activités avaient ralenti, de nombreux commerces avaient fermé et les passants désertaient les rues. Il fallait avoir une obligation impérieuse pour oser sortir de chez soi. Mais ce matin-là, les choses semblaient différentes. Les gens se regroupaient aux carrefours et discutaient bruyamment. Nombreux étaient les ouvriers ou les artisans qui rejoignaient ces rassemblements avec les outils de leur profession. Masses, pioches et pelles de terrassier, ciseaux et vrilles de menuisier, cauchoirs et doloires de tonnelier, gouges et tranchets de cordonnier… Maniées par des mains expertes, ces armes improvisées pouvaient s'avérer redoutables.

Pour l'heure, tout ce monde se contentait de commenter avec véhémence les dernières nouvelles. On évoquait les trépas récents, les interdictions qui se multipliaient et qui étaient vécues comme autant de brimades et de provocations. C'était la même atmosphère électrique que le jeudi précédent, lorsque les membres du Bureau des affaires occultes avaient traversé le quartier Saint-Merri pour rejoindre l'entrepôt signalé par l'Entourloupe. À cette différence près que, cette fois, des sergents de ville avaient été dépêchés sur place, par patrouilles de trois ou quatre hommes, afin de veiller au grain. Cependant, la vue des uniformes, loin de calmer les ardeurs belliqueuses des habitants, semblait au contraire exacerber les rancœurs.

— Je crois que nous ferions mieux de rebrousser chemin, glissa Valentin à l'oreille de sa compagne. Les esprits ont l'air surchauffés par ici. Il suffirait d'un rien pour que la situation dérape.

Aglaé, que ses pensées avaient jusque-là distraite, prit aussitôt conscience du danger. Elle réalisa que des grondements et des rumeurs hostiles s'élevaient sur leur passage. Les vêtements coûteux de Valentin et les signes d'aisance matérielle qu'il arborait ostensiblement le désignaient à la vindicte populaire. Il est vrai que cet étalage de luxe dénotait dans le paysage. Au début de leur relation, Aglaé s'était d'ailleurs étonnée de ce que le jeune policier ne prenne pas la précaution de se travestir pour enquêter dans les bas-fonds. Depuis, elle avait compris qu'il s'agissait d'une attitude délibérée. Son compagnon se comportait parfois comme un moine-soldat qui entendait combattre le mal sans répit et en tous lieux. Ses habits de dandy jouaient le rôle d'un miroir aux alouettes. Ils attiraient la canaille, à charge pour Valentin de la neutraliser. Mais présentement, dans ce climat déliquescent, alors que l'émeute couvait comme le feu sous la braise, cette posture risquait de passer pour une bravade et de leur valoir de gros ennuis.

Les jeunes gens tournèrent les talons et accélérèrent le pas pour regagner les quais de Seine. Mais la foule se faisait à chaque instant plus dense. Il leur fallut bientôt jouer des coudes pour se frayer un passage au milieu de tous ces énergumènes vociférant après les privilégiés et les nantis qui n'hésitaient pas à recourir au poison pour se débarrasser du peuple. Quelques-uns, les plus enragés, allaient jusqu'à s'en prendre au roi et à ses valets, coupables selon eux de laisser faire ou même d'organiser une épuration qui ne disait pas son nom. Tout autour du couple, ce n'étaient que faces hirsutes et crasseuses, regards pesants et sombres menaces.

Une ride d'inquiétude lui barrant le front, Valentin saisit la main d'Aglaé.

— Surtout, ne me lâche pas, lui recommanda-t-il. Si jamais ça tourne vinaigre, il faudra tâcher de gagner au plus vite l'Hôtel de Ville. Il y a là un cantonnement de gardes nationaux. Nous y serons à l'abri.

Place du Marché-Saint-Jean, un type dégingandé enveloppé dans un paletot informe s'était juché sur une caisse et haranguait le public massé à ses pieds. Sa voix éraillée dérapait souvent dans les aigus et écorchait la moitié des mots, si bien que ses propos incohérents faisaient songer à un affreux graillon crépitant au fond d'une poêle. Il en ressortait malgré tout que le peuple maltraité était en droit de se défendre, qu'il fallait retrouver l'esprit de Juillet[1] avant qu'il ne soit trop tard.

— C'est une chance que notre orateur n'ait pas l'éloquence d'un Mirabeau ou d'un Danton, ou bien Louis-Philippe n'aurait plus qu'à imiter son cousin[2] et à détaler la queue entre les jambes.

La voix venait de faire entendre ses accents ironiques à proximité immédiate de Valentin et Aglaé. Juste dans leur dos, pour être plus précis. Les jeunes gens se retournèrent d'un même mouvement et eurent la surprise de reconnaître George Sand, qui était travestie en homme comme à son habitude.

— Oh ! C'est vous, George ! s'exclama Aglaé. Que diable faites-vous au beau milieu de ce charivari ?

— Vous semblez oublier, ma chère, que je dois livrer chaque semaine un nouvel article à cet esclavagiste de Latouche. Je pensais le consacrer aux ravages de l'épidémie en plein centre de Paris, mais je commence à me demander si en définitive je ne vais pas me retrouver au cœur d'une véritable révolte populaire.

1. Référence aux journées de juillet 1830, les fameuses Trois Glorieuses, où la révolte armée des Parisiens contraignit le roi Charles X à l'exil et plaça Louis-Philippe sur le trône.

2. Allusion à Charles X.

— Taisez-vous donc ! la rabroua Aglaé. Vous allez nous porter malheur !

Comme pour confirmer ses craintes, un accrochage idiot vint mettre le feu aux poudres. Trois sergents de ville, attirés par les rodomontades du médiocre tribun, s'étaient discrètement rapprochés pour mieux écouter. Ils allaient passer leur chemin, convaincus d'avoir affaire à un illuminé, lorsqu'un fruit pourri s'envola pour venir s'écraser sur la vareuse d'un membre du trio.

— Qui a fait ça ? rugit aussitôt le fonctionnaire, rouge de colère. Qu'il se dénonce s'il l'ose ! Je lui ferai passer l'envie de défier les représentants de l'autorité.

Des rires et quelques quolibets s'élevèrent de la cohue, mais personne ne s'avança pour revendiquer le geste sacrilège. Furieux de constater qu'on ne le prenait pas au sérieux, l'agent de police tira l'épée qu'il portait au côté et, prenant de court ses propres collègues, l'agita au-dessus de sa tête.

— Bande de canailles ! s'écria-t-il. Vous allez voir ce qu'il en coûte de troubler l'ordre public ! Je vous ferai tâter du plat de ma lame !

Un portefaix qui travaillait toute la semaine pour les marchands de la halle et était honorablement connu du voisinage voulut s'interposer pour calmer les esprits et tenter de ramener l'incident à de plus justes proportions. Hélas ! Quand il vit ce solide gaillard marcher droit sur lui, le sergent de ville se méprit sur ses intentions. Il crut que l'autre était l'un des meneurs de cette troupe de fiers-à-bras acquise aux divagations républicaines.

— Arrière, maraud ! ordonna-t-il, tout en reculant lui-même prudemment d'un pas.

Mais le brouhaha qui s'amplifiait empêcha le grand costaud de comprendre la menace. Il continua à se rapprocher, souriant de toutes ses dents pour amadouer son vis-à-vis. Le sergent de ville prit soudain peur et voulut garder cet agresseur potentiel à distance. Dans ce but, il pointa brusquement son épée dans sa direction. Le malheur voulut qu'au même instant le portefaix effectue un ultime pas en avant et vienne s'embrocher sur la lame.

— Quel crétin obtus ! pesta Valentin. Il aurait voulu provoquer un carnage qu'il ne s'y serait pas pris autrement ! Nous devons à tout prix nous extirper de ce cloaque avant qu'il ne soit trop tard.

Mais la situation était déjà en train de dégénérer. Deux ou trois femmes s'étaient portées au secours du blessé tombé à genoux sur la chaussée et qui grimaçait atrocement. Ses mains crispées sur son ventre dégoulinaient de sang et on aurait dit qu'il tentait désespérément de retenir la vie qui fuyait, rouge et fumante, entre ses doigts. Des cris réclamant vengeance éclatèrent aux quatre coins de la place.

Émergeant de la populace courroucée, de nombreux travailleurs brandissant leurs outils se mirent à presser les trois représentants de l'ordre, qui se retrouvèrent vite encerclés et bloqués dans un coin de la halle. Attirée par les hurlements et les cris d'alarme de la masse grouillante, une autre patrouille de sergents de ville déboucha alors sur la place, en provenance des abords de Saint-Gervais. Cependant, les nouveaux venus n'eurent pas le temps d'effectuer leur jonction avec leurs premiers collègues. Eux aussi furent rapidement bousculés puis submergés par des dizaines d'émeutiers, dont la plupart n'avaient même pas assisté à l'accident sanglant mais se laissaient griser par le vent de folie soufflant sur la foule enfiévrée.

Constatant que l'accès aux quais était désormais coupé, Valentin tourna résolument le dos aux échauffourées et entraîna George Sand et Aglaé en direction de la rue de la Verrerie. Son intention était d'effectuer un contournement afin de rejoindre l'Hôtel de Ville par le nord. Mais les appels aux armes et les cris de révolte se propageaient plus vite qu'ils ne pouvaient eux-mêmes progresser. Ils durent bientôt lutter contre un flux continu d'excités qui se précipitaient à contresens.

À un moment donné, une vague humaine plus dense les frappa de plein fouet et les jeta comme à l'intérieur d'un véritable tourbillon. En dépit de tous leurs efforts pour demeurer groupés, ils se trouvèrent arrachés l'un à l'autre et emportés par des courants contraires. Tandis que ses compagnes réussissaient *in extremis* à se prendre par les mains, Valentin se sentit à son corps défendant entraîné au loin. Il tenta bien de se dégager en bousculant les hommes qui le serraient de trop près, mais il ne tarda pas à être pris à partie par les plus remontés d'entre eux. Aglaé le vit hurler quelques mots dans leur direction. Il lui sembla entendre « Hôtel de Ville », mais le reste se perdit dans le tumulte grandissant.

L'instant d'après, la silhouette de l'inspecteur se dérobait à la vue des deux jeunes femmes. Durant quelques secondes, elles purent encore suivre des yeux son chapeau qui surnageait de la marée humaine, mais celui-ci finit à son tour par être englouti dans le flot furieux.

Chahutées, ballottées, heurtées de toutes parts, George Sand et Aglaé se retrouvèrent seules, livrées à elles-mêmes, au milieu d'inconnus hostiles et avides d'en découdre.

29

Où Aglaé frôle le pire et reçoit un baiser

La principale préoccupation des deux femmes fut de demeurer soudées quoi qu'il advienne. Pour cela, elles renoncèrent à lutter contre la houle des émeutiers qui semblaient affluer de partout à la fois. Serrées dans les bras l'une de l'autre, elles s'abandonnèrent au contraire aux mouvements erratiques et imprévisibles de ce magma grouillant. Pendant un temps qu'elles jugèrent interminable, elles furent secouées en tous sens. Percutant des bras, des bedaines et des jambes, les narines assaillies par des relents de sueur, les oreilles assourdies par les cris discordants et le martèlement de centaines de chaussures sur le pavé.

Puis, telles des branches emportées par un fleuve en crue, elles finirent par être rejetées sur le côté, sous l'abri bienvenu de ce qu'elles crurent d'abord être une porte cochère mais qui se révéla en fait l'amorce d'un passage voûté. Elles reprirent leur souffle et se concertèrent pour savoir quelle attitude adopter. Replonger dans le flot tumultueux semblait au-dessus de leurs forces et le risque de se trouver séparées était loin d'être négligeable. Emprunter le passage noyé d'ombre était sans doute tout aussi hasardeux, mais du moins pouvaient-elles nourrir l'espoir de gagner ainsi des rues plus calmes où elles pourraient s'orienter et, de là, rejoindre l'Hôtel de Ville. Après tout, le quartier était bien connu pour son réseau de venelles et de cours en enfilade qui permettait de se déplacer à l'abri des regards. Même si elles connaissaient mal ce vaste dédale, elles décidèrent d'y tenter leur chance.

Alors qu'elles s'apprêtaient à s'enfoncer dans la pénombre, une main surgit de la cohue, et happa si brutalement le bras d'Aglaé que celle-ci trébucha et faillit s'étaler sur la chaussée, au risque de finir piétinée par la foule aveugle. Ce fut George Sand qui la retint et lui permit de retrouver son équilibre. Une triste figure qu'elle ne connaissait que trop bien se pressa contre la sienne. Des sourcils gris broussailleux, un regard vicieux, des cicatrices comme autant de crevasses à la surface de la peau. Des boursouflures et des hématomes aussi, comme si l'apparition était passée sous un marteau de forge.

— Comme on s'retrouve, ma jolie ! jappa son père, un sourire mauvais au coin des lèvres. La p'tite Aglaé a perdu son protecteur. Faut croire qu'nous autres, on a été plus malins pour lui filer l'train malgré toute cette presse !

« Nous autres » ? Un frisson désagréable fit se hérisser les poils sur les bras d'Aglaé. Prise d'un mauvais pressentiment, elle se retourna vivement. Deux inconnus aux faciès rougeauds et frustes serraient de près George Sand et la toisaient avec une lueur mauvaise au fond des yeux. L'ancienne actrice jeta un coup d'œil en direction de la populace qui continuait de défiler sur la chaussée. Nul ne faisait attention à eux et il n'y avait aucun secours à espérer de ce côté-là. Elle pivota alors à nouveau et défia du regard son géniteur.

— Qu'est-ce que tu veux ? Je n'ai pas d'argent sur moi !

L'autre se racla la gorge et cracha à terre. Il désigna du doigt son visage enflé.

— Regarde un peu comme ton joli cœur m'a arrangé l'portrait ! Fallait pas dégoiser sur moi, Aglaé. Comme tu vois, j'ai amené du renfort pour t'donner une bonne leçon. J'pensais qu'y faudrait aussi en découdre avec ta salope de bourgeois. Mais ces couillons qui beuglent comme des veaux nous ont facilité l'travail. Et c'est pas c'freluquet-là qui nous empêchera de t'administrer la dérouillée qu'tu mérites.

En lâchant ces derniers mots d'un ton sarcastique, il avait désigné George Sand, dont l'allure à ses yeux était celle d'un petit étudiant efféminé.

Aglaé ne chercha pas à argumenter. Il ne lui avait fallu que quelques secondes pour évaluer la situation et comprendre que leur seule issue résidait dans la fuite. Jouant sur l'effet de surprise, elle balança un coup de pied vicieux dans le tibia de son père puis, sans prêter attention à son glapissement de douleur, elle attrapa la main de sa compagne et l'entraîna à sa suite dans une folle cavalcade.

Les deux femmes s'enfoncèrent à toutes jambes dans le boyau obscur. Une puanteur écœurante de vase, d'urine et de légumes pourris leur agressa les narines. Leurs bottines s'enfoncèrent dans une fange molle et visqueuse dont elles préféraient ignorer la composition. Très vite, le martèlement d'une course précipitée fit écho, dans leurs dos, à leur propre fuite éperdue. Leur avance était minime et il ne faisait pas le moindre doute qu'à moins de trouver vite un refuge, elles seraient contraintes d'affronter leurs trois poursuivants.

À son autre extrémité, le passage voûté débouchait sur une courette en terre battue. L'espace était clos de murs et abritait plusieurs magasins servant d'entrepôts aux commerçants du quartier. La plupart des portes étaient munies de cadenas, mais Aglaé en avisa une qui était demeurée entrouverte. Elle la désigna à George qui peinait à reprendre haleine, courbée en deux, les mains appuyées sur ses cuisses.

— Là ! s'exclama-t-elle. Nous pouvons tenter de nous dissimuler à l'intérieur.

— À quoi bon ? répondit l'écrivaine. Nous sommes prises au piège. Ces hommes seront là dans un instant et ils n'auront pas besoin de fouiller longtemps pour nous mettre la main dessus. Qui sont-ils d'ailleurs, ces enragés ?

— L'un d'eux est mon père. Et je n'en suis pas plus fière. C'est un ivrogne doublé d'une brute épaisse. Si nous tombons entre ses mains, je crains que nous ne passions un très vilain moment. C'est le genre de sombre individu qui éprouve de la jouissance à battre une femme.

— Le misérable !

— Allons ! Ne restons pas là ! Voyons un peu à l'intérieur si nous pouvons nous dissimuler ou trouver de quoi nous défendre.

Aglaé tira de nouveau son amie par le bras et elles se glissèrent l'une derrière l'autre par le vantail entrebâillé. Une fois celui-ci soigneusement rabattu, elles se retrouvèrent dans une obscurité complète.

Immobiles, le cœur battant la chamade, elles attendirent que leurs yeux se soient accoutumés au noir pour tenter de se repérer. Ce fut à peine si elles parvinrent à distinguer tout un bric-à-brac d'objets entassés les uns sur les autres. Des formes opaques. Elles devinèrent plus qu'elles ne les virent des casiers de bouteilles, des chaises en fer, des tréteaux et des panneaux de tailles variées. Certaines piles montaient jusqu'au plafond et Aglaé se demanda avec appréhension si tout cet amoncellement ne risquait pas de leur dégringoler sur la tête au premier mouvement hasardeux.

Du dehors leur parvinrent alors les jurons agacés de leurs poursuivants qui venaient sans doute de déboucher à leur tour dans la petite cour. L'imminence du danger les força à dépasser l'angoisse paralysante qui menaçait de s'emparer d'elles. Avec précaution, elles se faufilèrent vers le fond de l'abri, suivant la paroi à tâtons, et finirent par tomber sur une grande bâche qui protégeait un empilement de vieux meubles. Faute de mieux, elles se glissèrent dessous et se pelotonnèrent dans les bras l'une de l'autre, l'angoisse au bord des lèvres, le souffle court, formulant le vœu silencieux que les trois hommes se lassent rapidement et renoncent à les retrouver.

Espoir déçu, hélas !

La porte du magasin claqua soudain. Violemment rabattue contre la cloison de planches. Un rai de lumière jaillit et filtra sous le tissu épais qui recouvrait les deux jeunes femmes. La voix hargneuse du père Marceau retentit, sinistre, à leurs oreilles.

— Puisque j'vous dis qu'elles peuvent être que là ! Pas d'autres cachettes possibles ! Allez, je double la récompense promise. Deux rouillardes[1] de vin de Suresnes pour celui qui mettra l'premier la main d'ssus.

Des gloussements joyeux lui firent écho, aussitôt suivis du vacarme provoqué par la chute d'objets déplacés puis balancés sans la moindre précaution.

Aglaé et George Sand échangèrent un regard effaré. À moins d'un improbable miracle, elles allaient tomber dans les mains du trio, et cette perspective avait de quoi les faire frémir. Des quelques mots échangés avec son père, Aglaé avait compris que celui-ci avait eu affaire à Valentin. Malgré sa promesse de la laisser gérer seule ses problèmes familiaux, l'inspecteur avait sans doute cru bon de s'en mêler pour la protéger. Et vu la tronche méconnaissable du paternel, il n'y était pas allé de main morte. Mais c'était mal connaître la méchanceté de la vieille carne. Marceau n'était pas du genre à faire profil bas et c'était d'elle qu'il voulait à présent tirer vengeance.

Le raffut des hommes en train de fouiller les lieux se rapprochait inexorablement. George Sand, qui sentait que ses membres commençaient à s'ankyloser, se risqua à bouger légèrement les jambes. Elle eut aussitôt l'affreuse impression que leur frôlement contre la bâche avait dû s'entendre à l'autre bout du magasin. Craignant d'avoir révélé leur présence, elle ouvrit la bouche pour s'excuser, mais Aglaé lui posa juste à temps un doigt sur les lèvres.

En revanche, l'écrivaine ne put retenir un hoquet un peu plus tard lorsqu'une souris, dérangée par la soudaine animation du lieu, ne trouva rien de mieux que de se réfugier à l'intérieur d'une de ses manches.

---

1. Bouteilles, en argot.

— Tiens, tiens ! Qu'avons-nous donc là-dessous ?

La voix grinçait comme une méchante crécelle. L'instant d'après, la bâche s'envolait et deux silhouettes trapues projetaient leurs ombres menaçantes sur les deux femmes enlacées.

Au cri de triomphe poussé par l'un de ses acolytes, le père Marceau se porta à son tour à leur hauteur et ne put masquer sa joie malsaine.

— R'gardez-moi ces deux tourtereaux ! s'exclama-t-il, moqueur. S'ils sont pas mignons à s'faire des mamours dans leur joli petit nid ! Allez, vous autres ! Tirez-les-moi de là !

Sans ménagement, les deux ruffians recrutés dans quelque bouge de l'île du Palais se précipitèrent sur les deux amies et les séparèrent brutalement. Prenant toujours George Sand pour un homme, l'un d'eux lui assena un violent coup à la tempe et l'envoya valdinguer, à demi inconsciente, dans les bras de Marceau.

— Occupe-toi de la mauviette ! lança-t-il de sa voix éraillée. Nous, on va faire danser un peu fifille !

Son compère avait déjà forcé Aglaé à se mettre debout. Collé dans son dos, il l'enserrait de ses bras puissants, lui interdisant tout mouvement. La jeune femme avait beau trépigner et se tortiller en tous sens, elle ne parvenait pas à se dégager de la terrible étreinte.

L'homme qui avait frappé George se rapprocha et la contempla avec une mine gourmande. Un sifflet admiratif vint ponctuer son examen.

— Fichtre, Marceau ! s'exclama-t-il. Tu nous avais pas dit qu'la bougresse était si mignonne ! À pas croire qu'c'est la tienne, d'ailleurs, à voir ta sale face de carême !

Il vint se planter juste devant Aglaé et avança la main pour lui effleurer la joue. La belle brune détourna la tête afin d'éviter le contact. L'homme gloussa et lui attrapa de force le menton pour la contraindre à le regarder. Il sembla se réjouir de lire dans les yeux de sa captive du dégoût, de la colère, mais aussi une pointe de défi.

— Et rétive avec ça ! Juste comme j'les aime !

D'une seule main, il parvint à lui bloquer le visage comme dans un étau et fit glisser l'extrémité de ses autres doigts, à la propreté douteuse, sur ses lèvres charnues. Puis il descendit lentement le long du cou et écarta le décolleté pour s'attarder à la naissance de la gorge.

Aglaé tenta une nouvelle ruade pour échapper aux deux hommes, mais elle n'eut pas plus de succès que les fois précédentes. En désespoir de cause, elle cracha au visage de son agresseur. Celui-ci pesta et essuya rageusement le filet de salive qui coulait sur sa joue.

— Tu veux jouer à ça, garce ? gronda-t-il. Très bien ! Amusons-nous alors ! Pas de raison qu'on profite pas un peu d'une mignonne comme toi avant d'laisser papa t'corriger ! Pas vrai, l'Grégoire ?

L'autre acquiesça joyeusement et changea de prise pour tordre un bras d'Aglaé dans son dos. Sous l'effet de la douleur, la jeune femme fut contrainte de se laisser choir à genoux et de se contorsionner pour soulager son articulation. L'homme en profita pour la basculer à la renverse sur la bâche, tout en gardant le contrôle de ses bras. Celui à la face duquel elle avait craché lui écarta violemment les jambes et vint l'écraser de toute sa masse. Il commença à fourrager fiévreusement sous ses jupons.

— Vous êtes fous ! fit une voix indignée à l'arrière du trio. Qu'est-ce qu'y vous prend ? Je... je vous interdis...

À cette heure avancée de la matinée, le père Marceau était déjà bien imbibé d'alcool. Il venait seulement de réaliser que la situation était en train d'échapper à son contrôle. S'il les laissait faire, ces deux abrutis allaient violer sa fille sous ses yeux. Il devait absolument intervenir avant qu'il ne soit trop tard.

— Lâchez-la ! gueula-t-il. Vous avez entendu ? Lâchez-la, j'vous dis !

Le type à la voix de crécelle ne daigna même pas tourner la tête. Tout en continuant de trousser Aglaé, il répondit avec une désinvolture canaille :

— T'en fais donc pas, Marceau ! On t'la rendra, ta gamine ! Mais avant, faut bien qu'elle tâte de vrais hommes ! Ça lui apprendra la vie au lieu d'traîner les rues avec des mauviettes !

Son acolyte, tout en empêchant Aglaé de se débattre, lui léchait goulûment le visage. Il releva un instant la tête pour surenchérir :

— Et vu qu'on s'paye sur la bête, t'économiseras ton picton[1] ! Un poivrot comme toi, ça d'vrait lui mettre le cœur en joie !

Et les deux fripouilles de se fendre du même ricanement graveleux.

Le sang du père d'Aglaé ne fit qu'un tour. Il n'était pas question de laisser ces deux gibiers de potence violenter la chair de sa chair. L'instinct de propriétaire le disputait en lui à la rage de ne pas être obéi. Constatant que George n'était pas en état de lui prêter main-forte,

---

1. Vin, en argot.

il se contenta de la lâcher et se précipita sur la brute qui écrasait le corps de son enfant. En poussant un cri de bête furieuse, il attrapa le bonhomme par le cou et le tira brusquement en arrière.

— T'es sourd ou quoi ? J't'ai dit d'la lâcher, saloperie !

Le type voulut protester mais le père Marceau, en dépit de son âge et de son goût immodéré pour la boisson, possédait encore une assez jolie poigne. Il écrasa la glotte de son adversaire de son bras musculeux et serra encore plus fort. En même temps, il lui assénait de sa main libre une série de violents coups de poing au niveau du foie. Le souffle coupé et déjà à deux doigts de suffoquer, l'autre balançait ses bras de façon désordonnée, mais ses poings ne trouvaient que le vide derrière lui.

Le dénommé Grégoire n'avait pas réalisé tout de suite ce qui se passait. Occupé à maintenir fermement les bras d'Aglaé, il couvrait ses lèvres et ses seins de baisers baveux. Un gémissement étranglé lui fit soudain lever les yeux et il aperçut son compagnon aux prises avec le père Marceau, la face déjà violette, la langue lui sortant de la bouche.

Comprenant qu'il n'avait pas un instant à perdre, il flanqua une magistrale paire de gifles à Aglaé, histoire de l'étourdir, et tira un couteau de sa ceinture.

— Gaffe, Marceau ! gronda-t-il. Si t'enlèves pas ta sale patte de son cou, je te plante !

Mais le père d'Aglaé ne l'entendit pas. Rendu sourd et aveugle par la fureur, il était inaccessible à toute menace et son faciès semblait celui d'un véritable possédé. Il sentit à peine le premier coup de couteau qui l'atteignit au flanc.

Ce fut seulement lorsque Grégoire enfonça une nouvelle fois sa lame, un peu plus haut, entre deux côtes, que la douleur déferla en lui. Brutale, irradiante, semblable à de la lave en fusion qui brûlait ses entrailles. Mais il ne lâcha pas prise pour autant. Tandis qu'un sang rouge vif inondait sa chemise, il rassembla au contraire ses dernières forces pour imposer une torsion brutale à la nuque de son captif, lui brisant net les cervicales comme il aurait pu le faire à un vulgaire lapin.

Le craquement sec des os précéda la chute de l'homme au sol. Pantin désarticulé dont on aurait coupé d'un seul coup tous les fils.

Voyant cela, Grégoire perdit la tête à son tour et larda littéralement le père Marceau de coups de couteau. Il frappa ainsi sauvagement au hasard jusqu'à ce que le corps de l'ancien boucher s'affaisse à son tour et vienne recouvrir le premier cadavre en un enlacement obscène et ô combien macabre.

Frappé d'effroi, l'homme abandonna son arme dans le torse de sa victime et recula de quelques pas en portant la main à sa bouche. Il n'en revenait pas que les choses aient pu tourner au drame aussi vite. Tout ce qu'ils voulaient, lui et son camarade, c'était se payer du bon temps et se faire régaler le gosier aux frais du gars Marceau. Et voilà qu'il se retrouvait avec deux macchabées sur les bras et ce couple de témoins qui pouvait, en le dénonçant, l'envoyer tout droit à la butte[1].

Pendant qu'il cherchait à retrouver ses esprits et faisait marcher ses méninges pour décider du plus sûr moyen de se tirer de ce mauvais pas, Aglaé s'était

1. La guillotine, dans l'argot des truands.

traînée péniblement jusqu'au cadavre de son père et l'étreignait comme pour un dernier adieu.

En réalité, la jeune femme n'éprouvait pas de véritable chagrin. Le trépas de cette bête malfaisante à qui elle devait d'avoir été privée de l'amour d'une mère et qui avait sans doute la mort de cette dernière sur la conscience était plutôt un soulagement pour elle. Le fait qu'il l'ait défendue contre ses propres complices n'y changeait rien. Elle savait qu'il avait agi ainsi uniquement parce qu'il la considérait comme sa chose et n'avait jamais toléré de la partager avec quiconque, voilà tout ! Non, décidément, sa mort violente ne suscitait en elle qu'une froide indifférence. Ce qui l'avait poussée à feindre la détresse, c'était plutôt un réflexe de survie. Et quand elle vit que l'assassin de son père sortait enfin de sa stupeur pour avancer sur elle, une lueur meurtrière au fond des prunelles, elle se félicita d'avoir devancé ses funestes desseins.

D'un bond, elle se remit sur pied et pointa sur lui son propre couteau qu'elle venait d'arracher au corps sans vie de son géniteur. Son visage exprimait une froide résolution. Pourtant, au fond d'elle-même, elle doutait de pouvoir tenir tête à un adversaire à qui elle devait rendre près d'un demi-quintal.

Heureusement, elle n'eut pas à se colleter avec lui. La seule vue de la lame ensanglantée suffit à dissuader le dénommé Grégoire d'en découdre. Après tout, cette garce et son micheton ne connaissaient de lui que son prénom. Il n'avait rien à redouter d'eux, et le plus sage était sans doute de filer sans demander son reste avant que quelqu'un d'autre ne survienne. Ce qu'il fit aussitôt, tournant les talons et détalant comme s'il avait le diable à ses trousses.

Soulagée, Aglaé laissa tomber le couteau qui se planta en vibrant dans le sol. Puis elle ressentit le besoin de se réfugier dans les bras de George Sand, qui avait assisté à cette dernière scène à distance, en spectatrice médusée.

— Quelle horreur, tout ce sang ! articula la romancière d'une voix blanche. Mais vous, Aglaé, quel courage ! Si vous ne l'aviez pas menacé, je suis persuadée que cet homme nous aurait tuées, nous aussi.

D'entendre son amie formuler à voix haute le péril auquel elles venaient d'échapper provoqua chez Aglaé un effondrement à retardement. Elle se sentit tout à coup vidée de ses forces et, si George ne l'avait pas enlacée étroitement, elle se serait écroulée. Ce fut à peine si elle entendit les tendres paroles de réconfort que celle-ci lui murmurait à l'oreille, et elle n'eut pas tout de suite conscience des lèvres chaudes qui se posaient sur sa bouche et lui offraient un vrai baiser d'amoureuse.

30

Oser l'amour

Deux heures plus tard, ce fut un Valentin mort d'inquiétude qui gravit quatre à quatre l'escalier menant à l'appartement d'Aglaé et fit trembler sa porte sous le martèlement frénétique de ses poings.

Lorsque le déclenchement de l'émeute l'avait séparé de George Sand et de celle qu'il chérissait bien plus que sa propre vie, il avait redouté le pire. Durant de longues minutes, il les avait recherchées en vain, errant parmi la populace survoltée, au risque d'être lui-même pris à partie. En désespoir de cause, il s'était résolu à gagner, non sans mal, l'Hôtel de Ville où plusieurs détachements de gardes nationaux s'étaient rassemblés à la hâte. Leurs chefs avaient reçu pour instructions d'encercler le quartier Saint-Merri et de disperser la foule en évitant autant que possible toute effusion de sang.

Loin de rassurer l'inspecteur, cette nouvelle n'avait fait qu'augmenter son angoisse. Il s'était aussitôt imaginé Aglaé et son amie prises dans la tourmente. Les journées de juillet 1830 étaient encore bien présentes à sa mémoire. Ce précédent avait amplement démontré qu'une fois soulevés, les faubourgs parisiens n'étaient pas si aisés à ramener au calme. Durant près d'une heure, il était demeuré sur place à se ronger les sangs, hésitant sur la conduite à suivre. Il était persuadé qu'Aglaé l'avait entendu quand il lui avait désigné l'Hôtel de Ville comme point de ralliement. Devait-il continuer à l'attendre là, ou bien se joindre à une escouade de gardes pour retourner dans les ruelles et la chercher à nouveau ?

Fort heureusement, au moment où il s'apprêtait à opter pour la seconde solution, un gamin d'une dizaine d'années s'était présenté aux factionnaires avec un billet destiné à « l'inspecteur Verne, du Bureau des affaires occultes ». En reconnaissant la jolie écriture, fine et serrée, le policier avait poussé un soupir de soulagement. Aglaé lui faisait savoir que George Sand et elle étaient saines et sauves, mais que les échauffourées entre gardes et émeutiers les avaient incitées à ne pas tenter le diable et à se réfugier dans leur immeuble, quai Saint-Michel.

Ni une ni deux, Valentin s'était précipité au-dehors et avait couvert la distance d'une seule traite, courant tout du long.

De son côté, Aglaé avait regagné son appartement dans un état de confusion extrême. À l'effroi engendré par son ultime confrontation avec l'auteur de ses jours avait succédé le trouble suscité par les avances de George Sand. Lorsque la femme de lettres l'avait embrassée, sa surprise avait été telle qu'elle s'était d'abord laissé faire sans oser protester. Mais elle avait fini par retrouver ses esprits et l'avait repoussée gentiment en prenant garde à ne pas la froisser. George était suffisamment sensible pour percevoir l'embarras de sa compagne et elle avait eu l'intelligence de ne pas insister. Les deux femmes avaient alors regagné en silence les quais de Seine.

Quand elle avait pris congé d'Aglaé, sur le pas de sa porte, l'écrivaine n'avait pas prononcé un mot, mais l'avait fixée bien en face de ses yeux noirs et ardents. Puis elle lui avait souri doucement en lui effleurant la main. Et il y avait une infinité de choses tendres et consolatrices et tristes aussi qui étaient passées dans ce simple sourire.

Déboussolée, Aglaé n'était pas parvenue à se reprendre aussitôt. Il lui avait fallu auparavant apaiser les élancements de son cœur qui cognait fort dans sa poitrine, tel un oiseau affolé se heurtant aux barreaux de sa cage. Lorsqu'elle était enfin parvenue à retrouver un semblant de calme, elle avait griffonné un mot à l'intention de Valentin et avait hélé par la fenêtre le fils de la concierge qui ne refusait jamais de jouer les coursiers pour elle. Puis, en attendant que l'inspecteur vienne la retrouver, elle avait tourné en rond dans l'appartement.

Elle se trouvait dans un tel état de nerfs qu'il lui était tout simplement impossible de demeurer en place. Alors, elle allait d'une pièce à l'autre, retapant un coussin ici, arrangeant un bouquet de fleurs là, ouvrant un rideau, le refermant au passage suivant, déployant une vaine activité, ruse dérisoire pour tromper son attente.

Enfin, une série de coups ébranlèrent la porte d'entrée et la jeune femme se précipita pour ouvrir.

Valentin se tenait là, dans l'encadrement. On voyait à ses joues rouges et à son souffle court qu'il avait couru. Mais il avait toujours ce visage d'ange, si beau, si pur que c'était presque une souffrance de le contempler. Il la serra aussitôt contre sa poitrine, glissant la main sur sa nuque, embrassant ses boucles brunes, lui disant combien il s'était inquiété pour elle et qu'il était heureux de la retrouver indemne.

Aglaé ne répondit pas. Trop de sentiments confus ou contradictoires se bousculaient dans son esprit pour qu'elle puisse les exprimer par de simples mots. Tout en se laissant embrasser, elle referma la porte du pied et recula de quelques pas en l'entraînant.

Sans qu'elle puisse s'en expliquer la raison, des larmes embuaient ses prunelles et sa vision devint brouillée. Elle ressentait une pointe du côté du cœur, comme lorsqu'elle était enfant et qu'elle s'était heurtée une fois de trop aux aspérités du monde. Dans ces moments de petits chagrins et de grand vide, seules les caresses de sa mère parvenaient à l'apaiser au temps béni où celle-ci ne voyait pas encore en elle une rivale menaçant de la supplanter.

Son silence anormal dut finir par intriguer Valentin, qui se détacha d'elle et la dévisagea avec un étonnement inquiet. Elle se contenta alors de secouer bravement la tête, comme pour dire : « Ce n'est rien… Ne fais pas attention. Tout va bien aller, maintenant. » Et c'était exactement ce qu'elle pensait. « Tout va bien aller, maintenant. *Maintenant !* »

Elle prit sa main dans la sienne et, tout en lui adressant un pâle sourire empreint de gravité, elle continua de marcher à reculons en direction de la chambre à coucher. Elle sentit qu'il se raidissait lorsqu'il comprit où elle voulait en venir. Elle tira un peu plus fort sur son bras.

— Non, je ne crois pas que ce soit une bonne idée, souffla-t-il très vite. Je… je ne suis pas encore prêt.

Ses paupières papillotaient, petits insectes arrachés à la quiétude de leur nuit par l'éclat trop vif d'une lampe. Il se crispait soudain, presque rétif. Sa main tremblait dans celle d'Aglaé. Mais la jeune femme était bien résolue à ne pas reculer. Elle avait compris que si elle lui permettait une nouvelle fois de se dérober, le lien entre eux serait sans doute définitivement brisé.

— Tu ne peux pas me repousser de nouveau, Valentin, protesta-t-elle doucement. D'autres viendraient, qui finiraient par prendre ce que je désire tant t'offrir… à toi seul. Ne permets pas cela, donne une chance à notre amour. Laisse-moi enfin panser tes blessures.

Elle garda sa main prisonnière et, fermement, l'incita à continuer de progresser au même rythme qu'elle. Quand elle sentit la porte dans son dos, elle l'ouvrit à tâtons, sans détacher ses yeux humides de ce visage adoré dont les traits parfaits exprimaient, à cet instant, le désarroi d'un garçonnet égaré.

Ils se trouvaient dans la chambre à présent. Les volets et les rideaux étaient fermés, de sorte que la seule clarté, en provenance du vestibule, laissait une grande partie de la pièce plongée dans la pénombre. Sans lâcher la main de Valentin, Aglaé entreprit de délacer son corsage. Ses jolis seins ronds jaillirent des pans du tissu. Elle l'encouragea à poser sa paume dessus, lui fit effleurer de l'extrémité des doigts le bourgeon délicat du téton, en éprouver l'émouvante dureté. En même temps, elle se collait plus étroitement à lui. Sa langue franchissait le rempart de ses lèvres, sa main pressait encore plus fort la sienne contre sa chair tiède et palpitante. Elle lui mordillait le lobe de l'oreille, tandis que lui n'osait plus bouger et se contentait d'enfouir son visage dans sa chevelure, d'en respirer le parfum poivré.

Jamais encore Valentin ne s'était senti la proie d'une confusion aussi intense. Alors que sa main posée sur la peau nue d'Aglaé lui parlait le langage de la douceur et de l'amour, des images qu'il avait longtemps refoulées tentaient de se frayer un chemin en lui. Il se revoyait enfant subissant les horribles attouchements du Vicaire. Il se rappelait la douleur, la sensation de brûlure et de déchirement, mais aussi la honte et la colère qui les avaient accompagnées. Il dut se faire violence pour leur barrer l'accès de son cerveau. Pour refermer la porte sur cette partie de son passé. Mobilisant toutes ses forces mentales, il résolut de ne plus penser à ce visage honni, à ces étreintes non consenties, mais, au contraire, de s'abandonner à ce corps si différent du sien, qui n'était que courbes et vallonnements, don et volupté.

Sans qu'il sache très bien comment cela avait pu arriver, Aglaé se tenait devant lui, nue comme au jour de sa naissance. Et il voyait comme elle était belle et combien, en dépit de l'assurance qu'elle s'efforçait d'afficher, elle ressentait la même appréhension que lui. Pourtant, de nouveau, ce fut la jeune femme qui osa franchir l'étape suivante, elle qui revint contre lui, dégrafa sa ceinture et faufila sa main chaude dans les sous-vêtements pour en extirper sa virilité.

Au contact de ses doigts, il poussa un hoquet étranglé et ne put réprimer un sursaut.

— Ne crains rien, fit-elle d'une voix qui fredonnait presque, comme pour le bercer. Là, là, laisse-toi faire. C'est maintenant ou jamais… Maintenant ou jamais…

N'aie pas peur. Nous apprendrons ensemble. Tu vas guérir, mon amour. Tu vas guérir, je te le promets.

Une voix si douce, rien qu'un murmure avec des prières et des promesses. Ils fermèrent ensemble les yeux. Ils étaient devenus comme des aveugles sans mémoire qui se découvraient du bout des doigts, qui apprenaient patiemment à s'apprivoiser. Hier et demain ne correspondaient plus à rien, seul existait l'instant présent. Plus rien ne comptait que leurs deux bouches accolées, que la chaleur qui se dégageait de leurs corps enfiévrés, que son ventre à elle qui se frottait, langoureux, contre son membre érigé.

Plus tard, encore plus tard, ce ne fut pas seulement le temps qui se retrouva aboli, mais aussi la différence entre l'ombre et la lumière, le bien et le mal, la réalité et les rêves, le toi et le moi. Au-delà de toute parole, au-delà de toute pensée, il n'y avait plus que ce fouillis de velours, cet embrasement formidable qui devait les laisser épuisés et ravis, l'un à côté de l'autre, allongés sur le dos. Deux rescapés sur la grève, au premier matin d'un monde nouveau, tandis que le grondement de la tempête s'estompait dans des lointains amers.

31

L'homme derrière le Vicaire

À leur arrivée à la préfecture de police, le lendemain matin, les nouveaux amants purent cultiver l'illusion, un court moment, que la marche du monde s'était réglée sur leur bonheur tout neuf. Étonnamment, les débordements de la veille dans le quartier Saint-Merri n'avaient pas tourné à la révolte populaire. L'intervention rapide des gardes nationaux avait empêché la formation de barricades et le calme était déjà revenu à la tombée du soir. À l'issue des échauffourées, on déplorait trois ou quatre victimes seulement parmi les manifestants, et l'opposition républicaine elle-même avait renoncé à souffler sur les braises. Tout se passait comme si personne n'osait attaquer frontalement un gouvernement dont le chef, à l'image de tant d'autres malades frappés par le choléra, se trouvait cloué au fond d'un lit, en train de se débattre entre la vie et la mort.

Dans les locaux de la brigade aussi, Valentin et Aglaé constatèrent que le climat était au beau fixe. L'Entourloupe et Tafik, qui ne manquaient jamais jusqu'alors une occasion de s'asticoter en raison de leurs convictions politiques opposées, donnaient l'impression d'avoir conclu une trêve. Ils s'étaient découvert en effet un passé commun de combattants des Trois Glorieuses et échangeaient avec un plaisir non dissimulé leurs souvenirs respectifs de ces chaudes journées de juillet qui avaient permis de chasser Charles X de son trône.

Ce fut en définitive Vidocq qui se chargea de faire redescendre les deux tourtereaux de leur petit nuage. En fin de matinée, il fit passer à Valentin un billet lui demandant de venir le voir car il avait deux nouvelles d'importance à lui communiquer.

Lorsque l'inspecteur pénétra dans le bureau du chef de la Sûreté, il fut étonné d'y retrouver le docteur Henri Faivre. À la sombre expression affichée par le praticien, il comprit immédiatement que les nouvelles n'étaient pas bonnes.

— Que se passe-t-il donc ? s'enquit-il sans chercher à masquer son inquiétude.

Vidocq eut un geste fataliste en direction du médecin.

— Je laisse le docteur Faivre vous expliquer cela en détail avec ses mots savants. Mais pour faire bref, nous sommes de nouveau dans une impasse.

Comme Valentin se tournait vers lui, la mine interrogative, le médecin écarta les bras en signe d'impuissance. Une moue attristée précéda sa prise de parole.

— Je suis malheureusement porteur d'une mauvaise nouvelle. Mon associé, Nicolas Lécuyer-Manson, a rendu son âme à Dieu la nuit dernière. En dépit de tous les soins que je lui ai prodigués, il n'a pas été possible d'enrayer le cours fatal de la maladie.

Valentin sentit poindre un picotement derrière son oreille gauche, comme chaque fois qu'il était contrarié.

Il était écrit décidément que cette enquête ne serait pour lui qu'une succession de déconvenues.

— Comment est-il mort exactement ? demanda-t-il, dépité.

— Fort brutalement, alors que les effets du traitement commençaient à se faire favorablement ressentir. La nuit de samedi à dimanche s'était plutôt bien passée. Au point qu'hier matin, mon infortuné ami avait repris connaissance. Oh, pas au point de pouvoir communiquer avec nous ! Il était encore beaucoup trop faible pour parler, mais en revanche il devenait possible de mettre en place un traitement complet. À l'application de sangsues, je pus adjoindre l'administration d'oxyde de bismuth, de potions opiacées et de bouillon visant à favoriser la réhydratation.

— Et cela n'a pas suffi ?

— Il faut croire que non. Et pourtant, durant toute la journée, tous les signes semblaient tendre vers une issue favorable. Diarrhées et vomissements s'étaient interrompus et le pouls avait retrouvé une certaine régularité. J'étais persuadé que le pic critique de l'infection était surmonté. Mais la nature a de ces mystères qui nous échappent encore. Au beau milieu de la nuit dernière, un cri étranglé m'a arraché au sommeil. Nicolas s'était réveillé en sursaut, en proie à une agitation incoercible. Son visage était couleur ardoise et une sueur profuse baignait tout son corps. J'ai tenté de l'apaiser pour pouvoir lui administrer un sédatif, mais rien n'y a fait et une convulsion plus intense que les précédentes a fini par l'emporter. Son cœur a brutalement cessé de battre.

— Vous étiez donc sur place ? intervint Vidocq.

— Tout médecin se doit de demeurer au chevet d'un

patient dans un état critique. Qui plus est, Nicolas était mon ami. Je me voyais mal laisser la pauvre Cécilie veiller seule son époux. Nous avions installé une banquette dans la chambre et j'avais pris mes dispositions pour pouvoir rester là toute la nuit.

— Si je vous suis bien, reprit Valentin, Lécuyer-Manson était en mesure de parler juste avant son décès. Vous venez de dire qu'il avait crié. A-t-il eu le temps de prononcer une parole cohérente ?

Henri Faivre plissa les paupières.

— C'est étrange que vous me demandiez cela, fit-il, soudain soucieux. Car, précisément au moment où je me penchais sur lui, Nicolas m'a attrapé par le bras et il a fait un gros effort pour se redresser. On aurait dit qu'il tenait à dire quelque chose mais n'était pas certain de pouvoir parler assez haut ou distinctement.

— A-t-il finalement prononcé un mot ?

— Deux, même, fit le médecin en hochant gravement la tête. Mais je dois dire que je n'en perçois guère la signification. Avait-il encore une once de lucidité ou était-ce juste l'effet du délire ? Je ne saurais me prononcer.

— Quels étaient donc ces deux mots ? le pressa Vidocq, dont l'impatience n'était pas le moindre défaut.

— Animalcule, et Delcourt. Comme vous le voyez, cela ne signifie pas grand-chose.

Valentin avait tressailli.

— Delcourt ? insista-t-il. Vous êtes bien certain qu'il a prononcé ce nom ?

— Absolument, mais je ne lui connaissais aucune relation avec un tel patronyme. Cela vous dit-il quelque chose ?

L'inspecteur ne répondit pas immédiatement. Songeur, il revoyait le visage épouvanté du petit horloger la nuit où Tafik et lui l'avaient sauvé de la noyade, avec sa bouche en cul-de-poule, ses gros yeux de myope aux paupières papillotantes. Antoine Delcourt... Le nom s'était gravé dans sa mémoire, sans qu'il sache très bien pourquoi. Se pouvait-il qu'il s'agisse d'une simple coïncidence ?

— Rien de précis pour le moment, finit-il par laisser tomber. Mais dans ce genre d'enquête difficile, le moindre détail peut avoir son importance. Puis-je vous demander une faveur, docteur ?

— Je suis à la disposition de la police, fit Henri Faivre en inclinant légèrement le buste.

— Et nous apprécions grandement votre coopération, croyez-le bien. Aussi, sans vouloir abuser de votre bonne volonté, je souhaiterais que vous retardiez l'annonce officielle du trépas de votre malheureux associé et que vous convainquiez sa veuve de faire de même. Il conviendrait également de faire transférer le corps dans votre clinique, comme si son état nécessitait une prise en charge renforcée. J'insiste : nul ne doit savoir pour le moment que Nicolas Lécuyer-Manson est décédé.

En entendant la surprenante requête de l'inspecteur, le docteur Faivre ne put s'empêcher d'ouvrir de grands yeux intrigués, mais il s'abstint de l'interroger. Quand il eut quitté le bureau de Vidocq, ce fut l'ancien bagnard qui exprima sa curiosité.

— Vous, vous avez quelque chose en tête ! s'exclama-t-il en abattant son gros poing sur le bureau, faisant s'écrouler plusieurs piles de rapports. J'ai bien vu que vous tiquiez à ce nom de Delcourt. Allez, faites-moi entendre un peu votre chanson ! Ne faites pas languir ce vieux filou de Vidocq !

Sans trop se faire prier, Valentin narra en quelques mots les circonstances qui l'avaient conduit à faire la connaissance du chétif horloger. Le chef de la Sûreté ne masqua pas son désappointement.

— Ce n'est que ça ? Eh bien, il n'est pas dit que cela nous mène très loin. Et quel serait le rapport avec le second mot qu'a entendu le docteur ? Anima-gesticule ou que sais-je encore !

— Animalcule, corrigea Valentin. C'est un terme qui fut inventé par Antoni Van Leeuwenhoek, un naturaliste hollandais qui vécut il y a près de deux cents ans et fabriqua les tout premiers microscopes. Il désignait par ce mot les organismes vivants imperceptibles à l'œil mais que ces appareils lui ont permis d'observer. C'est à lui que l'on doit notamment la découverte de corps munis de flagelle dans le sperme humain. Pour le moment, je vous le concède, aucun rapport évident avec notre horloger. Mais je pense que nous ne perdrions rien à tenter de glaner de plus amples informations au sujet de cet Antoine Delcourt. Je vais charger Aglaé de s'en occuper.

— Et la mort de Lécuyer-Manson ? Pourquoi croyez-vous utile de ne point l'ébruiter ?

— Là, c'est autre chose. Je me dis que puisque nous avons échoué à retrouver ceux qui les ont enlevés, lui et ses collègues, il est peut-être possible de les attirer à nous.

— Comment cela ?

— Réfléchissez ! Tant que Lécuyer-Manson est censé être encore en vie, il représente une menace pour ses ravisseurs. Ceux-ci pourraient craindre que, retrouvant toute sa conscience, il soit capable de nous mettre sur leur piste. C'est cette crainte que nous devons exploiter. Je n'ai pas encore tous les détails en tête, mais il me semble qu'il doit y avoir là une possibilité de leur tendre quelque chausse-trappe.

— Pas bête, approuva Vidocq en se caressant pensivement le menton. Promettez-moi simplement de m'associer à l'opération lorsque vous serez prêt.

— Bien entendu, cela va de soi, dit Valentin qui se relevait déjà de son fauteuil pour prendre congé. Je vais d'ailleurs de ce pas réfléchir à la conception de cette petite souricière.

Vidocq le devança, contourna son bureau avec une vivacité que ne laissait pas soupçonner son aspect massif et l'incita, des deux mains posées sur ses épaules, à se rasseoir.

— Un instant, mon ami ! Vous oubliez que j'avais deux motifs pour vous demander de passer ce matin. Et le second est tout aussi crucial, même s'il n'a rien d'officiel.

Il n'en fallut pas davantage pour que Valentin songe aussitôt à la confidence que lui avait faite l'ancien bagnard, deux jours plus tôt, dans le cabriolet qui les emmenait au domicile de Lécuyer-Manson. Ce mystérieux document retrouvé dans les archives de la Sûreté et qui serait susceptible de leur livrer la véritable identité du Vicaire. À son propre étonnement, l'inspecteur réalisa qu'il n'y avait plus songé depuis, emporté par le tumulte des émeutes du dimanche et ravi à lui-même par sa découverte de l'amour charnel entre les bras d'Aglaé.

Le Vicaire… Oui, sans l'ombre d'un doute, il était

convaincu que c'était de ce monstre que Vidocq voulait l'entretenir.

— Je vous écoute, fit-il sobrement.

— Je vous ai informé samedi de la découverte, dans les dossiers du service, d'une pièce des plus intéressantes. Toutefois, je n'avais encore aucune certitude. Il m'a fallu procéder à certains recoupements hier avant d'être assuré que son importance était bien celle que j'avais immédiatement pressentie.

Tout en parlant, Vidocq s'était approché d'un secrétaire en noyer blond. Il en ouvrit l'abattant à l'aide d'une clé tirée de la poche de son gilet. Le théâtre[1] comportait plusieurs niches et au moins une demi-douzaine de tiroirs de dimensions variées. Le chef de la Sûreté pressa une moulure. Un déclic se fit entendre et un ressort caché libéra un compartiment secret.

— Voici ce fameux document, dit Vidocq en revenant, une feuille à la main, s'asseoir à son bureau face à Valentin. Il s'agit d'une lettre datée du 7 juillet 1815 autorisant un criminel notoire à déroger à son assignation à résidence dans un faubourg de Caen pour aller visiter sa mère mourante à Saulieu. J'ajoute que cet individu nommé Jacques Espart et cuisinier de son état avait auparavant été condamné à dix ans de bagne pour le viol de plusieurs garçonnets.

Valentin tressaillit. Jacques Espart… Se pouvait-il vraiment que ce nom soit celui du monstre qui avait brisé sa jeunesse et hanté presque toutes ses nuits depuis lors ?

— Poursuivez, dit-il d'une voix blanche. Qu'est-ce

1. Partie intérieure d'un secrétaire.

qui vous fait croire que cet Espart pourrait être le Vicaire ? Car c'est bien cela que vous avez en tête, non ?

— Tout juste ! approuva Vidocq en quittant la missive du regard pour dévisager son ami et tenter de déchiffrer les sentiments que celui-ci masquait sous une expression de fausse impassibilité. Ce qui a attiré de prime abord mon attention, ce sont les correspondances un peu trop nombreuses pour n'être que de pures coïncidences. La date qui colle parfaitement avec le moment où ce damné Vicaire est venu vous arracher à votre famille d'accueil, le lieu, Saulieu, autrement dit la porte du Morvan, ces antécédents d'agresseur d'enfants évidemment, mais aussi cette profession de cuisinier. Vous m'avez bien dit que les talents culinaires du Vicaire avaient contribué à vous tromper, lorsque ce démon s'était introduit chez vous sous le déguisement d'Eugénie Poupard ?

— Certes, concéda Valentin, tout cela est assez troublant, je vous l'accorde volontiers. Toutefois, je ne vois là rien de déterminant.

— Attendez ! Le plus intéressant est à venir ! Ces éléments m'ont simplement mis la puce à l'oreille, mais je viens de vous dire que j'avais procédé à certaines vérifications. Je me suis tout simplement rendu hier au Palais pour consulter le dossier du procès de ce Jacques Espart. Et là, je n'ai plus eu le moindre doute. Tous les membres de la famille Espart résident en Normandie. Nulle part il n'est fait mention du Morvan. Mais il y a mieux encore ! Figurez-vous que lorsqu'il a comparu devant ses juges en avril 1803, notre homme n'avait déjà plus ni père ni mère. Tous deux étaient décédés alors que leur fils unique n'avait pas encore atteint ses quinze ans. Que dites-vous de cela ?

Valentin ne se donna pas la peine de répondre. Si Espart avait déjà perdu sa mère au moment de son procès, cela signifiait que l'autorisation de déplacement accordée en 1815 reposait sur un faux prétexte. Quelqu'un avait expédié ce criminel dans le Morvan non pas pour y visiter sa mère malade, mais pour y accomplir une très sale besogne. Quelqu'un de suffisamment bien informé et puissant pour ne pas craindre de faire un faux et d'employer à ses funestes desseins un redoutable prédateur.

Un frisson glacé parcourut l'échine de l'inspecteur. Il lui semblait entendre de nouveau la voix sarcastique du Vicaire quelques instants avant que celui-ci ne rende son dernier souffle : « Allons, mon enfant ! Tu ne vas pas me faire croire que tu ne t'es jamais demandé pourquoi, il y a seize ans, j'ai fait cette longue route pour venir te chercher, toi. Précisément toi ! Il y a tant de gosses abandonnés dans les rues de la capitale ! Mais c'est toi qu'on m'avait désigné ! »

— Qui… qui a signé ce document ? demanda-t-il en serrant les poings à se faire mal.

Vidocq fit pivoter la missive sur le bureau, de façon que Valentin puisse en déchiffrer le paraphe. Le trait en était net, incisif, et les lettres parfaitement tracées. Valentin n'eut aucun mal à lire le nom de celui à qui il devait l'irruption du Vicaire dans sa vie : Joseph Fouché, duc d'Otrante.

32

Les Cœurs unis, à l'Orient de Melun

Fouché !

L'homme sans doute le plus haï et le plus redouté de son temps. Mais aussi l'une des figures les plus énigmatiques. Professeur ecclésiastique se muant en pilleur d'églises, conventionnel modéré devenu régicide en votant la mort de Louis XVI puis serviteur zélé et sanguinaire de la Terreur au point d'être surnommé le « mitrailleur de Lyon[1] ». Homme de main du Directoire, puis ministre de la Police sous le Consulat, l'Empire et la Restauration. Un fin politique, dénué de tout état d'âme et de la moindre conviction, prompt à anticiper les changements du vent et habile à retourner sa veste. Un disciple moderne de Machiavel qui avait trahi, tour à tour, tous ceux qui lui avaient permis de se hausser dans le monde : ses amis les Girondins, puis Robespierre

1. Envoyé en 1793 à Lyon avec Collot d'Herbois comme délégués de la Convention pour punir la ville de sa révolte, Fouché ne lésina pas sur les moyens pour remplir sa mission. On estime à deux mille le nombre de condamnés qu'il livra en l'espace de trois mois, par grappes humaines, à la mitraille des canons.

dont il avait failli être le beau-frère, Barras qui l'avait pourtant sauvé de la misère, et Napoléon lui-même, ce géant tout-puissant devant qui pliaient rois et empereurs et dont il était parvenu néanmoins à se faire craindre. Un esprit à la fois sombre et profond. Une créature de l'ombre, dissimulée, manipulatrice, qui, durant près de trente ans, tout en demeurant dans les coulisses, avait actionné les mécanismes du véritable pouvoir... Se pouvait-il qu'un homme d'une telle envergure ait vraiment été le commanditaire du Vicaire ?

— Je... je ne comprends pas, balbutia Valentin, les yeux perdus dans le vague. Pourquoi un personnage aussi haut placé que Fouché se serait-il soucié d'un obscur orphelin placé chez un forestier, au fin fond du Morvan ?

Vidocq haussa les épaules.

— Cela, je l'ignore. Mais il y a peut-être un moyen de le découvrir.

— À quoi songez-vous ?

— Fouché avait comme moi la manie de constituer des dossiers. Il serait d'ailleurs plus juste de dire que j'ai hérité de ses méthodes qui, en matière de police, étaient – reconnaissons-lui ce mérite – d'une redoutable efficacité. Ce sont les archives qu'il avait constituées au ministère de la Police qui ont permis au duc d'Otrante de faire trembler tout le personnel politique de son temps. Je sais bien qu'on prétend qu'en décembre 1820, peu de jours avant sa mort, Fouché a ordonné à son fils de brûler tous les papiers de son secrétaire. Des centaines – que dis-je ? –, des milliers de lettres et de rapports ! Mais je me targue d'avoir moi aussi de bons informateurs et je sais qu'une partie de ces dossiers secrets a été conservée et transmise à qui de droit. Il s'agirait des pièces les plus sensibles. Peut-être la réponse à votre question se trouve-t-elle dans ce précieux legs.

— Encore faudrait-il savoir où les trouver et parvenir à mettre la main dessus, fit observer Valentin, que ces révélations inattendues ébranlaient au plus profond.

Vidocq arbora ce sourire par en dessous qui rappelait, de temps à autre, à ses interlocuteurs qu'il n'avait pas toujours évolué dans le respect des lois et pouvait être qualifié de maître ès filouteries.

— Voyons, mon bon, je n'aurais pas évoqué ces fameux dossiers si j'ignorais à la garde de qui ils ont été confiés. À la fin de son existence, dans son exil autrichien, Fouché vivait dans un morne isolement, oublié par le plus grand nombre. Le seul soutien qui ne lui a jamais fait défaut fut celui de ses frères maçons. Il avait été initié très tôt, dès 1788, à Arras, dans la loge de Saint-Jean. Sous l'Empire, il devint même l'un des dignitaires du Grand Orient avec le titre de grand officier d'honneur. Sa dernière affiliation connue le rattache à la loge des Cœurs unis établie à l'Orient de Melun, non loin de sa propriété du château de Ferrières. Eh bien, j'ai appris de source sûre que c'est au vénérable de cette loge que Fouché a transmis en 1819 les documents encore en sa possession, avant son départ de Linz pour Trieste, ville où il devait décéder l'année suivante.

— À Melun ? Vous en êtes certain ?

— Plus précisément dans l'hôtel particulier du président de la cour de justice de cette ville. C'est là que se trouve installé le temple des fils de la Veuve[1] et que

1. Autre désignation des francs-maçons.

sont organisées les tenues. Si mes renseignements sont bons – et encore une fois, je n'ai pas de raison d'en douter –, il y aurait un coffre dissimulé dans le bureau du magistrat.

Valentin avait du mal à assimiler la somme d'informations que lui livrait Vidocq. Ce diable d'homme le prenait totalement de court et il peinait à rassembler ses idées pour décider de la conduite à tenir. L'ancien forçat dut s'apercevoir de son trouble, car, avec l'entrain et l'esprit de décision qui le caractérisaient, ce fut lui qui prit les choses en main.

— Je vois bien que tout cela vous chamboule l'esprit, dit-il avec sollicitude. Pour tout vous dire, je m'attendais à cela, puisque je ne pouvais lever après tout qu'une partie du voile recouvrant votre passé. Aussi, avant de vous parler, ai-je réfléchi à la meilleure stratégie à adopter. J'en suis venu à la conclusion qu'il fallait battre le fer pendant qu'il est chaud.

— Que voulez-vous dire ?

— Filons ensemble aujourd'hui même à Melun et emparons-nous des dossiers de Fouché. Si la chance est de notre côté, nous y découvrirons la raison pour laquelle il a ordonné au Vicaire de vous enlever lorsque vous étiez encore enfant.

— Mais notre enquête, ici ?... Je ne peux tout de même pas la négliger sous prétexte de résoudre le mystère qui pèse sur mon passé ! Ce serait contraire à mon devoir de policier !

— Qui vous parle de cela ? protesta Vidocq. Vous avez dit vous-même qu'il convenait d'en apprendre davantage sur ce fameux Delcourt et que vous envisagiez de confier cette tâche à Aglaé. Faites donc ainsi !

Et prenons aussitôt après, vous et moi, la direction de Melun. Ma voiture personnelle est en bas. Nous pouvons y être dans cinq heures. S'introduire au domicile du magistrat et faire main basse sur les documents ne devrait pas nous prendre plus d'une heure ou deux. Si tout se passe bien, nous pourrions être de retour avant minuit. Dès demain, vous serez de nouveau à pied d'œuvre et, l'esprit enfin libéré, vous pourrez consacrer toute votre énergie à boucler l'enquête que nous a confiée le président du Conseil.

Dans le fond, c'étaient exactement les paroles que Valentin désirait entendre. Après avoir remercié chaleureusement son ami pour son aide si précieuse, il remonta quatre à quatre les marches menant au Bureau des affaires occultes afin de donner des instructions à ses subordonnés.

Moins d'une demi-heure plus tard, il montait dans la chaise[1] de Vidocq et les deux hommes quittaient Paris pour s'élancer à vive allure sur la route de Melun.

Quatre coups sonnaient au clocher des églises lorsqu'ils parvinrent à destination. Le voyage s'était déroulé sans encombre et ils avaient maintenu tout du long une allure soutenue, ne faisant halte qu'à mi-chemin pour changer de cheval à un relais de poste. Le premier habitant croisé, un garçon de ferme à la tignasse de folle avoine, leur indiqua comment rejoindre la demeure du premier magistrat de la ville. Il leur fit néanmoins remarquer qu'un lundi, si tôt dans l'après-midi, ces deux messieurs avaient fort peu de chances de le trouver chez

1. Véhicule léger destiné à une ou deux personnes et privilégiant la vitesse au confort.

lui. Le juge devait encore être au tribunal en train de présider la première audience de la semaine. Il parut quelque peu surpris de constater que cette annonce, loin de contrarier les voyageurs, sembla au contraire les satisfaire. Mais la pièce de vingt sous que lui lança Valentin le dispensa de se faire des nœuds au cerveau et, sans plus se soucier des deux inconnus, il s'empressa de gagner le cabaret le plus proche pour métamorphoser ce vil métal en or liquide.

L'hôtel particulier du sieur Pöerson, premier président de la cour de justice et vénérable maître de la loge des Cœurs unis, se situait dans un faubourg coquet et paisible de Melun, à l'écart de toute animation marchande. Une belle demeure bourgeoise à deux étages avec, sur l'avant, des grilles de parade qui donnaient sur une cour pavée et une façade majestueuse dont les portes et les fenêtres s'ornaient de mascarons de pierre. Plus haut, des pots à feu rompaient l'aspect austère d'une toiture aux ardoises bleutées et aux massifs conduits de cheminée. Sur l'arrière, un long mur envahi par le lierre ceinturait un parc dont on apercevait les essences variées d'arbres et dont les fleurs invisibles embaumaient l'atmosphère. Une ruelle non pavée permettait d'en faire le tour.

Ayant laissé leur voiture à quelque distance pour ne point se faire remarquer, Vidocq et Valentin s'engagèrent dans la venelle pour compléter leur repérage. Bien leur en prit, car ils ne tardèrent pas à tomber sur une porte basse, dans le fond de la propriété. Celle-ci avait probablement été ménagée dans l'enceinte du parc pour donner accès à l'Almont, la petite rivière dont les berges ombragées, toutes proches, s'offraient plaisamment à la promenade.

— Voilà exactement l'entrée discrète qu'il nous fallait, jubila Vidocq. Faites donc le guet un instant. Je n'ai pas les talents de votre Entourloupe, mais on ne s'évade pas plusieurs fois des bagnes de Brest et de Toulon sans savoir taquiner gentiment les serrures les plus communes.

Tandis que l'inspecteur se postait de façon à masquer le manège de son acolyte, ce dernier sortit de sa poche tout un arsenal de crochets et de tiges d'acier et se mit en devoir de libérer l'accès au parc. L'affaire ne lui prit pas plus de trois minutes et les deux hommes purent se faufiler discrètement à l'intérieur de la propriété.

Négligeant les traditions horticoles de son pays, le sieur Pöerson avait eu le bon goût de faire aménager, sur l'arrière de son hôtel, un superbe jardin à l'anglaise, touffu à souhait. En progressant de buisson en charmille, les deux policiers gagnèrent sans difficulté les abords d'une roseraie dont les tonnelles frémissaient du bourdonnement incessant des abeilles. De là, tout en restant à couvert, ils bénéficiaient d'une vue parfaite sur la terrasse de pierre blanche et l'édifice à l'admirable symétrie. Ils demeurèrent cachés de longues minutes à épier le moindre signe de présence. Mais rien, pas un bruit, pas un mouvement derrière les voilages des fenêtres. L'hôtel, avec ses deux petites ailes agrémentées de tourelles, semblait comme endormi, figé dans l'attente du retour de son légitime propriétaire.

— Les domestiques doivent être regroupés dans les communs, observa Vidocq. Vu la taille de la maison, je gage qu'ils ne sont pas très nombreux. Une demi-douzaine de personnes, tout au plus. Pöerson est veuf et vit seul depuis une dizaine d'années. Il reçoit très peu et n'ouvre les portes de son hôtel que pour ses fichues réunions de gobe-moucherie[1].

Valentin tiqua mais il se garda de relever ce que le terme pouvait avoir de blessant. Son père adoptif, Hyacinthe Verne, avait été un franc-maçon convaincu, initié au rite de Misraïm. Passionné par l'étude des symboles et voulant croire au possible avènement d'une véritable fraternité universelle, il s'était toujours efforcé de prôner auprès de son fils les grandes valeurs maçonniques de l'amour, de l'entraide et de la vérité. Mais ce n'était ni le lieu ni le moment de tenter de convaincre Vidocq des vertus du cheminement initiatique.

— Comment allons-nous pouvoir pénétrer à l'intérieur sans attirer l'attention ? demanda-t-il à la place.

Son acolyte lui adressa un clin d'œil désinvolte.

— Ne vous mettez pas martel en tête, mon ami, et fiez-vous à mon expérience. Dans une vaste demeure comme celle-ci, il est bien rare que quelqu'un n'ait pas oublié de fermer une fenêtre ici ou là.

La suite des événements lui donna raison car, après plusieurs tentatives infructueuses, ils finirent par trouver un volet qui n'était que repoussé. Derrière, les battants de la fenêtre bâillaient, simplement réunis par une espagnolette. Ils n'eurent qu'à soulever celle-ci et à enjamber la balustrade pour pénétrer à l'intérieur d'une pièce silencieuse.

C'était une agréable bibliothèque, à haut plafond, tenant lieu aussi de salle de billard. Des tapis d'Orient d'un grand prix recouvraient le parquet de chêne. Il y

1. Terme d'argot à connotation péjorative désignant à l'époque la franc-maçonnerie.

avait un très beau mobilier dont le remarquable travail de marqueterie n'aurait pas déparé les plus prestigieux intérieurs parisiens. Sur les rayonnages, l'or des magnifiques volumes en cuir gravé donnait l'impression de palpiter doucement dans la pénombre.

Les deux hommes gagnèrent le seuil sur la pointe des pieds. Vidocq se courba en deux et colla un œil au trou de la serrure.

— Le vestibule…, souffla-t-il. On dirait qu'il n'y a personne… Non, attendez !… Voilà justement quelqu'un… C'est une servante. Elle porte deux vases remplis de roses. Elle vient d'un couloir qui me paraît desservir l'aile ouest. C'est probablement là que se trouvent la cuisine et ses dépendances… À présent, la voilà qui traverse le hall et s'apprête à emprunter l'escalier… Ça y est ! Elle monte à l'étage. Je ne la vois plus.

Vidocq se redressa. Son visage crispé révélait une certaine tension nerveuse.

— Que préconisez-vous ? demanda Valentin qui s'en remettait totalement à l'expérience de l'ancien forçat.

— Le bureau de Pöerson se situe probablement au rez-de-chaussée. Nous allons inspecter chacune des pièces donnant sur le vestibule, puis, si nous ne trouvons rien, nous passerons à l'exploration de l'aile est. Cela prendra peut-être un peu de temps, mais si nous nous montrons discrets nous devrions pouvoir opérer sans être dérangés.

Après un nouveau coup d'œil jeté par le trou de la serrure pour s'assurer que la voie était libre, Vidocq fit jouer la poignée en silence et se faufila par la porte entrebâillée, aussitôt imité par son jeune compagnon.

Des bruits d'eau et de récipients remués leur parvinrent, étouffés, du corridor qui débouchait à l'autre extrémité du hall. Certains à présent que les communs se situaient bien du côté où ils le supposaient, les deux intrus se dirigèrent avec précaution vers la porte diamétralement opposée. Celle-ci donnait accès à une salle de réception aux splendides lustres de cristal, séparée d'un salon en rotonde par une cloison mobile recouverte de miroirs disposés en losange. En d'autres temps, cet espace devait être baigné de lumière et servir d'écrin aux fêtes réunissant toutes les notabilités des environs. Mais aujourd'hui les volets des larges baies donnant sur la terrasse étaient clos et les lourds rideaux de velours tirés. Des draps blancs, semblables à des suaires, recouvraient consoles et canapés. Une odeur de renfermé stagnait dans l'air. Les bouquets, dans les vases, étaient desséchés et poussiéreux. Il régnait là une atmosphère d'inéluctable décrépitude et de morne mélancolie.

Valentin s'apprêtait à en faire la réflexion à Vidocq lorsqu'un bruit de pas qui se rapprochait fit résonner la vaste entrée de son écho oppressant. Les deux hommes n'eurent que le temps de filer se dissimuler derrière la tenture de la plus proche fenêtre. Déjà, la porte s'ouvrait et une voix masculine appelait :

— Balkis ! Balkis ! Où donc cette maudite chatte a-t-elle bien pu encore se fourrer ? Balkis ! Balkis !

Des meubles furent déplacés et, à deux reprises, les policiers perçurent le frémissement des rideaux au passage de l'inconnu invisible. Que celui-ci s'avise de vérifier l'embrasure des fenêtres et leur plan tombait irrémédiablement à l'eau !

Fort heureusement, il n'en fut rien. Après quelques allées et venues dans la pièce, l'homme repartit en pestant à mi-voix. La porte se referma et les pas sonores résonnèrent à nouveau à travers le grand hall.

— Foutredieu ! jura Vidocq à voix basse. Nous l'avons échappé belle ! Je n'aurais pas apprécié de devoir estourbir le bonhomme. Sans compter que nous n'avions pas l'assurance de pouvoir le neutraliser en silence. Allons ! Ne perdons plus la moindre minute. Il faut que nous ayons fait main basse sur ces fichus papiers avant le retour du président Pöerson. Quand il sera là, la maisonnée va s'animer et nous serons contraints de patienter jusqu'à la nuit avant de pouvoir reprendre nos investigations.

En dépit de cette chaude alerte, la chance continua néanmoins de leur sourire car le bureau qu'ils cherchaient faisait suite aux deux salons en enfilade. C'était une pièce confortable et intime, dont l'unique fenêtre donnait sur la roseraie. Un secrétaire en merisier supportait de nombreux objets symboliques : une statuette de la Justice aux yeux bandés avec un glaive et une balance dans les mains, deux médaillons gravés l'un d'un compas, l'autre d'une équerre, un presse-papier en bronze orné d'une étoile à cinq branches au centre de laquelle rayonnait la lettre G. Près d'une fine pipe en bruyère, un pot de tabac ouvert diffusait un suave parfum de miel et d'épices. Un petit coffre-fort se dissimulait derrière un tableau représentant une scène champêtre peinte à la manière d'un Watteau.

— Vous pourrez l'ouvrir ? s'enquit Valentin.

Vidocq examina la porte en acier munie d'une serrure double.

— Pöerson a beau ne plus être de la première jeunesse, je m'attendais à un matériel de protection un peu plus sophistiqué. Ce modèle devait être à la pointe du progrès juste avant la prise de la Bastille. Une véritable antiquité ! Sans vouloir me vanter, ce devrait être l'affaire d'un petit quart d'heure, tout au plus.

Valentin connaissait suffisamment l'ancien forçat pour savoir qu'il ne parlait jamais à la légère. Confiant, il alla se poster derrière la porte, l'oreille collée contre le battant, pour lui faire signe au cas où un nouvel importun l'obligerait à interrompre ses travaux. Mais cette fois, rien ni personne ne vint les déranger et Vidocq put opérer en toute tranquillité.

Moins d'une dizaine de minutes plus tard, conformément à ses prédictions, ce dernier venait à bout de la seconde serrure. La lourde porte pivota sur ses gonds en grinçant légèrement.

— Venez voir ! souffla Vidocq en faisant signe à son jeune ami de se rapprocher. Je crois que nous avons décroché la timbale !

Valentin le rejoignit. La niche ménagée dans le mur ne renfermait aucun bien précieux, du genre billets de banque, pièces d'or ou bijoux, mais uniquement deux épaisses sacoches de maroquin rouge.

— Vous croyez que ce sont là les fameux dossiers secrets de Joseph Fouché ? demanda Valentin avec un brin d'excitation dans la voix.

Vidocq afficha un sourire débonnaire.

— Il n'y a qu'un seul moyen de le savoir, dit-il d'un ton léger. C'est de jeter un coup d'œil à leur contenu.

Tout en parlant, il plongea la main à l'intérieur de l'armoire forte pour saisir le premier des porte-documents. À peine l'eut-il soulevé qu'un déclic métallique se fit entendre et que, quelque part dans l'épaisseur du mur, un mécanisme caché s'enclencha. Le fond du coffre sur lequel ne reposait plus qu'un seul dossier remonta de plusieurs centimètres et un carillon épouvantablement bruyant emplit toute la pièce de son vacarme.

— Ciel ! s'exclama Vidocq. Sûrement un système de contrepoids ! Nous voilà dans de sales draps !

Comme pour lui donner raison, un bruit de cavalcade vint se superposer au fracas des cloches.

33

D'une Académie à l'autre

Au même moment, à douze lieues de là, Aglaé était loin de se douter de la situation délicate dans laquelle se trouvait Valentin. Ce dernier lui avait d'ailleurs donné très peu de détails sur son escapade avec Vidocq. Tout juste lui avait-il confié que cela avait à voir avec l'identité du Vicaire et qu'il comptait être de retour avant minuit.

Pour l'heure, la jeune femme s'efforçait de s'acquitter au mieux de la mission qu'il lui avait attribuée, à savoir recueillir le plus d'informations possible sur Antoine Delcourt, l'horloger du quartier Saint-Merri.

En fin de matinée, elle s'était d'abord rendue chez Cécilie Lécuyer-Manson, la jeune veuve de l'académicien mort la nuit précédente. Mais le nom de Delcourt prononcé par son mari juste avant de rendre son dernier soupir ne lui disait absolument rien. De là, Aglaé avait pris la direction de la boutique de l'horloger. Valentin lui avait suggéré d'interroger directement l'homme. Connaissait-il Nicolas Lécuyer-Manson ? Le mot d'« animalcule » lui évoquait-il quelque chose ? Cependant, arrivée sur place, Aglaé avait constaté, dépitée, que le magasin était fermé. L'endroit n'avait pas bel aspect. La pierre noircie par le temps avait une patine lugubre. D'épais volets de bois à la peinture écaillée masquaient la porte et la devanture. Pour un début de semaine, la chose était plutôt incongrue. La jeune femme avait alors interrogé le voisinage et appris que l'artisan n'avait plus donné signe de vie depuis le vendredi précédent. Son échoppe était demeurée close toute la journée du samedi, ce qui n'était pas dans les habitudes de la maison.

Aglaé avait du mal à voir dans cette fermeture inopinée un simple hasard. Elle survenait précisément au moment où le nom de Delcourt émergeait au cours de leur enquête. Les deux faits pouvaient être liés. Il fallait en tout cas tenter de s'en assurer. Ce fut la raison pour laquelle elle fit porter par un gamin des rues un billet à la préfecture demandant à l'Entourloupe et à Tafik de venir la retrouver le plus rapidement possible.

Lorsque les deux autres membres de la brigade l'eurent rejointe sur place, elle leur fit part de son intention de pénétrer à l'intérieur de la boutique pour la fouiller de fond en comble. Venir à bout de la serrure se révéla un véritable jeu d'enfant pour l'Entourloupe, et le trio put investir les lieux sans la moindre difficulté.

Au rez-de-chaussée, le magasin offrait à la vue un désordre assez étonnant pour un artisanat de précision. Deux lampes à huile avaient permis aux arrivants d'éclairer l'endroit, mais leurs mèches brûlaient mal et elles ne diffusaient qu'une chétive clarté, d'une sinistre coloration verdâtre. À l'opposé de l'entrée, elles éclairaient des étagères où d'invisibles araignées avaient tissé leurs toiles. Des outils s'y entassaient pêle-mêle, ainsi que de vieilles brochures aux couvertures piquetées. Partout, aux quatre murs et sur l'imposant comptoir d'ébène, trônaient horloges, pendules, pendulettes et montres à gousset. Mais aucune ne fonctionnait. Sur tous ces cadrans, assez semblables à des faces de Pierrot lunaire, les aiguilles s'étaient figées. Pas un mouvement, pas un tic-tac. Le temps ne coulait plus et il régnait dans ce lieu un parfait silence. Cela donnait l'impression étrange d'avoir pénétré dans un monde en marge de la réalité, un univers qui retenait son souffle.

De tous ces mécanismes arrêtés se dégageait un malaise insidieux, comme si tout un bataillon caché de ressorts, d'engrenages, de poids, de suspensions, de balanciers, de pièces métalliques se tenait sur le qui-vive, montait patiemment la garde et n'attendait que le moment propice pour se remettre en marche et emporter les intrus dans une folle sarabande de machinerie détraquée.

Aglaé dut s'ébrouer pour dissiper l'appréhension diffuse qu'avait fait naître en elle ce décor endormi. Elle devança Tafik et l'Entourloupe jusqu'à un paravent pelucheux qui cachait le fond de l'échoppe. Derrière, on avait installé un petit bureau à tiroirs. Des paperasses et un grand registre l'encombraient. Chargée d'une antique poussière pendait à une patère, sur le mur, une blouse grise. Tout cela donnait l'impression que, depuis longtemps déjà, le dénommé Delcourt négligeait son activité d'horlogerie.

Pendant que l'Entourloupe achevait de fairc le tour de la boutique et que Tafik montait à l'étage inspecter l'appartement du propriétaire, Aglaé ouvrit le registre et en parcourut les pages. Elle n'avait aucune idée précise de ce qu'elle recherchait, mais une petite voix dans sa tête lui soufflait que s'il y avait là quelque chose d'intéressant à découvrir, elle l'identifierait aussitôt qu'elle le verrait.

Il s'agissait à la vérité d'une comptabilité assez banale. Contrairement à ce que laissait penser la tenue de son magasin, Antoine Delcourt paraissait avoir une clientèle nombreuse et fidèle. Curieusement, il s'agissait surtout de personnes fortunées au domicile desquelles l'horloger effectuait des visites régulières afin d'entretenir ou de vérifier la bonne marche de leurs instruments de précision : horloges, baromètres, boîtes à musique… Au bout de quelques minutes, un nom retint plus particulièrement l'attention d'Aglaé. Elle relut deux fois la note afin de s'assurer qu'il ne s'agissait pas d'une homonymie. Mais non. L'adresse correspondait elle aussi. Eh bien ! Voilà une révélation qui ne manquait pas de piquant ! À en croire le compte récapitulatif qu'elle avait sous les yeux, l'horloger comptait Ferdinand Mennetier au nombre de ses clients. Il assurait la révision de toutes les pendules qui ornaient les cabines de son établissement amarré quai des Ormes.

Aglaé demeura un instant pensive, à remuer dans sa tête toutes les implications possibles d'une telle découverte. Elle se revit deux semaines plus tôt lorsque, à la demande de Valentin, elle était allée interroger le personnel des bains flottants. Les confidences de la dénommée Mélie au sujet d'un passe-partout introuvable lui revinrent en mémoire. Elle se souvint d'avoir pensé que l'assassin ayant opéré à bord avait dû dérober le fameux sésame dans la cabine personnelle du sieur Mennetier.

Elle s'était dit aussi que pour réaliser cela sans attirer l'attention, il fallait être un habitué des lieux.

Antoine Delcourt… Était-il le mystérieux criminel après lequel ils couraient en vain depuis tant de jours ? Un modeste artisan. Un personnage falot, s'il fallait en croire le portrait que lui en avait brossé Valentin au lendemain de cette fameuse nuit où Tafik et lui étaient intervenus juste à temps pour sauver la vie de l'horloger. Mais quel intérêt un tel homme aurait-il eu à commettre des meurtres particulièrement sanglants, puis à s'en prendre à des membres du Comité de salubrité ?

Un appel pressant de Tafik tira Aglaé de ses pensées. Avec l'Entourloupe qui peinait à suivre son sillage, elle gravit quatre à quatre l'étroit escalier conduisant à l'étage. L'appartement de l'horloger se composait de deux pièces modestes : un salon-cuisine et une chambre. L'ancien mamelouk les attendait dans cette dernière. À leur entrée, il leur désigna une large table placée à la verticale d'une lucarne ménagée dans le pan incliné du toit.

— Regardez-moi tout cet attirail ! s'exclama-t-il avec les bras largement ouverts et l'œil qui frisait. On dirait que notre artisan ne s'intéresse pas qu'aux mécanismes d'horlogerie.

Sur le plateau de la table, rutilant et bien ordonné, s'alignait un matériel sophistiqué qui n'aurait pas déparé le cabinet d'un savant professeur de médecine. Ce qui retint d'abord l'attention d'Aglaé, ce furent plusieurs rangées d'éprouvettes et de bocaux. Ces derniers renfermaient des masses gélatineuses ou carnées en tout point comparables aux organes conservés dans l'alcool qu'ils avaient découverts dans la nécropole secrète des docteurs Orfila et Faivre. Cependant, d'autres éléments retinrent aussi le regard de la policière. Il s'agissait d'un coffret renfermant des lentilles de verre poli, de tailles et de formes variées, mais aussi de deux boîtes en bois d'acajou possédant chacune une colonne articulée à crémaillère sur laquelle étaient montés un tube de cuivre, un miroir et un support de platine. Aglaé avait beau ne pas posséder de connaissances particulières dans le domaine scientifique, elle savait que Valentin se servait d'un instrument analogue, quoique d'apparence plus rudimentaire, dans son laboratoire personnel. Il s'agissait à n'en pas douter de microscopes optiques.

— Non. Nous n'avons personne de ce nom parmi nos membres correspondants.

— Vous êtes certain ? Auriez-vous l'aimable obligeance de vérifier à nouveau ? Il aurait présenté un mémoire sur les cadrans solaires à une séance récente de l'Académie.

Après avoir quitté le magasin d'Antoine Delcourt, Aglaé avait renvoyé l'Entourloupe et Tafik rue de Jérusalem et pris à pied la direction du quai Conti pour rejoindre l'ancien collège des Quatre-Nations. Elle s'était présentée au secrétariat de l'Institut de France, où elle avait demandé à consulter la liste des membres correspondants de l'Académie des inscriptions et belles-lettres.

L'employé qui l'avait reçue, un gratte-papier atrabilaire doté d'un fin museau de fouine, l'avait toisée avec un brin de condescendance avant de lui rétorquer que les archives n'étaient pas accessibles au public et que, de toute façon, les femmes n'étaient pas admises dans les locaux de l'Institut. Aglaé avait pris sur elle pour éviter de provoquer un esclandre inutile et, bien qu'il lui en coûtât, elle avait préféré user de ses talents de comédienne pour amadouer le cerbère.

Avec force sourires enjôleurs, elle avait inventé de toutes pièces une fable au sujet d'un vieil ami de son défunt père qu'elle recherchait désespérément. Sur son lit de mort, ce dernier lui avait confié un bijou de prix qu'elle devait remettre à un certain Antoine Delcourt, membre correspondant de l'Institut. La jolie brune avait alors exhibé sous les yeux de l'employé revêche une superbe broche que Valentin lui avait offerte à l'automne précédent pour marquer l'anniversaire de leur rencontre. « Si j'étais sûre que ce M. Delcourt fréquente bien cette noble institution, avait-elle minaudé, je pourrais vous laisser la broche à son intention. Je vois bien que vous êtes un homme de devoir à qui l'on peut s'en remettre en toute confiance. »

Émoustillé autant par les poses avantageuses adoptées par la visiteuse que par la perspective de pouvoir faire main basse sans coup férir sur le précieux bijou, le gratte-papier s'était aussitôt radouci et avait plongé avec zèle dans les registres de l'Institut.

— Non, vraiment, je regrette, lâcha le bonhomme, un rien dépité après avoir consulté une seconde fois les pages de son répertoire. Je ne trouve pas de Delcourt répertorié sur la liste des membres, ni même dans les résumés des séances des douze derniers mois. Il aurait pu y figurer au moins au titre de contributeur.

— C'est très contrariant ! geignit Aglaé en faisant exprès d'écarter les doigts pour permettre à son interlocuteur de mieux voir les reflets des pierres fines qui composaient la broche en forme d'ibis. J'aurais tant voulu satisfaire les dernières volontés de mon regretté père !

Le secrétaire poussa un long soupir. La frustration se lisait clairement sur son visage. Être passé si près d'une belle affaire devait le faire bouillir intérieurement.

— Êtes-vous sûre au moins que votre parent a bien mentionné les inscriptions et belles-lettres ? demanda-t-il en se frappant le front comme si une idée soudaine venait de rallumer en lui un mince espoir. Ne pourrait-il s'agir d'une autre Académie ?

Aglaé se composa un visage d'innocente bécasse.

— Comment cela ? Il n'y a pas qu'une seule Académie ?

— Mais non voyons ! rétorqua l'employé en plissant son nez pointu. L'Institut regroupe cinq Académies. Voyons un peu ! Vous m'avez dit un mémoire sur les cadrans solaires… Il pourrait peut-être s'agir de l'Académie des sciences. En tout cas, cela vaut la peine de vérifier !

Il prit un autre registre dont il se mit à compulser les pages avec empressement, le bout de sa langue pointant entre ses dents. Soudain, son index taché d'encre s'immobilisa sur un paragraphe et un grand sourire cupide éclaira sa face.

— Le voilà ! Je l'ai trouvé ! Antoine Delcourt a été reçu à l'Académie des sciences en qualité de membre correspondant il y a trois ans. À l'appui de sa demande, il a présenté un mémoire sur un nouveau type de microscope à lentilles achromatiques dont il était l'inventeur. En revanche, je ne vois rien ici qui ait trait aux cadrans solaires.

Aglaé se retint de pousser un cri de joie. La piste du petit horloger s'annonçait décidément de plus en plus prometteuse. L'homme avait délibérément menti lorsqu'il avait fortuitement croisé Valentin, la semaine précédente, dans la cour de l'Institut. Pourquoi avait-il parlé de cadrans solaires ? Cherchait-il à masquer ses liens avec l'Académie des sciences et ses travaux d'optique ?

— C'est tout ce que vous avez sur lui ? demanda-t-elle sans paraître y attacher plus d'importance que cela. Pas d'autre information ?

Le secrétaire à tête de fouine fit courir son index le long des lignes.

— Il est indiqué ici qu'au début du mois de mars le sieur Delcourt a soumis un nouveau mémoire, mais au Comité de salubrité. L'examen du document s'est déroulé lors de la séance du 12 mars et a donné lieu, cette fois, à un rejet.

— Peut-on connaître le sujet de ce mémoire ?

— Il s'agissait forcément du choléra, fit l'homme en haussant les épaules. Le Comité a été mis en place pour étudier spécifiquement les mesures à prendre en vue d'enrayer la propagation de la maladie et pour diffuser d'utiles recommandations.

— N'y a-t-il vraiment pas moyen d'en savoir un peu plus sur le contenu de ce document ?

L'employé s'efforça de masquer son impatience, sans y parvenir tout à fait. Il devait se demander pourquoi cette beauté un peu godiche ne lui confiait pas la broche, à présent qu'elle avait obtenu le renseignement qu'elle cherchait. Mais la crainte de lui déplaire l'empêchait de manifester son irritation. Après tout, cela ne lui coûtait pas grand-chose de satisfaire sa curiosité, et le bijou, qui devait valoir au bas mot quatre ou cinq mille francs, le dédommagerait largement de sa peine.

Avec un sourire contraint, il déplaça un escabeau le long d'un rayonnage et grimpa dessus, révélant un corps des plus rachitiques, pour examiner les dossiers renfermant les comptes rendus des séances du Comité. Il finit par en tirer un à lui et redescendit péniblement, vacillant sous son fardeau, pour le déposer en poussant un gémissement sur son pupitre.

— Vous êtes adorable, le flatta Aglaé en faisant semblant de jouer distraitement avec sa broche. J'ai tout de suite vu que vous étiez un homme à qui l'on pouvait se fier.

Le secrétaire dodelina de la tête en faisant jouer les loquets métalliques du dossier. Il en tira un volume in-folio dont il tourna les pages en s'humectant les doigts de salive.

— Nous disons donc la séance du 12 mars, murmura-t-il entre deux coups de langue. Voilà, nous y sommes presque... Oh, par exemple !

L'homme s'était tout à coup raidi, les doigts crispés sur le coin d'une feuille qu'il ne cessait de tourner d'un côté puis d'un autre, comme s'il cherchait quelque chose sans parvenir à le trouver.

— Que se passe-t-il ? interrogea Aglaé, soudain alarmée.

— C'est... c'est incompréhensible..., balbutia le secrétaire, choqué. Un acte de vandalisme intolérable... Voyez vous-même... La feuille portant mention des membres du Comité siégeant à la séance du 12 est bien présente. Mais les pages suivantes correspondant au compte rendu des travaux ont été arrachées.

Tout en prononçant ces mots d'une voix blanche, il avait incliné le volume en direction d'Aglaé comme pour la prendre à témoin du caractère tout à fait scandaleux de la dégradation. La jeune femme se pencha et put déchiffrer les mentions figurant sur la page cornée par le secrétaire.

Lors de sa séance du 12 mars, le Comité de salubrité avait siégé en formation restreinte pour étudier une demi-douzaine de mémoires. Trois hommes composaient ce jury de sages parmi les sages : Maxime de Chantourné dans le rôle de président, ainsi que Claude Villeneuve et Nicolas Lécuyer-Manson en qualité d'assesseurs.

34

Pris au piège

— Vite ! Filez par la fenêtre avec les sacoches ! Moi, je me charge de détourner l'attention du personnel !

Valentin avait presque crié pour couvrir le carillon assourdissant dont les vibrations emplissaient le bureau. Mais Vidocq ne paraissait pas convaincu.

— Pourquoi pas l'inverse ? Sauvez-vous pendant que je les retiens !

L'inspecteur avait gagné la porte en quelques enjambées et il était en train de coincer le dossier d'un lourd fauteuil contre la poignée pour en bloquer le fonctionnement. Il se retourna en direction de l'ancien forçat.

— Ne perdons pas de temps en vaines discussions. Sans vouloir vous offenser, François, je suis plus rapide et plus souple que vous. J'aurai plus de chances de leur échapper. Allons ! Décampez à présent avant qu'il ne leur vienne l'idée de nous couper toute retraite par les extérieurs.

Comme pour donner plus de poids à son ordre, quelqu'un tenta de manœuvrer la poignée. Un juron fusa lorsque celle-ci refusa de jouer son rôle. L'instant d'après, des heurts violents retentirent contre le panneau de bois.

Sans plus tergiverser, Vidocq extirpa la seconde sacoche du coffre et se précipita vers la fenêtre. Ayant entrouvert les volets, il se retourna vers son compagnon.

— La voie semble libre. Vous êtes sûr que vous ne voulez pas venir avec moi ?

— Impossible ! Il faut absolument que l'un d'entre nous reste là pour retarder au maximum les poursuites. Si nous fichions le camp ensemble, nous ne tarderions pas à avoir toute la localité à nos trousses.

L'ancien bagnard afficha une moue contrariée.

— Oui, vous avez sans doute raison, grogna-t-il. N'empêche ! Je m'en veux terriblement de vous avoir fourré dans un tel guêpier.

— Ne dites donc pas de bêtises et, plutôt que de remuer d'inutiles regrets, déguerpissez aussi vite que vous le pouvez !

Vidocq lui adressa un dernier signe de la main avant d'enjamber l'appui de la croisée et de disparaître par l'ouverture ménagée entre les deux volets. Valentin referma aussitôt ces derniers ainsi que les battants de la fenêtre pour masquer toute trace de sa fuite. Puis il pivota rapidement sur les talons, fouillant le bureau du regard dans l'espoir de découvrir quelque chose qui pourrait favoriser ses desseins. Il devait faire vite. Les secousses qui ébranlaient la porte d'entrée s'étaient en effet transformées en véritables coups de boutoir. Les assaillants avaient dû se munir d'un banc ou d'un meuble quelconque et s'en servaient à présent comme d'un bélier. Compte tenu de leurs efforts redoublés, il était vraisemblable que le rempart sommaire érigé par Valentin pour leur défendre l'accès au bureau ne résisterait plus très longtemps.

Un craquement plus intense que les autres précéda l'arrachement du battant. Par l'interstice ainsi ménagé le long du chambranle, un bras se glissa et parvint à écarter le fauteuil. L'ouverture s'élargit aussitôt et deux hommes en livrée de domestique, armés l'un d'un vieux fusil, l'autre d'une dague de chasse, firent irruption à l'intérieur. Ils s'immobilisèrent, stupéfaits, en constatant que le coffre dans le mur était vide, la fenêtre et les volets hermétiquement clos… et qu'il n'y avait à première vue personne d'autre qu'eux dans la pièce !

Le plus âgé des nouveaux venus avisa tout à coup une masse incongrue qui reposait sur le bureau du président Pöerson. Elle n'avait rien à faire là. Le domestique plissa les yeux. En dépit de la pénombre qui noyait l'espace, il lui semblait reconnaître les contours de cet objet. Des contours familiers qui se précisaient à mesure que ses yeux s'habituaient au manque de lumière. Ce qui trônait là sur le sous-main, à l'endroit exact où le premier magistrat de Melun avait coutume de rédiger ses sentences, était la tête empaillée d'un sanglier. Une bête magnifique que le magistrat avait lui-même abattue lors d'une chasse à courre dix ans plus tôt. Or ce trophée n'était pas à sa place habituelle. Il aurait dû être accroché…

… juste au-dessus de la porte, à l'aplomb des deux hommes. Un brusque mouvement s'accompagna d'un déplacement d'air. Ils n'eurent même pas le temps de lever les yeux. Valentin venait de lâcher le crochet auquel il s'était retenu et s'était laissé choir de toute sa masse sur les épaules des domestiques.

Pris au dépourvu, cers derniers furent projetés en avant sur le parquet. Avant qu'ils ne se remettent de leur surprise et ne parviennent à se relever, le jeune policier bondit en arrière et franchit le seuil.

Contrairement à ce qu'il avait espéré, il ne lui fut pas possible de traverser le vestibule pour gagner la sortie de l'hôtel. Un troisième domestique portant un long tablier blanc noué autour des reins défendait l'accès à la double porte. Lui aussi était muni d'une antique pétoire. Voyant surgir Valentin comme un diable de sa boîte, il pointa son canon dans sa direction et lui intima l'ordre de ne pas bouger.

Valentin dérapa sur les dalles du hall et, sans se soucier de la menace, repartit à toutes jambes en sens opposé. Il passa en trombe devant la porte ouverte du bureau, constatant du coin de l'œil que ses deux premiers adversaires tâtonnaient encore à la recherche des armes qu'ils avaient lâchées dans leur chute, puis fonça vers le fond du vestibule. Là, il tourna à droite et s'engagea dans le corridor qui desservait l'aile est de la gentilhommière. Il accéléra encore l'allure, conscient que les autres n'allaient pas tarder à se lancer après lui et qu'il devait prendre de l'avance avant de tenter d'ouvrir l'une des nombreuses portes situées de chaque côté du couloir. L'essentiel était que ses poursuivants ne voient pas celle qu'il choisirait. Cela les contraindrait à avancer lentement en examinant chaque pièce, ce qui lui laisserait peut-être le répit nécessaire pour pouvoir définitivement leur échapper.

Lorsqu'il entendit de nouveau des appels et des piétinements dans son dos, il jeta un coup d'œil par-dessus son épaule pour s'assurer que les serviteurs de Pöerson n'avaient pas passé l'angle du mur et qu'il était encore hors de vue. Rassuré sur ce point, il se jeta sur la porte la plus proche et plongea dans l'obscurité.

Une fois le battant claqué derrière lui, il se retrouva dans une véritable mer d'encre. Pas la moindre clarté. Le noir qui l'entourait n'était pas celui d'une pièce qu'on a simplement privée de lumière. C'était le noir absolu du tombeau.

À tâtons, il chercha à se repérer. Ses paumes rencontrèrent ce qui lui sembla être une colonne en pierre sur sa gauche. Il la contourna et, s'en détachant, se risqua dans l'inconnu, balayant de ses bras l'espace vide devant lui, tel un aveugle privé de tout repère.

Au bout d'une dizaine de pas peu assurés, sa main heurta un obstacle qui vacilla en faisant entendre un léger tintement métallique. À la façon dont le bruit se répercuta, il comprit qu'il se trouvait dans une pièce de beaucoup plus grandes dimensions qu'il ne l'avait d'abord supposé. Avec précaution, il entreprit de palper l'objet qu'il venait de cogner. C'était de toute évidence un candélabre à trois branches muni de ses bougies.

Valentin sortit de sa poche l'étui métallique dont il ne se séparait jamais et qui renfermait son briquet Fumade[1]. Il enflamma une allumette et embrasa l'une après l'autre les trois bougies. Un décor des plus étranges émergea alors progressivement des ténèbres. La porte d'entrée était encadrée par deux colonnes qui portaient l'une la lettre B et l'autre la lettre J. Sur le mur, à gauche du seuil, était tracée une étoile à cinq branches dont le centre s'ornait d'une troisième lettre qui était un G. Quant au mur du fond, de forme semi-circulaire,

1. Boîte à double compartiment renfermant des allumettes soufrées et un flacon d'acide sulfurique permettant d'enflammer ces dernières.

il portait, à la verticale d'une estrade surmontée d'un pupitre, la représentation d'un triangle isocèle centré sur un œil et encadré par les dessins d'une lune et d'un soleil. Mais la riche symbolique de la vaste salle ne se limitait pas à ces éléments. Elle s'étendait aussi sous les pieds de l'inspecteur sous la forme d'un dallage de pavés noirs et blancs, et encore au-dessus de sa tête avec ce plafond peint d'une voûte étoilée d'où pendait un fil à plomb, comme un lien avec le cosmos infini.

Les épaules de Valentin s'affaissèrent et il inclina la tête, adoptant une attitude de vaincu. Il avait immédiatement compris où il se trouvait et savait, du même coup, avec une absolue certitude qu'il venait de se précipiter au fond d'une nasse. Il en était à ce point convaincu qu'il ne chercha même pas à s'approcher de la fenêtre grillagée qui s'ouvrait sur le mur de droite. Il savait qu'il s'agissait d'un leurre, d'un trompe-l'œil juste destiné à marquer que les maçons n'entendaient pas se couper totalement du monde extérieur. Car il s'agissait bien de cela. Malgré lui, il venait de pénétrer dans le lieu le plus secret des Cœurs unis, cette fraternité dont Pöerson était le vénérable maître. Or son père lui avait appris jadis que les réunions des frères maçons devaient se tenir à l'abri de tout regard profane et que, pour cette raison, leurs temples ne comportaient aucune ouverture physique autre que la porte d'entrée.

Le jeune policier se retourna pour fixer celle-ci. À travers la cloison lui parvenaient les bruits atténués des pas et des échanges de ceux qui le traquaient. Ils s'étaient engagés à leur tour dans le corridor et fouillaient systématiquement toutes les pièces en progressant vers son extrémité. Il était trop tard pour tenter de ressortir. Dans l'espace exigu, Valentin leur offrirait une trop belle cible. Mieux valait ne plus bouger et les laisser venir à lui. Ce serait toujours quelques minutes de gagnées en plus pour permettre à Vidocq de prendre le large.

Lorsque les hommes armés franchirent enfin la porte de l'enceinte sacrée, ils furent stupéfaits de découvrir que l'intrus semblait les attendre en toute sérénité. L'homme s'était installé confortablement dans l'un des fauteuils réservés aux membres de la confrérie. Jambes croisées, le dos bien calé contre le dossier, il fumait un mince cigare en affichant un air d'étonnante nonchalance. Lorsqu'ils avancèrent en braquant leurs armes sur sa poitrine, il souffla une dernière volute de fumée et se leva lentement pour les saluer. Puis il tendit les poignets en avant, manifestant ainsi clairement son intention de se rendre sans opposer la moindre résistance.

Une demi-heure plus tard, Valentin n'en menait plus aussi large. Il gisait, les mains liées derrière le dos, au fond d'un cagibi des communs. Ses lèvres tuméfiées le brûlaient et le moindre mouvement réveillait à travers tout son corps les contusions provoquées par les nombreux coups reçus. Ceux qui l'avaient jeté là n'avaient guère apprécié qu'il refuse d'avouer ce qu'il avait fait du contenu du coffre de leur maître. Ils lui avaient administré une sévère correction et l'avaient bouclé dans ce réduit sans lui donner la moindre indication sur le sort qu'ils entendaient lui réserver.

Depuis lors, travaillé par l'angoisse, Valentin ne cessait de ruminer de sombres pensées. S'il ne parvenait pas à se tirer de ce mauvais pas avant qu'on établisse son identité, le scandale serait inévitable. Un inspecteur de la préfecture de police pris en flagrant délit de cambriolage, c'était pour lui la révocation assurée. Avouer les motifs qui l'avaient poussé à sortir ainsi du cadre de la loi lui éviterait peut-être la prison, mais ne sauverait pas sa carrière. Sans compter que Pöerson, en tant que premier magistrat de la ville et vénérable de la loge locale, ne devait pas manquer d'appuis. Il y avait aussi autre chose qui chagrinait l'inspecteur. S'il avait demandé le matin même au docteur Faivre de garder secret le décès de Nicolas Lécuyer-Manson et de simuler un transfert du malade dans sa clinique, c'était pour tendre un traquenard aux meurtriers. Cependant, s'il n'était pas sur place cette nuit pour disposer ses filets, tout tomberait à l'eau. Et une sorte de sixième sens lui soufflait qu'il n'aurait pas d'autre occasion de boucler son enquête. Cette certitude lui pesait presque davantage que la perspective de perdre son emploi de policier.

Le soir avait dû tomber quand on vint enfin le chercher, car il ne parvenait même plus à distinguer les parois de sa minuscule prison. La porte s'ouvrit sur la clarté vacillante d'une lampe à huile. Plusieurs silhouettes se découpaient dans l'encadrement. Quand un homme se pencha pour lui attraper le bras et le remettre sur pied, Valentin reconnut le plus âgé des domestiques. Derrière celui-ci, deux gendarmes, la moustache martiale et le sabre au côté, le fixaient d'un œil sévère.

L'un d'eux, dont l'uniforme portait des galons de brigadier, fit une moue dédaigneuse.

— C'est donc ça, le « fléau de la haute » ! Un angelot qu'a pas l'ombre d'un poil au menton ! L'a vraiment pas la tête de l'emploi… Comme quoi, faut jamais s'fier aux apparences !

— Ce n'est pas trop tôt ! ironisa Valentin. Je commençais à trouver votre hospitalité un tantinet austère. Mais c'est une excellente idée de venir me chercher pour faire le quatrième. À quoi allons-nous jouer ? Au whist ? Au boston ? À la bouillotte ?

Le second gendarme lui asséna une violente bourrade dans les reins.

— Ferme-la ! rugit-il. J'ai dans l'idée que tu f'ras moins l'malin dans quelques instants. Ouais, m'est avis qu'tu vas avoir une drôle de surprise, mon gars !

Ses gardes le poussèrent en avant à travers le vestibule jusqu'au seuil du bureau du magistrat. Valentin s'imagina qu'ils voulaient de nouveau l'interroger sur la cache de son hypothétique butin. L'un des domestiques, celui au tablier blanc, l'avait vu sortir de la pièce les mains vides. Ils devaient donc s'imaginer qu'il avait dissimulé les sacoches à l'intérieur.

Il fut cependant surpris de voir le brigadier cogner à la porte avec une déférence marquée, avant de risquer une tête hésitante par l'entrebâillement.

— Votre client est là, monsieur, dit-il d'une voix peu assurée. Faut-il le faire entrer ?

— Évidemment ! répliqua une grosse voix autoritaire. Qu'est-ce que vous attendez ? Le déluge ?

Le gendarme porta la main à son bicorne en un salut maladroit et se retourna vers son collègue avec empressement.

— Fais-le donc avancer ! (À l'instant où Valentin le croisait sur le seuil, il lui flanqua un coup vicieux sur la nuque et gronda :) Et toi, vilain drôle, t'as intérêt à te montrer coopératif. Parce que maintenant, fini de plaisanter. Tu vas avoir affaire à forte partie, crois-moi. Un conseil : si tu veux pas y laisser trop d'plumes, file doux !

Et d'une méchante poussée, il le propulsa au beau milieu de la pièce…

… où Vidocq l'attendait de pied ferme.

35

Les lettres du duc d'Otrante

Une cloche sonna la demie de six heures au moment précis où la voiture légère laissait derrière elle les dernières habitations de Melun. Son conducteur attendit d'avoir dépassé la courbe suivante de la route pour immobiliser l'attelage sous le couvert d'un bosquet. Il sortit un couteau de la poche de son manteau et trancha les liens de son prisonnier.

— Ça par exemple, François ! Allez-vous m'expliquer enfin comment vous avez réussi ce tour de passe-passe ?

Tandis que Valentin se frottait les poignets pour ramener le sang dans ses extrémités endolories, Vidocq sauta à terre et fit le tour de la chaise afin d'allumer les deux fanaux latéraux. Il affichait un air de satisfaction friponne.

— Avouez que je vous ai réservé une sacrée surprise. Pardieu ! Les yeux vous sortaient de la tête quand les cognes vous ont ramené dans ce foutu bureau.

— Il y avait de quoi ! Je m'attendais à peu près à tout – au pire surtout ! –, mais certainement pas à me retrouver face à vous. Surtout que ce brigadier à la main leste me promettait les pires avanies. Comment diable vous y êtes-vous pris ?

— Rien de plus simple ! s'exclama l'ancien forçat en reprenant les rênes. (Il fit claquer son fouet au-dessus de la tête du cheval et lança de nouveau la voiture à bonne allure sur la route de Paris.) J'ai oublié mes réflexes d'ancien repris de justice et me suis juste souvenu que j'étais redevenu policier et, modestie mise à part, l'un des premiers de France.

— Mais encore ? Je vous avais dit de filer ventre à terre pour mettre les dossiers de Fouché en sûreté.

Vidocq prit une mine faussement vexée.

— Vous vous êtes aussi vanté d'être plus souple et plus rapide que moi !

— Ce qui est la stricte vérité, rétorqua Valentin avec un sourire amusé.

— Possible, mais en dépit de vos fanfaronnades de jeune blanc-bec, je me doutais bien qu'en restant en arrière vous couriez de gros risques d'être arquepincé[1]. Or je ne pouvais tout de même pas vous abandonner dans d'aussi sales draps. D'autant que je me sentais en grande partie responsable de votre sort. Aussi, je l'avoue, j'ai négligé de suivre vos injonctions. Aussitôt après avoir quitté la propriété du président Pöerson, je me suis précipité tout droit au poste de gendarmerie. Il était probable qu'en l'absence de leur maître, si les domestiques du magistrat parvenaient à vous mettre le grappin dessus, ils alerteraient sans délai les plus proches représentants de l'ordre.

— Voilà qui ne manquait pas de culot !

---

1. Arrêté, en argot.

— J'ai toujours pensé que la fortune sourit aux audacieux. Imaginez une petite caserne assoupie par un bel après-midi de printemps. Et tout à coup, branle-bas de combat ! Voilà une grosse huile qui débarque de Paris. Rien de moins que le chef de la Sûreté en personne ! Vous imaginez comment tout ce petit monde a sauté dans ses bottes…

Connaissant la faconde et l'autorité naturelle de son compagnon, alliées à un physique imposant, Valentin visualisait aisément la scène qui n'avait pas dû manquer de piquant, mais il se demandait encore quelle fable Vidocq avait pu servir à ses interlocuteurs.

— Mais que leur avez-vous dit au juste ?

— Simplement que j'étais sur la piste d'un redoutable cambrioleur surnommé le « fléau de la haute » et que, si mes informations s'avéraient exactes, l'arsouille était sur le point de commettre un gros coup dans leur bonne ville de Melun. Et voilà-t'y pas que moins de dix minutes plus tard, le valet particulier du président Pöerson débarque en clamant qu'ils ont surpris un grinchisseur[1] en plein larcin, mais que le gredin refuse d'avouer où il a planqué son butin. Pensez si le maréchal des logis était tout heureux de se décharger de l'enquête sur moi !

— Je reconnais que le coup était finement joué. Seulement, quand vous avez insisté pour me transférer immédiatement à Paris, j'ai cru qu'ils allaient refuser et vous demander d'attendre au moins le retour de Pöerson chez lui. Mais tout de même, vous ne craignez pas que le magistrat vous fasse des ennuis par la suite ?

1. Voleur, en argot.

— Cela m'étonnerait beaucoup, d'autant que, dès demain après-midi, je compte lui faire renvoyer les fameuses sacoches. Je lui écrirai que vous aviez un complice dont vous avez fini par me donner le nom et l'adresse. Ayant retrouvé le contenu de son coffre, Pöerson s'en remettra à moi pour la suite et le tour sera joué. Bien entendu, nous aurons au préalable soutiré des dossiers toutes les pièces susceptibles de nous intéresser.

— *Nous ?*

— Qu'est-ce que vous imaginiez, mon bon ! Que papa Vidocq allait voir passer entre ses mains les archives secrètes de Fouché et ne pas y picorer de quoi enrichir ses propres fiches ! Il ferait beau voir ! En attendant, si vous voulez occuper utilement les heures à venir, vous pouvez toujours commencer à éplucher ces précieux documents. (Il donna un coup de menton par-dessus son épaule pour désigner l'espace étroit ménagé pour les bagages derrière la banquette.) Les sacoches sont là et les lanternes devraient suffire pour vous éclairer.

Valentin attrapa les précieux porte-documents et détacha les lanières du premier, qu'il disposa sur ses genoux. Il en extirpa plusieurs liasses de papiers dont certaines étaient liées par des rubans. Il les parcourut rapidement pour en apprécier la teneur. Il s'agissait pour l'essentiel de lettres mais aussi de feuillets et de rapports présentant un caractère plus officiel qui émanaient de ministères ou portaient des en-têtes d'ambassades étrangères. À l'intérieur de chaque paquet, les documents étaient classés par ordre chronologique, ce qui en facilitait la consultation. Néanmoins, au tout début, Valentin éprouva quelque difficulté à déchiffrer les différentes écritures. Pas seulement à cause de la fragile clarté du fanal accroché à hauteur de son visage qui faisait danser des ombres sur le papier, mais surtout parce que la fatigue l'accablait. Celle-ci, alliée aux nombreux coups reçus dans l'après-midi et à l'excitation suscitée en lui par le fait de tenir dans les mains les archives secrètes du terrible Fouché, l'empêchait de se concentrer. Il avait l'impression, par moments, que les lettres se mettaient à se tortiller sous ses yeux, tels des serpents insaisissables.

Il était plongé dans ce pénible examen depuis déjà près d'une heure lorsqu'un ensemble de lettres tiré de la seconde sacoche finit par retenir toute son attention. Il s'agissait d'une correspondance échangée durant les deux semaines qui s'étaient écoulées entre la seconde abdication de Napoléon, le 22 juin 1815, après Waterloo, et le retour de Louis XVIII à Paris, le 8 juillet de la même année. À cette époque, Fouché, en fin manœuvrier, était parvenu à se faire élire à la présidence du gouvernement provisoire et déployait beaucoup d'efforts pour apparaître comme le seul homme capable de concilier bonapartistes et républicains. Or Valentin ne pouvait s'empêcher d'ouvrir de grands yeux étonnés en découvrant que le principal destinataire des lettres rédigées au cours de cette période par l'ancien ministre de l'Empereur n'était autre que le représentant des Bourbons en exil, le roi Louis XVIII.

Comme il faisait part de sa surprise à Vidocq, celui-ci lui retourna un sourire quelque peu désabusé.

— Durant sa longue carrière publique, expliqua-t-il, le duc d'Otrante s'est toujours montré un pragmatique avant tout. En politique, il semble bien que sa seule ligne de conduite ait été de toujours se retrouver dans le camp du vainqueur. À elle seule il s'est montré fidèle. Quant aux maîtres qu'il s'est tour à tour donnés… disons qu'il ne s'est jamais privé de les poignarder dans le dos lorsqu'il jugeait que les événements l'imposaient. Savez-vous le mot qu'on lui prête après le retour de l'île d'Elbe, quand Napoléon était à la veille de se réinstaller aux Tuileries ?

— Non, je l'ignore.

— Aux monarchistes qui redoutaient de se voir contraints à une seconde émigration, il aurait confié : « Sauvez le roi, je me charge de sauver la monarchie. »

— Mais il a accepté de redevenir ensuite le ministre de la Police de Napoléon ! Une telle duplicité relève ni plus ni moins de la haute trahison !

Vidocq parut s'amuser du ton offusqué et de la naïveté de son jeune compagnon.

— Je vous l'ai dit, l'homme ne s'est jamais mis au service d'un idéal politique. J'ai toujours pensé que c'était avant tout un joueur qui se plaisait à manipuler ses semblables et à monter subtiles combinaisons et secrètes intrigues. Mais attention ! C'était aussi un monstre de sang-froid, doté d'une terrible lucidité. J'imagine qu'il a très rapidement compris que le retour de Napoléon était une folie sans lendemain. Après Waterloo, il a dû considérer que le rétablissement d'un Bourbon sur le trône de France était le seul moyen de sortir du chaos, de préserver un pays ruiné, vaincu et envahi par ses ennemis. Bien qu'il m'en coûte de l'admettre, une telle vision était sans doute la bonne. La seule vraie faute de Fouché est d'avoir obtenu du roi de garder son ministère de la Police. C'était s'abaisser à revêtir les habits de Judas en empochant les trente deniers.

Mais déjà Valentin n'écoutait plus vraiment. Les lettres qu'il avait sous les yeux lui contaient la même histoire mais, en quelque sorte, narrée de l'intérieur par ses principaux protagonistes. Elles mettaient en lumière la façon dont Fouché, l'ancien régicide, s'était concilié les bonnes grâces du frère du roi décapité. Et en même temps, elles lui révélaient, entre les lignes, les raisons des tourments qu'on lui avait infligés, enfant, et l'incroyable secret qui entourait sa propre existence.

À Sa Majesté le roi Louis XVIII
Hôtel d'Hane-Steenhuyse, Gand

Par la présente, je suis heureux d'informer Votre Majesté que Napoléon a enfin cédé à mes pressantes instances et quitté Paris pour la Malmaison où il se trouve placé sous l'étroite surveillance de troupes tout à fait sûres. J'ai bon espoir que cette résidence sera de courte durée et que les voies de l'exil s'ouvriront bientôt pour un homme dont les dernières actions se sont avérées si funestes pour notre pays. J'informe également Votre Majesté que j'ai formellement interdit la publication dans les pages du Moniteur *d'une proclamation que l'empereur déchu avait cru devoir rédiger à l'adresse de son armée en guise d'adieu. Il est de l'intérêt supérieur du royaume et nécessaire à la paix que cette voix s'éteigne.*

Les Chambres sont toujours partagées entre les partisans de la république, menés notamment par Carnot, et les bonapartistes qui entendent que soit proclamé Napoléon II. Je demeure néanmoins convaincu que ces deux courants se neutraliseront l'un l'autre et Votre

Majesté peut être assurée de ma détermination à travailler en ce sens. Cela est une question de jours, de semaines tout au plus, et je ne manquerai pas de faire savoir à Votre Majesté, par l'entremise d'un émissaire du baron de Vitrolles[1], *quand les conditions d'une ouverture des portes de Paris seront réunies.*

Je prie Votre Majesté d'agréer l'expression de ma très haute considération.

Joseph Fouché, duc d'Otrante,
président de la commission de gouvernement
Palais des Tuileries, 25 juin 1815
(copie unique)

À Joseph Fouché, duc d'Otrante
Palais des Tuileries, Paris

Monsieur le Duc,

Nous apprécions à leur juste mesure les efforts que vous déployez pour décourager une résistance tout à fait inutile au sein du royaume. Les émissaires que nous avons adressés auprès du duc de Wellington, d'une part, et du prince de Metternich, d'autre part, nous laissent à penser que le rétablissement de la Charte serait désormais bien accueilli par nos alliés. Seuls une capitulation rapide et un ralliement général à ma personne permettraient de ménager le pays et d'assurer une transition sans effusion de sang. Je compte

1. Partisan du roi qui avait levé une armée à Toulouse durant les Cent-Jours. Arrêté et promis à la peine capitale, il avait été épargné sur ordre de Fouché puis libéré par celui-ci dès le 23 juin.

que vous m'aidiez à retenir le bras armé des autres puissances.

Vous n'êtes pas sans savoir que votre personne fait l'objet dans mon entourage de quelques réticences liées à vos actes passés et à vos fidélités affichées. Mais, dans les circonstances ô combien cruciales que nous vivons, plus rien ne compte que les résolutions présentes. Nous jugerons sur les actes et point seulement sur les paroles ou la réputation, que cette dernière soit bonne ou mauvaise. Et vous avez en les personnes du duc de Wellington et de M. de Talleyrand les plus persuasifs des avocats…

Louis, par la grâce de Dieu roi de France et de Navarre
Hôtel de ville, Cambrai, 27 juin 1815

À Sa Majesté le roi Louis XVIII
Château de Ligny

Votre Majesté doit savoir que nombre d'hommes en charge en ce moment à Paris redoutent l'exercice de représailles violentes si les Chambres acceptaient de composer et si la capitale accueillait de nouveau son légitime souverain. Il y aurait de l'utilité à faire savoir que le moment est à la réconciliation. Cela établi, bien des résistances contre lesquelles je m'efforce jusqu'ici de lutter sans succès viendraient à céder. Le retour de Votre Majesté s'en trouverait grandement hâté.

Même alors, il conviendra toutefois d'exercer une surveillance sans faille des éventuels agitateurs. Je peux fournir, dans les prochains jours, une liste détaillée des personnalités à appréhender ou à placer en résidence surveillée. Par ailleurs, les services de police devront être rapidement réorganisés. Pouvant me targuer dans ce domaine de quelque expérience, je me mettrai, si tel est son désir, à l'entière disposition de Sa Majesté quand elle aura retrouvé le trône de ses ancêtres.

Je prie Votre Majesté de bien vouloir recevoir l'hommage de mon sincère attachement et de ma haute considération.

Joseph Fouché, duc d'Otrante,
président de la commission de gouvernement
Palais des Tuileries, 30 juin 1815
(copie)

À Joseph Fouché, duc d'Otrante
Palais des Tuileries, Paris

Nous vous entendons, Monsieur le Duc, quand vous nous indiquez qu'il serait de bonne politique de faire preuve de clémence. Vous pouvez, sans rien promettre ouvertement en notre nom, faire néanmoins savoir aux personnes que vous jugerez utiles que nous sommes prêt à pardonner les ralliements à l'usurpateur postérieurs au 23 mars. À la force des baïonnettes, nul ne peut être tenu de résister, même s'il y a certaine gloire à retirer d'un tel sacrifice. En revanche, point de pardon pour ceux qui ont favorisé au départ les desseins de l'usurpateur. En particulier, les chefs militaires qui ont manqué à leur devoir de protéger le pouvoir légitime devront répondre de leur trahison.

Puisque vous semblez soucieux d'aplanir toutes les

difficultés que pourrait susciter notre retour, j'ai chargé l'émissaire qui vous délivrera ce pli en mains propres de vous entretenir de vive voix d'un certain embarras qui n'a de cesse de nous tourmenter. Nous serions des plus reconnaissants à l'homme qui pourrait soulager notre royale personne de ce souci. Vous connaissez mon âge avancé et les maux nombreux dont je suis malheureusement affligé[1]. *Il ne fait point de doute que lorsque Notre-Seigneur me rappellera à lui, la couronne échoira à mon frère le comte d'Artois*[2] *et, après lui, à son fils, le duc d'Angoulême, puis aux propres enfants de celui-ci. Cette lignée doit être incontestable. Dans les temps troublés que nous vivons, il n'est pas possible de laisser subsister, au bénéfice d'une opposition nombreuse et virulente, des motifs de contester la légitimité de celui qui ceint la couronne.*

Lorsque vous serez instruit totalement de la chose, vous déciderez des moyens à employer. Nous vous en laissons seul juge et n'en souhaitons connaître que le strict nécessaire.

Louis, par la grâce de Dieu roi de France et de Navarre
Château de Cateau-Cambrésis, 2 juillet 1815

1. Louis XVIII souffrait de la goutte et d'un diabète qui empira avec les années et engendra une gangrène infectieuse dans les derniers temps de son règne.

2. Il s'agit du futur Charles X qui devait monter sur le trône en 1824 avant d'en être chassé en 1830 après la révolution des Trois Glorieuses.

À l'inspecteur Latouche
Commissariat du huitième arrondissement

J'entends que vous vous rendiez aujourd'hui même à l'hospice des sœurs de la Charité du faubourg Saint-Antoine. Vous demanderez à rencontrer la mère supérieure, à l'exclusion de toute autre personne. Il vous faudra obtenir d'elle le nom et l'adresse précise d'une famille de placement. Il s'agit de forestiers installés dans un hameau du Morvan à qui a été confié, durant l'hiver 1807, un nouveau-né. Le nom porté sur le certificat de baptême était Damien Combes. L'enfant a été abandonné par une dame Combes, travaillant comme lingère dans le quartier, et a été enregistré comme né de père inconnu.

Une fois le renseignement obtenu, j'entends que vous me le communiquiez sans délai. À moi et à moi seul. Une totale discrétion est de rigueur. Vous en répondrez sur votre emploi.

Pour exécution immédiate.

Joseph Fouché, duc d'Otrante,
président de la commission
de gouvernement, chargé des affaires de police
Palais des Tuileries, 4 juillet 1815
(copie)

À Sa Majesté le roi Louis XVIII
Palais des Tuileries, Paris

Je sais grâce à Votre Majesté de la grande confiance qu'elle m'a marquée et de l'insigne honneur qu'elle a entendu me faire en voulant bien signer ma nomination en qualité de ministre de sa police. Je lui renouvelle par écrit le serment de fidélité que j'ai eu le bonheur de prononcer devant elle, hier, à Neuilly.

Je profite de la présente pour entretenir une dernière fois Votre Majesté du petit embarras dont vous avez bien voulu vous décharger sur mon humble personne. Vous pouvez être tout à fait rassuré. Il n'existe plus aucune menace potentielle sur la future lignée de France. J'ai pu remonter la trace de l'enfant qui avait été placé chez des parents adoptifs dans le Morvan. J'y ai dépêché un individu de sac et de corde[1] *qui, pour prix de sa grâce, a consenti à nous débarrasser du bâtard à jamais. L'homme m'a confirmé avoir rempli sa mission sans la moindre difficulté. Le corps de l'enfant a été enfoui dans les bois, où il ne sera jamais retrouvé.*

Votre émissaire m'avait informé que le duc d'Angoulême consentait à cette solution extrême dans l'intérêt supérieur du royaume, mais qu'il entendait qu'aucun mal soit fait à la mère, pour laquelle il nourrissait un reste de tendre affection. Votre Majesté jugera peut-être bon d'informer son neveu que la dame Combes est décédée le 14 avril 1810 d'une méchante pneumonie. N'ayant aucune famille, elle a été enterrée dans la fosse commune du cimetière de Picpus.

Je prie Votre Majesté de bien vouloir recevoir l'hommage de mon entier dévouement et de ma très haute considération.

Joseph Fouché, duc d'Otrante, ministre de la Police
Paris, 9 juillet 1815
(copie unique)

1. Expression désuète qui qualifie un scélérat.

Valentin abaissa sa main qui serrait les lettres. Les jointures de ses doigts étaient blanches, sa mâchoire crispée, son teint livide. Ses paupières papillonnaient et son regard semblait errer dans le vague comme celui d'un enfant perdu.

— Alors c'était cela, l'explication…, prononça-t-il finalement d'une voix altérée et à peine audible. Un secret d'État qu'un vieux monarque malade a voulu préserver à tout prix.

Vidocq tourna la tête vers lui, inquiet de constater le trouble qui s'était brutalement emparé de son ami. Il désigna les feuillets dans sa main.

— Vous avez trouvé le fin mot de l'histoire ? C'était là, dans ces courriers ?

Valentin sursauta et le fixa d'un air hagard. On aurait dit qu'il était étonné d'apercevoir quelqu'un à ses côtés. Il dut faire un intense effort sur lui-même pour rassembler ses pensées et résumer à l'ancien forçat le contenu de la correspondance confidentielle de Joseph Fouché.

La lumière de la lanterne fit scintiller une lueur incrédule au fond des prunelles du chef de la Sûreté.

— Vous voulez dire que vous seriez le rejeton du fils aîné de Charles X ? Bâtard peut-être, mais premier-né. Savez-vous bien que cela pourrait faire de vous, aux yeux de certains, un prétendant légitime au trône de France ! C'est inimaginable ! Du diable si je m'attendais à pareille révélation !

Valentin croisa le regard de Vidocq mais sans s'y attarder. Il donnait l'impression de ne pas l'avoir entendu, de poursuivre seul un douloureux cheminement intérieur.

— Dire que pendant des années, j'ai recherché en vain la vérité... Depuis que le Vicaire a reconnu avoir agi sur ordre, je voulais châtier, à tout prix, son commanditaire. Et voilà que j'apprends que les véritables responsables de ma descente aux enfers sont déjà morts... Fouché, Louis XVIII... Tous les deux disparus depuis des années... (Il parut méditer un instant en silence sur cette réalité indépassable.) Je me sens tout à coup si vide à l'intérieur... Ce que je ne comprends pas, c'est comment il est possible que je sois encore en vie. Fouché avait donné l'ordre à Jacques Espart de me supprimer. Même s'il s'exprime à demi-mot, cela ressort clairement de ses écrits. Le Vicaire lui aurait même affirmé avoir enterré mon cadavre en pleine forêt.

Vidocq s'avisa que la main de Valentin qui tenait les fameuses lettres s'était mise à trembler. Il posa sa large paume par-dessus et tenta de le réconforter en lui communiquant un peu de sa force et de sa chaleur.

— Je ne vois qu'une seule explication, dit-il doucement. Espart nourrissait de coupables penchants pour les jeunes garçons. Il avait été condamné pour plusieurs viols. Quand il est venu vous chercher sous le déguisement du Vicaire, il a dû tomber sous le charme du blondinet innocent que vous étiez alors. C'est ce qui lui a donné l'audace de désobéir. Plutôt que de vous tuer, il a préféré vous enlever et mentir à ses maîtres pour vous garder auprès de lui.

La fraîcheur de la nuit qui était tombée sembla s'insinuer par l'ouverture du col de Valentin. Il ressentit un frisson désagréable lui parcourir toute la moelle épinière. Et ce n'était rien par rapport au froid glacé qui se répandait au même moment à l'intérieur de son crâne.

Il s'était construit en tant qu'homme à travers sa lutte contre les forces du mal. C'était une quête d'absolu, un devoir sacré qu'il s'était à lui-même donné. Et voilà qu'il réalisait brusquement que les choses étaient beaucoup plus complexes qu'il ne l'avait imaginé jusque-là.

Cette nuit, dans le halo jaunâtre des fanaux, au fond de cette voiture qui l'emmenait à vive allure dans l'obscurité, Valentin Verne n'était plus très sûr de savoir distinguer la frontière entre le bien et le mal, entre l'ombre et la lumière.

36

Valentin tend ses filets

Étrange nuit qui avait permis à Valentin de découvrir l'incroyable secret de sa naissance et qui lui offrait à présent l'action dont il avait besoin pour surmonter le choc de cette révélation et ne pas perdre totalement pied…

Vidocq et lui avaient rejoint la préfecture de police peu après onze heures du soir. Là, ils avaient retrouvé les membres du Bureau des affaires occultes qui se tenaient sur le pied de guerre. Avec une excitation qu'elle peinait à refréner, Aglaé rapporta aux deux hommes tout ce qu'elle avait pu glaner dans la journée au sujet d'Antoine Delcourt.

— En quittant l'Académie des sciences, conclut-elle, je n'avais plus aucun doute quant à l'implication de l'horloger dans la première série de meurtres, puis dans l'enlèvement et le décès des trois savants qui ont rejeté son mémoire. L'analyse du contenu des bocaux retrouvés dans son appartement n'a fait que confirmer la chose. Il s'agissait de trois organes différents : un poumon, un foie et un rein. Je les ai fait parvenir au docteur Orfila en le chargeant de les comparer aux dépouilles des trois premières victimes, Honoré Roussard, André Mauvoisin et Jacques Mignot. Nous n'avons pas encore reçu ses conclusions. Cependant, je ne crois pas trop m'avancer en affirmant qu'il y aura correspondance.

— Qui aurait pu imaginer ça ? intervint Tafik. Un avorton pareil ! On aurait pu l'enrhumer rien qu'en lui soufflant dessus !

— Précisément, objecta Valentin, il faut se méfier de ces êtres falots qui sont avides de reconnaissance. Delcourt devait se rêver en sauveur de l'humanité. En rejetant son mémoire, les membres du Comité l'ont renvoyé à sa médiocrité. Il ne l'aura pas supporté, et j'imagine qu'il aura voulu en tirer vengeance.

L'Entourloupe siffla entre ses dents.

— Ben voyons ! grinça-t-il. M'est avis surtout qu'ces messieurs les scientifiques ont tous un p'tit grain à l'intérieur d'la boussole[1]. Songez à l'entrepôt aux horreurs du professeur Orfila. Vous aurez beau dire, faut pas être tout à fait comme nous autres pour faire joujou avec des cadavres. Et les bocaux en verre, c'est fait pour conserver les fruits ou les légumes, que je sache ! Pas des bouts d'bidoche humaine !

Valentin ne releva pas. Son père adoptif, Hyacinthe Verne, lui avait transmis sa passion pour la recherche scientifique et la conviction que celle-ci serait source de progrès. Cependant, il lui avait aussi communiqué son amour des belles-lettres et l'inspecteur ne pouvait que se remémorer le fameux avertissement de Rabelais : « Science sans conscience n'est que ruine de l'âme. »

1. Terme d'argot pour désigner la tête.

Mais le moment était mal choisi pour entamer un débat philosophique avec son adjoint. L'inspecteur savait que le temps jouait contre eux et il tenait surtout à ne rien négliger avant de passer à l'exécution du plan qu'il avait échafaudé sur la route de Melun.

— J'imagine que tu as placé l'échoppe de Delcourt sous surveillance, dit-il en s'adressant à Aglaé. Cela m'étonnerait fort que notre lascar y repointe le bout de son nez, mais nous aurions l'air fin de ne pas avoir prévu un comité d'accueil au cas où il commettrait pareille erreur.

— Deux sergents de ville sont postés à l'intérieur de la boutique. J'ai exigé du commissaire d'arrondissement qu'ils soient relayés toutes les quatre heures.

— C'est bien mais cela ne suffit pas. L'horloger pourrait se contenter de traîner dans les parages pour s'assurer que la voie est libre. Tafik, toi qui connais son visage, tu vas retourner là-bas et épier les allées et venues. Ouvre l'œil et vérifie l'identité de tous les individus dont le comportement te paraîtra suspect.

— Il est fort possible que Delcourt ne se présente pas lui-même, remarqua Aglaé. Il pourrait envoyer son complice, dont nous ignorons encore tout. Car il n'a pas agi seul. N'oublions pas que tous les témoins ont parlé de deux hommes habillés en bourgeois.

— Cela ne veut rien dire, objecta Valentin. Delcourt a fort bien pu louer les services de quelque soudrillard[1] pour lui prêter main-forte et enlever les membres du Comité. Mais l'homme tel que je me l'imagine se plaît à vivre en solitaire, replié sur ses rêves de grandeur. Le

1. Mauvais sujet, en argot de l'époque.

genre d'illuminé qui croit être en butte aux avanies de la terre entière.

Vidocq avait conservé jusqu'ici le silence. Il avait déjà deviné ce que l'inspecteur avait en tête. Et comme lui, il était persuadé qu'ils ne pouvaient se permettre de perdre davantage de temps.

— Quant à nous, dit-il, je suppose que nous allons filer sans plus tarder à la clinique du docteur Faivre. Si Delcourt se décide à passer de nouveau à l'action, c'est sans doute là-bas qu'il frappera.

— C'est en effet notre meilleure chance, confirma Valentin. Notre suspect a pris la poudre d'escampette parce qu'il a dû apprendre que Lécuyer-Manson n'avait pas succombé immédiatement au traitement qu'il lui a fait subir. Grâce aux instructions que j'ai laissées au docteur Faivre, il ignore que la mort a frappé à retardement. Il ne sait pas non plus que nous sommes déjà après lui.

— Pas mal pensé ! commenta Vidocq. En passant sous silence le décès de Lécuyer-Manson, vous faites croire à Delcourt qu'il se balade avec une épée de Damoclès au-dessus de la tête. Ça peut l'inciter à essayer de se débarrasser d'un témoin gênant. Finir en quelque sorte le travail.

— C'est en tout cas ce que je ferais, si j'étais à sa place.

— Mais alors, intervint Aglaé, précipitons-nous à la clinique ! Il faut mettre en place une souricière aussi vite que possible. Il peut très bien tenter quelque chose cette nuit même.

Et sans attendre l'approbation des autres occupants de la pièce, la brune impétueuse se rua en direction de l'escalier. D'un mouvement du menton, Vidocq sollicita l'avis de Valentin. Celui-ci écarta les bras, fataliste, avec au coin des lèvres un demi-sourire qui pouvait signifier : « Que voulez-vous, cette femme est incontrôlable, mais c'est sans doute pour cela que je l'aime. »

Deux heures plus tard, les policiers avaient tendu leurs filets.

Située rue d'Antin, au nord-est de la place Vendôme, la clinique où avait été transporté le cadavre de Lécuyer-Manson se dressait au milieu d'un petit jardin à l'anglaise protégé par de hautes grilles. Un bâtiment de deux étages, avec une façade de pierre blonde et un toit à pignons, une douzaine de chambres réparties sur les deux niveaux et destinées à traiter les troubles nerveux d'une clientèle triée sur le volet. Selon le docteur Henri Faivre, que les policiers avaient récupéré à son domicile sur leur trajet, la propriété comptait seulement deux accès. Outre la porte principale donnant sur un élégant perron éclairé par deux lanternes, il existait une entrée à l'arrière réservée aux fournisseurs. Au bas d'un escalier semi-enterré, elle ouvrait sur une resserre située au sous-sol de la clinique. C'était sans doute le point d'entrée le plus tentant pour un éventuel intrus. C'est pourquoi Vidocq s'en était arrogé la garde. Résolu à veiller toute la nuit s'il le fallait, le chef de la Sûreté s'était assis à califourchon sur une chaise disposée à l'envers de façon à pouvoir appuyer son menton sur le dossier. Ses bras croisés devant lui étaient armés de deux pistolets de gendarmerie chargés.

Au rez-de-chaussée, la surveillance du perron et du vestibule était échue à l'Entourloupe. Valentin avait proposé à l'ancien escroc son propre pistolet, mais celui-ci avait refusé, arguant qu'il se débrouillait bien mieux à l'arme blanche. Et joignant le geste à la parole, il avait sorti de la poche de sa veste un couteau dont la lame courbe et effilée, une fois dépliée, n'était pas sans évoquer une navaja espagnole. Connaissant la susceptibilité de son adjoint, Valentin s'était bien gardé de mettre en doute ses capacités de combattant, mais il lui avait recommandé avec insistance de ne prendre aucun risque et de donner l'alarme s'il surprenait la moindre tentative d'intrusion.

S'étant ainsi assuré que Delcourt serait dans l'impossibilité de pénétrer à l'intérieur de la clinique sans se faire remarquer, l'inspecteur avait gagné une chambre du second étage pour compléter le dispositif par une mise en scène censée mystifier l'horloger et l'attirer comme un insecte au centre d'une toile d'araignée. Le docteur Faivre et Aglaé l'accompagnaient.

— Je vous remercie de votre précieuse collaboration, dit Valentin au praticien qui venait de déposer une tenue de religieuse sur le lit. J'imagine aisément ce que la présence d'hommes armés sous ce toit peut avoir de désagréable, mais nous n'avions hélas pas d'autre solution. Delcourt a disparu dans la nature, et lui tendre ce piège est sans doute notre ultime chance de lui mettre la main au collet.

Le médecin passa un doigt nerveux sous le double rang de sa cravate. Ses traits crispés trahissaient une certaine appréhension.

— Êtes-vous sûr qu'il viendra ? Et si c'est le cas, le croyez-vous capable d'user de violence pour échapper à une arrestation ?

— Difficile à dire. Il a déjà tué plusieurs fois, mais jamais un adversaire averti et en capacité de se défendre. Cependant, avec ce genre de détraqué, on ne peut être sûr de rien. C'est d'ailleurs la raison pour laquelle je vous ai demandé de renvoyer la quasi-totalité de votre personnel. Inutile de leur faire courir des risques inutiles.

— Je ne peux qu'approuver la chose. Conformément aux instructions que vous m'aviez transmises ce matin, j'ai donné leur congé aux infirmières et aux garçons de salle, tout en les incitant à ébruiter le fait que nous recevions un patient très spécial. Ne reste sur place que le gardien de nuit, qui effectuera des rondes régulières dans le jardin… Et moi-même, bien évidemment, au cas où certains malades auraient besoin de soins durant la nuit.

— À ce sujet, avez-vous pu procéder au regroupement de tous vos patients au premier étage, comme je l'avais recommandé ?

— C'est fait. Par chance, l'ensemble de nos lits n'étaient pas occupés et nous avons pu libérer toutes les chambres situées à ce niveau. Il a fallu invoquer un problème de calorifère pour justifier une telle mesure. Nous accueillons des personnes du meilleur monde qui n'apprécient guère de devoir faire chambre commune. Et encore moins qu'on les oblige à déménager en pleine nuit !

À la mine contrariée du docteur Faivre, Valentin devina que celui-ci s'était heurté aux récriminations de certains de ses riches clients. Il tenta de le rassurer :

— Vous pourrez informer demain vos patients et leurs familles que cette situation ne durera pas. Nous ne maintiendrons la surveillance que les deux ou trois nuits prochaines. Si Delcourt ne s'est pas manifesté d'ici là, c'est qu'il aura définitivement pris la fuite. Il ne nous restera plus qu'à espérer l'attraper grâce à la diffusion de son signalement sur tout le territoire.

Une fois le médecin sorti, Valentin se rapprocha d'Aglaé, qui s'apprêtait à enfiler la tenue de religieuse.

— Tu es certaine de vouloir rester cette nuit avec moi ? Nous ignorons au fond de quoi Delcourt est capable. S'il se manifeste, nous pourrions être exposés à quelque danger.

— La présence d'une infirmière à ton chevet ne fera que renforcer l'illusion. Et puis, de toute façon, tu as fait de moi un membre à part entière du Bureau des affaires occultes. Il est hors de question que je ne prenne pas ma part de risques.

Une heure venait de sonner au clocher de l'église royale de la Madeleine. Le policier se ressentait encore de la fatigue de son escapade à Melun et de la rossée reçue dans l'après-midi. Il subissait aussi le contrecoup des émotions accumulées ces derniers jours, et plus particulièrement de l'incroyable révélation de sa véritable identité. Il ne se sentait pas en état de tenir tête à sa compagne.

Aglaé dut percevoir sa lassitude car l'expression de son visage s'adoucit. Elle reposa la cornette sur la courtepointe et vint enlacer Valentin. L'étreinte réveilla la douleur de ses côtes endolories. Il ne put retenir un faible gémissement.

— Qu'as-tu ? s'inquiéta aussitôt la jeune femme. Tu es blessé ?

— Ce n'est rien. Le prix à payer pour déterrer une vérité profondément enfouie. Je t'expliquerai. Mais en attendant, je crois que je vais avoir besoin de ton aide pour achever de me préparer.

Aglaé le dévisagea de ses beaux yeux mordorés.

— Te préparer ?

— On ne sait jamais. Si malgré les dispositions que j'ai prises Delcourt parvient à s'introduire dans cette chambre, je compte bien lui réserver une petite surprise à ma façon.

37

Un visiteur nocturne

À mesure que la nuit avançait, un froid humide gagnait le sous-sol de la clinique. Dehors, la pluie s'était mise à tomber. Une pluie de printemps, fine et régulière. À travers la porte de la resserre, Vidocq parvenait à distinguer le clapotement que faisaient entendre les gouttes en trouant les frondaisons du jardin et leur martèlement sur le gravier des allées. Ces bruits lancinants tissaient un fond sonore empreint de mélancolie et offraient une morne orientation à ses pensées. Il ne pouvait s'empêcher de songer aux sacoches renfermant les archives de Fouché qui l'attendaient dans son bureau, à la préfecture. Pour éviter toute difficulté avec le président Pöerson, il lui faudrait les renvoyer dès le lendemain à Melun. Or, si rien ne se passait cette nuit, s'il veillait inutilement jusqu'à l'aube, il n'aurait jamais le temps d'examiner les précieux documents. Le simple fait d'avoir à envisager pareil gâchis lui provoquait un afflux de bile.

Pour atténuer sa frustration et tenter de se réchauffer, il sortit une flasque d'armagnac de sa redingote et en engloutit une généreuse lampée. L'alcool en descendant le long de son œsophage le réconforta.

Au lieu de replacer le flacon dans sa poche, ce qui avait été sa première intention, il s'enfila derechef dans le gosier une seconde rasade. Il n'avait quasiment rien avalé de solide depuis la halte que Valentin et lui avaient observée dans un relais de poste, lors de leur trajet aller en direction de Melun. Cela faisait tout de même près de douze heures. Lui qui tenait habituellement plutôt bien la boisson et se targuait de garder sa lucidité en toutes circonstances sentit ses sensations se modifier. Les échos de la pluie dans le jardin s'assourdirent. La pénombre alentour devint plus dense et aussi mouvante qu'un voile de brume.

En même temps, l'humeur de Vidocq se modifiait. Sa morosité faisait place peu à peu à une douce euphorie. Il commença à fantasmer sur le contenu des dossiers secrets. Durant près d'un quart de siècle, Fouché avait manœuvré dans les coulisses du pouvoir, inventant la police moderne, combinant de subtiles manigances, tissant inlassablement sa toile. En tant que ministre, il avait traversé, indemne, pas moins de quatre régimes politiques. Les secrets qu'il détenait l'avaient fait craindre du grand Napoléon lui-même. Si Vidocq, qui s'était largement inspiré des méthodes du duc d'Otrante pour constituer ses propres fiches, pouvait faire son profit d'un dixième seulement du contenu des sacoches, il ne doutait pas de tenir sa revanche sur tous ceux qui continuaient à ne voir en lui qu'un forçat gracié sur le tard.

Renvoyés à leurs rancœurs rancies, tous ces pères la vertu qui l'avaient fait écarter une première fois de son poste de chef de la Sûreté ! Engloutis dans l'océan de leur bêtise et de leur mesquinerie, tous ces bourgeois de Saint-Mandé qui n'avaient eu de cesse de ruiner ses efforts d'entrepreneur !

Fort de son astuce et de sa détermination, il ferait son miel des confidences *post mortem* de l'exilé de Trieste. Grâce à elles, il pourrait envisager sereinement son avenir à la tête de la Sûreté. Et même – pourquoi pas ? – viser encore mieux. Après tout, ne ferait-il pas un meilleur préfet de police que tous ces fantoches qui se succédaient après seulement quelques semaines de présence ? Pas moins de sept déjà depuis l'avènement de Louis-Philippe ! Il pouvait même rêver plus grand, monter plus haut. Rejoindre son modèle en usant des mêmes armes et recevoir l'onction suprême du pouvoir. Eugène-François Vidocq, ministre de la Police ! Il faut avouer que cela sonnait plutôt bien ! Il en connaissait plus d'un, en tout cas, à qui cela ferait grincer les dents.

Un bruit insolite le ramena brusquement à la réalité.

On aurait dit l'éclat d'une vitre qu'on casse. Aussitôt dégrisé, Vidocq bondit et s'approcha de la petite table où le docteur Faivre lui avait laissé une lampe à huile en guise de veilleuse. Le policier en raviva la flamme et, la crosse d'un de ses pistolets solidement arrimée dans son poing, il entreprit de vérifier la fermeture de la porte donnant sur l'extérieur. La serrure était encore solidement verrouillée. De toute façon, Vidocq était quasiment certain que le bruit ne provenait pas du jardin mais bien de l'intérieur de la vaste demeure. Et pas des étages supérieurs mais du sous-sol, précisément !

Il revint à la table, glissa l'une de ses armes dans sa ceinture et s'empara de la lampe, bien résolu à explorer tout ce niveau pour en avoir le cœur net.

La seconde porte de la resserre ouvrait sur un étroit couloir qui faisait plusieurs coudes. En prenant à gauche, on pouvait rejoindre l'escalier de service et gagner les communs de la clinique. En se dirigeant sur la droite, on s'enfonçait dans un boyau obscur qui desservait de nombreuses caves et réserves.

Vidocq s'engagea résolument dans cette seconde direction.

À mesure qu'il s'éloignait de la resserre, le tambourinement de la pluie s'atténuait. Après une vingtaine de pas, il n'entendit plus rien. Le silence de la vaste propriété l'enveloppait, tel un suaire, et renforçait l'aspect inquiétant des ombres mouvantes que la lampe arrachait aux ténèbres.

Il avait déjà exploré trois ou quatre caves lorsque le même bruit se répéta vers l'avant. Du verre brisé. Un frisson glacial parcourut son échine. Le docteur Faivre avait-il omis de signaler l'existence d'une lucarne donnant sur l'une des salles semi-enterrées ? Delcourt avait-il trouvé un moyen imprévu de pénétrer à l'intérieur de la clinique ?

Armant le chien de son pistolet, le chef de la Sûreté avança encore plus prudemment, scrutant le moindre recoin. Une porte basse se découpait dans le mur à l'endroit du couloir où il situait l'origine du bruit. La sensation d'un danger proche l'envahit. Un danger presque palpable, et pourtant aussi insaisissable et invisible qu'un courant d'air.

Braquant son arme, le policier enfonça le battant d'un grand coup de botte. Un remugle complexe de merde, d'urine et de vinasse lui sauta au visage, en même temps qu'un chat famélique lui filait entre les jambes. Sur son passage, le félin au poil noir comme du charbon renversa quelques bouteilles vides qui volèrent en morceaux, faisant entendre le même fracas que précédemment. La clarté de la lampe révéla alors un véritable carnage. Le cellier était jonché de débris de verre et d'immondices. Une grande flaque sombre qui ressemblait à du sang mais n'était que du vin renversé allait s'élargissant sur le sol de terre battue.

Pauvre vieux matou ! Sans doute quelque employé distrait qui t'aura enfermé là par erreur ! Le soulagement éprouvé par Vidocq ne dura pas. Ses traits se crispèrent. Il venait de réaliser qu'à cause de ce foutu greffier, il avait abandonné pour rien la surveillance de la porte de derrière. Poussant un grognement contrarié, il fit demi-tour et se rua en direction de la resserre.

Valentin s'éveilla en sursaut, alors même qu'il n'avait pas eu conscience de sombrer dans le sommeil.

Un volet battait contre le mur de façade.

Sans doute s'était-il décroché depuis peu, car, près de lui, Aglaé venait seulement de se lever de sa chaise pour se diriger vers la croisée. Il ne la reconnut d'ailleurs pas tout de suite, vit d'abord une longue silhouette grise et surtout l'envol blanc de la cornette. Deux grandes ailes ne demandant qu'à se déployer dans la pénombre de la chambre. Puis tout lui revint à l'esprit en une fraction de seconde. La tenue d'infirmière, la clinique, Delcourt, la souricière. Était-il resté assoupi longtemps ? Ce n'était pourtant pas le moment de céder à la fatigue ! Il avait besoin au contraire de mobiliser toutes ses ressources mentales et physiques pour parer à n'importe quelle éventualité.

— Tu n'aurais pas dû me laisser dormir, chuchota-t-il sur un ton de reproche. Quelle heure peut-il bien être ?

Aglaé ferma la fenêtre et revint s'asseoir à son chevet. Elle passa la main sur son front humide. La fraîcheur de ses doigts lui fit l'effet d'une caresse bienfaisante. Il lut de l'amour dans le regard qu'elle posait sur lui, mais pas uniquement. Il y avait aussi autre chose de plus larvé. Une sollicitude inquiète.

— Un peu plus de trois heures, dit-elle en réponse à son interrogation. Les cloches de la Madeleine viennent de sonner. Quant à prendre un peu de repos, du moment que je suis là pour veiller à ta place, je ne vois pas où est le mal. Tu paraissais tellement épuisé. D'ailleurs, comment te sens-tu à présent ?

— Mieux, admit l'inspecteur. Mais mon état importe peu pour l'heure. La seule chose qui compte, c'est que nous prenions Delcourt au piège. Cette affaire nous a donné tellement de fil à retordre !

— Même si nous ne l'attrapons pas cette nuit ou les suivantes, le plus important est d'avoir fini par identifier le coupable. Quoi qu'il arrive dorénavant, son arrestation n'est plus qu'une question de temps. Le préfet de police ne pourra faire autrement que de t'en accorder tout le mérite.

— Dieu fasse que le ciel t'entende ! J'ai fait si longtemps fausse route au cours de cette enquête que je n'aurai le sentiment du devoir accompli que lorsque ce fou sera remis entre les mains de la justice.

Ils se turent à nouveau. Enfermé chacun dans ses propres pensées.

Valentin se remémorait toutes les pistes qu'il avait suivies en vain depuis le jour où Vidocq lui avait demandé de résoudre l'énigme des cadavres mutilés. Il examinait mentalement toutes les décisions qu'il avait prises et cherchait à déterminer s'il lui aurait été possible d'agir différemment. Aurait-il pu se montrer plus perspicace ? Un autre que lui serait-il parvenu à sauver les membres du Comité de salubrité ? Questions vouées à demeurer, bien entendu, sans réponses. Aussi n'était-il pas tout à fait dupe de ses propres artifices. Au fond de lui, il savait que cet examen de conscience était en réalité le seul moyen qu'il avait trouvé pour éviter de penser à la correspondance de Fouché. Un rempart dérisoire qu'il tentait de dresser entre lui et la vérité cachée dont cette nuit décidément décisive lui avait apporté la révélation. Il se sentait beaucoup trop las pour oser s'y confronter, ne serait-ce que par la pensée. C'était moins le fait de se savoir de sang royal qui le troublait que d'avoir enfin découvert l'origine du mal qui avait marqué son existence au fer rouge depuis sa huitième année. Ce mal qu'il s'était longtemps représenté comme absolu et qui avait désormais un nom, Jacques Espart, et obéissait à des motifs si désespérément triviaux : l'aspiration d'une crapule à l'effacement de ses anciens crimes, les craintes frileuses d'un vieux monarque malade et l'ambition démesurée d'un ministre sans honneur. Tout son être intérieur se rebellait contre cette réalité tissée de douleurs et de mesquineries. Il préférait la tenir encore à distance, comme une bête vicieuse et sauvage que l'on n'est pas certain de pouvoir apprivoiser.

Aglaé, de son côté, s'efforçait de digérer les confidences que Valentin lui avait faites lorsqu'ils s'étaient retrouvés seuls dans la chambre. Elle ne pouvait s'empêcher de se demander quelles conséquences aurait pour eux la découverte des origines de son compagnon. Son appartenance à la branche aînée des Bourbons était-elle de nature à modifier leur relation amoureuse ? La nuit précédente, quand il avait réussi à surmonter ses peurs et s'était laissé aimer pour la première fois, elle avait espéré réduire en cendres le passé dans l'embrasement de leurs deux corps. Mais voilà qu'à présent elle se remettait à douter. Et c'était une situation d'autant plus difficile à supporter qu'elle sentait bien que Valentin n'était pas enclin à en parler avec elle. Du moins, pas encore. Bien qu'il lui en coûte, elle devait de nouveau prendre patience, attendre déjà que cette nuit si singulière finisse. Elle y verrait peut-être plus clair une fois le jour revenu.

Et tandis qu'ils s'enfermaient ainsi tous les deux dans un silence contraint, la pluie continuait de rythmer leur attente de son lent crépitement. Régulière, patiente, entêtée. Elle était comme une compagne attentive qui veillait à leurs côtés. Mais une compagne qui pouvait s'avérer aussi trompeuse, puisqu'elle les empêcha d'entendre le grincement d'une porte qui s'ouvrait à l'étage du dessous.

La silhouette se glissa hors de la pièce. Dans le couloir obscur, elle marqua un court arrêt, juste le temps de s'assurer que le couinement du battant n'avait attiré l'attention de personne. Puis, en progressant sur la pointe des pieds, elle gagna le palier. Un léger tintement montait du rez-de-chaussée. Avec d'infinies précautions, le rôdeur nocturne se pencha par-dessus la rambarde pour jeter un rapide coup d'œil dans le vestibule. Le policier à la stature de nabot avait pris ses aises. Il s'était allongé sur la banquette de l'entrée, la tête calée contre un coussin et ses deux chaussures appuyées sur le tissu délicat. Enveloppé dans une couverture, il trompait son attente en faisant virevolter deux pièces d'argent entre les phalanges de sa main droite. Rien à craindre de ce côté-là. Du moins, pour le moment.

Avec un mince sourire de satisfaction, l'homme fit demi-tour et s'engagea dans la volée de marches qui menait au second étage. Il prenait garde de longer le mur et de s'appuyer sur la partie extérieure des degrés pour éviter d'en faire craquer le bois. Au second étage, une haute fenêtre à croisillons barrait l'extrémité opposée du corridor. La pâle clarté de l'astre nocturne projetait au sol l'ombre agitée des frondaisons du jardin et les gouttes de pluie qui dessinaient sur la vitre et le tapis clair des serpents flexueux. *Frapper à mort et disparaître dans l'instant, tel l'aspic des sables*. En même temps qu'elle s'imposait à son cerveau, cette image arracha un nouveau sourire aux lèvres de l'homme. Il continua d'avancer sans bruit, s'efforçant d'éviter les formes sombres qui rampaient à ses pieds, tout comme s'il s'agissait d'animaux réels.

Arrivé à hauteur de la chambre qu'il savait être la bonne, il colla son oreille contre le battant. Et attendit, retenant sa respiration…

Rien… Les seuls sons qu'il percevait étaient le martèlement de la pluie dans le jardin, les gémissements du vent qui s'était levé et les battements rapides de son cœur qui leur faisaient écho.

Rassuré, il se redressa et tira de la poche de sa veste un pistolet d'officier à percussion datant de l'Empire. Il assura ses doigts autour de la crosse en noyer quadrillé et entreprit tout doucement d'en relever le chien. La pièce métallique bascula vers l'arrière, millimètre par millimètre, accrochant dans sa course le fugace reflet d'un rayon de lune. Arrivée en butée, elle laissa entendre un cliquetis quasi imperceptible.

Le noctambule se figea, les mains moites, le front en sueur.

Ses nerfs tendus à l'extrême venaient de lui jouer un méchant tour. Persuadé que le bruit amplifié par son imagination avait forcément révélé sa présence aux occupants de la chambre, il s'attendait à les voir surgir d'un instant à l'autre et à ruiner ainsi tous ses plans. Mais, bien entendu, il n'en fut rien. Toujours aucun mouvement perceptible de l'autre côté de la porte. Alors, rasséréné et se morigénant en silence pour sa pusillanimité, il attrapa la poignée de sa main gauche et la manœuvra avec la délicatesse dont il aurait fait preuve s'il s'était agi de recueillir un oisillon blessé au creux de sa paume. Puis, une fois le pêne entièrement dégagé de sa gâche, il commença à repousser très lentement le battant.

Déchirant le silence de la nuit, le tintement d'une clochette retentit soudain et le sang de l'homme se glaça dans ses veines.

38

Des détonations dans la nuit

En entendant le signal tant espéré, Valentin se redressa vivement dans son lit et pointa en direction du seuil les deux pistolets qu'il avait jusque-là tenus dissimulés sous les draps. Son idée de reproduire le système d'alarme de chez Pöerson en détournant la sonnette de l'accueil pour l'emporter dans la chambre et la relier à la porte avait porté ses fruits. L'autre avait dû croire que le ciel lui tombait sur la tête !

— Attention, Aglaé ! cria-t-il. Il est armé lui aussi !

Il n'avait fait qu'entrevoir une vague silhouette vêtue d'un ample manteau dans l'entrebâillement du battant. Mais le bras tendu dans leur direction ne laissait planer aucun doute sur les intentions meurtrières du visiteur nocturne.

L'éclair d'une flamme aussitôt suivi d'une sèche détonation confirma ses craintes. Tout de suite après, Valentin encaissa un choc dans la poitrine. Cependant, le gilet pare-balles qu'Aglaé l'avait aidé à nouer autour de son buste, un peu plus tôt dans la nuit, en amortit grandement l'impact. Il put surgir de sous les couvertures et riposter dans le même mouvement. Sa balle vint se ficher dans le chambranle. Deux ou trois pouces plus à gauche et il aurait fait mouche en plein dans la tête de l'intrus.

Comprenant qu'il l'avait échappé belle, celui-ci n'insista pas et prit ses jambes à son cou.

Aglaé, qui avait plongé comme prévu à l'abri du lit au premier retentissement du signal, en ressortit, un court pistolet de voyage à la main. Elle fit mine de vouloir retenir Valentin dans ses bras.

— Mon amour ! Tu n'as rien ? Tu n'es pas blessé ?

L'inspecteur l'écarta de son chemin sans trop de ménagement.

— Mais non, tu le vois bien ! Allons ! Courons-lui après ! Il ne doit à aucun prix nous échapper !

Les deux policiers se précipitèrent en direction du seuil.

Lorsqu'ils l'atteignirent, leur agresseur était déjà au bout du couloir. Ils entendirent le pas claudicant de l'Entourloupe qui résonnait dans la cage d'escalier. D'encore plus bas leur parvinrent un claquement de porte et une foulée pesante. Vidocq, lui aussi, avait dû entendre les coups de feu et il se ruait à la rescousse. Toute possibilité de retraite était désormais coupée pour l'inconnu !

Cependant, celui-ci ne parut pas s'en alarmer. Sans marquer la moindre hésitation, il bondit en enjambant plusieurs marches à la fois, au risque de se rompre le cou. Valentin laissa derrière lui Aglaé que son habit de religieuse ralentissait et il franchit lui aussi au pas de course le corridor avant de dévaler à son tour les degrés jusqu'au palier du premier étage. L'Entourloupe, haletant et replié sur lui-même, les mains de chaque côté du ventre, l'y attendait. Il lui désigna le couloir du menton.

— Par… par là… il a filé de ce côté… une porte tout au fond, sur la droite !

Avant de s'engager dans le corridor, Valentin hurla par-dessus la rambarde :

— François ! Le jardin de derrière ! Il faut l'empêcher de filer par une fenêtre !

La voix de stentor de l'ancien forçat lui fit écho :

— Compris ! Foi de Vidocq, s'il se risque par là, je le truffe de plomb, ce méchant drôle !

Des portes commençaient à s'ouvrir de part et d'autre du couloir. Sur le seuil des chambres, les patients éberlués, le visage encore chiffonné de sommeil, pointaient le bout de leur nez, en chemise ou en robe d'intérieur. La plupart s'indignaient d'avoir été réveillés au beau milieu de la nuit par un tel vacarme ou interrogeaient en vain leurs voisins sur l'origine de celui-ci. Les plus véhéments réclamaient le docteur Faivre. La confusion et la panique menaçaient de gagner du terrain. Valentin exhiba sa médaille d'officier de paix dans une main et son pistolet de l'autre et commença à se frayer un passage entre tous ces gens alarmés.

— Préfecture de police ! hurla-t-il pour dominer l'agitation générale. Tout le monde regagne sa chambre et fait silence !

La vision de l'arme qu'il brandissait s'avéra son argument le plus persuasif. En poussant des plaintes craintives ou des grognements outrés, les pensionnaires obtempérèrent et le corridor se vida aussi rapidement qu'il s'était rempli. Valentin s'empressa d'atteindre les portes du fond. L'avant-dernière sur sa droite était bouclée à clé. On entendait de l'autre côté, dans la pièce, des chocs et des raclements de meubles remués qui laissaient penser que le fugitif était en train de se barricader.

L'inspecteur se tourna vers Aglaé qui l'avait rejoint en compagnie de l'Entourloupe.

— Il est fait comme un rat, constata-t-il. Peux-tu aller dans le jardin et dénicher le gardien ? J'ai besoin de savoir ce qu'il y a exactement là-derrière. (Comme elle s'éloignait déjà, il la rappela :) Rapporte aussi des lampes ! Je veux que ce couloir soit éclairé comme en plein jour !

La jeune femme acquiesça et repartit aussi vite que le lui permettaient ses amples vêtements. Moins de dix minutes après, elle était déjà de retour avec l'employé. Chacun portait deux lampes-tempêtes allumées.

— Vidocq te fait dire que toutes les fenêtres du premier étage sont closes, annonça-t-elle. Comme les deux accès sont restés verrouillés, il pense que notre homme s'est introduit à l'intérieur en grimpant sur le lierre de la façade et qu'il a refermé les volets derrière lui pour ne pas attirer l'attention. Les plantes offrent assez de prises solides pour que la chose soit possible, même pour un avorton comme Delcourt.

— C'est en effet la seule explication, admit l'inspecteur.

Puis, se tournant vers le gardien de nuit, il l'interrogea :

— Sur quoi donne cette porte ?

— Ma foi ! C'est le bureau du docteur Faivre. Il y dispose d'une couchette. Je suppose que c'est là qu'il avait décidé de passer la nuit.

Valentin étouffa un juron. Si le médecin se trouvait dans la pièce avec l'assassin, la capture de celui-ci ne s'avérerait peut-être pas aussi aisée qu'il l'avait d'abord espéré.

— Delcourt, vous m'entendez ? fit-il en haussant la voix pour être audible de l'intérieur. La partie est perdue. Vous ne pouvez pas nous échapper. Soyez raisonnable et ouvrez-nous. Tout ce que vous tenteriez serait voué à l'échec et ne ferait qu'aggraver votre cas.

Personne ne répondit. Aglaé s'était approchée de Valentin à le toucher et il percevait le frémissement d'inquiétude qui parcourait son corps tout entier. Il décida de tenter autre chose.

— Delcourt ! C'est l'inspecteur Verne qui parle. Je vous ai sauvé la vie une fois. Ne m'obligez pas à le regretter. Ne me contraignez pas à employer la violence contre vous.

Cette fois, un ricanement de dément se fit entendre. Il s'accompagna presque aussitôt du frottement d'un corps que l'on traîne sur le parquet.

— Que fait-on ? souffla Aglaé à l'oreille de Valentin. On ne peut tout de même pas rester à attendre toute la nuit devant cette porte !

L'inspecteur hésitait encore sur la conduite à tenir. D'un côté, sa compagne avait raison. Il était hors de question de laisser la situation s'éterniser avec toutes ces personnes appartenant à la meilleure société qui se trouvaient recluses dans leurs chambres, en proie à une angoisse bien compréhensible. Mais d'un autre côté, il estimait beaucoup trop risqué de tenter d'enfoncer la porte. Dans un geste désespéré, Delcourt, qui n'avait à l'évidence plus toute sa raison, pouvait attenter à la vie du docteur Faivre. Or Valentin ne tenait pas du tout à se retrouver avec un nouveau cadavre sur les bras.

La suite des événements décida à sa place. Pour la troisième fois, la détonation d'un pistolet claqua dans la nuit.

39

Fin de partie

Puis on entendit, à l'intérieur du bureau, le bruit mat d'un corps qui chutait lourdement sur le plancher.

— Cette fois, nous n'avons plus le choix, déclara Valentin. Il faut défoncer cette porte et en finir une fois pour toutes !

Avec l'aide du gardien, il dut s'y reprendre à trois fois pour faire sauter la serrure. L'Entourloupe et Aglaé se tenaient derrière eux avec, chacun, un pistolet braqué pour parer à toute éventualité. Toutefois, lorsque le battant céda brutalement sous les efforts conjugués des deux hommes et qu'ils parvinrent à repousser la commode calée derrière, rien ne se produisit.

La pièce baignait dans la lumière douce de plusieurs lampes à huile. Un silence de mort y régnait, à peine troublé par le tic-tac discret d'une pendulette tombée au sol. Une odeur de poudre brûlée imprégnait l'atmosphère. Valentin fit quelques pas avant de se figer net en entendant craquer quelque chose sous sa chaussure. Il baissa les yeux et reconnut les bésicles d'Antoine Delcourt qu'il venait d'écraser par mégarde. Sous ses yeux effarés, le corps malingre de l'horloger gisait à peu de distance, au pied d'un secrétaire. Son visage était crispé dans une terrible expression de souffrance et sa main droite enserrait un pistolet d'officier, dont l'extrémité du canon laissait encore échapper un mince filet de fumée. Une blessure affreuse marquait sa tempe, un orifice circulaire par où du sang et une matière d'aspect gluant s'échappaient en imprégnant les cheveux.

— On ne peut plus rien pour lui, murmura l'inspecteur d'une voix blanche. Il a préféré se donner la mort plutôt que de répondre de ses actes devant une cour de justice. Bah ! Après tout, c'est peut-être mieux ainsi…

L'Entourloupe et Aglaé venaient à leur tour de pénétrer dans le bureau. En apercevant le cadavre, la jeune femme détourna le regard. Et ce fut elle qui remarqua la première le corps inanimé du docteur Faivre allongé à l'autre extrémité de la pièce, sur une couchette. Celle-ci étant en partie masquée par un paravent en toile de Jouy, elle ne distingua, dans un premier temps, qu'une tête aux favoris blonds et fournis. Les yeux étaient clos et elle crut qu'il était mort lui aussi.

Portant une main à sa bouche, elle poussa un cri étranglé :

— Mon Dieu ! C'est affreux ! Il a eu le temps d'assassiner notre hôte !

Son exclamation détourna l'attention des trois hommes de la dépouille de l'horloger. Valentin fut le premier à réagir et à rejoindre la jolie brune qui venait d'ôter sa coiffe de religieuse. Il s'agenouilla auprès du médecin et, sous l'œil perplexe des autres occupants de la pièce, il colla son oreille sur sa poitrine.

— Son cœur bat toujours ! annonça-t-il avec une pointe de soulagement dans la voix. Il a un gros hématome sur le côté du crâne. Delcourt l'aura probablement assommé pour pouvoir agir en toute tranquillité. (S'étant relevé, il se tourna vers le gardien de nuit.) Dans un établissement comme celui-ci, je suppose que vous devez bien avoir un flacon de sels quelque part. Pouvez-vous aller le chercher ?

L'homme s'inclina en signe d'assentiment, mais il ne bougea pas tout de suite. Ses yeux affolés faisaient des allers-retours rapides entre le cadavre ensanglanté et le visage blême de son patron. Il donnait l'impression de ne pas croire ce qu'il voyait.

— Tout de suite ! insista Valentin, en appuyant ses mots d'un regard empreint de cette froide autorité dont il avait le secret. J'aimerais que le docteur puisse nous expliquer la façon dont Delcourt s'en est pris à lui.

Comme l'homme s'exécutait en bredouillant de vagues excuses, Valentin se dirigea d'un pas résolu vers l'unique fenêtre, l'ouvrit, puis repoussa les volets. Sous un ciel échevelé, où le vent dilacérait de sombres nuages, le jardin noyé d'obscurité subissait les assauts des éléments. Les basses branches des arbres cinglaient les buissons en sifflant. Et la pluie en s'écrasant sur le gravier des allées faisait entendre un vacarme de mitraille.

— François ! Vous êtes là ?

Une silhouette massive se détacha de l'ombre d'un massif. L'eau ruisselait du large bord du chapeau haut de forme.

— J'y suis ! répondit la voix puissante du chef de la Sûreté. Tout va bien là-haut ? Il m'a semblé entendre un nouveau coup de feu.

— C'est Delcourt. Il vient de se suicider. Fin du

dernier acte, le rideau est tombé. Vous pouvez monter nous rejoindre, à présent.

— Je préfère que ça n'ait pas trop traîné ! fit Vidocq avec un clin d'œil entendu. C'est que j'ai du courrier qui m'attend, moi !

Quelques instants plus tard, Valentin promenait sous les narines d'Henri Faivre un flacon ouvert d'où émanait une âcre odeur d'ammoniaque. Le praticien papillonna des yeux et toussa plusieurs fois. Il grimaça ensuite de douleur et parcourut les visages anxieux qui l'entouraient en palpant précautionneusement son crâne meurtri.

— Une fameuse bosse que vous avez là ! s'exclama Vidocq. Possible que vous ayez quelques maux de tête dans les prochains jours. Mais si l'on fait la part des choses, vous vous en tirez plutôt bien. Dieu merci, ce n'est pas tous les jours qu'on se retrouve enfermé en tête à tête avec un forcené armé !

— Que s'est-il passé ? demanda le médecin en désignant d'une main fébrile la dépouille de l'horloger qu'il venait seulement de remarquer.

— Delcourt s'est tiré une balle dans la tête juste avant que nous entrions, répondit Valentin. Mais c'est plutôt à vous de nous donner quelques explications. Comment ce fou dangereux a-t-il pu pénétrer dans l'établissement alors que les seules issues étaient verrouillées et gardées sans interruption ?

Vidocq songea aussitôt aux longues minutes durant lesquelles il avait laissé la porte de derrière sans surveillance pour fouiller le sous-sol à cause d'un simple greffier. Mais comme il avait retrouvé celle-ci toujours solidement verrouillée à son retour, il n'en pipa mot.

D'ailleurs, le docteur Faivre était déjà en train de lever ce dernier coin du voile :

— Après vous avoir laissés dans la chambre, Mlle Marceau et vous, je suis revenu ici, dans mon bureau. J'étais bien trop anxieux pour trouver le sommeil. Alors je me suis installé à mon secrétaire pour mettre au propre les notes des dernières expériences menées avec le professeur Orfila. Tout paraissait calme à l'intérieur de la clinique. À mesure que le temps passait, je me suis laissé absorber par mes travaux.

« Et puis, à un moment donné – je n'ai aucune idée de l'heure qu'il pouvait bien être –, la sensation étrange d'être observé s'est insinuée en moi. Je me suis retourné. La pièce était apparemment vide. Cependant, il m'a semblé voir frémir les longs rideaux tirés devant la fenêtre. Était-ce juste une illusion ou l'effet d'un courant d'air ? Je venais à peine de me poser la question que j'ai été pris d'un doute affreux. Avais-je pensé à fermer les volets ? Il y a du lierre sur la façade et on ne pouvait exclure la possibilité pour un intrus d'escalader au moins jusqu'à cet étage.

« Tout en demeurant sur mes gardes, je me suis approché des rideaux pour vérifier. J'avais pris la précaution de me munir d'un couteau effilé qui me sert habituellement de coupe-papier. Malgré cela, j'ai été pris totalement à l'improviste. Au moment où j'attrapais un rideau pour l'écarter, un bras armé d'un pistolet a surgi entre les deux pans d'étoffe et m'a asséné un coup violent à la tête. Je n'ai même pas eu le temps d'avoir peur. J'ai sombré aussitôt dans le néant et n'en suis sorti qu'à l'instant, lorsque vous m'avez promené cette horrible mixture sous le nez… À ce propos, un médecin devrait toujours commencer par tester sur lui-même les remèdes dont il prétend user avec ses patients. Je ne suis pas certain d'avoir le cœur à infliger celui-là à la prochaine de mes pensionnaires qui sera prise d'étourdissement.

Les traits mélancoliques et doux du docteur Faivre se plissèrent en un pauvre rictus. Son attitude forcée pour détendre l'atmosphère semblait partir d'un bon sentiment mais le cœur n'y était pas. Et personne dans l'assemblée ne prêta attention à sa malheureuse tentative.

Aglaé reporta son attention sur le corps de l'horloger. Le sang avait cessé de couler de sa blessure. Recroquevillé sur lui-même, il paraissait encore plus chétif que de son vivant. Elle avait du mal à s'imaginer qu'un individu d'apparence aussi banale ait pu froidement assassiner six personnes. Elle soupira :

— Dire que ce drame puise son origine dans la frustration d'un homme qui prétendait venir au secours de ses prochains... Quelle triste ironie !

— Le Seigneur seul peut sonder les cœurs et les reins de ses créatures, réagit un peu pompeusement le docteur Faivre. Hélas ! La mort de ce malheureux nous prive à jamais de l'opportunité de comprendre exactement ce qui l'a conduit de la science au crime. Pour ma part, du strict point de vue médical, je dois reconnaître que j'aurais aimé savoir comment il s'y est pris pour infecter les trois membres du Comité. Qui sait, cela nous aurait peut-être permis de mieux comprendre les modes de transmission du choléra morbus.

— Il a sans doute emporté à jamais ses secrets dans la tombe, marmonna Vidocq à qui il tardait à présent de rejoindre la préfecture pour se plonger dans la correspondance secrète de Fouché.

Valentin comprit qu'il était temps pour lui de prendre la direction des opérations. Il s'adressa au médecin :

— Comment vous sentez-vous à présent, docteur ? Si vous avez récupéré du coup reçu, peut-être pourriez-vous faire le tour des chambres pour rassurer vos patients. Je crains que la plupart n'aient été sérieusement perturbés par les événements de cette nuit. Vous n'avez qu'à leur annoncer qu'ils peuvent tous réintégrer leur chambre d'origine. Cela devrait les rendre un peu moins vindicatifs.

Une fois le propriétaire de la clinique sorti en compagnie du gardien, Vidocq désigna le cadavre de Delcourt.

— Il faudrait pouvoir l'évacuer discrètement, remarqua-t-il. Comment comptez-vous vous y prendre ?

— Rien ne presse, répondit Valentin. Laissons-le ici pour le moment. Quant à vous, François, vous n'avez qu'à rentrer à la préfecture avec l'Entourloupe et Aglaé et me faire envoyer un fourgon. Le temps qu'il arrive, le calme sera revenu. Avec l'aide du gardien, je pourrai procéder à l'enlèvement du corps sans risquer de provoquer l'émoi des autres patients.

Quelques instants plus tard, alors qu'il raccompagnait ses compagnons jusqu'au perron de la clinique, l'inspecteur était loin de se douter que son enquête devait connaître un ultime rebondissement et qu'il allait frôler la mort d'encore plus près au cours de cette nuit qui resterait assurément comme la plus longue de toute son existence.

40

Une double signature

Quand il revint dans son bureau, Henri Faivre trouva l'inspecteur en train d'écrire. Il avait déjà noirci trois feuillets de sa graphie fine et déliée. Comme le médecin s'en étonnait, Valentin désigna son front de l'index.

— Je préfère coucher mes impressions sur le papier quand tout cela est encore frais dans mon esprit. Cela facilitera la rédaction du rapport officiel que je devrai établir pour le préfet de police. Et puis j'ai l'impression que rassembler ainsi mes idées par écrit m'aide à appréhender les moindres aspects de cette ténébreuse affaire.

— Votre conscience vous honore, inspecteur.

Valentin reposa sa plume sur l'écritoire et dirigea vers son interlocuteur un visage soucieux.

— D'ailleurs, vos compétences médicales vont peut-être pouvoir m'aider à dissiper un point demeuré dans l'ombre. J'ai cru comprendre que vous accueilliez dans cette clinique des patients aux nerfs éprouvés. Sans doute votre pratique vous aura-t-elle fourni quelques clés pour décrypter le comportement d'un être perturbé.

— À quoi, ou plutôt à qui pensez-vous ?

— À Delcourt, fit Valentin en désignant le cadavre

qu'il avait pris la précaution de dissimuler aux regards au moyen d'une couverture trouvée sur la couchette. Nous sommes partis du postulat qu'il avait assassiné les trois membres du Comité parce qu'ils avaient rejeté son mémoire.

— Un mémoire dont nous savons qu'il devait nécessairement porter sur le choléra, précisa le praticien. Le Comité présidé par Maxime de Chantourné n'avait pas d'autre mission que d'étudier tous les moyens possibles de lutter contre cette épidémie meurtrière.

— La chose semble entendue, en effet. De même qu'il paraît à peu près certain que Delcourt a fait disparaître le compte rendu de la séance du Comité par crainte que nous découvrions son mobile. Lorsqu'il m'a croisé par hasard à l'Institut, il a dû prendre peur et s'imaginer que nous nourrissions déjà des soupçons à son sujet. Mais ce que j'ai plus de mal à m'expliquer, ce sont les trois premiers meurtres accompagnés de ces horribles mutilations.

— Je pensais que les éléments rassemblés hier par Mlle Marceau et dont vous m'avez fait part en voiture, lorsque nous venions ici, vous avaient déjà éclairé sur ce point.

Le docteur Faivre s'interrompit et se dirigea vers un guéridon pour prendre un élégant coffret. Il le présenta à Valentin et alluma leurs deux minces cigares après avoir embrasé un tortillon de papier à la flamme d'une lampe à huile. Puis il prit le temps de souffler une longue volute de fumée odorante avant de reprendre la parole :

— Dans la boutique d'horlogerie, vous avez découvert plusieurs appareils d'optique et nous savons que Delcourt avait été reçu à l'Académie des sciences grâce à sa mise au point d'un microscope achromatique. Quant aux bocaux retrouvés chez lui, ils contenaient les organes soustraits à ses premières victimes. Or, comme vous avez pu le constater *de visu* dans notre entrepôt de la rue des Blancs-Manteaux, je suis bien placé pour savoir que ce genre de prélèvements s'avère très utile aux expérimentations scientifiques. Il ne fait aucun doute, selon moi, que notre homme se rêvait en disciple de Leeuwenhoek et pensait trouver dans l'infiniment petit le moyen de combattre le choléra. D'où les mots « Delcourt » et « animalcule » associés dans la bouche de mon infortuné associé, Lécuyer-Manson. Mais contrairement au professeur Orfila et à moi-même, notre apprenti savant ne disposait pas de corps pour ses travaux. N'étant pas médecin, il n'avait pas accès aux cadavres non réclamés et n'avait malheureusement pas d'autre ressource que de devenir, en quelque sorte, son propre fournisseur.

Valentin dodelina de la tête et quitta son fauteuil pour faire quelques pas dans la pièce. Son front plissé trahissait une intense réflexion.

— Vous m'avez mal compris, dit-il. Je ne m'interroge pas sur le mobile des trois premiers assassinats. Comme vous venez de l'exposer fort pertinemment, Delcourt avait besoin de se procurer le matériel humain nécessaire à ses recherches. Non, ce qui m'intrigue, c'est l'élément déclencheur qui a pu faire germer un projet aussi insensé dans le cerveau de notre horloger.

Le médecin secoua la cendre de son cigare au-dessus d'une timbale en argent et haussa les épaules.

— Vous venez vous-même de prononcer le mot : un projet insensé. Il ne fait guère de doute que Delcourt n'avait plus toute sa raison.

— C'est bien cela qui me tracasse, enchaîna Valentin en se massant les tempes du bout des doigts. Voilà un artisan honorablement connu dans son quartier, dont la réputation est en tout point excellente. Un homme suffisamment habile et instruit pour se mêler de sciences en amateur éclairé jusqu'à devenir membre correspondant de l'Académie. Et puis, tout à coup, juste parce qu'il est confronté à un échec, il bascule dans la folie et devient un criminel. Je n'arrive pas à y croire. Il a dû forcément se passer autre chose. Une simple frustration ne peut tout expliquer !

— Je comprends votre réticence. Mais à bien des égards, le fonctionnement de l'entendement humain nous échappe encore. Il faudrait sans doute connaître en détail le passé de cet homme pour déterminer l'origine de ses failles mentales. Mais tout cela nous éloigne quelque peu des affaires de police. Je serais étonné que vos supérieurs y attachent le moindre intérêt.

Valentin traversa la pièce pour rejoindre l'endroit où gisait la dépouille de l'horloger.

— Eux probablement pas, vous avez raison. Mais à moi cela importe. C'est d'ailleurs l'une des raisons qui m'ont poussé à devenir inspecteur, ce désir de plonger jusqu'aux racines du mal. J'ai besoin de comprendre les mécanismes qui peuvent transformer un homme ordinaire en odieux criminel.

Tout en parlant, le policier s'était agenouillé et avait rejeté sur le côté la couverture, comme s'il éprouvait le besoin de contempler à nouveau cet assassin, si longtemps invisible, qui l'avait tenu en échec durant plus de deux semaines. Puis, comme pris d'une soudaine inspiration, il entreprit de fouiller les poches de son manteau.

— Que faites-vous ? demanda le docteur Faivre qui s'était approché dans son dos.

— Je viens juste de réaliser que nous n'avions pas encore fouillé la dépouille.

— Qu'espérez-vous trouver ?

— Rien de particulier à vrai dire. Mais sait-on jamais ? Vidocq m'a souvent répété que le travail du policier laissait peu de place à la fantaisie. Une enquête réussie n'est souvent que la somme de tâches apparemment insignifiantes mais qui font toute la force de nos procédures… Tiens, mais qu'est-ce donc que cela ?

Valentin avait plongé la main dans la grande poche intérieure du vêtement dont il tâtait à présent le tissu.

— Il y a quelque chose de cousu à l'intérieur de la doublure. Ça craque comme du papier. Qu'est-ce que ça peut bien être ?

Le docteur Faivre alla chercher prestement la lampe du secrétaire et revint se poster derrière l'inspecteur. Celui-ci, en s'aidant de ses dents, avait déjà entrepris de découdre le bord du tissu. Il élargit la brèche de ses doigts et extirpa de la cachette une liasse de plusieurs feuillets. Il les déplia et laissa échapper une exclamation stupéfaite :

— Cristi ! On dirait les pages arrachées du registre de l'Académie !

— Oh ! Ce n'est que ça ! fit le médecin avec un certain dépit. À quoi bon les lire alors ? Elles ne nous apprendront rien que nous ne sachions déjà.

Mais Valentin avait déjà commencé à parcourir les paragraphes des yeux. Il pointa un passage en haut de la deuxième feuille.

— Voilà le compte rendu de l'examen du mémoire

de Delcourt. Le titre est assez explicite. Écoutez donc : « Contribution à l'étude du choléra morbus : du rôle pathogène des animalcules, infusoires et vibrions dans la survenue des épisodes de choléra malin ». Foutredieu ! Mais il y a le nom d'un autre auteur écrit en second, juste sous…

Il ne put achever. Henri Faivre venait de le frapper violemment sur le côté du crâne avec le pied en bronze massif de la lampe. Valentin éprouva une violente douleur, qui s'accompagna d'une affreuse sensation de déchirure dans sa tête. Puis il tomba en avant et bascula dans le néant.

41

Science sans conscience

Valentin revint à lui par paliers. Son tympan droit bourdonnait aussi fort qu'un essaim de guêpes affolées. Des élancements lui striaient le cerveau, semblables à des pointes de feu. Ils s'accompagnaient d'éclairs atroces qui perturbaient sa vision. Au bout de quelques instants, il parvint néanmoins à distinguer une voûte sombre, faite de pierres brutes. Il voulut se redresser en prenant appui sur ses coudes. Ce fut alors seulement qu'il prit conscience d'être entravé. Il se trouvait allongé, en chemise, sur une sorte de galetas à la propreté douteuse. Ses poignets et ses chevilles étaient immobilisés par des lanières de cuir.

— Déjà revenu de votre petit séjour au royaume de Morphée, inspecteur ? Je dois dire que je suis impressionné. Vous êtes doté d'une constitution bien plus solide qu'il n'y paraît au premier regard.

Valentin sursauta. La voix lui semblait venir de très loin. Elle s'était élevée sur sa gauche. Il tourna la tête dans cette direction. Dans un premier temps, il ne distingua qu'une vague silhouette estompée par l'éclat d'une lampe.

Il ferma les yeux et s'efforça de respirer plusieurs fois lentement pour calmer les battements de son cœur et dompter la souffrance. Quand il rouvrit de nouveau les paupières, les flashs lumineux avaient disparu. Il reconnut le docteur Faivre qui le contemplait, assis à distance sur une chaise, un pli sardonique au coin des lèvres. En dépit de ses favoris blonds et de ses beaux traits réguliers, le visage du médecin n'évoquait plus du tout celui d'un doux poète romantique. Il paraissait presque trop lisse et aussi trompeur qu'un masque de carnaval.

En prenant garde de ne pas réveiller la douleur dans son crâne, Valentin balaya du regard le reste de l'espace. Les murs de moellons tout autour suintaient d'humidité et étaient couverts de salpêtre.

— Où sommes-nous ?

— Dans l'une des caves de la clinique. Pour votre gouverne, c'est dans cette pièce qu'a été enfermé notre trio d'académiciens. Les murs sont épais et la porte doublée à dessein. Il ne sert à rien de crier. Personne ne vous entendra.

— Comment avez-vous pu, seul, me descendre jusqu'ici sans attirer l'attention ?

— Rien de plus simple ! J'ai fait appel à ce brave Armand, mon gardien de nuit. Auparavant, bien sûr, j'avais pris la précaution de vous envelopper dans un drap et de dissimuler le corps de Delcourt sous ma couchette. Mon employé n'y a vu que du feu. Pour le remercier du zèle déployé durant cette nuit mouvementée, je lui ai permis de rentrer chez lui aussitôt après.

— Vous n'allez pas pouvoir laisser indéfiniment un cadavre dans votre bureau, fit remarquer Valentin.

— Mais il n'y est déjà plus, mon cher ! Les hommes envoyés avec un fourgon par Vidocq sont passés le chercher tout à l'heure. Ils se sont étonnés bien évidemment de ne pas vous trouver sur place. Mais je leur ai affirmé que vous aviez préféré rentrer chez vous à pied. Histoire de vous remettre de vos émotions. Fort heureusement, la pluie avait cessé. Ils n'avaient aucune raison de mettre ma parole en doute.

Valentin resta muet. Le médecin souleva un objet qu'il avait jusque-là conservé sur ses genoux. Il s'agissait du gilet pare-balles mis au point par l'inspecteur.

— Je savais bien que je ne pouvais pas vous avoir manqué, dit Faivre avec un sourire entendu. Il se trouve que je suis un assez bon tireur, voyez-vous. Mais cette armature de métal… c'était assez ingénieux, je dois le reconnaître.

— Ainsi c'était donc vous, tout à l'heure… sur le seuil de la chambre…, marmonna l'inspecteur.

— Et qui donc vouliez-vous ? s'esclaffa le praticien, narquois. Cette chiffe molle de Delcourt ? Mais ce pauvre diable aurait été bien incapable de faire le moindre mal à une mouche !

Valentin se mordit l'intérieur de la joue. Quel imbécile il avait été ! Depuis que Delcourt était apparu comme le principal suspect dans cette affaire, quelque chose l'avait tracassé. Il n'arrivait pas à faire coïncider la première image qu'il avait eue de cet homme, un gringalet aux gros yeux de myope et aux vêtements trempés, avec le portrait d'un meurtrier froid et implacable. Mais il n'avait pas su en tirer la conclusion qui s'imposait.

— C'est vous ! Vous qui les avez tous tués ! Les trois malades atteints de choléra, mais aussi Maxime de Chantourné, Claude Villeneuve et même votre propre ami, Lécuyer-Manson !

Le médecin lâcha l'armature de tissu et de métal et, d'un coup de pied rageur, l'envoya valser dans la pénombre.

— Nicolas ? Mon ami ? grinça-t-il d'une voix dédaigneuse. Décidément, inspecteur, vous aurez fait fausse route jusqu'au bout ! Si cet imbécile de Delcourt n'avait pas commis la folie de conserver sur lui les pages que je lui avais ordonné de détruire, vous ignoreriez encore tout des véritables dessous du drame qui s'est joué sous vos yeux. Et jamais vous n'auriez su le rôle que j'y ai tenu.

Valentin perçut une pointe d'orgueil dans cette dernière affirmation. Il se dit qu'il y avait peut-être là une opportunité de gagner du temps. Il fallait faire parler le médecin afin de réfléchir à la situation et de trouver un moyen d'échapper à un sort qu'il pressentait funeste.

— Puisque je suppose que vous n'avez pas l'intention de me laisser sortir vivant de cette cave, vous pourriez tout aussi bien éclairer ma lanterne. Comment avez-vous fait pour berner tout le monde ?

Le docteur Faivre ne répondit pas tout de suite. Il prit un étui dans sa poche, en tira un cigare et ramassa la lampe à ses pieds pour l'allumer directement à la flamme. Tandis qu'il exécutait tous ces gestes avec lenteur, comme s'il avait tout son temps, il semblait peser le pour et le contre. À la fin, il aspira une longue bouffée puis souffla un épais nuage de fumée qu'il dissipa de la main, d'un geste élégant d'homme du monde.

— Après tout, pourquoi ne pas satisfaire votre curiosité ? Comme vous l'avez compris, je n'ai plus d'autre choix que de faire de cette cave votre tombeau. Vous n'aurez donc jamais l'opportunité de répéter à quiconque ce que je vais vous confier… Mais laissons cela pour le moment. Je dirais que tout a commencé en février dernier, le jour où, à la suite d'une imprudence commise par Cécilie Lécuyer-Manson, son mari a soupçonné que sa chère petite épouse n'était pas l'ange irréprochable qu'il s'imaginait. Sans en avoir la preuve formelle, il devina rapidement l'identité de son rival. Cela me plaçait dans une situation fort inconfortable dans la mesure où Nicolas disposait d'une majorité de parts au sein de notre association et ne manquerait pas de m'évincer sitôt qu'il en aurait l'occasion. Ce qu'il ignorait, c'est que Cécilie avait pris conscience à retardement de sa bévue et m'avait averti du danger qui planait au-dessus de ma tête.

— Vous avez alors décidé de vous débarrasser du mari devenu gênant.

— Disons que j'ai compris qu'une lutte sans merci était sur le point de s'engager entre nous. Un seul en sortirait indemne, et je devais faire en sorte que ce ne soit pas lui. C'était aussi simple que cela.

Faivre tira avec désinvolture une nouvelle bouffée de son cigare. Valentin le toisa du regard.

— Vous en parlez comme d'une banale rivalité de salon entre deux gentilshommes qui convoiteraient la même cavalière. Mais c'est de la mort d'un homme qu'il est question ici !

Le médecin préféra ignorer la remarque.

— L'aspect cocasse de la situation, voyez-vous, c'est que ni lui ni moi ne pouvions engager les hostilités. Lui parce qu'il n'avait que des soupçons et ne pouvait s'en prendre ouvertement à moi tant qu'il n'aurait pas acquis de certitude. De mon côté, j'ignorais si Lécuyer-Manson n'avait pas parlé de sa mésaventure à l'un de ses intimes. Si tel était le cas et qu'il lui arrivait malheur, je risquais de devenir très vite la cible des enquêteurs. C'était beaucoup trop risqué. À moins… à moins bien sûr que je puisse dénicher un bouc émissaire.

— Et c'est là, je suppose, qu'Antoine Delcourt entre en scène…

— Entrer en scène, oui, je dois admettre que c'est sans doute l'expression qui convient le mieux. Il est venu me trouver un matin, ici même, à la clinique. Il avait entendu parler à l'Académie des recherches que je menais avec le professeur Orfila. C'était pour lui un gage d'ouverture d'esprit et il espérait que je pourrais le conseiller. C'était un drôle de bonhomme, à la fois timoré et exalté. Il s'intéressait de près à la progression du choléra en Europe[1] et avait développé sa propre théorie sur l'agent causal de la maladie. Il prétendait qu'il avait mis au point un microscope révolutionnaire qui lui permettrait de vérifier ses hypothèses. Il avait d'ailleurs rédigé un mémoire sur le sujet et voulait recueillir mon avis avant de le présenter au Comité de salubrité. J'ai accepté de le lire. C'est moi qui l'ai convaincu ensuite que si je le cosignais, il aurait plus de chances d'être retenu. Bien entendu, c'était totalement faux. Je savais au contraire que le seul fait de voir mon nom sur la couverture susciterait un rejet sans appel de la part de

1. De la Russie qu'elle avait gagnée en 1830, l'épidémie se répandit d'abord en Pologne et en Finlande, avant d'atteindre Berlin en 1831 et les îles Britanniques en février 1832.

Lécuyer-Manson. Nous étions dès lors deux à avoir une bonne raison de nous en prendre à celui-ci. La vengeance est, après tout, un mobile aussi valable que la jalousie.

Faivre parlait d'une voix neutre, sans mettre apparemment le moindre affect dans son récit. C'était le ton d'un médecin qui énumère des symptômes, pose un diagnostic, puis élabore un traitement. Froid et clinique… Tout en l'écoutant, Valentin tentait de mettre à profit la pénombre qui régnait dans la cave pour distendre discrètement les liens de ses poignets. Mais les lanières étaient nouées trop serré et ses efforts n'avaient pour seul effet que de lui cisailler atrocement la peau.

— C'est entendu, relança-t-il pour prolonger son répit, vous vouliez vous débarrasser de Lécuyer-Manson et faire endosser votre crime à Delcourt. Cela suffit à faire de vous une canaille de la pire espèce. Mais je ne m'explique toujours pas comment vous en êtes arrivé à commettre six meurtres.

En entendant le mot « canaille », le praticien tiqua, mais cette fois encore il ne se donna pas la peine de relever l'insulte.

— Au départ, je n'avais en tête que la disparition devenue nécessaire de ce cher Nicolas. Mais il me semblait indispensable de compromettre notre naïf horloger pour que, une fois venu le moment d'orienter les soupçons sur lui, il ne puisse se défendre et n'ait d'autre recours que de s'en remettre entièrement à moi.

— Pauvre Delcourt ! Il n'aura été qu'une marionnette entre vos mains !

Le médecin regarda Valentin avec ironie.

— Allons, allons, inspecteur ! Ne soyez pas si

manichéen. Delcourt, la pauvre dupe, d'un côté, et l'horrible docteur Faivre, de l'autre. Le bien et le mal… Vieilles lunes qu'il convient de balayer d'un revers de main ! Nous ne sommes pas dans l'un de ces contes pour enfants à la morale si affreusement convenue. Le monde réel n'est que nuances et compromissions. Lorsque j'ai affirmé à ce pauvre fou que le meilleur moyen de convaincre ses contradicteurs était de passer de la théorie à la phase expérimentale, il n'a pas longtemps tergiversé. Comme je le lui ai fait remarquer, il ne s'agissait au fond que d'abréger les souffrances d'hommes déjà condamnés par la maladie. Le seul moment où il a failli reculer, c'est lorsque nous avons suivi cet ouvrier typographe jusqu'aux bains Mennetier. Cette fois-là, la peur d'être pris sur le fait l'a paralysé. Il n'a pas assisté au meurtre et s'est contenté de me fournir le passe pour pénétrer dans la cabine. Qu'importe ! À ce moment-là, il était déjà suffisamment impliqué et ne pouvait plus faire marche arrière.

— Ainsi, les mutilations aussi, c'était vous ?

Le docteur Faivre émit un petit rire sarcastique.

— Je gage que mes maîtres de la faculté ne m'auraient pas tressé de lauriers pour un tel travail de boucher. Mais qui peut le plus peut le moins ! Il était hors de question, vous l'aurez compris, d'orienter les investigations vers un homme de l'art.

— Ce que je ne comprends pas, c'est pourquoi vous vous en êtes pris ensuite aux collègues de Lécuyer-Manson. Enlever trois académiciens, c'était multiplier les risques bien inutilement.

— Vous oubliez une chose, inspecteur…

— Puis-je savoir laquelle ?

Faivre se pencha et son visage entra davantage dans le cercle de lumière. Une étincelle s'alluma au fond de ses prunelles enfiévrées.

— L'amour de la science ! C'est une chose qui devrait vous parler. J'ai cru comprendre en effet que vous aviez, un temps, envisagé de vous consacrer à la recherche dans le domaine de la chimie. Eh bien, Delcourt avait beau être un amateur, il possédait une forme de génie. À partir des prélèvements que je lui livrais, il a fini par découvrir le germe responsable de l'épidémie. Oui, cet être insignifiant, sans formation universitaire, a obtenu un résultat de nature à remettre en cause les certitudes de la médecine officielle et qui pouvait faire de lui un bienfaiteur de l'humanité. Quelle dérision ! C'est alors qu'a éclos un nouveau plan dans mon cerveau. La possibilité de faire d'une pierre deux coups. Supprimer Lécuyer-Manson ne suffisait plus. À moi qui avais enfreint les commandements divins et les lois des hommes, un destin facétieux offrait la plus inespérée des récompenses. La gloire et la fortune se trouvaient à portée de ma main. Il suffisait pour cela de supprimer l'horloger et que disparaissent également les trois hommes qui avaient lu son mémoire et pouvaient lui attribuer au moins la copaternité de la découverte. Au point où nous en étions, je n'eus aucun mal à convaincre Delcourt que ces beaux messieurs des académies n'accepteraient jamais de reconnaître la suprématie d'un obscur horloger. Pour faire taire toutes les oppositions, il fallait frapper un grand coup : enlever puis contaminer ceux qui avaient rejeté la vérité quand on la leur avait placée sous les yeux.

— Vous êtes un monstre ! Comment osez-vous parler

d'amour de la science ? Vous n'avez agi qu'en ayant votre propre intérêt en tête !

Mais Faivre donnait l'impression de ne plus prêter attention aux interruptions de Valentin. Grisé par son propre récit, il poursuivit avec une forme d'exaltation malsaine :

— Le germe du choléra n'entraîne cependant pas toujours la mort. Aussi, sans en souffler mot à Delcourt, j'inoculai à nos victimes un autre animalcule autrement plus virulent. Celui de la peste. L'un des cadavres dont le professeur Orfila et moi venions de prendre livraison en était atteint. Il m'a suffi de cureter l'un de ses bubons et d'imprégner un mouchoir de l'exsudat obtenu. Ensuite, j'ai convaincu mon complice qu'il fallait frapper les esprits avec la réapparition des cadavres. Pour cela, il suffirait de les abandonner dans des lieux en lien direct avec les premiers meurtres. Je lui ai dit aussi que Lécuyer-Manson devrait être encore vivant quand on le retrouverait. Nous pourrions ainsi affirmer avoir vérifié notre hypothèse en lui apportant des soins empressés. Delcourt ne s'est pas méfié une seconde. La vérité, c'est que j'avais besoin de pouvoir invoquer le témoignage de mon associé pour le perdre. Donc, pour Lécuyer-Manson, pas question de peste ! Cécilie, que j'avais mise dans la confidence de la dernière partie du plan uniquement, devait me prévenir dès que son mari serait retrouvé.

— Vous vous assuriez ainsi d'être le seul médecin appelé à son chevet, compléta Valentin. Cela vous permettait de prétendre recueillir les ultimes paroles du moribond. Des paroles qui, bien entendu, accableraient Delcourt. Ensuite, il ne vous resterait plus qu'à achever votre rival en toute impunité.

— Avouez que la mécanique était implacable. J'avais prévu ensuite de supprimer Delcourt dans la foulée, car l'homme n'était plus fiable. Depuis qu'il vous avait croisé à l'Académie, il avait pris peur et se laissait gagner par le remords. C'est la raison pour laquelle, d'ailleurs, j'avais préféré lui offrir un abri ici même, dans les sous-sols de la clinique. Cela me permettait de conserver en permanence un œil sur lui. Quand vous m'avez informé du guet-apens que vous vous apprêtiez à lui tendre, je me suis dit que je tenais là le meilleur moyen de me débarrasser de lui, tout en achevant de vous convaincre qu'il était bien le fou meurtrier que vous traquiez.

— Son prétendu suicide n'était donc pas une improvisation.

— Bien sûr que non ! C'était le final que j'avais en tête depuis que vous m'aviez dévoilé vos intentions, même si je dois reconnaître que l'utilisation de votre fichu gilet m'a pris au dépourvu et a failli tout gâcher. Il s'en est fallu d'un rien ! Mais j'ai réagi avec la promptitude et le sang-froid que les circonstances exigeaient.

Valentin chercha à ébranler l'apparente tranquillité de son interlocuteur.

— Vous ne pourrez pas échapper à la justice, Faivre ! Si je disparais à mon tour, il y aura enquête. Vidocq ne vous lâchera pas. Vous finirez tôt ou tard par commettre une erreur ou une imprudence.

Le médecin ramassa la lampe et se leva de sa chaise. Le fantôme d'un sourire semblait planer sur ses lèvres.

— C'est vous qui vous trompez, inspecteur. Il n'est pas question que vous disparaissiez. On vous retrouvera dans deux ou trois jours. Ou plutôt votre cadavre rongé par le choléra. Quelque part dans le quartier Saint-Merri, loin de cette clinique… Je souhaite bien du plaisir à vos collègues pour remonter alors jusqu'à moi. Ils y perdront leur latin, croyez-moi… D'ailleurs, il est temps que j'aille préparer à votre intention cette petite potion qui a déjà fait merveille avec ces messieurs les académiciens.

Sur ces mots, il franchit la porte et plusieurs verrous claquèrent dans l'obscurité.

42

Où Valentin a le dernier mot

Tout en remontant l'escalier du sous-sol, Henri Faivre réfléchissait intensément. Sa conversation avec l'inspecteur Verne avait quelque peu ébranlé ses belles certitudes. *Si je disparais à mon tour, il y aura enquête… Vous finirez tôt ou tard par commettre une erreur ou une imprudence.* La funeste prédiction tournait dans sa tête. Peut-être avait-il péché par excès de confiance. Il était beaucoup trop risqué de garder l'inspecteur captif dans la clinique. En ne le voyant pas réapparaître, ses collègues allaient forcément revenir pour poser des questions. Et si sa version ne les convainquait pas, ils pouvaient fort bien se mettre en tête de fouiller l'établissement.

L'homme consulta sa montre. Il serait bientôt six heures. Le soleil ne tarderait pas à se lever. Il n'avait plus le temps de déplacer son prisonnier. Tant pis ! Quand il redescendrait, en même temps qu'il lui inoculerait les animalcules mortels, il lui administrerait un puissant somnifère. De quoi l'assommer une bonne partie de la matinée. Puis il dissimulerait l'entrée de la cave derrière un entassement de vieilles caisses et de bois de chauffage. La nuit prochaine, il forcerait l'inspecteur sous la menace d'une arme à monter dans son coupé et l'emmènerait au domicile des Lécuyer-Manson. Cécilie était désormais trop impliquée pour refuser de lui ouvrir sa porte. Après tout, c'était à cause d'elle que tout avait commencé à déraper. Que cela lui plaise ou non, il faudrait qu'elle accepte de transformer une pièce de sa propre demeure en cellule. De toute façon, cela ne durerait pas. Deux ou trois jours tout au plus, le temps nécessaire pour que les germes fassent leur effet. Ensuite, il ne resterait plus qu'à procéder comme avec les académiciens : abandonner le corps dans le quartier Saint-Merri. L'épidémie avait vidé les rues. Ce serait un jeu d'enfant. Tout risque serait alors définitivement écarté… Faivre se sentait incroyablement las, mais rasséréné. Une nouvelle existence s'offrait à lui, auprès de la femme qu'il aimait et qui serait bientôt toute à lui. Une existence faite de travail, de succès et de reconnaissance officielle. Une fois qu'il se serait approprié la découverte de Delcourt, il s'imposerait aux yeux de toute la communauté scientifique comme l'homme qui a vaincu le choléra !

Il venait d'atteindre le vestibule lorsqu'il lui sembla entendre grincer la grille du jardin. Il était encore trop tôt pour que le personnel de jour vienne prendre ses fonctions. Qui cela pouvait-il être ? En proie à un mauvais pressentiment, il se dirigea vers la porte d'entrée et manœuvra le judas. Son cœur manqua deux ou trois battements. Il venait de reconnaître la fille Marceau et Vidocq, ce réprouvé qui se donnait de grands airs depuis qu'il s'était racheté une conduite. Deux sergents de ville en uniforme les accompagnaient.

L'espace d'un instant, Faivre faillit céder à la panique, avant de se reprendre. Il n'y avait aucune raison *a priori* de perdre son calme. Sans doute étaient-ils déjà à la recherche de l'inspecteur. Ils avaient seulement réagi beaucoup plus vite qu'il ne l'avait prévu.

Malgré tout, deux précautions valaient mieux qu'une. Le temps que ses visiteurs traversent le jardin de devant, le docteur se précipita dans son bureau, au premier étage. D'un tiroir du secrétaire, il sortit un court pistolet de voyage à coffre, vérifia qu'il était bien chargé et le glissa dans une poche de sa redingote. Déjà des coups de heurtoir impérieux montaient, en provenance du vestibule.

Lorsqu'il ouvrit la porte, Faivre s'était recomposé ce doux visage mélancolique qui lui avait toujours attiré la confiance des hommes et les faveurs des femmes. Il salua les arrivants d'une inclination de la tête.

— Monsieur le chef de la Sûreté, mademoiselle Marceau… Pardonnez mon étonnement, mais je ne m'attendais pas à vous revoir si vite. Le jour n'est même pas encore levé.

— Au moins, nous ne vous tirons pas du lit, fit remarquer Vidocq en pointant dans sa direction le pommeau plombé de sa canne. Il a beau être tôt, je constate que vous êtes déjà habillé.

Le praticien eut un geste fataliste.

— Que voulez-vous ? Un disciple d'Esculape se doit avant tout à ses patients. La nuit a été si mouvementée que plusieurs d'entre eux ont nécessité une attention particulière. Il m'a fallu leur administrer force potions calmantes.

— Nous permettez-vous d'entrer quelques instants ?

Faivre, qui s'était tenu jusque-là derrière la porte entrouverte, ne put faire autrement que d'ouvrir plus largement le battant et de leur céder le passage.

— Mais je vous en prie. Même si je ne vois pas très bien ce que je pourrais faire encore pour vous.

Les quatre policiers pénétrèrent dans le hall. Vidocq promena un regard inquisiteur tout autour de lui, comme s'il était à la recherche de quelque chose de précis. Quand il eut achevé cette rapide inspection, il adressa un signe discret à ses deux subalternes qui se dirigèrent sans hésiter vers la cage d'escalier. Faivre esquissa un mouvement pour s'interposer, mais l'ancien forçat le retint par le bras.

— Laissez-les donc faire, docteur. Ils vont juste jeter un coup d'œil dans votre bureau. Un petit détail à vérifier pour notre rapport. Pur travail de routine.

Le médecin n'aimait décidément pas la tournure que prenaient les événements. Mais il s'efforça de demeurer affable, sans parvenir à masquer tout à fait son irritation.

— Allez-vous me confier de quoi il s'agit précisément ? interrogea-t-il en regardant tour à tour Vidocq et Aglaé. Comme je viens de vous le dire, un certain nombre de mes patients sont déjà très perturbés. Je ne voudrais pas que des allées et venues intempestives de policiers en tenue aggravent leur état et déclenchent chez eux de véritables crises.

— Je vous le répète : une simple formalité, le rassura Vidocq en plissant ses lourdes paupières. Nous ne resterons pas longtemps. (Il observa un court silence, puis ajouta sans paraître y attacher une importance exagérée :) À propos, les hommes qui ont ramené le corps de Delcourt à la préfecture nous ont indiqué que l'inspecteur Verne avait déjà quitté la clinique à leur arrivée.

Enfin, on y venait ! Même s'il s'attendait à être interrogé sur le sujet, Faivre sentit sa gorge s'assécher. Il se força à déglutir avant de répondre :

— C'est exact. La pluie avait cessé et votre collègue ressentait le besoin de soulager sa tension nerveuse. Il semblait convaincu qu'un peu de marche lui ferait le plus grand bien.

Vidocq hocha la tête, pensif.

— C'est pourtant vrai… Il ne pleuvait plus. J'imagine que, dans le cas contraire, l'inspecteur n'aurait pas fait pareil choix. Cela aurait été le meilleur moyen d'arriver trempé jusqu'aux os. Voyez ma pèlerine, elle est encore tout humide des minutes que j'ai passées cette nuit sous la fenêtre de votre bureau.

— Au moins cela n'aura-t-il pas été inutile, fit remarquer Faivre qui ne comprenait pas où son interlocuteur voulait en venir et s'en trouvait déstabilisé. Vos efforts ont permis de mettre hors d'état de nuire ce fou de Delcourt.

— La pluie…, fit Vidocq en poursuivant son idée, voilà le genre de petit détail qu'on peut omettre dans un rapport. Et pourtant, il peut avoir son importance…

Henri Faivre enfonça négligemment les mains dans les poches de sa redingote. Toucher la crosse de son arme l'aida à combattre l'inquiétude qui le gagnait au fur et à mesure qu'il sentait lui échapper la portée réelle de leurs échanges.

— Vos hommes mettent du temps à descendre, observa-t-il en jetant un regard contrarié du côté de l'escalier. Je croyais qu'ils en avaient pour quelques minutes à peine.

— Ils descendront bien assez tôt, allez ! En attendant, vous pourriez peut-être m'aider à éclaircir un point. Si je me fie au récit que vous nous avez fait de votre agression, Delcourt aurait pénétré dans votre bureau en passant par la fenêtre. C'est bien cela, n'est-ce pas ?

— C'est l'explication en tout cas la plus vraisemblable. Comme je vous l'ai rapporté, il a brusquement surgi de derrière les rideaux.

— Quoi qu'il en soit, nous pouvons tomber d'accord sur le fait qu'il venait forcément du dehors, intervint Aglaé d'une voix conciliante.

Le médecin lui sourit en retour et s'empressa d'approuver :

— Cela ne fait aucun doute.

Vidocq dirigea le feu de son regard sur le visage qui lui faisait face. Ses lèvres se retroussèrent en un sourire carnassier. Il ressemblait à un grand fauve qui s'apprête à fondre sur sa proie.

— Et pourtant, c'est là que les choses se compliquent, lâcha-t-il. Nous aurions dû nous en rendre compte sur le coup, mais dans le feu de l'action nous n'y avons pas prêté attention. Pour être tout à fait honnête, je dois dire que c'est Mlle Marceau, ici présente, qui a mis le doigt dessus. Un de ces petits détails révélateurs que nous évoquions à l'instant…

— Allez-vous cesser de tourner autour du pot ! s'énerva Faivre, qui avait la désagréable impression que le chef de la Sûreté était en train de jouer avec lui au chat et à la souris. Où voulez-vous en venir à la fin ?

— À cette chose toute simple, répondit Vidocq en détachant chaque syllabe. Il pleuvait encore des cordes lorsque Delcourt est censé s'être introduit dans votre clinique. Or son manteau était tout à fait sec. Comment expliquez-vous ce prodige, docteur ?

La réaction de Faivre ne se fit pas attendre. En l'espace d'une seconde, il réalisa que tout son plan tombait à l'eau. Les policiers l'avaient percé à jour. Il ne lui restait plus qu'à tenter le tout pour le tout. Il sortit son pistolet et le braqua sur Aglaé et Vidocq.

Mais l'ancien bagnard était sur le qui-vive. Il devança la réaction du médecin et lui asséna un violent coup de canne sur l'avant-bras. Saisi par la douleur, Faivre lâcha son arme. Il ne s'avoua pas vaincu pour autant. Laissant parler son instinct de survie, il bouscula Aglaé et la projeta vigoureusement sur Vidocq. Ce geste désespéré lui procura les secondes de répit dont il avait besoin pour franchir la courte distance qui le séparait de la porte du sous-sol. Il la franchit et, sortant la clé de la poche de son gilet, eut juste le temps de la verrouiller avant que ses adversaires ne puissent l'atteindre.

La voix puissante de Vidocq lui parvint à travers le panneau de bois :

— Vous feriez mieux de vous rendre immédiatement, Faivre ! L'établissement est cerné. Vous êtes perdu !

Effaré, le fugitif passa une main nerveuse dans ses cheveux et s'efforça de rassembler ses pensées. Verne ! Il pouvait encore s'en servir comme otage. C'était sa seule chance d'éviter l'arrestation. Sans doute était-ce d'ailleurs dans l'espoir de le retrouver vivant et de le libérer que Vidocq avait envoyé ses hommes fouiller les étages. Cette maudite fripouille en serait pour ses frais !

Sans perdre davantage de temps, le médecin s'empara de la lampe qu'il avait laissée en haut des marches en prévision de son retour et s'engagea résolument dans l'escalier. Derrière lui, des coups de boutoir ébranlaient déjà la porte. Faivre ne se faisait pas d'illusions. Le battant ne résisterait pas longtemps aux furieux assauts des policiers.

Heureusement pour lui, il connaissait par cœur le dédale des couloirs et des caves qui courait sous la clinique. Il ne lui fallut qu'à peine une minute pour s'y orienter et rejoindre le réduit où il avait enfermé l'inspecteur. Il avait pris la précaution de se munir au passage d'un vieux couteau qui traînait dans l'une des resserres.

Accrochant son fanal à un clou planté dans le chambranle, il libéra les deux solides verrous et pénétra à l'intérieur de la pièce nue, sa lame pointée en avant.

Un choc survint sur son flanc droit et le prit totalement à l'improviste. Aussitôt qu'il avait aperçu le rai de lumière sous la porte, Valentin s'était plaqué contre le mur, du côté opposé aux gonds, et il s'était rué sur son geôlier à l'instant précis où celui-ci franchissait le seuil.

Les deux hommes roulèrent par terre, étroitement enlacés. Faivre s'attendait à pouvoir facilement maîtriser un adversaire entravé, mais il se rendit compte, à sa grande stupéfaction, que celui-ci avait les mains libres et cherchait en fait à empoigner son couteau. Il se tortilla et tenta de se dégager pour pouvoir le frapper. L'inspecteur l'en empêcha en bloquant son bras avec son genou et le frappa en pleine face. Faivre poussa un cri aigu qui couvrit le craquement de son nez. À moitié aveuglé par le sang qui pissait de son appendice, il lâcha son arme devenue inutile et, dans un ultime sursaut pour reprendre le dessus, chercha de son poing libre à frapper son rival à la pomme d'Adam. Plus rapide et plus vigoureux, Valentin para l'attaque sans mal et parvint, par un mouvement de bascule, à se placer au-dessus de son adversaire. Puis il le saisit par les cheveux et entreprit méthodiquement de lui marteler le crâne contre le sol jusqu'à ce que l'autre cesse de se débattre et demeure inerte, le visage ensanglanté et les yeux révulsés.

Vidé de ses forces, Valentin se traîna alors jusqu'au mur contre lequel il s'adossa pour tenter de récupérer. Ses yeux se portèrent à l'autre extrémité de la cave où gisait le gilet pare-balles abandonné par Faivre. Captant la chiche clarté de la lampe restée à l'extérieur, les lamelles d'acier luisaient doucement dans la pénombre. Ces morceaux de métal taillés en biseau lui avaient permis de cisailler ses liens juste à temps pour pouvoir réserver au médecin l'accueil qu'il méritait. Cela s'était joué à quelques secondes près… Ce souffle infime qui sépare la vie de la mort.

Épilogue

Aglaé s'éveilla aux premières lueurs de l'aube. Elle avait dormi d'un sommeil profond, sans rêves, comme chaque fois, maintenant, que Valentin et elle faisaient l'amour. La chambre baignait dans un demi-jour fragile. Un parfum voluptueux de chair et de sueur flottait dans l'air, évoquant leurs longues étreintes nocturnes. Le drap repoussé laissait à découvert le dos de la jeune femme jusqu'à l'émouvant sillon des fesses, et un mouvement presque imperceptible animait son bassin, au rythme de sa respiration légère.

Un soupir qui ressemblait à la plainte d'un jeune animal s'échappa des lèvres délicatement ourlées. La jolie brune se retourna dans le lit avant de s'étirer langoureusement. Dans son mouvement, elle avait achevé d'écarter le drap et les pâles rayons du soleil naissant caressaient son ventre duveteux et ses seins aux aréoles sombres. Paupières toujours closes, elle étendit son bras à l'aveugle et tâta l'espace vide, de l'autre côté du lit. Surprise de ne pas sentir le corps de son amant auprès d'elle, elle finit par ouvrir les yeux.

Valentin se tenait debout devant la fenêtre, entièrement nu lui aussi, le front appuyé contre la vitre. Immobile, il ressemblait à une statue de la Renaissance italienne dont les contours harmonieux se découpaient à contrejour. Aglaé le contempla un moment, suffoquée par la beauté de cet homme qu'elle avait contribué à arracher au néant. Elle n'osait prononcer le moindre mot, ni faire le moindre mouvement, de peur de rompre le charme du tableau ainsi offert à ses yeux.

Près de deux semaines s'étaient écoulées depuis qu'ils avaient procédé à l'arrestation du docteur Henri Faivre et de sa maîtresse, Cécilie Lécuyer-Manson. George Sand avait consacré à l'affaire un article dans les pages du *Figaro* qui avait connu un beau retentissement. L'écrivaine y dressait un portrait particulièrement flatteur de Mlle Marceau, qu'elle décrivait comme une moderne amazone et parait de toutes les vertus. Elle voyait en elle un modèle idéal pour toutes celles qui voulaient dépasser leur condition et aspiraient à concurrencer dorénavant les hommes sur leur propre terrain. Vidocq et Valentin, de leur côté, avaient reçu les félicitations très officielles du préfet de police. Mais Aglaé savait que cette enquête avait profondément marqué son compagnon. Il se reprochait d'avoir trop longtemps tâtonné et d'avoir échoué à sauver les vies des trois membres du Comité de salubrité. Elle le devinait également perturbé par la révélation de ses véritables origines. Finalement, ce n'était que lorsqu'il s'abandonnait entre ses bras, quand elle lui offrait le réconfort de sa douce intimité, qu'il oubliait ses vieux démons et paraissait trouver une forme d'apaisement.

Avec précaution, la jeune femme finit par s'envelopper dans le drap et abandonner sa couche. Elle se rapprocha sur la pointe des pieds et vint se blottir contre Valentin dont la peau, couverte de fines gouttelettes de transpiration, luisait au soleil. Il ne se retourna pas tout de suite et demeura silencieux à contempler la lumière du petit matin qui jouait dans les frondaisons des arbres ainsi que les ombres qui tardaient à se dissiper, plus bas, le long des façades.

— À quoi penses-tu ? murmura-t-elle, la bouche collée à son oreille.

Il frissonna comme si la voix aimée était venue le chercher très loin, dans des confins que l'on ne pouvait aborder qu'en voyageur solitaire.

— Je songeais à la beauté fragile de certaines aubes. À ces cieux qui ne sont jamais aussi beaux que lorsque la lumière épouse l'ombre.

Elle le serra plus fort et respira son odeur, dans le creux de son aisselle. Elle aurait voulu s'en imprégner, s'en étourdir. Il était l'homme dont elle était éprise, fort et résolu, mais en même temps un enfant fragile qui avait besoin d'être rassuré. Et c'étaient ces deux faces indissociables qu'elle aimait en lui. Elle embrassa son épaule.

— Il est encore très tôt. Tu ne viens pas te recoucher ?

Il se retourna sans lui répondre. À son tour, il laissa le bout de ses doigts errer sur sa peau nue, se perdre dans sa lourde chevelure au parfum capiteux. Comme elle inclinait la joue pour venir à la rencontre de sa paume, il plongea son regard éperdu dans ses beaux yeux couleur de châtaigne dorée.

— C'est étrange, dit-il enfin, j'ai longtemps cru à un monde simple où les forces du Bien s'opposaient à celles du Mal. Avant, je ne pouvais m'empêcher de repenser au Vicaire et à toutes les horreurs qu'il m'avait fait subir. Pour moi, il était le Mal absolu. Il représentait tout ce que je souhaitais combattre.

— Et alors ? Qu'est-ce qui a changé ?

Valentin détourna ses yeux vers le soleil à l'horizon. Jamais sans doute il n'avait autant ressemblé à un ange, mais un ange égaré sur la terre et privé de tout repère.

— À présent je ne sais plus, fit-il. L'amour immonde que cet homme m'a porté et qui l'a conduit à m'infliger les pires tourments est aussi ce qui m'a sauvé la vie. C'est parce qu'il m'aimait qu'il a enfreint les ordres de ses commanditaires et renoncé à m'assassiner. Voilà ce que m'a appris la correspondance de Fouché.

Aglaé lui prit la main et en effleura la paume de ses lèvres.

— Le désir n'est pas l'amour, Valentin. Il peut être égoïste, brutal, sans lendemain. Crois-moi, ce n'est pas de l'amour que le Vicaire ressentait pour toi, juste du désir. Ce besoin de possession qui était aussi celui de mon père et qui finit par détruire tous ceux sur qui il s'exerce.

La jeune femme se plaqua encore davantage contre lui. Il sentit sa poitrine aux tétons durcis qui épousait son corps et, plus bas, comme un appel sous les plis du drap, l'arc tendu de son ventre. Quand elle parla de nouveau, d'une voix grave et suave, son haleine chaude sur sa poitrine raviva en lui une douce flamme.

— Mais quand le désir devient le prolongement de l'amour, murmura-t-elle, il est la plus précieuse chose qui soit. Comme le plus beau des ciels d'aurore.

Elle s'écarta juste assez pour que le drap tombe à terre et revint tout contre lui. Ses mains cherchèrent les siennes et les guidèrent jusqu'à ses fesses, qu'il empoigna avec ardeur. Ils échangèrent un long baiser et oublièrent tout ce qui les entourait. Rien n'existait plus que la douceur de leurs souffles mêlés et la faim qu'ils avaient l'un de l'autre.

Alors, quand Aglaé sut que Valentin était prêt, elle se suspendit des deux mains à son cou, se haussa sur la pointe des pieds, et, ouvrant les cuisses, elle lui offrit le plus tendre des refuges.

NOTE DE L'AUTEUR

Je tiens à remercier tous ceux qui contribuent, d'une façon ou d'une autre, à la série du *Bureau des affaires occultes* en France et à l'étranger, et notamment Pascale, mon épouse, qui supporte au quotidien mes échappées dans le passé, Isabelle, mon agent, pour son soutien indéfectible et toute l'énergie qu'elle me donne, Maëlle, mon éditrice, dont les encouragements font tellement de bien, et évidemment toute l'équipe d'Albin Michel qui se mobilise pour faire de chaque enquête de Valentin un nouveau succès. Toute ma gratitude va aussi aux libraires, aux blogueurs et, bien entendu, aux lecteurs qui m'accordent leur confiance.

C'est durant la troisième vague de l'épidémie de Covid-19, au début de l'année 2021, que l'idée de ce roman m'est venue. Il me semblait intéressant pour le lecteur de découvrir comment les autorités et la population firent face à une pandémie redoutable au début du XIXe siècle. En définitive, le choléra de 1832 offre bien des similitudes avec ce que nous avons tous vécu ces dernières années : *fake news*, tentation du confinement, fuite en province de tous ceux qui le pouvaient, recherche de boucs émissaires, méconnaissance de la maladie, théories délirantes, recommandations inopérantes, contradictoires ou répondant à des motivations davantage politiques que sanitaires, impuissance des médecins, prises de position erronées des experts… L'adage ne dit-il pas que l'Histoire est un éternel recommencement ?

Tous les éléments factuels relatifs à l'épidémie qui se trouvent présentés dans le roman correspondent en effet à la réalité historique. En particulier, les méthodes de traitement ou de prévention évoquées sont bien celles qui furent alors préconisées, et l'opposition entre tenants de la contagion et partisans de l'infection, décrite par Pelletier dans le roman, divisa la sphère scientifique de l'époque. L'article du *Constitutionnel* mentionné dans le prologue, le placard dont il est fait état au chapitre 10 et l'eau-forte intitulée *Le Choléra morbus* qui irrite tant Casimir Perier au chapitre 17 sont des documents parfaitement authentiques. Ils rendent bien compte de l'impuissance des autorités et du désarroi de la population face à ce fléau dont on ne connaissait pas la cause et qui réveillait les vieilles terreurs provoquées par les épidémies du passé. Ce sentiment de fatalité est fort bien exprimé, dans son rapport final, par la commission nommée par les préfets de la Seine et de police pour rendre compte de la marche de la maladie : « Partout on essaie de le combattre [le choléra], et partout les efforts sont vains. Il se joue des barrières qu'on lui oppose comme des remèdes que l'on emploie. Il vient sans qu'on en connaisse la cause, il disparaît sans qu'on en sache la raison. En vain on ouvre les cadavres de ceux qu'il a frappés ; on interroge la mort ; la mort ne révèle rien. Le terrible fléau n'a point déposé son secret dans son sein ; il s'éloigne et l'emporte avec lui, laissant des vides affreux au milieu des populations qu'il a ravagées, et la crainte de le revoir après l'effroi de l'avoir vu. »

Faire d'Antoine Delcourt, l'horloger du roman, un précurseur de la bactériologie n'est pas prendre une trop grande liberté au regard de l'histoire des sciences. Dès l'Antiquité, les Romains eurent l'intuition que des agents infectieux microscopiques pouvaient être la cause de certaines maladies. Même chose au Moyen Âge chez les auteurs de langue arabe. Dans son *Canon de la médecine* (vers 1020), Avicenne supposait que les sécrétions du corps pouvaient être contaminées par une multitude de micro-organismes, ce qui pouvait expliquer, selon lui, que la tuberculose et d'autres maladies soient contagieuses. À la Renaissance, le médecin et philosophe Jérôme Fracastor évoquera lui aussi l'action d'organismes invisibles, analogues à des semences, pour expliquer la propagation des épidémies. Il s'agissait alors seulement d'hypothèses, faute pour tous ces médecins de disposer d'un instrument permettant d'observer ces supposés éléments pathogènes. Ce serait au début du XVIIe siècle seulement qu'un Hollandais, Zacharias Janssen, fils d'un fabricant de lentilles, aurait eu l'idée d'associer précisément deux lentilles convexes dans un tube coulissant pour fabriquer le premier microscope optique avec un grossissement de dix fois. Mais cette origine reste encore discutée. C'est le drapier de Delft Antoni Van Leeuwenhoek, évoqué par Valentin dans le roman, qui réussit le premier, aux alentours de 1675, à observer des bactéries en parvenant à monter une toute petite lentille, de la taille d'une tête d'épingle, sur un support en laiton. Ce microscope optique rudimentaire lui permit tout de même d'atteindre un grossissement de trois cents fois (à comparer aux microscopes optiques actuels dont le pouvoir grossissant est d'environ mille fois). Persuadé que les organismes vivants qu'il avait mis en évidence étaient de minuscules animaux, Leeuwenhoek leur donna le nom d'animalcules. Un autre scientifique nommé Robert Hooke tenta d'améliorer encore le pouvoir grossissant du microscope en associant plusieurs lentilles convexes, mais, en raison des défauts d'aberration chromatique, les images de ce microscope composé étaient beaucoup moins nettes. Ce fut, en définitive, le Britannique John Dollond qui parvint, au milieu du XVIIIe siècle, à corriger ces défauts en combinant des lentilles de formes différentes pour inventer les premiers microscopes optiques achromatiques.

En 1832, au moment de la première épidémie de choléra en France, on disposait donc déjà d'éléments pertinents pour comprendre la nature de la maladie. D'ailleurs, un pharmacien d'Albi, Joseph Marc Limouzin-Lamothe, affirma que « la cause essentielle et primitive » de la maladie résidait dans l'existence d'« animalcules ou atomes cholériques ». Plus tard, en 1849, un médecin londonien, John Snow, désigna l'eau comme unique voie de transmission de la maladie. Cinq ans plus tard, il émit l'hypothèse d'une sorte d'animalcule qui, une fois ingéré, se développerait dans les intestins avant d'être évacué par les selles. Tout cela correspond bien à ce que l'on sait aujourd'hui de la maladie qui est une toxi-infection entérique due à la bactérie *Vibrio cholerae*, dont la contamination est orale, d'origine fécale, par consommation de boissons ou d'aliments souillés. Mais au plus fort de l'infection de 1832, les voix singulières ne furent pas entendues. Pour les raisons aussi bien sanitaires que politiques évoquées dans le roman, le débat scientifique se focalisa sur la question de l'infection ou de la contagion. Il faudra attendre 1854 pour que le bacille responsable de la pathologie soit découvert par l'anatomiste italien Filippo Pacini, avant d'être officiellement redécouvert en 1884 par le bactériologiste allemand Robert Koch. C'est d'ailleurs dans cette seconde moitié du XIXe siècle que ce dernier et l'équipe de Louis Pasteur profitèrent de l'amélioration technique des microscopes pour démontrer définitivement le rôle des micro-organismes dans la propagation des maladies infectieuses.

Au regard de ces éléments historiques, il m'est donc apparu tout à fait plausible d'imaginer qu'un horloger passionné d'optique soit parvenu à mettre au point, dès 1832, un microscope achromatique plus performant que celui de John Dollond et que cette invention ait pu lui permettre d'identifier l'agent pathogène du choléra plusieurs décennies avant sa découverte officielle.

Aucune réelle distorsion avec la vérité historique non plus quand je dépeins l'attirance amoureuse d'une George Sand pour Aglaé. L'auteur de *La Mare au diable* et de *La Petite Fadette* ne fut pas seulement l'un des plus grands écrivains de son temps ; elle se laissa guider toute sa vie par ses sentiments et collectionna les amants. Outre ses amours célèbres avec Musset et Chopin, on lui connaît au moins une brève passion amoureuse pour une femme, la célèbre comédienne Marie Dorval, à laquelle elle déclara sa flamme en 1833. Parce qu'elle était un esprit libre, qu'elle faisait fi des conventions de son temps et était une féministe convaincue, il ne fait guère de doute selon moi que si George Sand avait croisé sur sa route son âme sœur en la personne d'une Aglaé Marceau, elle serait tombée sous son charme et n'aurait pas hésité à le lui faire savoir.

Pour les besoins de l'intrigue, j'ai néanmoins pris quelques petites libertés avec ce que nous rapportent les historiens. Elles sont le plus souvent minimes. Ainsi, contrairement à ce que j'ai indiqué par la voix de Vidocq, ce n'est pas le 9 avril que Casimir Perier a été contraint de s'aliter mais deux jours plus tôt, à la suite d'une visite auprès des cholériques de l'Hôtel-Dieu à laquelle il avait failli renoncer au dernier moment. C'est le duc d'Orléans qui l'aurait empêché de faire marche arrière en prononçant ces mots fatidiques : « Monsieur, le vin est tiré, il faut le boire ! » Casimir Perier décédera le 16 mai 1832, la prise en charge de son choléra par l'illustre professeur Broussais s'étant avérée des plus inefficaces. Qui sait si la monarchie constitutionnelle ne se serait pas imposée en France si ce ministre énergique était demeuré plus longtemps à la tête du gouvernement ? Le jour de réunion de l'Académie des sciences au sein de l'Institut de France n'est pas le mercredi mais le mardi. Dans les premiers temps de l'épidémie, ce ne fut pas l'Hôtel-Dieu qui accueillit les cholériques ; cette tâche incomba à des établissements plus excentrés : Beaujon, Saint-Louis, Saint-Antoine et Cochin. Il n'existait pas un unique Comité de salubrité à Paris, comme je l'ai mentionné pour donner plus de poids à l'assassinat de certains de ses membres, mais une Commission centrale de salubrité et douze commissions d'arrondissement. Les travaux sur l'enfouissement des corps que mène le docteur Orfila sont, eux, parfaitement véridiques, mais ils ne conduisirent pas à l'édification d'une nécropole secrète telle que décrite dans les pages de ce livre et qui relève de la pure imagination de l'auteur. Enfin, les lettres du chapitre 35 prétendument échangées entre Fouché et Louis XVIII sont totalement fictives, même si elles reflètent le contexte politique de l'époque et le rôle qui fut sans doute celui du duc d'Otrante durant l'épisode des Cent-Jours. Si Fouché fut bien franc-maçon et membre de la loge des Cœurs unis de Melun, rien n'autorise à penser qu'il ait légué une partie de ses dossiers secrets à ses frères. Il semble au contraire que la quasi-totalité des archives conservées par Fouché lors de son exil autrichien aient été détruites par son fils, mais le personnage historique est tellement fascinant que je n'ai pu résister à la tentation de le mêler étroitement au destin de Valentin. Voilà donc les principaux écarts avec la réalité historique que je me suis autorisés. S'il s'en trouve d'autres dans le roman, ils ne sont pas volontaires et je prie par avance le lecteur éclairé de bien vouloir m'en excuser.

Enfin, je terminerai, selon mon habitude, par quelques références bibliographiques. Il m'a paru inutile de citer de nouveau ici les principales sources relatives à la monarchie de Juillet que j'ai consultées pour écrire cette série du *Bureau des affaires occultes*. Le lecteur pourra les retrouver à la fin des deux premiers tomes. Je mentionnerai donc uniquement les ouvrages qui m'ont guidé dans la rédaction du présent livre.

Rapport sur la marche et les effets du choléra morbus dans Paris et les communes rurales du département de la Seine, 1834, bibliothèque numérique de Lyon, http ://numelyo.bm-lyon.fr/BML : BML_ 00GOO0100137001100007942

Jacques Martin Berthelot, *Observations de médecine pratique sur le choléra morbus de Paris en 1832 et 1833 (éd. de 1835)*, Hachette Livre/ BnF, 2018.

Jean Bouillaud, *Traité pratique, théorique et statistique du choléra morbus de Paris, appuyé sur un grand nombre d'observations recueillies à l'hôpital de la Pitié (éd. de 1832)*, Hachette Livre/BnF, 2016.

Patrice Bourdelais et Jean-Yves Raulot, *Une peur bleue, histoire du choléra en France, 1832-1854*, Payot, 1987.

Nicolas Cadet, *Combattre la pandémie, les médecins et l'État face au choléra de 1832*, Vendémiaire, 2022.

Philippe Charlier, « Anthologie des exhumations médico-légales », *Les Secrets des grands crimes de l'Histoire*, La Librairie Vuibert, 2012.

Louis Chevalier, *Classes laborieuses, classes dangereuses à Paris pendant la première moitié du XIXe siècle*, Hachette, « Pluriel », 1984.

François-Laurent-Marie Dorvault, *L'Officine ou répertoire général de pharmacie pratique (éd. de 1844)*, Hachette Livre/BnF, 2012.

Jean Freney et autres, *Dictionnaire des précurseurs en bactériologie : les grands savants de l'infiniment petit*, Eska, 2005.

Clément-Eugène Hellis, *Souvenirs du choléra en 1832 (éd. de 1833)*, Hachette Livre/BnF, 2016.

Jacques Hillairet, *Dictionnaire historique des rues de Paris*, Minuit, 1963.

André Jardin et André-Jean Tudesq, *La France des notables (1815-1848)*, 2 vol., Le Seuil, *Nouvelle histoire de la France contemporaine*, t. 6 et 7, 1973.

Ange-Pierre Leca, *Et le choléra s'abattit sur Paris, 1832*, Albin Michel, 1982.

Mathieu Orfila et Octave Lesueur, *Traité des exhumations juridiques et considérations sur les changements physiques que les cadavres éprouvent en se pourrissant dans la terre, dans l'eau, dans les fosses d'aisance et dans le fumier (éd. de 1831)*, Gallica.

Enora Peronneau Saint-Jalmes, *Crimes sexuels et société à la fin de l'Ancien Régime*, Perrin, 2021.

Bruno Roy-Henry, *Vidocq. Du bagne à la préfecture*, L'Archipel, 2001.
Eugène-François Vidocq, *Les Voleurs*, Éditions de Paris, 1957.
Emmanuel de Waresquiel, *Fouché. Les silences de la pieuvre*, Tallandier, 2014.
–, *Fouché, dossiers secrets*, Tallandier, 2017.
– et Benoît Yvert, *Histoire de la Restauration, 1814-1830. Naissance de la France moderne*, Perrin, 1996.
Stefan Zweig, *Fouché*, Le Livre de Poche, 2000.

Du même auteur :

Bayard et le crime d'Amboise,
Galodé, 2012, Le Livre de Poche, 2022.

Le Piège de verre,
JC Lattès, 2017, Le Livre de Poche, 2022.

Le Disparu de l'Hôtel-Dieu,
JC Lattès, 2018, Le Livre de Poche, 2022.

Par deux fois tu mourras,
JC Lattès, 2019, Le Masque, 2020,
Le Livre de Poche, 2023.

La Fureur de Frédégonde,
JC Lattès, 2020, Le Masque, 2021,
Le Livre de Poche, 2023.

Le Bureau des affaires occultes,
Albin Michel, 2021, Le Livre de Poche, 2022.

Le Bureau des affaires occultes 2,
Le Fantôme du Vicaire,
Albin Michel, 2022, Le Livre de Poche, 2023.

RETROUVEZ LA SÉRIE

LE BUREAU DES AFFAIRES OCCULTES

ET AUSSI

LA SAGA D'HÉLOÏSE, L'APOTHICAIRE

Découvrez les premières pages du quatrième tome du *Bureau des affaires occultes*, publié aux Éditions Albin Michel :

Le Chant maléfique

PROLOGUE

Les yeux perçants suivent de loin le frémissement des hautes herbes.

Des mouvements infimes dans la pénombre crépusculaire, mais qui trahissent pour ce regard exercé la lente progression de la proie. Celle-ci avance avec prudence et marque de nombreux arrêts, comme si, dotée d'un sens inné du danger, elle avait conscience de la menace qui plane au-dessus d'elle. On dirait qu'elle a besoin de humer l'air pour prendre la mesure exacte du risque, qu'elle cherche à localiser ce qui se tient là, immobile dans l'obscurité, et dont elle ne sait rien, sinon qu'elle doit à tout prix éviter de s'y confronter. Une présence invisible, silencieuse, mais aussi terriblement hostile.

Après une station plus prolongée que les autres, la proie reprend son avancée parmi les genêts et les graminées agités par la brise du soir. Il n'y a plus que ce menu sillage à ras de terre pour signaler son passage. Un trait d'encre en travers d'une page jaunie, une plume d'oie qui dérape et griffe le papier…

Alors que cette trace infime aborde un bosquet noyé d'ombres, un sursaut du vent entrouvre les nuages et laisse la lune éclairer ce coin de bocage désolé. Les mornes vallonnements émergent du néant, comme saupoudrés de cendres. Les yeux du guetteur cessent aussitôt de se mouvoir pour se fixer sur leur objectif. On dirait deux billes d'onyx, dures et froides. Aussitôt après se fait entendre, venu du plus touffu des frondaisons, une sorte de souffle bref comme celui que provoque l'allumage des réverbères à gaz.

Vlooop !

Une envolée sonore, suivie d'un grand froissis de feuilles. Une ombre se déploie dans l'enchevêtrement des hautes branches. Puis, telle une pierre, elle pique droit sur l'extrémité de la trouée herbeuse. Le lérot qui se tient là, pétrifié par une terreur instinctive dont il ignore la cause exacte, ne peut esquiver l'attaque. Tout juste a-t-il le temps de pousser un couinement de détresse. Déjà les serres du rapace nocturne se referment sur lui. Le bec redoutable perce les minces os du crâne. Les nuages recouvrent de nouveau l'astre nocturne et tout sombre dans un néant ténébreux : le bocage maussade et silencieux, les herbes et les arbres, le prédateur et sa victime. Et même cette cruelle évidence selon laquelle, depuis que le monde est monde, le fort domine toujours le faible.

Après ?

Eh bien ! après, tout pourrait se dérouler sans accroc et se résumer à une scène des plus banales, comme mille et une nuits semblables à celle-ci en recèlent. Des tissus déchirés, des poils gluants de sang, des viscères arrachés, un redoutable carnassier qui engloutit avec voracité une pitance médiocre dont il sait déjà qu'elle ne suffira pas à apaiser ses féroces appétits. Mais le grand-duc, au sommet de son frêne, n'aura pas la satisfaction de savourer en toute quiétude la petite bête sanguinolente qu'il tient toujours entre ses griffes. Il n'a pas avalé plus de deux ou trois becquées qu'il est dérangé par un bruit aussi soudain qu'inhabituel. Cette fois, ce n'est plus un simple bruissement de feuilles qui dissipe le silence de la nuit. Ce sont des branches qui craquent, des ronces qui ploient et se redressent en sifflant...Des pas lourds martèlent le sol sur un rythme précipité.

Le rapace en oublie d'achever son maigre repas. Il redresse soudain le col. Sa tête et ses yeux pivotent en tous sens, à toute allure. L'alarme fait frémir son plumage. Ce qui s'en vient là, courant à l'aveugle dans le sous-bois et suant la peur par tous ses pores, c'est une autre sorte de proie. Un gibier toutefois trop imposant pour que l'oiseau puisse espérer participer à la curée. Dépité, le grand-duc du haut de son arbre pousse plusieurs cris brefs, déploie ses ailes et s'éloigne d'un vol pesant et dédaigneux, comme s'il abandonnait à regret son territoire à plus sauvage que lui.

L'appel du volatile nocturne a fait sursauter la silhouette qui bondit de fourré en fourré en zigzaguant entre les troncs. Le fuyard s'arrête, penché, les mains sur les genoux, la nuque cassée en arrière pour tenter de discerner l'origine du cri lugubre qui a brusquement interrompu sa course.

C'est un homme enveloppé dans un large carrick à double collet. Si son chapeau à bord rabattu ne lui masquait pas en grande partie le visage, on pourrait voir qu'il se situe sur le mauvais versant de la quarantaine et que ses joues flasques sont envahies par une couperose prononcée. Allié à un fort embonpoint, ce détail suffit à trahir un individu d'une certaine aisance, probable amateur de bon vin et de bonne chère.

N'ayant perçu aucune menace dans le fouillis des ramures, masse confuse agitée par la brise, le fugitif tente péniblement de reprendre sa respiration et de laisser passer son point de côté, cette douleur en coup de poignard qui lui a perforé les entrailles quelques instants plus tôt. Quand il se sent un peu mieux, il ose enfin se retourner. La nuit est maintenant tombée et il se doute qu'il lui sera impossible de repérer visuellement un éventuel poursuivant. Alors, l'oreille aux aguets, il cherche à deviner si, derrière le murmure continuel du feuillage, il ne pourrait pas percevoir l'approche de cette ombre menaçante dont l'apparition l'a tant épouvanté, tout à l'heure, alors qu'il suivait un chemin creux pour rejoindre sa gentilhommière.

Mais rien…

Rien que la profondeur d'une nuit humide et venteuse, la solitude d'une terre âpre et peuplée uniquement de bêtes nocturnes et des échos trop vivaces d'antiques légendes. Peu à peu, l'homme reprend l'empire sur lui-même. Il finit par se dire qu'il a sans doute cédé trop vite à la panique. La faute à ce climat de tension extrême qui règne sur la région depuis quelques semaines, à cette mort affreuse qui a frappé l'un de ses compagnons quatre jours auparavant. Son imagination a fait le reste. Ce qu'il a pris pour une silhouette embusquée n'était peut-être, après tout, qu'un arbuste agité par une soudaine rafale. Il a eu tort de s'affoler. Détaler ainsi dans le bocage en pleine obscurité, c'est de la folie douce, le meilleur moyen de se tordre une cheville…ou pire encore.

Rasséréné, l'inconnu tourne sur lui-même pour s'orienter et retrouver la direction qu'il doit suivre pour rentrer chez lui. Cependant, tant qu'il demeure dans le sous-bois, toute tentative de ce genre est vouée à l'échec. Il lui faut sortir du bosquet et attendre que la lune se démasque. Alors seulement il pourra laisser derrière lui les ombres et les maléfices.

D'un pas plus assuré, il reprend sa marche en avant. Au bout de quelques minutes, la végétation change autour de lui. Les arbres s'espacent. Les buissons se font plus rares, remplacés par des ajoncs et des roseaux. La terre devient plus meuble sous les semelles de ses bottes. Les étangs… Ils sont là, juste en face de lui. Il ne les aperçoit pas encore, mais les devine à ces lambeaux de brume qui flottent à mi-hauteur. À mesure qu'il s'en approche, l'étendue cotonneuse blanche semble s'épaissir. Elle gonfle ses moutonnements ensemble pour former un banc très dense, au-dessus duquel quelques peupliers isolés dressent leurs branches comme les bras de naufragés émergeant d'un océan laiteux.

— Manquait plus que le brouillard s'en mêle ! grogne le marcheur attardé. Avec cette boue et ces fichus trous d'eau, je vais rentrer crotté comme un goret. Cette bonne Eulalie va encore pester et me faire les gros yeux !

Malgré sa lassitude, un sourire légèrement nostalgique accompagne l'évocation de la vieille servante qui lui a tenu lieu, jadis, de nourrice et qui est la seule personne en ce monde à oser encore le réprimander comme un galopin. Il est toujours en train de songer à ce passé heureux mais révolu depuis des lustres lorsqu'un son incongru le replonge dans l'expectative. Ce n'est d'abord qu'un souffle presque imperceptible mais qui ne tarde pas à enfler. La brise semble le porter à travers le silence nocturne. Il s'agit au début d'une note unique, un murmure grave, étiré et modulé avec sensibilité. Puis, ce qui pourrait ressembler à une sorte d'appel se complexifie. Cette plainte se transforme en une étrange mélodie à la tonalité douce et mélancolique, qui prend de l'ampleur avant de retomber dans un gémissement maussade et de s'éteindre aussi progressivement qu'elle s'est fait entendre.

Le gros homme à l'ample manteau et aux bottes de cuir se met à trembloter. Cette silhouette, tout à l'heure, le long du chemin creux, ce n'était pas en définitive le fruit de son imagination. Il en a désormais la confirmation et cette certitude lui liquéfie les os. Il prend alors ses jambes à son cou et s'enfonce, saisi d'une frayeur folle, dans l'épaisse couche ouatée.

PAPIER CERTIFIÉ

Le Livre de Poche s'engage pour l'environnement en réduisant l'empreinte carbone de ses livres.
Celle de cet exemplaire est de :
400 g éq. CO_2
Rendez-vous sur
www.livredepoche-durable.fr

Composition réalisée par Soft Office

Achevé d'imprimer en avril 2024 en Espagne par
BLACKPRINT
Dépôt légal 1re publication : mai 2024
LIBRAIRIE GÉNÉRALE FRANÇAISE
21, rue du Montparnasse – 75298 Paris Cedex 06

32/2323/0